巴布 著

天下廉吏张鹏翮

四川文艺出版社

图书在版编目（CIP）数据

天下廉吏张鹏翮 / 巴布著. -- 成都：四川文艺出版社，2022.9
ISBN 978-7-5411-6413-2

Ⅰ.①天… Ⅱ.①巴… Ⅲ.①长篇小说—中国—当代 Ⅳ.①I247.5

中国版本图书馆CIP数据核字（2022）第136797号

TIANXIA LIANLI ZHANGPENGHE
天下廉吏张鹏翮

巴布 著

出 品 人	张庆宁
责任编辑	周 轶
封面设计	魏晓舸
内文设计	史小燕
责任校对	蓝 海
责任印制	桑 蓉

出版发行	四川文艺出版社（成都市锦江区三色路238号）
网　　址	www.scwys.com
电　　话	028-86361802（发行部）　028-86361781（编辑部）
排　　版	四川胜翔数码印务设计有限公司
印　　刷	成都紫星印务有限公司
成品尺寸	166mm×235mm　　开　本　16开
印　　张	23　　　　　　　　字　数　380千
版　　次	2022年9月第一版　　印　次　2022年9月第一次印刷
书　　号	ISBN 978-7-5411-6413-2
定　　价	58.00元

版权所有·侵权必究。如有质量问题，请与出版社联系更换。028-86361795

目录

001　第一章　菜花地里拜天地
037　第二章　行走的骷髅
052　第三章　又见仇人
065　第四章　坐牢有瘾
111　第五章　苦涩盐道
134　第六章　对决尼布楚
162　第七章　蚂蚁岛上的海盗
195　第八章　学正遇到学政
221　第九章　聪明官吏的糊涂账
244　第十章　洪水滔天
306　第十一章　醉酒玩自刎
318　第十二章　江南迷案
339　第十三章　复活的僵尸
354　第十四章　孤舟向何处

寰宇洪荒，天地间，清浊倾泻，
回首望，风口澜尖，秀才之色，
半世沉浮臣子事，千山万壑奔民业。
把玉玺，尘露不沾身，听评者。

花无语，竹映月。浊自浊，清独澈。
越无数沧海，谁人识解，
撞倒南墙心不改，
笑谈世上惊奇特，
你我他，天地鬼神人，清无怯。

第一章 / 菜花地里拜天地

01

遂宁要大难临头了!

家家户户杀猪宰羊,将所有可吃之物统统装进肚子里,等待那可怕的时刻。

死亡并不可怕,可怕的是等待死亡。

恐怖的气氛在四处蔓延。

谁讲的?

九斗爷。

遂宁人都知道,九斗爷大名叫彭王垣,崇祯二年举人,得候补道,至今未仕,因他才气高,比才高八斗还要高一等,而得此雅号。靠经营盐业赚些银子养家,近年,生意交与家人打理,自己到九宗书院收学生,讲经布道。

要是别人讲的,肯定没有人相信,但九斗爷不一样。

知县任宾臣见百姓慌张,自己也确信也无疑。干脆三十六计,走为上计。

正准备跑路时,九斗爷求见。急忙让座上茶。

未等任宾臣开口,九斗爷说,黑虎混天星要来了!

咣当。任宾臣刚端起的茶杯掉地,茶水溅了一身。

黑虎混天星是什么人?所到之处,连狗都不敢叫。

在官场混了多年,任宾臣练就了一个本事,就是城府很深,别人绝对看不出来他在想啥子。

任宾臣弯下腰,一片片捡起碎瓷,像没事一样,说茶水太烫了,让先生见笑。来吧,反正遂宁要沉了,一起到阴间去,多几个伴,热闹。

彭王垣哭笑不得:"遂宁要沉了?谁说的?天干造谣言,落雨整干田。"

"坊间皆传是先生亲口所言。"

"在下说过，遂宁早晚要沦陷，何时说过遂宁即时要沉陷？可见话要传涨，钱要带失。"

年初，李自成定都西安，国号"大顺"，渡黄河、攻汾州、克太原，直逼京师。左良玉八十万大军见了李自成的大顺军望风而逃，兵败如山倒。此时，三秦又出了一好汉叫王高，纠集三百余青壮啸聚秦岭，昼伏夜出，号称黑虎混天星。先打家劫舍，后抢村寨豪门，如今专攻城池。已由七盘关入蜀，陷广元、昭化、剑阁，一路向南，直逼潼川和遂宁。朝廷征诏天下好汉讨贼，却无人响应。

"难道就任由他这样？"任宾臣再也掩饰不住内心的恐慌。

"有一人，必能抵挡。"

"谁？"

"黑柏沟张应礼。此人与在下为同窗，同年举人，知兵法，懂谋略。可惜不为朝廷所用。"

"我这就去请他！"

黑柏沟离城二十里。张应礼四十来岁，身长六尺，中举不得仕，已放弃了做官的想法。平时打理着祖上留下的千亩田地，在遂宁、成都城中都买有数十间街房。闲暇时练些拳脚、读些闲书。膝下有一子，名叫张烺，年方十九，安于小康，胸无大志，娶妻景氏。

见儿媳怀上身孕，张应礼便把希望寄托在孙子身上，吩咐张烺："我张家从洪武年间由湖北填川，经历八代，小富即安。今天下大乱，百姓遭殃，儿当以诗书教导后人，唯有诗书方能平天下。"

任宾臣见了张应礼，直奔主题："张举人好惬意，国难当头，竟无动于衷。"

张应礼二话不说，召集家仆和百十名青壮村民，自备铁叉、棍棒整军备战。朝廷授张应礼怀远将军都司佥书，命其开赴战场，与混天星决一死战。

任宾臣本想让张应礼抵挡一阵子，以待朝廷援军。可连张应礼都没有想到，他这支临时拼凑的杂牌军，将职业土匪打得丢盔弃甲。

连续追打几十天，至汉中府沔水。

离城十里，见有一山，问百姓得知，此山名叫定军山。当年诸葛亮在此布"八阵图"，黄忠大战夏侯渊之地。自古有"得定军山则得汉中，得汉中则定天下"之说。

张应礼对手下说:"勇士们,建功立业的时候到了,给我捉拿王高,到朝廷领赏。"

黑虎混天星自起事,只有他打别人的份,一路杀来从未遇到过抵抗,没想到在遂宁碰到块硬骨头,被打得晕头转向。到了定军山才缓过神来,他张应礼区区百十号人,我三百之众,都是黄泥巴脚杆,谁比谁硬?

于是,向"蝎子块"使了个眼色,兵分两路,将张应礼反包围。

张应礼从遂宁一路斩杀了王高几十人,心想,这黑虎混天星不过如此,徒有虚名,却不知不觉钻进了王高布的口袋。

乱刀之下,张应礼命丧定军山,跟随他的家仆及村民无一生还。

王高损兵折将近百十人,也伤了元气,退回秦岭。

朝廷听闻,民间竟然有这等义士,甚为欣慰。即派兵部右侍郎吕大器到遂宁安抚张家,赐玉佩,并请一名官夫,侍奉张家人。

官夫名叫周正良,二十出头,是九斗爷的远亲。

张家失去顶梁柱,虽是悲痛,但得朝廷褒奖,甚感荣耀,便将家中大小事交与官夫打理。

吕大器,遂宁北坝人氏。字俨若,号东川,崇祯元年中进士,因筑阳平关,平长武、甘州之乱,定西陲有功,官运亨通。他回乡还有一事,就是请彭王垣出山,到京师任职。

彭王垣却心灰意冷:"吕大人,在下都奔五的人了,已经错过了当官的年龄。"

"姜太公七十二岁助周伐商,名扬天下。黄忠六旬助刘备攻打益州,成为五虎上将。郭子仪五十七岁委以朔方节度使,率兵勤王……"

"吕侍郎的意思是让在下出将入相?呵呵,即使这样,在下也觉得没意思。"

"为何?"

彭王垣指着遂宁城墙说:"这城墙从根烂掉了,不论如何添砖加瓦都无济于事。人要死了,非要把他救活,这是最残忍之事。国要亡了,非要让其苟延残喘,最倒霉的是百姓,此事最可耻。大人要是为遂宁人着想,不如从朝廷要点银子来,将旧墙扒掉,重建新墙。若能这样,也算是一件功德无量之事,也不枉我遂宁出了你这么个大官。"

听了彭王垣的话,吕大器并没有恼怒,只是摇了摇头:"一日为臣,一世为臣。"

回到北坝，吕大器即变卖了全部家产，亲自督修遂宁新城墙。

彭王垣过意不去，登门致歉："都怨在下多嘴，一句狂语，让大人卖尽家产，实在过意不去。"

"哪里话？豪门千处，难保儿孙不流落街头。万贯家财，不如一技在身。满腹经纶，不如一善在心。我仅是尽点读书人的本分罢了。"

"如今有权不用过期作废。大人居然有如此雅量，实在是天下之幸。从今往后，若大人不嫌弃，只要我彭王垣有地方住，就一定有大人住的。"

"恐怕此去再难相见。"

两人挥泪话别。

三月的京师，满阶芳草绿，一片百花香。正阳门下，前门大街的人们脱下棉衣赏花。

李自成已到京师城下。

"恐怕要变天了！"京城的消息如初春的寒流袭来，人们跑回家中，紧闭门窗。

崇祯皇帝把希望寄托在左良玉身上，可左良玉就是装聋作哑。崇祯皇帝只好即下诏书，封左良玉为南宁伯，封左良玉的儿子为大将军，差人将官印送去武昌。左将军这才慢条斯理制订着出兵计划。

火烧眉毛了，叫不动左良玉，崇祯皇帝只得把目光投向千里之外的宁远，以六百里加急调总兵吴三桂救驾。

吴三桂带了四万人马，刚到山海关就得知李自成已经攻下京师，崇祯皇帝上吊煤山。

真的变天了，吴三桂不知何往。

远在盛京的摄政王多尔衮一看，天啦，这么大个落地桃子，馋得直流口水。大清国一直有问鼎中原的想法，但还没做好准备，这机会也来得太突然了。

怎么办？机不可失，失不再来，多尔衮找到吴三桂商议："不如咱俩联手，事成之后，共享荣华富贵如何？"

于是两人里应外合，十万联军把李自成的二十万大顺军打得落花流水。大清国轻松捡到一个落地桃子，入主中原。大清这艘正在建的小船，突然闯进大海，在万顷波涛中负重前行，剧烈摇晃。

大败而归的李自成，匆匆在武英殿即位，放火焚烧明宫，撤出京师，转战南北，屡战屡败。至九宫山，李自成率领亲信张鼐和二十八骑卫士走到了大部队的前方，勘察地形并确认下一步的行动方向，结果碰上了当地的团练。

团练看到这一股"流寇"人数较少，仗着自己人多便杀了过来，完全不知道自己面对的是大顺皇帝李自成，在一片乱战中李自成和卫士们被冲散。李自成一人独自骑着马走在泥泞的山路上，结果，碰到了团练的头目程九伯，双方发生了打斗。李自成将程九伯压在身下，准备抽刀砍死对方时，却发现刀鞘进水，佩刀拔不出来，被赶来的程九伯的外甥一铲子铲掉半个头颅，叱咤沙场十几年的李自成就这样被两个乡民结果了。

从此，华夏的地盘上便有大清、大顺、大西、兴朝、隆武、定武、清光等朝，划地为国，割据为王，乱哄哄，几十年战乱不休。

巴蜀大地，顺治的大清军、永历的南明军、李自成的大顺军、张献忠的大西军，以及土匪摇黄十三家，各自为政，据城池安营扎寨，等待时机，攻城略地，扩大地盘，都欲将其他政权置于死地。

可怜巴蜀之地，天府之土，生灵涂炭，满目疮痍，成为人间炼狱。

大乱之年，最先倒霉的是大户人家。

见遂宁新城墙高筑，张氏一家老小从黑柏沟转移至遂宁城中集中居住，相互照应。只有张烺之妻景氏怕动了胎气，不敢远行，堂长嫂戚氏陪伴住在黑柏沟张家大院，紧锁门窗避事。

六月初五中午，天如黑夜，电闪雷鸣，暴雨倾盆。

坊间盛传，六月初六子时遂宁要沉陷，遂宁人都不敢待在家里，戴着斗笠，披着蓑衣聚集在犀牛堤码头等船，要离开遂宁这块是非之地。

张烺带了一条长绳，将一头拴在一棵大树上，一头系在腰上。

众人笑他愚钝。

张烺却说："管他的，万一用得着呢。"

涪江陡涨，翻滚的洪水如同烧开的油锅。

几具缺胳膊少脑袋的死尸冲到岸边，旋转着久久不离去。有人唏嘘，有人转过脸去。女人们躲到男人身后，胆大的忍不住将目光透过人墙，想看又不敢看，小声感叹："啧啧，作孽哦。"

张烺下到江中，将死尸拖上岸，一字摆开。

一块门板出现在人们的视野里,有人喊:"上面好像有东西。"

"好像是个人。"

门板径直向张焜冲来,张焜急忙躲闪。

上面是个孩童,双手紧抓门沿,仰面朝天,一动不动,面色铁青。张焜将他抱上岸,见还有气息,即带回家中,灌以姜汤。

那孩童不哭不闹,冷静如成人。孩童叫周清,今年五岁,便将在潼川府的遭遇一一道来。

原来是黑虎混天星杀回来了!

土匪踏破潼川府,蜂拥而入。顿时,潼川府浓烟滚滚,火光冲天,百姓呼天喊地,满地都是带血色的脚印和抓痕。

土匪牵了骡马,将抢来的年轻貌美妇女捆了手脚,装入袋中,与财物一并搭于骡马背之上,青壮年男子全被反手绑上,聚押营中。反抗者押至涪江滩头刀砍、剑刺,踢入江中,叫冤声、惨叫声惊动天地。

周清的父母见土匪杀来,将他放在门板上,顺江而下。

周清再三叩头,说,"幸得恩人相救,从今便是再生父母。"

张焜搂入怀中,好生心疼,要不是他的婆娘马上就要生产,定将他收作儿子。因他姓周,便安排管家周正良收养了周清。

"混天星已经破了潼川府,一定要来遂宁城。"广德寺方丈了改法师在县衙门做着法事,祈求天下遂心安宁,想着心事。

遂宁知县任宾臣下令紧锁城门,自己带了一个跟班,出城检查城防,却一去不复返,不知去向。

龟儿子,关键时候下个炝壳蛋。

彭王垣的管家丁二爷上气不接下气来到九宗书院,禀报:"城中无主,百姓乱成一锅粥。"

彭王垣二话不说,催马回城,召集街坊,振臂高呼:"崇祯皇帝上吊了,县太老爷任宾臣跑路了,黑虎混天星要来抢我们的钱财、婆娘,杀我们的儿女、烧我们的房子,大家说咋个整?"

众人异口同声:"拼了!"

"好,听我命令,男丁将街上的石头、砖头、各家的大锅都搬到城墙上来,将便桶之物都倒在锅中,架起柴火烧开。铺子里的桐油全部搬到南北城门。妇孺紧闭家门,深挖地洞,藏好钱粮。"

众人不解,问九斗爷:"你这是要干啥?"

彭王垣答:"到时便知。"

九斗爷发了话,全城行动起来,各司其职。

了改法师念完消灾经,见不到知县,心中发慌。走出县衙又见满城的人都在奔跑、忙碌,城门又紧闭,知道大事不好,转身来到张宅。

正在家埋藏东西的张焜见是了改法师,急忙让进堂屋。

了改说:"来不及了,你立马穿着我的这件棉衣翻墙出去,等混天星走了,再把衣服还我。"

"这大夏天的,穿棉袄?"

"你穿着这身公子哥儿衣服,土匪还不把你劈了才怪!不想回黑柏沟看你的老娘和婆娘?"

"想。"

"还不走,等摇黄匪给你送行吗?莫把衣服给我弄丢了。"

张焜穿着了改的棉袄翻墙出城,汗流如注,将棉袄脱下扔了,又觉得不对。心想,了改一年四季都穿着这件破棉袄,从来没见他脱过,今天为何脱下来给我?这是为啥?莫非袄子里藏有宝贝。

了改法师是广德寺的方丈。

广德寺历时千年,其中宝物无数,佛祖释迦牟尼真身指骨舍利子、缅甸玉佛、王羲之手迹、李渊的剑……了改都让张焜见识过。还给他看过两枚玉印的印迹,一枚是明神武宗"敕赐广德禅寺印",上有汉文、缅甸文、僧伽罗文、巴利文四国文字,统领川、滇、黔大小寺院,持盖过此印之通关牒者,出国畅通无阻。另一枚更为珍贵,乃宋真宗"敕赐广利禅寺观音珠宝印",观音是"官印"的谐音。传说,摸过此印便可以官运亨通,僧人得此印可修炼成佛。此印历来被世人视为圣物,想方设法都想摸一摸,看一眼都行。张焜也只见过两印的印迹,从未见过真印。贼人多次入广德寺也未找到此印。

张家是广德寺的香客,每月初一、十五都要捐不少香火钱,由张焜送至寺里了改手中。了改初一去县衙念消灾经,诵完经都要去张焜家喝茶聊天,与张焜一僧一俗,一老一少,二人成了忘年交。

张焜捡回棉袄,摸了摸,并没有发现什么东西。忽见乌雀惊飞,又听得马嘶人吼，急忙躲进卧龙山林中。

远远望见旌旗乱舞，泥泞乱飞，地动山摇。转瞬间，匪兵临城下，将遂宁城里外三层围得铁桶一般。

王高命拉弓搭箭，射了一信进城传话："只要遂宁人交出钱粮，便可免潼川府之厄。"

彭王垣令开半扇城门，派丁二爷出城交涉："大王，遂宁连年洪水袭城，兵匪不断袭扰，百姓倒悬，确无钱粮可孝敬大王，请放过遂宁一马。"

王高一刀将二爷砍成两段。

彭王垣将眼闭上，仰天念道："你这是在逼我。关上城门！"

城墙上"金汤"翻滚，烟雾弥漫，恶臭熏天，众男丁手抱石头、砖头潜伏，只等一声令下。

王高杀了丁二爷见城中没有任何反应，胆子大起来，走上阵前，自言自语："这是何等战法？老子打劫几十个城池从未见过。"

王高自入川，所到城池要么军民摇旗呐喊，要么知县主动送上钱粮。这个遂宁城居然静悄悄，暗藏杀气，不会是在唱空城计吧？事出蹊跷必有妖，人若反常必有刀，言不由衷定有鬼。但，贼不空手，这是行规，来就得干上一票。否则，传出去，将成江湖笑话。王高遂将刀一指，众匪即向城冲去。

城头上，石头、砖头如雨齐下。匪兵抱头鼠窜。

王高连斩数人，呵斥道："退者，如此下场！"

众匪如蜂，叫嚷着，乱成一团，向城四面冲来。百十人抬了磨盘、原木撞门。

城墙上"金汤"、铁锅一起倾下。匪兵顿时毛皮分离，面目全非，鬼哭狼嚎。

众匪后队冲上前来，又遭同样下场。

王高立于马上，嘿嘿一笑："老子干了一辈子买卖，还没遇到这等对手，有点意思。弓箭伺候！"

万箭齐发，却未见伤一人。

王高恼怒，喊了一声："爬壁虎。"

几百人将绳子带铁三爪，转得呜呜着响。一声"放"，铁三爪飞向城墙，却无一钩上墙垛口。

"这是何等的怪事？"

王高哪里晓得，新修遂宁城墙乃四方斗型，东西两面靠水，东临滚滚涪江，江水宽百丈，西有护城河，宽五丈。要从两河攻城，除非长翅膀。只有南、北两端有陆路可以进城，但墙高十丈。

匪兵的铁三爪怎么扔都到不了墙垛，却早挨了几砖头，或一瓢"金汤"。

彭王垣命城墙之人下去几十个，将桐油在南门和北门各倒五十桶。

匪兵不知城中又要耍啥花招，观察片刻，却觉无害，于是大胆进攻。哪知踩着桐油，头重脚轻，连连摔倒，衣服上沾满了桐油。

王高说："桐油无妨，刷到衣服上还可以防水，给老子冲！"

匪兵摔倒一地，有的爬起来又摔倒。

张烺在林子里看了半日，手脚早软，扶着树干站起来，欲乘双方战得正酣，无暇顾及其他，逃回到黑柏沟。刚起身走了几步，被一杆长枪顶住了后背，回头一看，是一黑大汉，身穿战袍，身后还跟着一队人马，黑压压一片。细看，其人印堂长一黄豆大小的痦子，料定他是非等闲之人。

黑大汉说："想跑？"

张烺倒地叩头："请大王饶命，家中有七十岁老母和正要生产的妻子。如能放我一条生路，将交出所有。"

那汉子身长七尺，将手中长枪一指，问："此城哪里可以破？城中都有何人？"

张烺怎能把破城之策告诉贼人，再叩谎称："我是过路人，不知城中事。"

那汉子吼道："还不快滚。"

张烺连连称谢，刚走几步，那汉子叫道："回来。"

张烺哪里敢不听，乖乖回来。

那汉子指着张烺："把棉袄脱下来。是不是藏有啥财宝？"

张烺急忙捂着腰间说："什么也没有。"

汉子下令搜身，两兵丁上去将张烺按在地上，脱了棉衣，搜出一枚玉佩，冰壶秋月，珠圆温润。一面为"忠"，另一面是"义"。

张烺跪地求饶："好汉，玉佩是我的家传，家父战死，皇帝御赐之物。请还我。"

"皇帝？哪个皇帝？看你这身装扮，不是疯子就是盗贼。"

张烺不敢作答。

那汉子掂了掂玉佩，揣入怀中，将棉衣一掖，枪指张烺，又吼了声："滚！"

张烺从地上爬起来去要棉衣。

两个兵丁上前将其一顿打，正要结果其性命，被那黑汉呵斥住："算了，让他滚。"

张烺在地上挣扎，摇晃着爬起来，见一行人远去，失魂落魄往黑柏沟而去。

彭王垣爬上城阁，高喊："各位好汉听着，今日对你等教训，乃以其人之道，还治其人之身，让你等感受肌肤之痛。要晓得，父母所生、血肉之躯并非刀枪不入。尔等出身贫寒，生活所迫，落草为寇，但不能为所欲为。岂不知，食者民之本，民者国之本。天下若无民，何以为生？今日你仗势杀人父母，掠人妻子，日后你等父母、妻子遭此厄运，你等将做何想？听人劝，吃饱饭，回去吧。遂宁不是潼川府，不要白送性命。"

匪兵将信将疑。

王高咬牙切齿，下令："冲。"

彭王垣下令点火，南门、北门地上桐油燃起，顿时成了火海，匪兵衣服被点燃，发疯地向涪江奔跑，身上火却越烧越旺，惨叫声不绝于耳。

王高调转马头，匪兵如潮水泻去。

彭王垣取下阁楼风筝，对周围人说："我去搬救兵，别开城门。"

他展开巨型风筝，纵身一跃，飞上云端。离开遂宁城，到了蓬溪。

镇守蓬溪的南明招讨事王祥得讯，心急火燎："这还了得？吕大人故里，怎容匪兵践踏？"

旋即派兵前往遂宁镇守。

王高带着残兵败将愤愤而去。到了广德寺，见金碧辉煌，皇家气派。便一拥而入，将庙内洗劫一空。

见贼人走远，监院玄慈和尚急忙来到城中，找到方丈了改法师。了改正在张宅喝茶。

"不好了方丈，玉印被贼匪抢走了。"

了改法师揭开盖碗茶盖，吹了几口气，又盖上盖子，说："丢就丢了吧。"

镇山之宝丢了，了改居然还如此淡定，玄慈和尚自愧修行不如方丈。

02

话说吕大器离开遂宁,走陆路回京复命。刚到秦岭,见朝廷的将士四处溃散,山上、沟渠到处可见丢弃的旌旗、兵器和铠甲。

"怎么回事?"

"快跑吧,崇祯皇帝上吊了,李自成坐了金銮殿,明朝完了。"

吕大器不信,继续往前走。到了西安,被一人一把拉住:"吕大人,换地方说话。"

到一僻静处,那人取出一封血书:"大人,大清军攻陷京师,福忠王朱由崧在应天府被拥立为帝。桂王朱由榔请大人往肇庆共商护国。"

急忙到了肇庆,泣血参见桂王:"臣遂宁吕大器罪该万死,未能保护先王,请桂王发落。"

朱由榔百感交集,满朝文武,居然只有吕大器一人应召前往,急忙扶起赐座:"吕爱卿,事已至此,当思护国之策才是。"

吕大器思索片刻:"王爷,明朝气数未尽。宗室与文武百官南迁,淮河以南仍是我大明的地盘。今四镇拥福忠王朱由崧立为帝,建弘光朝,天下四分。南明与清之间,有李自成的大顺和张献忠的大西。臣断定,李自成在京师已遭重创,元气大伤,必不能长久。而张献忠无大德,少谋略,先天不足,与李自成分庭抗礼,成都称帝,不得人心,亦不能长久。待大顺和大西灭,应天府即危在旦暮。"

"如何是好?"

"守天道,护民心。固守云贵川,经营湖广闽粤。"

朱由崧当了皇帝,最需要的是人才,听说吕大器投靠了桂王朱由榔,立即诏至宫中,授吕大器为兵部右侍郎兼礼部主事。

朱由崧只做了八个月皇帝,清军兵临应天府,朱由崧被清军处死。

明朝就如一桶蜂,蜂王不在了,群蜂乱飞,一群拥至福州,将唐王朱聿扶上马,改元为隆武。吕大器被诏为兵部尚书兼东阁大学士。

第二年,清军入福建,隆武帝于汀州被掳,绝食而亡。

树倒猢狲散。

有识之士已经看清天下大势,纷纷投靠大清,有的归隐山林。

但吕大器作为明朝三朝臣子,一个"忠"字刻于心尖。他与明朝遗老商量,要励精图治，保明朝不亡。于是，在广东肇庆扶桂王朱由榔即帝位，改元永历。

此时，李自成已死，大顺分崩离析，南明与大清、大西上演新三国。吕大器任兵部尚书兼东阁大学士，掌控南明兵权，明朝得以延续。

顺治三年正月，已经做了两年大西土皇帝的张献忠，人心尽失。

肃亲王豪格得旨，剿灭大西政权，领清军五万人一路从汉中杀来，直逼成都。而南明的副总兵曹勋率建南兵克邛州，距成都仅两日行程。两面受敌的张献忠，只得卷铺盖走人。

可这次走不像过去，攻下城池留一个心腹带几百个守兵把守，自己领着人马又去攻下一个城池，说走就走。如今，他已在成都经营了两年，宫殿、后宫、财宝无数。宫殿可以烧了，嫔妃可以杀掉，可那成山的金银，都是弟兄们以性命换来的，绝对不能留给别人。张献忠下令搜集满城木料，令木匠将树截成等长，中间掏空，再把银锭放进去，每一鞘装银两千两，再用铁箍扎紧，看上去如同原木。

可这点雕虫小技只能瞒过别人，怎能瞒过杨展？

杨展何许人也？字玉梁，四川嘉定人。崇祯十二年武进士，先后任游击将军和参将。其身长七尺有余，文武双全，尤其擅长骑射，人称吕布再世。

两年前，张献忠攻克成都时，杀尽明朝官吏。唯参将杨展乘夜色跳进锦江，一路向南逃至犍为，与马应试、余朝宗攻占叙州，收复了嘉定、眉州、邛州、雅安诸州邑，威震川南。杨展升为南明总兵，封锦江侯。

张献忠得知，勃然大怒，即遣都督刘进忠剿川南，结果被杨展打得只身一人跑回成都。

自此，张献忠将杨展视为不可逾越的一道墙，不敢南进。

如今，清军、南明军两路杀来，不跑不行。他正在选择逃跑的路线，探子回报，叙州空虚，杨展不知去向。

张献忠哈哈一笑："天助我也，当即下令，向南进发，拿下叙州。"

路线确定，由岷江南下，经成都、新津、彭山、眉山、青神、乐山、犍为，于叙州进入长江。

可张献忠是个土包子，靠勇猛攻城略地，扩大地盘。当他遇到武进士杨展就像遇到了煞星。杨展料定张献忠要跑，带精兵强将两万，悄悄从叙州昼伏夜行至彭山，埋伏于仙女山脚下，摆下阵来。

仙女山，高一百八十丈，重峦叠嶂，溪流逶迤，修竹滴翠，山脚岷江环抱，山水合呈阴阳太极阵，常有仙气缭绕。当年，轩辕黄帝的第八代孙彭钱铿在此修炼，据传活八百余岁。山下有滩，水流湍急，河道狭窄，常有船只在此损毁，人称"老虎滩"。过此滩即为黑龙潭，水平如镜，波澜不兴，深不可测。

十万大军从成都水陆两路并进。船顺流而下，自然比陆上步行快得多。到了老虎滩船如离弦之箭，冲向黑龙潭。见潭中摆下一排船，挡住去路。

张献忠的义子孙可望上前一看："谁这么大的狗胆？敢拦大西铁蹄，给我驾炮轰。"

炮声响起，几十艘小船起火，躲在水中的兵丁听炮声如得令，推着小船向大西船撞去，小船装满油料干柴。

孙可望急呼："不好，快撤！"

大西船后队变前队，向老虎滩划去。上游船却不断冲向黑龙潭，撞在一起。着火小船皆有铁锥，撞上大西船，首尾相衔，不能进退。顿时，火光冲天，乱成一团。

枪铳弩矢百道俱发，两岸炮声四起，炮弹如雨点落在船上，船悉焚沉江底。

杨展率兵杀出，大西军丢盔弃甲，死伤无数。

千万银子沉入水中。杨展起初并没有意识到沉船里装的是金银财宝。从抓获的战俘中得知此事，于是，组织士兵在江口打捞遗金，用长枪"钉而出之"。杨展得到飞来横财，自是富强甲于诸将。

张献忠率残余奔西充，结果又被豪格领的清军包围。

凤凰山，太阳溪侧，翠竹掩映的多宝寺门前，几株玉兰花开放，浩白似雪，如同扎的几树白花，将多宝寺装点成了一个灵堂。

张献忠和他的大西军被清军团团包围在凤凰山。军士东突西奔，希望打开一个缺口，却越冲圈子越小。张献忠被挤到多宝寺门前，此处，上天无门，入地无路，跳崖有密不透风的翠竹遮挡。

张献忠呵呵一笑："大风大浪都过来了，这算点啥事？我倒要看看满兵长了几个脑袋。"穿着龙袍，要去再探听虚实。

太监跪下阻拦："皇上，请穿上盔甲，携上长枪。"

张献忠一脚踢开太监，大步往前走。

"嗖。"一箭飞来，正中献忠肩下，由左旁射入，直透其心，顿时倒地，鲜血长流，一代枭雄殒命凤凰山。结局与李自成极为相似。

张献忠的义子孙可望和李定国收拾残兵败将，杀出一条血路，经顺庆取云贵，投靠南明永历皇帝朱由榔，得到重用。一支以推翻明朝为目标的农民军，如今又拼死保护明朝。

孙可望遇敌沉着应变，骁勇善战，被称为"一堵墙"，曾被张献忠封为平东将军，与李定国、刘文秀、艾能奇皆为张献忠义子。

投靠永历皇帝后，孙可望战功卓著，所向无敌，从贵州打到湖南，收复无数城池。一个昔日反明的农民军，如今与明联合起来反大清。

孙可望把永历皇帝朱由榔接到贵州安隆，改名安龙府，作为南明的府第，挟天子以令诸侯。设六部，建太庙和社稷，制定朝仪。在"永历"旗号下，拥明势力得到整合壮大。

镇守遂宁的招讨使王祥得知孙可望所为，以为此人有篡位之嫌疑。致信尚书吕大器，却被孙可望截获。

孙可望哼哼一笑："跟我玩，你娃还嫩了点。"

当即禀报永历皇帝："四川混天星与清军常年混战，自顾不暇，不如浑水摸鱼，乘此下手，夺回巴蜀。"孙可望的目标首先是他的仇人遂宁的招讨使王祥。

远在贵阳的永历皇帝哪里知道其中的诡计，当即首肯。

孙可望派刘文秀和王自奇出兵四川，攻城略地。

王祥哪是孙可望的对手？一路溃败。

从此南明起了内讧。

孙可望并没有就此罢休，他命刘文秀斩草除根，除恶务尽。刘文秀穷追不舍。王祥且战且退，退至遵义，穷途末路，自刎。

03

张烺扑爬跟斗回到黑柏沟，已是二更，将所遇之事告诉家人。堂长嫂本来惧寒，上牙磕着下牙，听到兄弟说起城中之惨状，吓得浑身如筛糠，半天道不出一句话来。

景氏沉着，让丈夫张烺速告左邻右舍。自己将家中细软用破布裹了，藏于地窖，撒上尘土，牵些蛛网。带了些换洗衣服，并红糖、腊肉、香肠、皮蛋，满满一挑上路。

戚氏死活不愿走，一定要等丈夫和孩子从城里回来。张烺只好领着妻子并村民百余人，连夜轻手轻脚出村。

漆黑的夜，"汪汪"狗叫声、"咕呲"泥泞声、心跳出气声，乱成一团。张烺不时回头看有无追兵。

到了赤崖沟，是景氏的娘家，怕把贼引到家里，张烺一人去通知岳父母，景氏与其余人上了赤崖山。

忽觉腹中疼痛，年长妇人说："怕是要生了。"

快到二龙庙去。

众人将景氏扶进庙里，从山下草树上扯了一捆稻草，铺在地上。男人到庙外望风，女人庙内张罗。

辈分最长的老妪长跪叩头："今天带了晦气到神仙宝地，得罪了大仁大义的关老爷，改天给你披红布，放火炮。"

婴儿呱呱坠地，是个男孩。众人都说，这个娃生在二龙庙，沾了龙气，将来必成大器。

黎明时，张烺才领着赤崖沟两百余人来到二龙庙，见了刚出生的儿子，悲喜交加，自叹："此子命运必多舛。"

景氏让张烺给儿子取个名字。

张烺想起了《庄子·逍遥游》，北冥有鱼，其名为鲲。鲲之大，不知其几千里也。化而为鸟，其名为鹏。鹏之背，不知其几千里也。怒而飞，其翼若垂天之云。"就叫鹏翮，字运青，张开翅膀，振翮高飞，青云直上。"

从此，张鹏翮开始了辗转、漂泊，在大清帝国的风口浪尖上挣扎一生。

村民背包扛伞，浩浩荡荡向顺庆而去，一路慢如蜗牛。张烺恨不能变成一只大鸟，驮着一行人飞离这是非之地。他挑着箩筐，一头是儿子，一头是日用所需，身后跟着黑柏沟、赤崖沟父老，一行人不敢进城，青壮年上街买了锅碗瓢盆、米粮、柴禾，每到一处便安营扎寨，埋锅造饭，炊烟袅袅。少不了踩人田地，毁人庄稼，花钱消灾不必说，还得给别人说不少好话，陪不少小心。

过了几日，并没见追兵赶来，各自投亲靠友，或回到老家。

周正良带了家丁回到黑柏沟替张家打理农田。

张烺却一直记着彭先生的话,遂宁早晚要沦陷。"王高在遂宁连遭两败,上次被家父追到定军山,损兵折将,这次又被彭先生打得满地找牙。土匪都记仇,绝对不会就此罢休,一定会卷土重来。"

一路到了顺庆地界,离城还有十里,想找个地方落脚,却举目无亲,且四野荒芜,张烺只得拖家带口进城。

可屁股还没有坐热,清军挨家挨户征收税银。

一群兵勇挤进茅屋,见四壁皆空,连个床铺都没有,夫妇俩满身是泥,头发乱糟糟,疲惫不堪。见箩窝里的婴儿正在熟睡。

"兵"指着张烺问,怎么看你也不像是穷人,装的吧?说完要去扒箩窝。

说话的"兵"是北方人,张烺没听懂。经过几天折腾,夜里没有睡好觉,张烺睁不开眼睛,人有点恍惚,走路有点打闪闪,心理早已经崩溃,这样逃来逃去也逃不脱一死,早死是死,晚死是死,早死早翻身。怒火中烧,骂道:"我×你祖宗,你个哈儿,瓜娃子,一天到晚你打过来,他打过去,打个锤子。你收税,他收税,你收个鸡儿。"

景氏吓得去捂张烺的嘴。

话已经出口,张烺等待刀斧结果性命。可张烺生来一脸佛相,生气骂人时都好像在笑。

那"兵"见张烺一张笑脸,也点头示好。

张烺继续骂:"你装莽、挨尿,不如像黑虎混天星那样耿直点,要咋子就咋子,要抢要杀随你龟儿子大小便。"

火发完了。"兵"几乎没听懂,只听到老子、锤子、鸡儿、尿之类,他叫来一个"勇"当翻译。

明军中的"兵"是体制内的,而"勇"是临时工,等打完仗,该回哪回哪。"勇"当然不可能死心塌地卖命,常做点吃里爬外、当点好人之事。

"勇"是个四川人,他用蹩脚的北方话告诉"兵":"他说,他家本来有一只麻鸡,他拿个锤子去打,打过来,打过去,打了半天,没打着。"

"兵"哈哈大笑:"原来,我不知道为嘛杀鸡不用牛刀。现在知道了,原来是杀鸡用锤子。哈哈哈,这行吗?算了,看你是从外地逃命过来的,拿不出钱来,缴不起税。记住,若见到大西军、南明军、摇黄匪十三家,即禀报,朝廷有赏,白米一升、豆腐两块。"

望着明军远去，张烺一身是汗。景氏吓得坐在地上站不起来。指着张烺鼻子说："你今天要是把军爷惹毛了，我们一家人都会没命的。"

夫妇俩正说着，"勇"又回来站在他们面前，说："你们骂他的话，人家全听懂了，还不快收拾东西搬家？"

一家人逃到西充槐树场大堰沟，买了一处农家小院，安定下来，向家里报平安，领着儿子背诵四书五经。

转眼三年过去了。

张烺又得一子，取名鹏翼。

张鹏翻长得虎头虎脑的，整天嘴里念念有词。

景氏问："儿子，你念叨些啥子嘛？娘一句都没听懂。"

张烺却很得意，对张鹏翻说："运青，知止而后有定，定而后能静，静而后能安，安而后能虑，虑而后能得。物有本末，事有终始。知所先后，则近道矣。这句话是啥意思？给你娘讲一下。"

张鹏翻娓娓道来："知道应达到的境界才能够志向坚定，志向坚定才能够遇事不急不躁，心绪平静才能够思虑周详，思虑周详才能够有所收获。每件事物都有最重要的和次要的，有开始也有终结。这就是事物的规律。"

景氏盯着儿子，无比欣赏，继续问："你长大了做啥？"

"古之欲明明德于天下者，先治其国。就是古代先贤要想在天下弘扬光明正大的品德，首先要治理好自己的国家。"

景氏越听越高兴，这么点小屁孩，就想治理国家，继续逗他："那么多皇帝都治不了国家，你能吗？"

张鹏翻脱口而出："物格而后知至，知至而后意诚，意诚而后心正，心正而后身修，身修而后家齐，家齐而后国治，国治而后天下平。"

见妻喜不自禁，张烺说："夫人不要高兴过早，小孩子鹦鹉学舌，他哪里晓得啥子是治国平天下？我就希望他当个老百姓，过平常日子就行。千万不能像我爹那样，年纪轻轻就送命战场。"

张鹏翻接过张烺的话："父亲说的不对。保天下者，匹夫之贱与有责焉而矣。天下苍生兴盛灭亡，关乎天下人，即使庶民百姓都有责任。"

张烺被眼前这个顽童惊住了，他记得并没有教过这句话。问："儿子，你怎么晓得的？"

"父亲在读《日知录·正始》时，孩儿听到的。"张鹏翮突然像大人那样叹了一口气，"哎，我记性不好了，年轻的时候，我啥子都记得。"

"你年轻时候？"全家人都哈哈大笑，张烺无比好奇地问："你多年轻的时候？"

"去年吧，父亲和母亲说的话，我全记得。"

一家人目瞪口呆。张烺与妻子互使眼色，以后说话可要小心了。

张烺想起了《伤仲永》的教训，先天聪明的孩子，如果后天教育跟不上，也会成为普通平庸之辈。他立即决定搬家，去找一个有学识的先生教授儿子，让儿子成为有用之才。

听说洏县云雾寺大和尚是个举人，很有学问，一家人决定前往。

群峰争峻，悬岩比秀，溪流潺潺，山花烂漫，青树翠蔓，竹树环合，碧绿幽邃。人置身于苍茫云海中，赏心悦目。

景氏信佛，见庙必拜，牵了儿子进庙门，张烺只得紧随其后。

到了地藏殿，见供有一灵牌，上书"怀远将军张应礼位"。

这不是家父吗？可家父是怀远将军都司金书，并非将军。难道另有其人？

与和尚打听："师父，请问怀远将军张应礼是何方人？"

和尚停下犍槌，垂着眼皮："阿弥陀佛，张应礼这么有名都不晓得？他是遂宁人，此公于定军山大战摇黄匪王高，不幸殉国，本寺为其超度。"

张烺与景氏急忙跪下，喊了一声："爹！"

三叩九拜，泪如泉涌。

张鹏翮也学着父母的模样，撅起屁股行大礼。

张烺将父亲的事迹和遗嘱一一告诉张鹏翮，让其心怀大志，饱读诗书，将来干大事。

大和尚得知张应礼后人到此，决定将其收留，并教授其子。

张烺将随身所带细软全部交与寺中，每天陪儿子读书写字，景氏打扫寺院。

读书、养心，真是世外桃源。

转眼住了半年。一天夜里，张鹏翮闹肚子，景氏陪着儿子去茅房，张烺见两人去了半个时辰，不见回，便去寻找。

忽听院外嘈杂声，"砰砰"撞门声，继而火把将院内照得通明。

大和尚被两男子押着到一男子面前，那人五短身材，满脸横肉，长着络腮胡。问:"秃驴,晓得为啥找你?"

"阿弥陀佛,出家之人,不问红尘事,不知施主有何见教?"

那人"嘿嘿"两声,伸手抓过张应礼的灵牌,问:"无事不登三宝殿。这是啥?"

"上面清清楚楚,施主何必明知故问。"

"听说过黑虎混天星吗?现在就在你眼前。张应礼是我王高的仇人,他杀了我百十个兄弟,他的哥们儿彭王垣也杀了我不少弟兄,你居然供奉张应礼的灵位,还把他家人接入寺中养起来,啥意思?跟我王高过不去?把人交出来,本王不计前嫌。"

张烺听明白了,杀父仇人黑虎混天星王高是冲着他一家子来的。

景氏带着儿子站在张烺身前。

一家不知如何是好。

后面有人轻轻拍张烺的肩膀,回头一看,是位老和尚。

老和尚打开后门,三人摸黑躲进树林。

寺庙里几声惨叫,火光映红半边天。

张烺背着张鹏翮奔跑逃命,内心无比自责。也不知跑了多久,眼前一花,双腿软倒跪地,半天不能动弹,张烺哭出声来:"都是我们害了云雾寺的师父,罪过啊!"

身无分文,辨不清方向,一家人如魂游荡。

不知走了多少路,也记不得翻了多少山,但知道过了两个夜晚。渴了就喝点树叶上的露水,饿了就捡几颗野核桃。

一家人筋疲力尽,坐在地上,等待死亡。抬眼望去,张烺看到了一幅美景。

> 一径摩天去,冈峦取次行。
> 近村来树色,累石助溪声。
> 啼鸟日亭午,驱牛人罢耕。
> 隔林是乡县,山意已相迎。

这是一百多年后,张鹏翮的玄孙张问安写的《宁羌道中》。

张问安的弟弟张问陶也专程到这里,重走先人路。写下诗篇《宁羌州》:

不过金牛峡，安知此地平。
乱峰犹簇拥，数亩忽纵横。
柳暗鱼凫国，花明羊鹿坪。
连朝山雨足，时有叱牛声。

急忙下山进城，得知是宁羌州，古时叫羊鹿坪。却身无分文，又不好开口向人乞讨。

到了"核桃馍"店铺前，张鹏翮走过去说道："掌柜的，给我来三个馍。"

掌柜瞅了他一眼，装了一大盘核桃馍放在桌上，说："客官，请慢用。"

张鹏翮狼吞虎咽，被噎住了，掌柜急忙盛了三碗粥。

张烺和景氏不敢动，脑子里想着咋个付馍钱。张鹏翮将嘴一抹，走过去对掌柜说："掌柜，你是好人，我们被土匪抢了，等我们回遂宁就把钱给你送来。"

"吃吧，不要紧。"

景氏急忙摸索头上的金钗和耳环，居然一无所有，所有的首饰都摘下了放云雾寺了。她"扑通"一声跪下："救命恩人，我等一定加倍奉还。"

这一跪，在张鹏翮心里留下了永远的痛。

掌柜放下手中活计，连忙扶起，说："谁都有窘迫的时候，何况兵荒马乱的。"

吃饱喝足，掌柜又装了一口袋馍让他们带在路上吃。

一路向南，张烺一家朝着回家的方向走去。

04

在云雾寺的遭遇，张烺心有余悸。只得奔保宁投靠景氏的大舅，再差人回遂宁报信。

保宁三面环水，四面环山，水在山中，城在水中，世称阆苑仙境。大舅家在学道街，不远处贡院，乃顺治所围设，补行辛卯科乡试，甲午、丁酉、庚子三科皆在此。周边多有学子租房读书。

张烺借了大舅银子，在此也租下瓦房两间，安顿下来，不再折腾了。带信回老家。

向南三百步，有庵叫白花庵，请得一师父教授张鹏翮诗书。

屋前玉兰、修竹，屋后银杏树，清澈的小河从门前静静流过，玉兰花瓣随波而去。门匾已经褪色，岁月无情，格外沧桑，隐约可见"白花庵"三字。

晨钟暮鼓，焚烟袅袅。文人雅士常居此，吃斋修心。庵中留有明朝宰相杨廷和的墨宝"云林"大匾，悬于庵壁。

一日，放学后，张鹏翮找来梯子，将"白花庵"门匾上重写四字："大觉禅林"。

写完后，得意回家，禀告父母："白花庵不通，应改。"

张烺问："咋个不通？"

张鹏翮说："庵者，小草屋也，本义闭关之房屋，尼姑修行之所，可里面住的是和尚，此第一不通也。出家之人，看破红尘，六根清净，怎能有花花世界？此第二不通也。第三……"

张烺斥住，一番教训："观今宜鉴古，无古不成今。子云，学而不思则罔，思而不学则殆。这白花庵有来历。很多年前，一女子的丈夫中了举人，丈夫便一纸休书将她抛弃。女子便削发为尼，来此建庵修行。

"有一书生家中贫困，常来此庵借宿读书。日久天长，与尼姑暗生恋情。生下一子，不久，书生病死。

"尼姑无法抚养，只得附以血书，将婴儿置于路旁，请求收养。此子被好心人抱去，养大成人，得中解元，偶在家中发现血书，方知另有生母，四处寻找，在此庵寻得其母。

"尼姑恐碍儿子前程，不敢遽认。解元取出血书，跪地哭求。尼姑抛却念珠拂尘，母子相认。和尚敬仰，来此修行，弘善德孝行，白花庵沿用至今。文人以此故事写了一台戏，就叫《白花庵》。"

听父亲这么一讲，张鹏翮羞愧难当，说："此女子之不幸，乃其丈夫见异思迁，人面逐高低，令人不齿。贫贱之交不可忘，糠糟之妻不下堂。我当与吾妻同甘共苦。"

说完，即去白花庵取下门匾，欲洗去新墨。

方丈劝道："这字酣畅浑厚，力透纸背。小小年纪有如此见解，书法有如此功力，将来必成大器。不如留着，以作验证，如有应验，不负贫僧苦心。"

张烺自是欢喜，捐了些香火钱，再三道歉。

回到家中,景氏做了一碗东坡肉,馋得张鹏翮直流口水。听丈夫说儿子的事,景氏满心欢喜,连往张鹏翮的碗里夹了几块肉。几个月东躲西藏,饥一顿饱一顿,忽见此美味,大快朵颐,连吞数块,仍不满足。景氏将自己碗里的肉也给了儿子。叹气说:"哎,这兵荒马乱的啥时候是个头哟?"

张鹏翮擦了嘴应道:"娘,等儿考上状元,定当平天下。"

"娘估计是等不到那天了。"

是夜,张鹏翮腹疼难忍,打着糊臭嗝,肚子如打雷鸣。连上了五六次茅房,仍痛得死去活来。

景氏自责,都是为娘不好,竟然放纵儿子贪口福。

自此,张鹏翮落下病根,不能沾荤腥,一沾便拉肚子。

日后,张烺每每说起此事,都要念叨:"人之病都源于贪,一个'贪'字害了多少人。"

白花庵改圃的事很快传遍保宁,人所皆知,从遂宁来了一神童,都以见上一眼为幸。张烺觉得此事不妙,长此下去,必误张鹏翮学业,不能贪此虚荣,收拾家当准备去盐亭三爷爷家。

张烺自己先到盐亭收拾,可这一去,就再无音讯。家人四下打听,得到一个非常绝望的消息:王高占据了盐亭。

原来,王高在遂宁吃了败仗,却得了广德寺玉印。

自从得此玉印,所到之处,势如破竹。难道真如传言,得印者得天下?何不顺应天理。

攻占了盐亭后,他不再以抢劫为目的,而是以天下为目标。四处招兵买马,兵将越聚越多。

当王高听说南明起了内讧,镇守的王祥被孙可望除掉,遂宁城中空虚,觉得雪耻的机会到了。便乘虚而入,大开杀戒。

张氏一脉,人口过千,躲过了初一,没逃出十五。在遂宁城中的张氏三世无一幸存。

王高下令烧遂宁城池。可刚点燃,就被突然而至的大雨浇灭。

命再点火。

唐君伦看不下去了,对王高讲:"大当家的,遂宁千年古城,已有灵性。智者当顺时而谋,愚者逆理而动。"

唐君伦本是涪城人，习武功枪法，靠镖行营生，被混天星抓了丁，授为总兵。见王高住手，他又劝道："大当家的，咱们以后不能如此杀人。没有百姓，何以为生？"

王高很生气："不杀人，怎能震慑人心？"

"如此不分好坏，乱杀一通，必失人心。"

"老子是土匪，还没有当上皇帝，要人心干啥？等老子坐龙椅自会有安排，轮不到你来教老子。"

唐君伦不敢多言。

此时，有人举报，上次攻遂宁城时，唐君伦私藏宝物，又私放一人，疑与遂宁有瓜葛。里应外合，才致攻城失利。

王高暗生杀心。

05

这一日，已是顺治十二年了。

景氏等不到丈夫，估计张烺已经不在人世，哭了几场，将眼泪抹干。没有男人就不活了吗？她把全部希望寄托在儿子张鹏翱身上。正要起身回遂宁重拾家业，忽见堂长嫂戚氏来保宁。

两姒娌他乡相见，抱头痛哭。戚氏哭诉："丈夫在遂宁城被混天星所杀，自己独居黑柏沟幸免于难。可海均那个畜生……"

"海均乃家仆，大哥对他如兄弟，他对你怎么了？"

"他欺负我成新寡，动手动脚。我便来此保宁找你们，请妹妹做主。"

"长兄如父，长嫂如母，我景氏再仁慈，也不能受此大辱。必讨个说法。"

景氏返回黑柏沟，令周正良将海均绑在树上鞭打。骂道："猪狗不如的东西，我大哥待你如何？世间岂容你这等不忠不义之徒。"

周正良取了一把弯刀，要断海均的命根。

海均吓得屁滚尿流，大哭求饶。

景氏心善，饶了他，给了些银两，让海均回老家营生。

这天夜里，海均带了五人投奔混天星而去。景氏觉得凶多吉少，便将家事交与周正良，带着孩子和堂长嫂戚氏朝保宁逃去。

张鹏翃穿梭山林、蹚河流，轻车熟路。不觉到了翠屏山，离保宁近了，见母亲他们慢腾腾行走，一人便跑进林子，捡了两包蘑菇，扯了一包野菜，回头一看，家人还在后面，慢慢摇着。一只兔子从面前跑过，他扔下蘑菇和野菜跟着兔子追去。追了几步，听到身后风声起，回头一看，吓了一跳。黄毛黑斑，头上有一个"王"字，一双尖耳朵，灯笼般大眼，张着血盆口，朝他吼了一声，声音在山谷里回荡。

景氏听得真切，坏了。大声喊："运青、运青。"

张鹏翃停下来，老虎也停下来。

张鹏翃叫道："娘别过来，别过来，有老虎。"

戚氏当场吓晕。

张鹏翃指着老虎说："来呀，来咬我呀。"说完撒腿就跑，老虎朝他猛扑过去。张鹏翃纵身一跃，抱住一棵大树，如猴攀竹，扶摇直上，"呼呼"爬到树梢。

老虎急得在地上打转，用前爪子扒了一会儿树皮，抬起后腿撒了一泡尿，悻悻而去。

坐在树杈上，张鹏翃看见老虎远去，已经见不到踪影。抬头一看，头上有一个鸟窝，他爬上一看，是一对毛茸茸的小斑鸠，张开大嘴。张鹏翃连窝取下，回到家人身边。

见到张鹏翃，一家人悲喜交加，景氏责备他不应该乱跑。

张鹏翃说："如果不是我去引开老虎，你们都被老虎吃了。"说完，得意地从身后亮出斑鸠窝。

戚氏一看，很高兴："哎呀，好可爱的小东西，带回家去养着。"

景氏脸一沉："送回去。"

张鹏翃不肯。

景氏折了条树枝，把张鹏翃按在地上就开打。

戚氏劝住。

景氏拉过张鹏翃问："知道娘为啥要打你？你知错吗？"

张鹏翃心里特别委屈，直摇头，他搞不清楚为啥。

景氏落泪，抚摸着张鹏翃的头，捧起他的脸说："运青，记住娘的话，永远不要去惹老虎，不要去惹要吃人的东西，否则，你早晚会受到伤害。如果老虎把你叼走，我们一家人会伤心而死的。你听听，斑鸠叫得多惨，它们在找自己的孩子呢。连鸟都如此，何况为娘。"

张鹏翮知道自己错了，连窝将小斑鸠送回树上。

戚氏拉过张鹏翮的手说："我儿，你娘说得对。但，世间有些土老虎你是躲不过去的。害怕、胆怯都没有用，你只能想尽一切办法，去打败它。"

大清的地盘在扩大，南明的天下在缩小。

已经掌握实权的孙可望，野心开始膨胀，他想学曹操挟天子以令诸侯。

一起投靠永历皇帝的李定国看不下去，说："大哥，当初不是永历皇帝收留我们，哪有今天？做人要厚道。我们应当帮助永历皇帝早日恢复明室。"

孙可望却道："兄弟，南明不靠我们兄弟几个给他扎起，早就被清军砍成肉酱了。"

道不同，不相为谋。孙、李兄弟俩在路线问题上发生重大分歧，大打出手。孙可望手下人也看出他欲图不轨，不愿为不忠不义之人效命。

结果，刚一出手，孙可望就被李定国打得大败。

孙可望一看，老子在南明作了那么大的贡献，关键时候居然有人跟我离心离德，看来在南明没有搞头了，不如投靠大清。

南明英武殿大学士、兵部尚书吕大器听闻，一口鲜血喷出，自知不久于人世，便给写了封密件，差人送与张烺。

几经辗转，信到了景氏手里。

"某闻烺生有一个神童，望能将其育为国家栋梁，以复明室……"

景氏见信既高兴，又害怕。高兴的是吕大器都知道张鹏翮。害怕的是，现在天下分崩离析，遂宁今天是南明的，明天是混天星的，后天是大清的。到底最终归谁，谁都不知道。

她不想沾惹是非，将信藏于墙壁缝中。

孙可望投靠大清，吴三桂当即给他封官。得了封赏的孙可望马上就把南明的军事机密悉数告诉了吴三桂。

清军立即贴出公告："民贼相混，玉石难分。或屠全城，或屠男而留女。"

于是四山搜剿，清扫南明残余，顺利攻入云南。

做了十几年南明皇帝的朱由榔，感到事态有点严重。问李定国："如何是好？"

李定国替他分析："清军之所以来得如此快，皆因为出了汉奸，孙可望把我们的秘密全部告诉了清军。如今有三种办法，一则向东，去台湾，与郑氏合力。郑氏绝对忠于明朝。二则向南，到安南和暹罗。暹罗一向与明朝友好，是我朝的避难之所。三则向西，经云南去缅甸。东狩为上，南狩次之，西狩为下策。"

听到三策，朱由榔沉思良久。生死关头，他得自己拿主意。今日之永历朝依靠谁？依靠的大西军余部。但，大明江山就是大西军一伙人葬送的，大西军曾与明朝不共戴天。他清楚记得，张献忠攻下凤阳城时，挖了朱家老祖宗的祖坟。攻占武昌时，把明朝的楚王朱华奎处死并分食其肉。攻克四川后，又杀了瑞王朱常浩，迫使成都王朱至澍和太平王朱至㵥自杀。大西军首领中，效忠我朱由榔的只有李定国。但李定国为什么要辅助自己呢？他有何企图？朱由榔打了很多个问号，他最后选择了下策："西狩，去缅甸。"

在李定国的护送下，画出一条西狩路线，由贵阳到昆明，再由永昌退到腾冲，最后逃到缅甸曼德勒。

缅甸王莽达提出收留的条件：李定国的兵马不能随驾，退撤至南明、老挝、安南边境。

李定国只得盘桓于安南境界，西望朱由榔远去的背影，从此不再相见。

此时的朱由榔才想起鬼谷子的教诲："用对人，才能做对事。捡到篮子里的，并非都是菜。"孙可望就是味毒药，当初就不应该收留他。

世上哪去找后悔药？

吴三桂见朱由榔居然去了缅甸，心中高兴，这个愚蠢的家伙，要是去了台湾，或者暹罗，我还拿他没有办法。机不可失，失不再来，于是屯兵云南边境，整军备战南明军。

缅甸见清军大军压境，一时慌了神。

早已窥觎王位的莽白见兄长莽达乱了方寸，趁机发动政变，杀死莽达，自己当王。

莽白即派使者来向朱由榔索取贺礼，此时，永历皇帝漂泊异邦，坐吃山空，已陷入窘境，拿不出多少像样的贺礼。但是莽白的意图显然不是为了得到财物，而是借明朝皇帝贺礼，来增强自己的地位。

可朱由榔哪有这种政治智慧？回道："以其事不正，遂不遣贺。"

这不是乌鸦笑猪黑吗？我莽白不正统，你南明难道就是正统货？朱由榔的态度，使原已不佳的明缅关系更加恶化。

莽白说："那好吧，请明日过河，同饮咒水盟誓，以结友好，这下总行吧。"

朱由榔并非蠢货，一眼看出了其中有诈："这不是鸿门宴吗？"

可是，退回中国有吴三桂的大军等着他。

进退无据的朱由榔只得命大学士马吉翔、大臣沐天波等前去赴约。

马吉翔等人刚到赴约地即被三千缅军团团包围。

沐天波见势不对，立即夺刀反抗，终因寡不敌众，大小官员四十二人全部被杀。

随即，缅军赶往永历帝住处，追杀随从三百余人，将朱由榔及剩下随从、眷属二十五人押解交给了昆明的吴三桂。另交还一枚玉印，上刻"敕赐广利禅寺观音珠宝印"。

吴三桂哈哈大笑："天意，天意啊。众里寻他千百度，得来全不费功夫。好，赏！"

吴三桂这个曾经领着明朝俸禄、护卫明朝的战将，在昆明箆子坡亲手用弓弦将南明永历皇帝朱由榔勒死。其眷属无一幸免。

清军势如破竹，清除了川内的南明、大西、大顺和摇黄十三家，最后攻下山城重庆。

四川总督李国英上疏，数万巨寇，无一漏网，四川平定。

大清这艘小船，在剧烈晃动中逐渐变大。

动荡几十年，该平稳了吧？可树欲静风不止，等待大清的晃动还在后面。

06

顺治皇帝福临时年二十四岁，正值青春年少，本可开创一番伟业，可做皇帝太累了，自六岁登基，在皇帝宝座上待了十八年。全国战乱不休，朝臣明争暗斗，他身心疲惫，内心苦闷，后悔干了世界上最苦的职业——当皇帝。

看破红尘的他，倾心僧禅。压垮他的最后一根稻草，则是最心爱的董鄂妃病逝。在绝望中，有一种病毒叫天花，成全了福临的求死之心，助他去与董鄂妃地下相会。

国不能一日无主。福临的儿子康熙年仅八岁,他成为大清定都京师后的第二位皇帝,开启了康熙时代。

谁也想不到康熙和张鹏翮,一个贵为天子,一个贱为庶民,两人如同两条完全不可能相交的平行线,却慢慢倾斜,在几年后,相交在一起。

十三岁的张鹏翮与家人回到了遂宁。

可黑柏沟的张家大院门可罗雀,千亩田地只有周正良一人打理,大部分荒芜,杂草丛生。

遂宁城中的家布满蛛网灰尘。

景氏只得带着一家老小投靠父母,在赤崖山落脚。

让景氏头痛的是,张鹏翮的学问渐长,已经无人能授,她四处打听哪有高人。

父亲景太公告诉她,赤崖山二龙庙来了一僧一道,颇有些仙气,不如前去打探一下。听说隔壁小女唐氏筱芊便是那僧道收的徒弟。

景氏领了张鹏翮即刻上山拜师。

赤崖山二龙庙是张鹏翮的出生之地,张鹏翮早就听母亲说过。

与母亲景氏从外公家出门上山。登高远望,绿树成荫,见一泓湖水,如珍珠镶嵌于翡翠之中。

景氏讲了一个故事:相传很久以前,湖里有巨蟒,吸天地灵气,采日月精华。道行三千年,长腿无数。

人说日久成精,成精必作怪。此怪物能呼风唤雨,腾云驾雾。八月初一传话村民,每年供奉一对童男童女,可保方圆百里平安。该轮到景氏家供奉了,眼看一双可爱的幼童即将葬身蟒腹,景家人撕心裂肺,凄惨之声惊动上天,派东海龙王夫妇去收拾龙族妖孽。

龙王夫妇俩降下云头,摇身一变化作两和尚,打探详情,原来咱龙族还出了如此败类,这不坏我龙族名声吗?必须拿下。几番打斗,龙母咬住巨蟒七寸,龙公取剑削除蛇妖全部脚爪,废除功法,放入草丛,让其苟且偷生。

但人们仍心有余悸,万一龙公龙母走后,它再回来怎么办?便在赤崖山上盖上二龙庙,塑上龙公和龙母像。从此,赤崖沟风调雨顺,远离兵荒马乱,堪称世外桃源。

张鹏翙与母亲踏着长满青苔的石阶而上，远远听见木鱼敲击"啵啵啵"之声。一股檀香飘来，沁人心脾。到了山顶，见两棵黄葛树，透过树冠见得一庙，古朴典雅，岁月沧桑。庙中并无传说中的龙公和龙母，正殿供奉着关公和孔子。

景氏解释，这个庙经历千年，几经损毁，几经修葺，最终成了孔、关二圣之庙堂。

香烟冉冉升起，一和尚右手敲着木鱼，左手转着念珠。那和尚眉间长一瘩子，大小如豆。

突闯进一人，跪下，喊了一声："恩人，你可好？"

那和尚并没有睁眼，继续敲着木鱼。

那人说："恩人，你可记得遂宁卧龙山上？"

和尚不理。

景氏听声如此熟悉，回头见此人背影极像张烺，便喊道："冲寰。"

果然是张烺。

一家人久别重逢，喜极而泣，景氏骂道："你死哪去了，五年了，活不见人，死不见尸。"

张烺紧紧搂着儿子张鹏翙，满脸亏欠："说来话长，让你娘俩受苦了。"

张烺叫张鹏翙在和尚面前跪下："我儿，你我有今天，全得恩公手下留情。"

和尚停了手中木槌，抬起眼皮看了一眼张烺父子，说："施主，你认错人了。"

"没有错。我认得你。你让我找你找得好苦啊。五年前，得知混天星在盐亭玉龙山上扎寨，我便上山做火夫找你。五年了，才打听到你的下落。"

和尚双手合十："阿弥陀佛，施主，贫僧不知你所道何言。"

就凭那和尚眉间的瘩子，张烺断定绝对没认错人，但听和尚这么一说，又不敢肯定自己的判断，只得念："阿弥陀佛。"

和尚起身请张烺一家至后院吃茶，分宾主坐下。和尚咂了一口茶说："施主找贫僧，必有要事。"

张烺本想说棉衣之事，但景氏却先开了口："不瞒师傅，此乃犬子张鹏翙，字运青，十三年前，因避混天星袭击遂宁城，我一家连夜逃至这二龙庙里，当晚他就生在这里。从小跟着我们四处流浪，学了些诗文，这才回家。听说二龙庙有高人，特来拜师求学。"

"贫僧净伦，出家之人，吃斋念佛而已，不懂什么学问，粗略会点棍棒防身之术。早就听说张鹏翮是神童，贫僧哪里教得了他？"

和尚说完，从怀里取出玉佩，递与张鹏翮，问："公子可认得此物？"

张鹏翮接过玉佩一看，一面为"忠"，另一面是"义"。不正是父亲描述的祖传之物？但他不便明说，只说："君子如玉，玉有五德：忠、义、智、勇、洁。"

净伦法师问："何为忠义？"

张鹏翮略加思考，回道："岳母刺字，精忠报国，忠也。老吾老以及人之老，幼吾幼以及人之幼。羊跪乳，鸦反哺，牲畜尚且如此，何况人乎？孝也。古人以仁治国，以德服人，己所不欲，勿施于人，先天下之忧而忧，后天下之乐而乐，仁也。替天行道，疾恶如仇，抑强扶弱，惩奸除恶，义也。'忠孝仁义'乃人之血脉精髓。先贤夫子仁者爱人，关公忠孝仁义。故而文当拜夫子，武当拜关公。"

净伦法师击掌，连夸："好，解得好，孺子可教。'忠义'乃贫僧要教你的全部。"

张鹏翮看了一眼父亲，急忙跪下三叩九拜。学生记住师父教诲，当即作诗："当须徇忠义，身死报国恩。谁题忠义字，千古独风流！"

张烺遣张鹏翮回家取些酒菜上山，自与净伦在山上转悠，说些往事。

张鹏翮下山，路遇邻居女子唐氏筱芊。两人同岁，今日相见，并不避讳，互致问候。见筱芊手提竹篮，盖了一层灰布。张鹏翮上前打招呼："筱芊，上庙呢？"

筱芊答："是，给师父送些斋饭。"

张鹏翮好奇问："你也拜净伦法师为师？"

筱芊说："兵灾匪患之年，跟净伦师父学些棍棒防身。"

"我俩都是净伦法师的弟子，我刚拜了他为师，这下山取酒菜。按理，我得叫你一声师姐了。"

张鹏翮喊了一声"师姐"。筱芊不好意思，低着头早已经走远。

张鹏翮痴痴地看着筱芊的背影。回到外公家，取了饭菜，回到二龙庙后院，见已经摆了八仙桌。上方坐着净伦师父，旁边端坐一长者，有仙风道骨。

张烺笑道："我儿快来拜见师父。"

张鹏翮说："儿刚才拜过师父了。"

张烺指着长者说："彭先生也是你师父，他便是当年遂宁城赤手空拳抵御混天星大军的彭先生。"

十三年前，彭王垣大败混天星王高，当时觉得痛快，可自那以后，每到夜里，眼前总是皮肉分离、桐油火乱窜之景，耳边时常听到惨叫，非常后悔，更不敢回九宗书院了，便到二龙庙来修行，做学问。

张鹏翮曾听父亲讲过混天星围困遂宁时，彭王垣无一刀一枪，无一兵一卒，大败混天星的故事。从小对彭先生就佩服得五体投地，只苦于无缘相见。梦里寻他千百度，此人今日就在眼前。

张鹏翮倒身下拜："先生在上，徒儿久仰先生大名，请受蒙童稚子一拜。"

彭王垣扶起张鹏翮，端详良久道："老朽早就听说，遂宁张氏出了位神童，三岁能诵四书五经，六岁能书，九岁能诗，如今纵论家国天下，川中皆有声名，誉贯巴蜀。老朽不才，愿将平生所学全部授于你。"

自此，张鹏翮与两位师父一起，住二龙庙。闻鸡起舞，背诵诗书，博览天下文章。困倦时，装扮青衣，学唱几句川戏。

彭王垣说："运青，大清从马背上得天下，王公大臣、皇子贝勒皆骑射尚武，被奉为大清之根本，先正之遗风。"

张鹏翮一听便明白，从此，读书、骑射两不误。且悟出一张一弛谓之中庸之道。彭王垣、净伦暗叹，自古英雄出少年。

筱芊与母亲常到景家拉家常，两家每天轮流送饭到二龙庙。闲暇时，筱芊与张鹏翮同习射箭，两人越来越亲密。

筱芊试探张鹏翮："两位师父都夸你将来会有出息，你定能成国家栋梁。到那时，你还不得找个公主、格格、相府千金小姐什么的做夫人？"

张鹏翮当即发誓："我一辈子只做秀才。即使将来当官了，也坚守秀才本色，跟筱芊天天在一起。"

筱芊闪着一双大眼，假装什么也没有听懂："我没听懂，能再说一遍吗？"

张鹏翮将两手一搓，去挠筱芊胳肢窝。

筱芊沉下脸来，说道："运青，你再如此轻浮，我就不理你了。"

心中事已经说破，两人亲密无间。

每月十五，赤崖沟方圆十里的信徒都到庙里敬香祈福，赤崖沟开始有了人气。

黑柏沟的田地也长出了庄稼，日子开始红火，转眼过了三年。

中秋节。筱芊陪母亲和景氏到庙里烧香毕，到后院拜见两位师父。

彭先生见这对金童玉女，实在般配，对净伦法师说："净伦法师，我想做件好事，成全这对孩子如何？"

净伦当即赞同："甚好！贫僧也有这样想法。"

彭先生找来张焜和唐母说："两个孩子日渐大了，天天在一起，难免让人说些闲话，不如老朽做媒，你两家做亲家如何？"

张、唐两家早有此心，一点儿不觉得意外，都言甚好！

只是景氏不喜欢筱芊没有裹脚，又舍不得这桩姻缘，便做了一条石榴长裙送给筱芊。

筱芊不明白，问张鹏翩何意。

张鹏翩盯着筱芊的大脚，只笑不答。

筱芊急忙把一只脚提起藏在腿后面，扯下裙子盖住另一只脚。见筱芊窘态，张鹏翩哈哈大笑。筱芊惭愧，心中责怪母亲没有给自己裹脚，低着头往回走。被张鹏翩一把从后面抱住，顿感浑身酥麻。筱芊挣脱张鹏翩，骂道："你要死，光天白日下还动手动脚。"

张鹏翩急忙松手道歉："麻布口袋装盐巴——包涵、包涵。我怕你万一想不开，学黑柏下沟王氏，跪在香火前，用弯刀把自己一双大脚砍了，多痛呀。"

筱芊扭头便走，回头说："你这人就是刻薄，专戳人家痛处。"

张鹏翩拦住，两步跨到筱芊前面："筱芊，我错了，以后再不敢了。我说的真话，我不喜欢小脚女人，走起路来袅袅婷婷，一步三摇，还要别人搀扶。如今兵荒马乱的，小脚女人何以逃生？你要是小脚女人，谁陪我骑马射箭？"

说完，学着小脚女人走路的样子。

筱芊笑了，视张鹏翩为知己，嘴上却说："你等着，我去告诉你娘，你说她的小脚长得丑。"

张鹏翩读书，夏天，筱芊为张鹏翩打扇，冬日，为他烧热火炉。俨然一对小夫妻。

日子就如江海湖泊，平静总是短暂的，风浪才是常见的。

川中二月，梨花带雨，桃花正艳，菜花正黄。若有闲情，正当赋诗。

忽闻庙外嘈杂，张鹏翩放下书，走到庙门前一看，黑压压一片的清军兵马，已将二龙庙围住。

一个头头喊道："给我搜！"

张鹏翩拦在门口，呵斥："佛门净地，怎能如此无礼？"

那头头见是一个少年，没有放在眼里，说："快去传话，叫摇黄匪唐君伦出来受死。"

张鹏翮问："谁叫唐君伦？我们这二龙庙没有俗人，只有一僧一道和两个学童。"

"此庙僧人净伦便是朝廷通缉的要犯唐君伦。"

头头把手一挥："搜。"

众兵往庙门里拥。

张鹏翮将门后的长枪用脚一钩，到了手中，说："想进去，得过我这一关。"

头头呵呵一笑："小小年纪，口气不小。老子过的桥比你走的路多，老子杀的人比你踩死的蚂蚁多。滚开，有好远，滚好远。"

张鹏翮将枪转动，只听得"呜呜"着响，枪头锁住一兵颈窝。兵吓得不敢动弹。

"徒儿住手。"净伦法师将张鹏翮拉往身后，说，"此事与你无关，回去读书。"

张鹏翮只得放下长枪退至门后。

头头下令："拿下。"

众兵哪里能靠得拢净伦法师。来一个，净伦一掌将他拍出几丈外。来一对，飞出一双。十几条枪同时向净伦刺来，净伦将身一斜，十几条枪头扎到地上，将地上掀起一个大洞。净伦一个扫地旋风腿，十几条枪飞出十几丈外，钉在树上。

净伦拍了拍衣衫，说："这位官爷，是不是有些误会？贫僧在此庙念佛多年，守法修行，不如到后院饮茶把话说明。"

头头扭头朝身后喊道："海均过来，仔细辨认，他可是要犯唐君伦？"

海均说："没错。就凭他眉间那颗大瘊子，就没有假。我愿以项上人头担保，他老婆和女儿就住在山下，不信可以拿来对质。"

"弓箭手，取下唐盗首级者，赏银十两。"头头话音刚落，箭如雨下。

净伦法师百般闪躲，被一箭穿心，应声倒下。张鹏翮即上前扶起，哭喊师父。

净伦法师睁开眼，说声"关公"便咽气了。

头头整顿兵马，吩咐左右扛净伦法师的尸体速速下山，斩草除根。

张鹏翮一听，便从后山飞奔至唐家，拉着唐母和筱芊躲进门前的菜花地。

清军到了唐家发现空无一人。四下找了半天，也没发现。

张烺和景氏也出来做证："确实无人。"

那头头举起火枪，朝菜花地开了两枪，一群白鹭振着翅膀，飞向云端。

头头命将净伦法师尸首驮于马背上，回城领赏而去。

两声枪响后，唐母趴在地上不能动弹，身下一摊鲜血。筱芊急忙将母亲扶起，不敢高声，悄悄喊了两声"娘"。

张鹏翮伸手扶着，听见她脖子里面咕噜咕噜响，咳了声，鲜红从嘴角流出。张鹏翮用手替她擦拭，感觉到血的滚烫。

唐母挤出了笑容，有气无力说："你俩跪下。"

张鹏翮和筱芊顺从跪下。

"拜、拜堂。"

张鹏翮和筱芊相互看着对方，又看了看奄奄一息的唐母。

唐母说："我要看着你俩拜堂，快、快。"

张鹏翮和筱芊拜了母亲，又相互对拜。金色的菜花撒了一地，一行白鹭在空中盘旋，见证这对新人结为连理。

掩埋完唐母，张鹏翮和筱芊约定，等守孝满三年再正式完婚。

筱芊向张鹏翮说："净伦法师是我爹，俗名叫唐君伦。曾在混天星王高手下，因不满其滥杀无辜，王高欲除之。幸得心腹兄弟通风报信，家父逃至二龙庙，削发为僧。见风声过去，接了我母女来赤崖沟住下。"

谁知，海均自从调戏张氏长嫂戚氏，被景氏鞭挞，带了几个家丁连夜投奔了混天星王高，成了探子，替王高到处打听唐君伦的下落。当他得知唐君伦藏身于二龙庙，准备动手时，清军占领盐亭，混天星连夜逃遁。海均被捉住要杀头，他怕死，只说有重要军情要报。便把唐君伦藏匿之地告诉把总，得碎银二两，捡到一条性命。

净伦法师与他海均既无怨也无仇，居然遭此厄运，蜀中人无不骂海均可耻，海均觉得无法立足，便带了舅舅、舅母连夜消失。

张鹏翮这才知道，唐君伦正是父亲要找的人。便领父亲将唐家翻箱倒柜一遍，弄了个底朝天，也没有找到那件棉衣。

张烺好不容易找到的线索，又断了，只得到广德寺禀报方丈了改。

谁知了改早在混天星第二次攻城、抢劫广德寺时圆寂了。

张鹏翮见父亲这么执着，为了找一件破棉衣，居然抛妻别子混入土匪窝，差点搭上了老命。便对父亲讲:"了改法师已逝,找到了给谁?"

听了这话,张烺很生气:"亏你还是读书人,书读到狗肚子里去了吗?诚者,乃做人之本,人而无信,不知其可。无诚则有失,无信则招祸。那件棉衣了改四季穿着,为何脱给我?想必是为了我出城方便,或许那衣服里藏有什么秘密,怕落入土匪之手。我必须找到它,物归原主。"

张鹏翮从来没见父亲对他发这么大的火,急忙认错:"父亲,孩儿无知,一定帮父亲找回那件棉衣。"

周正良收养的大儿子周清已经二十了,刚刚成婚。戚氏见一次便落泪一次,说:"我儿若不被混天星所杀,也该这么大了。"

周正良没有主张,对张烺说:"老爷,你家有三个少爷,不如过继一个给长嫂。"

张烺早知长嫂的心事,说道:"长嫂只认周清,不如将他过继如何?"

周正良跪下,当即对天发誓:"老爷,我如有此心,天打雷劈。我周正良是个下人,从不敢有非分之想。"

张烺扶起周正良,说:"你对张家忠心不二,我一直把你当异姓兄弟。这样吧,我去跟长嫂说。"

周正良仍说:"不敢。"

戚氏听了,高兴万分,当即在张家祠堂行了大礼,周清改姓张,从今叫张清。张清便随张鹏翮去二龙庙跟彭先生读书,放学回家种地。

黑柏沟的人渐渐多起来,捡了无主土地耕种,过日子。

遂宁已经易主到大清手里,县衙门差人上门征税。

张烺请了长、短工近百人,缴税纳粮自然免不了。可戚氏孤儿寡母,靠张清一人种地,哪有闲钱?便大吵起来,拒纳税。

官差收税不成,便使用了惯用手法,谎称邻里举报,戚氏得了麻疯病,要将其全家迁出遂宁。

戚氏气得说不出话来,眼睛一花,倒地不省人事。

二龙庙里,张鹏翮与张清正在听彭王垣讲授治国之道,听得入迷。

彭先生说:"治大国如烹小鲜。凡味之本,水最为始。烹饪的用火要适度,五味三材,九沸九变,火为之纪,时疾时徐。灭腥去臊除膻,必以其胜,无失其理。调和之事,必以甘酸苦辛咸。经精心烹饪而成的美味之品,应是久而不弊，熟而不烂，甘而不浓，酸而不酷，咸而不减，辛而不烈，淡而不薄，肥而不腻。治国亦如此，恰到好处。

"治国不需经世之材，只需为官者不忘秀才本色。志节清白，学道修行，明达法令，刚毅多略。"

忽得黑柏沟人报信，张清听说娘受了欺负，当即下山，张鹏翮紧跟其后。

到家见戚氏面如土灰，气绝身亡。张清与官差抓扯。

张鹏翮上前理论："尔等乃前明旧吏，如今做了大清的臣子，却不思前明丢江山、失天下之教训。前明何以得亡？失人心罢了。官员为了满足自己的私欲，贪污、受贿，大肆搜刮民脂民膏。逼得百姓走投无路，亡国亡天下在所难免。"

张烺急匆匆赶来，对张鹏翮吼道："山野小民懂什么江山、天下？小孩子不要妄谈国事。"

张烺转过身去，又对差官怒吼："你们逼出了人命不走，还等着领赏不成？"

官差跪地叩头，起身逃出黑柏沟。

张鹏翮望着差官远去的背影，摇头自言自语道："提不起的猪大肠。"

张烺将张鹏翮拉到一边说，"如今天下谁主沉浮，还不清楚。再说，这江山更主，天下易旗，与百姓有何关系？换来换去，只是百姓头上坐的屁股换了，其他从来都没有改变过。"

"爹，不对。"张鹏翮很认真地对张烺说，"天下乃天下人的。顾炎武先生说，保天下者，匹夫之贱与有责焉耳矣。爹，孩儿已经打定主意了，将顺应天道人心，帮助大清革除前明旧弊。"

蓬溪知县潘之彪听到这话，点头对左右说："此公辅器也。"

时年，张鹏翮前往保宁参加童试，获第一名，中了秀才，与筱芊成婚，二人新婚如胶似漆。刚过了一月，筱芊对张鹏翮开始冷淡，连话都不说。张鹏翮不知道自己做错了什么，向母亲景氏诉苦。

景氏讲："亏你还是男儿，还不如女子有见识。男儿当以家国天下为己任，岂能儿女情长？"

从此，张鹏翮不敢回家，整日在二龙庙跟着彭先生读书。

三年后，乡试第一名中举。筱芊抱着两岁的儿子孟一到二龙庙请张鹏翮回家："如今夫君考取功名，望莫食言。"

"筱芊放心，此生遇你，运青永远是你的秀才。"

第二章 / 行走的骷髅

07

康熙九年。太和殿前,杏花盛开。

殿试。站在康熙面前的一个考生,皮肤白皙,相貌妙丽,如同女子。康熙问其姓名,得知是遂宁张鹏翮。康熙对索额图耳语,这小子长得好像戏台上的花旦。

索额图笑了。

丹墀揭榜。状元蔡启僔、榜眼孙在丰、探花徐乾学,二三甲李光地、张鹏翮、赵申乔、陆龙其、叶燮、陈梦雷、郭琇共二百二十九中进士。因张鹏翮最年少,且长于诗文及书画,授庶吉士。

赵申乔等几位私语:"你们说,张鹏翮是不是女扮男装?说不定,我朝要上演一台新女驸马、新梁祝呢。"

众人哄笑。

张鹏翮不急不恼,竟然穿上女儿装,涂脂抹粉,搔首弄姿走起了碎步、捻步、赶步、蹉步、倒步,引得阵阵欢笑和喝彩。

索额图听到笑声,寻声而来。见了张鹏翮的装束和作态,心中不悦,但他喜欢张鹏翮的聪明和勤奋,咳了一声。

众人见了索大人,吓得鼠窜。

索额图叫住张鹏翮,铁着脸说:"运青,难怪圣上都说你像个戏台上的花旦。"说完扭头就走。

望着索额图离去的背影,张鹏翮暗自反省,作为一个官员,不能太随便,当严肃谨慎,少些嬉笑。从此,张鹏翮以索额图为师,学问大增。

养心殿。

康熙捧着徐乾学的跋颜鲁公《祭侄文稿》，反复欣赏，连连称好："这个徐乾学写出了新境界，文雅内敛，清雅秀劲，却能给人一种纵横舒展之感。估计朕一辈子都达不到他这种水平。"

明珠说："圣上过谦。圣上的御书谁人能及。"

康熙笑了笑："明珠奉承，朕岂无自知之明。你看过徐乾学的楷书吗？当今书坛，馆阁体笔画均等墨色相同，虽严谨却呆板，而徐乾学的楷书笔画布局上富有变化，尤对笔锋的运用尤为精到。通过笔锋的变化，在字与字之间形成了连带之感，让书法有鲜明的韵律感。可见其对书法的研究之深，真正领悟到了书法之精髓。"

明珠与徐乾学关系甚好，属自己培植的党羽，也是儿子纳兰成德的师父。若借机再加一把柴，帮助徐乾学青云直上，然后，通过徐乾学，纳兰成德岂不更有机会……

明珠见时机已到，对康熙说："徐乾学好书，家有藏书楼'传是楼'。有数间书库，藏有经史子集四类书籍，七十二橱，共万卷。臣仰其学识，请为做犬子成德之师。先生收录先秦、唐、宋、元、明经解共一百三十八种，共计一千八百卷，取名《通志堂经解》。"

康熙嗔怪："好你个明珠，为何不早报？"

"奴才该死，只因该书是徐乾学为犬子成德所录，且正在刻版，故不敢叨扰圣上。"

"还不快快给朕取来。"

徐乾学顺利走进了康熙的圈子。

三月京城，桃红柳绿。

康熙领文武百官畅游皇苑。忽听一声隐隐春雷，顿时风卷尘沙起，云化雨落地。众臣拥康熙入亭避雨。见亭前地上有一鹊巢，三只光秃秃雏鹊挤在一起。听见嘈杂声，雏鹊闭着眼睛伸出大脑袋，张着大嘴求救。

康熙触景生情，指着鹊巢说："众爱卿皆治国之才，朕今有上联：风吹鹊巢，二三子连科（窠）及第（地）。谁对下联？"

众臣不知康熙所指，不敢应对。

张鹏翮看康熙如此兴致，又说了"众爱卿皆治国之才"心中便有了主意。

回头正见树枝上有几只猴子拱起背壳躲避风雨，便立即对出下联："圣上，臣有了：雨打猿穴，众诸侯（猴）拱背托天。"

康熙点头称："妙。"

雨停了，一群人继续前行，来到动物园。康熙见大象不停地扇动着耳朵，鼻子高高地伸向空中，不停嘶鸣。而其他人走到大象前，它却不动也不叫。

康熙觉得奇怪，回头走到大象面前，大象又扇动着耳朵，鼻子高高地伸向空中，发出响亮的叫声。反复几次，屡试不爽。康熙心中疑惑不解，回头问众臣："象对朕嘶鸣，可知吉凶？"

明珠、索额图、李光地、张鹏翮你看看我，我看看你，都不知道如何应答。徐乾学上前禀道："圣上，大象善解人意，聪明灵性，'象'为'祥'之谐音。以象驮宝瓶为'太平有象'。以象驮如意为'吉祥如意'。佛经云，大象鸣，国家兴。象鸣君，此乃吉兆也！"

康熙听完，一笑了之。

张鹏翮在心里骂徐乾学是个马屁精。

索额图冷笑两声："徐大人此语毫无根据，恐有谄媚之嫌。"

徐乾学却说："此语出自佛经，并非徐谋杜撰！"

康熙连忙问徐乾学此语出自什么经书，哪一卷。徐乾学一一回答。

康熙忙令查寻，确有此语，佩服徐乾学果然厉害。一打听身世，更厉害的是徐乾学还有两个弟弟，一个探花，一个状元，且都在京城为官，他是徐家最后一个考取探花的。时人称徐家三兄弟为"昆山三徐"，名噪一时。他还有个舅舅，也是个牛人，就是大名鼎鼎的顾炎武。他有一句名言，足可以写出一部正义春秋，那就是："保国者，其君其臣肉食者谋之。保天下者，匹夫之贱与有责焉耳矣。"

徐乾学有这样的才学和人脉关系，康熙更加看重，题笔御书"博学明辨"四字送给徐乾学。

消息一出，京城绳匠胡同房价陡涨。

学子聚于此，每日五更，书声琅琅，不为别的，只想让自己的声音传到徐乾学耳朵里。因为康熙年有条不成文的规定，顺天府的乡试主考官都是由前一科的状元、探花担任，反而其他考官都是保密的，由礼部从翰林院中选取品学兼优的庶吉士做候选人，名单缮写密本送交内阁，再呈皇帝选派。

凭着探花身份和康熙对他的欣赏，徐乾学成为主考官是铁板钉钉的事。

顺天府有一位盐商叫姚君庭，家财万贯，要啥有啥，但总觉得没有地位。当百姓必须要过当官的那一关，即使找再小的官办事都得使银子，否则办不成事。他就希望自己的儿子能够当个官，以出人头地。

儿子姚名坤，比较争气，考上了秀才。

凭着商场上打拼建立起来的人脉，姚君庭早就打听到今年的主考官是徐乾学，便取了银票叫姚名坤去求个举人。

姚名坤到了徐府门前一看，门庭若市，连去了几次都没有见到徐乾学。

回家告诉父亲姚君庭："这么多人找徐大人，排号要排到哪天？不如找个人引荐一下。"

"找谁呢？"

姚君庭想起来了，邻居就住着翰林院的庶吉士张鹏翮，他与徐乾学都是康熙九年进士，小徐乾学十八岁。青春年少，一点官架子都没有，为人谦和，每次见面都主动打招呼，便叫儿子带上十两银子请张鹏翮帮忙引荐。

到了张鹏翮家，姚名坤自报家门，说明来意。

张鹏翮一听说托他求见徐乾学，心中极不快，但考虑自己也是读书人，理解希望中举的急切心情，便好言相劝："我就是科举的受益者，如今做了官，怎敢徇私舞弊？如果找过门子，要是你凭本事中举了，人家会说你是花钱买的。要是没有考上，人家也会说，你看，就他那点本事，花钱都买不来一个举人。回去吧，我当什么事也没有发生过。"

姚名坤急忙从怀里取出银子放在桌上，说："大人，一点小意思，请笑纳，事成……"

话未说完，张鹏翮站起身，指着关公像说："你没看见关老爷在此吗？竟敢明目张胆贿赂本官。"

姚名坤并不心甘："大、大人，这里就你知，我知。"

"你知、我知、天知、地知、关公、周仓在此，难道你不怕周仓的大刀吗？我给你指一条路。"

姚名坤只得洗耳恭听。

张鹏翮指着大门："那里是门，出去！"

姚名坤收起银子，灰溜溜走出张家大门，回家告诉父亲。

姚君庭站起来，自言自语："只要肯花钱，没有花钱办不成的事。"

他转身对儿子说："都怨我，小气了，求人办事给十两银子，打发叫花子还差不多。我看，不如这样，不做举人了，咱们直接做状元。儿子，我给你十万两银子，直接去找徐乾学，准能办成。"

"爹，是不是步子跨得有点大？举人都没有中得，一步登天做状元，能成吗？"

"能成吗？把'吗'去了。你爹每年拿那么多盐引，都是靠钱砸出来的。"

"咋个办？"

"咋个办？动动脑子嘛。常言道，阎王好见，小鬼难缠。"

"知道了，爹。"

姚名坤来到了徐乾学府门前，给看门人五两银子，请他将自己的名帖送给徐大人，然后转身就走。第二天，他又来，再次递上名帖请转交徐大人。

连续几天如此。

徐乾学觉得奇怪，便召见姚名坤。问："为啥只递名帖不求见面？"

姚名坤说："徐大人名贯四海，誉满天下。学生姚名坤乃无名之辈，诚意未到，故不敢求见。"

徐乾学一听"学生"两字，就知道怎么回事，直截了当问姚名坤："是不是想中举？"

姚名坤壮着胆子说："大人，我想考个状元。"

这话虽然生猛，却没有吓住徐乾学。他笑眯眯着眼睛说："今年是乡试，选举人，明年才会试，选进士，然后才殿试，选状元。"

姚名坤从怀里掏出银票双手递过去："大人，学生提前报个名。"

徐乾学看了一眼银票，十万两，有点心动，这是他这些天收到的最大单子，却装得很平静："我是乡试考官，明年能不能当会试考官，还不清楚。不过呢，榜眼、探花什么的，我还是有办法的。"

"大人，我爹说了，就要状元。"

会试主考官多以阁部大员中进士出身的大学士、尚书、副都御史以上的一、二品大员担任，一正三副。同考官定为十八人，人称"十八房"。能不能成为进士，都由这十八房定。可状元、榜眼、探花都是由皇帝殿试钦定。

徐乾学有办法，他清楚，康熙一般都会采纳明珠的意见。凭着明珠与康熙的关系，点个状元也不算什么难事。可让他为难的是，他已经答应另外一人成为状元，做人要讲信誉。

姚名坤说："我别无所求，宁愿再迟一科。"

徐乾学收了银票，点头答应："好吧。"

等待几个月，终于尘埃落定。其他省的乡试主考官都由京官派出。路途最远的云南、贵州，乡试考官为四月下旬就选派。广东、广西和福建为五月上旬选派，而最近的山东、山西、河南则是七月上旬选派。

被选派的官员，心情自然高兴，行三跪九叩礼谢恩，起身前往各省贡院。没有选中的候选官员个个垂头丧气，拖着行李回家，自认倒霉。

这为啥？因为供职翰林的官员之穷是出了名的，一年只有八十两银子，而在京城每年的花费得三四百两，如果没有家人亲友接济、资助，日子是过不下去的。但当上乡试考官后，日子马上就不一样了。到京城外任考官，每人可以领两千两银子做盘缠。

到了地方，当地官员还有"冰敬""炭敬"。中举后的学子，为了感谢座师的栽培，也会送上数目可观的"贽仪"。

八月初六清晨，京师万里晴空，凉风轻拂。

张鹏翮得令，着常礼服、戴朝珠、携行李，往午门听旨。几十名翰林官屏气等候。

侍卫报："保和殿大学士索大人到。"

众官跪下听宣。

索额图取出密本，拆下封条："圣旨到。自隋朝以来，科举乃国家选人识才之法，光明正大，公平公正。今着蔡启僔、徐乾学为康熙十一年顺天府乡试主考官，张鹏翮等四人为同考官。所有考官即刻进驻顺天府贡院，即行'锁院'。不得与其他官员接触，不得与外界联络。钦此。"

八月初九考五经四书。八月十二考礼乐论一道，诏、诰、表、笺内一道。八月十五考时务策论一道。中者再参加骑、射、书、算、律等五事考试。

主考官负责命题和确定录取名单。

同考官阅卷，并向主考官推荐拟录取的试卷。

阅卷时，张鹏翮读到一文，爱不释手。以蓝笔加批："文章典雅，文理通达，引经据典，遍稽群籍，博古通今。人才难得。"

试卷拆封，定下中举名单。

张鹏翮急忙从中举试卷中寻找他蓝批文章的学子姓名。找了几遍，蓝批文章居然在废弃的试卷中，此人叫韩菼，他向主考徐乾学隆重推荐。

徐乾学为难了："名额就这么多，怎么办呢？"其实，他收了别人的银子，得办事。

张鹏翮不甘心，又向其他同考官推荐。同考官都认为是好文章，应该中举。

徐乾学是个极聪明的人，如果硬把韩菼拿下去，万一传到圣上耳朵里，岂不前功尽弃？

徐乾学态度一百八十度大转弯，表扬张鹏翮慧眼识珠，批评其他考官办事马虎，差点埋没了旷世之才。

韩菼算是幸运的，而另一些有真才者，因未送礼，却被徐乾学一一判定不合格。

可京城学子心如明镜。红榜发出当日，街上到处张贴出匿名揭帖。

康熙闻知，亲自过问。

徐乾学早就料到会有这样的结果。事前，他已经给明珠送去了五千两银子，把明珠捆在了自己的船上。

明珠说："科举考试，岂是儿戏？搞得不好会掉脑袋的。徐乾学你过分了，现在只有一条路可以救你。"

"请明相教诲。"

"壮士断腕。将今年中举的你的两个儿子和曹寅三人除名，报与圣上裁决。"

徐乾学只得答应，弃车保帅。

康熙问明珠："搞什么鬼？"

明珠解释："徐乾学是今年的主考官，他的两个儿子就应该回避，不除名难以服众。"

"那曹寅又有什么避讳？"康熙质问。

"禀圣上，奴才实在该死。只因曹寅之父曹玺乃睿亲王多尔衮的包衣奴才。按清制，包衣奴才如果考中了举人，是不能在内务府当差了，必须外派。"

此话直戳康熙心窝。曹寅从小与康熙伴读，情同手足，早已经跨越了君臣界线。康熙最希望的是曹寅接替其父曹玺继续做江南织造。这个职位公开的任务是给皇帝做新装，其实是皇帝安插在江南的密探，随时盯着当地商贾、官员和百姓的异动，非铁杆心腹难以胜任。

康熙点头默认。

平息了京城学子之怒气，坊间皆传："谁说不公平？人家主考官的两个亲儿子，还有皇上伴读都没有录取，你们算老几？有什么不服的？"

这招果然很灵，徐乾学心安理得收了银子，送银子者心安理得做了举人。只是到了第二年，想当状元那位，送了礼却没能如愿，只能吃个哑巴亏，毕竟送礼没留任何证据。谁也没有料到，半路杀出一个程咬金。

第二年春天，会试、殿试如期举行，落榜生韩菼会试、殿试都是第一名。康熙钦定状元，称赞徐乾学为国家选取了真正的人才。

面对荣誉，徐乾学怎敢独揽独吞？向康熙介绍，此功张鹏翮有份。

康熙从此对徐乾学和张鹏翮更是高看一眼。

在懋勤殿，康熙召见张鹏翮。命坐赐茶，赐太液池鲜鲤一对。一红一黄，健康吉祥。

琉璃盆里，仿如红缎金绸舞动，正是远看一幅画，近看一首诗。

国君赐鲤，自古都是至高无上的荣誉。当年，鲁昭公赏识孔子的才学和为人，特地送给孔子锦鲤。

康熙赐鲤，张鹏翮自然受宠若惊。扑地再拜："圣上，臣德才不配，不敢受此大礼。且这太液池由金朝皇帝完颜亮迁都京师时开挖，时称鱼藻池。其中锦鲤乃宫中精灵，臣不敢独占。"

正说着，太监杨九功在康熙耳边说了一句话，康熙让张鹏翮坐下说话。张鹏翮叩谢入座。

听到一女声喊："玄烨，玄烨。"

谁这么大胆子？敢直呼皇上其名。

张鹏翮抬眼看去，正与女子目光相遇，两人都惊呆了，又迅速将目光移开。张鹏翮从来都不相信一见钟情，那是在戏里才有的，他相信日久生情，如涓涓流水，像他与发妻筱芊那种，但他今日却怦然心动。张鹏翮立即低下头，不敢再看。

康熙责怪端敏没规矩。

端敏跪下："启禀皇兄圣上，这对锦鲤红的是江西的红锦，金色的是浙江的黄锦。仅此一对，十分珍贵。而且鱼妈妈马上就要产籽了。取别的送人都行,唯这一对不行。"

康熙有点不高兴,问:"谁说朕要将它送人?这不好好的吗?杨公公,送回池子里。"

"嗻。"

杨九功端着琉璃盆说:"公主,咱这就送回去。"

端敏跪拜:"谢谢圣上皇兄。"起身离开前,又看了一眼张鹏翮,脸上泛起红晕。

康熙看了看张鹏翮,见他低着头。问道:"家室可好?"

"启禀圣上。臣只有妻唐氏,不曾纳妾。臣已向妻保证,永不纳妾。"

此时的康熙方二十岁,青春年少,对张鹏翮不纳妾很好奇,问:"这是为何?我朝官员都可以有一妻多妾。"

"臣一向愚钝,仅一妻都不能让她幸福,何敢多娶?"

康熙暗暗赞许,用情专一之人必忠,对张鹏翮更加看重。

张鹏翮在懋勤殿受到如此高的礼遇,心存感激,无以言表。于是,将张家辈分改成了十六字:懋勤顾问,知遇崇隆,清正仁厚,进德立功。告诫后人不负皇恩,永远保持秀才本色,清廉为官,清白做人,为国尽忠。作诗一首:

九天雨露到彤墀,金殿承恩赐坐时。
窃幸君臣千载遇,敢言忠孝一心知。
炉烟细细香风转,诏语温温昼漏迟。
亲切云霄犹咫尺,天颜有喜命题诗。

08

康熙十二年,张鹏翮在翰林院研习满三年,被授刑部福建司主事。

上任第一天,赎罚处扔给他一个奏折:"张大人,这事交你去查办。"

翻开奏折,见丰润县半边坡出了一件怪事。一座坟垮了,滚出两颗头颅白骨,夜里会叫,白天会动。高僧大德作法驱鬼,仍然如此。想必其中应有冤情,请朝廷详查。张鹏翮哪敢隐瞒,即向刑部侍郎报告。

刑部侍郎阴着脸，从鼻子里"哼"了一声："世间岂有如此荒唐之事？必是地方官员妖言惑众，或哗众取宠，也可不必理会。"

翻出《刑案则例》《洗冤录》，细查丰润县案子，见到有两条案底，都是关于朱氏兄弟俩的。

丰润县案犯朱海，案发前守护东陵祭祀用品。因一串东珠失窃，被骁骑校审问，未出结果便死。

其兄朱峻因怀疑其弟朱海受了冤枉，便到刑部喊冤，结果被判杖一百棍。

朱峻为坐堂医，在京城开了医馆惠仁堂，专治疑难杂症。因近日接治一病人，断定有凶案，又到刑部喊冤，再判重责一百大板。

张鹏翮即去惠仁堂。

听说刑部来人，朱峻其妻儿跪地求饶，称朱峻自幼患疯癫症，两次冒犯朝廷受到重责，正卧床养伤。

张鹏翮问："难道就不想要个真相吗？本官以人格担保，绝对不会让朱峻再受伤害。"

经不住张鹏翮的死缠硬泡，朱峻便说出近日所遇之事。

几天前，天津卫王氏夫妇带女儿蕊芯，来惠仁堂求医。

蕊芯十九岁，得了一怪病，四处寻医无果，病情日渐加重。朱峻不等她开口说话，一番望闻问切后说："面色苍白，眼圈发黑，当冷汗眩晕。"

蕊芯一听，不禁泪流，说："正如先生所言。"

朱峻继续说："你夜里常做噩梦，不能动弹，有如魔鬼压身。"

王氏夫妇直夸朱峻为神医。

朱峻让她细说所梦。蕊芯双拳紧握，面色似七八种颜料涂洒，青白蓝黑灰，豆大汗珠从额头滚下，其母亲将她抱住，不停给她搓背安抚。

蕊芯哆嗦了几下嘴唇，声若蚊蝇："从小至今就做一个梦。在院子里，一个年轻女子，倒在雪地，血流满地。小时一年梦一次，后来几月一次，而今天天做此梦。梦时，有东西压在身上，不能动弹，直到父母叫醒。疑鬼魂附身，惶惶终日。"

朱峻照蕊芯所描述，画出院子模样。几经修改，在院后山增一白塔。蕊芯认定就是它。

开了方子，叫王氏夫妇随他到后院取药。

朱峻借机问蕊芯幼时情况。王氏夫妇不敢隐瞒，只得如实相告："此女非亲生。因我夫妇二人不育，便买了三岁女童，视为己出。"

朱峻说："只有找到此院，才能治好蕊芯之病。"

"蕊芯是从人贩子手里买的，来时已能说话，有唐山口音。"

夫妇俩便直抵唐山，四下寻找有白塔的山，在丰润县昌瑞山不远处有一山叫半边坡，找到此院，蕊芯指认就是它。

王氏夫妇打听院子主人。村民大惊，称："十六年前，此院赵珂夫妇被杀，两人之头不知去处。留下一三岁女童被族人领走送人，至今未抓到凶手。"

赵珂的父亲赵太公尚在，见到孙女长大成人，悲喜交加。反复打量孙女，喃喃自语："像，太像了，简直是一个模子扣出来的。"

朱峻推测，一定是蕊芯当年亲眼所见父母被杀，才经常在梦中复现。只有找到真凶，才能除其病灶。

朱峻便又去顺天府衙门喊冤，结果判他扰乱公堂。

张鹏翮对赵珂夫妇被杀后，两人的头不知去向感到很蹊跷，将丰润县发现白骨头颅奏折联起来一想，决定前往丰润县半边坡查看个究竟。

刑部同僚便笑他无事生非，朱海、朱峻、蕊芯、白骨风马牛不相及。

张鹏翮只说："还有两条人命案，至今未破，此乃刑部之耻。"

于是与朱峻从京师出发，策马往东三百里到丰润县，找半边坡。站在山腰见昌瑞山，层峦叠嶂，山梁如龙飞舞，景物天成，祥光笼罩，王气十足，那是顺治帝的陵寝靠山。

朱峻告诉赵太公："此行为治蕊芯病而来，需开赵珂夫妇坟茔。"赵太公先是不从，但恐孙女之病不治，只得答应。

果真挖出两具无头白骨。

看了半日，只能辨其男女，未看出什么异样。张鹏翮抬头看了一眼赵太公，身长五尺，问道："赵珂身高几何？"

赵太公说："中等身材，与我无异。"

张鹏翮"哦"了一声，让赵太公带路，去看看那两颗会动的头颅白骨。

赵太公吓得面如土灰，不敢前往。

村民领路，见一垮塌坟茔，乱砖一地。远远看见两颗头颅白骨，在阳光下，白得发光。

村民拉住张鹏翮:"别往前了,说不定会跳起来咬人。"

张鹏翮径直走过去。约莫离有十步远,一颗白骨果然动起来,随从吓得僵住。张鹏翮走过去,捡起那颗动的白骨看了看。

众人等待匪夷所思的事情发生。

张鹏翮将白骨摇了几下,一团黑乎乎的东西掉下来。

众人定睛一看,原来是只癞蛤蟆,瞪着眼,下巴一鼓一鼓,停了一会儿,爬进草丛。

张鹏翮捡起另一颗白骨看了一眼,问:"赵珂死时多大年龄?"

村民说:"有二十四五岁。"

张鹏翮手上这颗白骨的牙齿磨损很多,且有多颗脱落。他断定:"此人至少有六十岁。"

村民说:"这个坟茔原是一个孤人的,死时有六十多。"

"哦,我明白了。"

遂将两头颅带去赵珂夫妇坟茔,依次放在骨架上。众人看出了点门道。原来死者是六十多岁的孤人和一年轻的女人。

张鹏翮即去赵太公家中。

堂屋挂有"康熙七年卓异授县丞赵翰星"匾额。

张鹏翮问:"赵太公有几个儿子?"

"仅一子。"

"赵翰星是你儿子吗?"

"是。"话一出口,赵太公觉得不对,马上改口说:"是我侄儿。"

张鹏翮问:"你侄儿的'卓异'匾挂你家?"

赵太公支支吾吾半天,说:"哦,是这样,小老儿亲子被害,侄儿念我可怜,便把这'卓异'匾挂在我家,以示安慰。"

张鹏翮盯着赵太公,等他说完,希望从中找出破绽,然而,赵太公像是早就想好了说辞,几乎无破绽。

张鹏翮呵呵一笑:"老人家,你儿子身长五尺,与你身高无异,然,坟中白骨至少六尺。将别人的尸骨与你儿媳合葬在一起,岂不乱了伦理?还不如实招来。"

赵太公见事情败露,只得招供。

"赵翰星就是赵珂。不知因何事，儿子杀了儿媳。怕吃官司，正遇邻里孤男新亡，赵珂有了主意。便把儿媳的头砍下来，挖了新坟，斩去尸体头颅，穿上赵珂衣服，将两具无头尸体置于家中，假冒赵珂夫妇双双遇害。将两颗人头掩埋后逃走，家人才报了官。赵珂到了福建更名赵翰星，考试中了举人，任丰州知县。"

赵太公画押，押至顺天府牢。

张鹏翮即发签捉拿福建丰州知县赵翰星。

赵翰星做梦也没有想到，事情做得如此严密，居然过了十六年还是被挖了出来。铁证面前，只得一五一十交代清楚。

清朝入关，顺治宣布沿袭明朝惯例，按期开科取士。消息一出，寒窗学子兴奋不已。但在明末时，顺天府科考行贿作弊就已成风。送，不一定就能中；不送，一定不能中。

顺治三年，丁酉顺天府科考。

秀才赵珂想找人打通关节。打听到主考官李振邺好古董，尤好东珠。这东珠产于松花江、鸭绿江，乃皇家贡品，太后、皇帝、皇后才可佩戴，以彰显高贵，一般人佩戴乃犯大不敬，僭越礼制，属重罪。

"这如何是好？送礼一定要送别人急之物，仅送金银，不能让李大人印象深刻。"回家赵珂将烦恼说与妻朱氏。

朱氏的父亲朱海在孝陵当差，守护祭祀，在家中曾说过祭品中有东珠。

说者无意，听者有心。赵珂便买了好酒，去孝陵看望岳父大人。几杯酒下肚，朱海领了赵珂见识东珠。果然，圆润硕大，光彩照人。朱海叮咛再三，千万别说出去。

翁婿回去继续吃酒。

赵珂见岳父大醉，取其腰间钥匙，拿了东珠就去拜见主考官李振邺。

赵珂一心想中举，竟然没有想这东珠要是被发现丢失了将如何。而李振邺一心想要一串东珠，也不曾想这东西的来路。果然，骁骑校巡防，发现东珠丢失，当场将朱海拿下拷问。还未等招供，朱海一命归天。

赵珂见出了人命，向妻朱氏忏悔自己对不起岳父，从今往后，定对妻百般爱护。

哪知，朱氏哭着闹着要去报官。

赵珂苦劝："报官，岂不人财两空？等我当了官，一定好好待你。"朱氏一定要赵珂还她父亲。吵闹中，吓醒三岁女儿。

朱氏跑出家门，至院中枣树下，被赵珂一棍击毙，鲜血染红雪地，仍不解气，取刀将其头颅砍下。

女儿爬到门口，见此一幕，落下梦魇。

正遇邻居新葬，便盗了尸体，砍下死者头颅，换上赵珂服装，让人无法辨认。

造好凶案现场，赵珂辞别父母，带了钱财，连夜潜逃至河南亲戚家，更名赵翰星。

事后赵珂方才醒悟，盗东珠一事要是不出杀妻命案，提前潜逃，可能早就被砍头了。

考官李振邺收了贿赂，照事先拟好的名单决定取舍。但却不见赵珂来应试，他只得另索别人，再定名单。

发榜后，众人不服，议论纷纷，考生集体到文庙去哭诉。

给事中任克溥奏参，田耜、陆其贤等行贿主考官李振邺，惹起众怒。

顺治帝大怒，立即令都察院会审，从李振邺家中抄出东珠。追查来源，得知赵珂所为，然而赵珂夫妇被杀，死无对证。判官认定是李振邺为杀人灭口，将赵珂夫妇杀害。

李振邺屈打成招，承认受贿、杀人，与其余纳贿考官及行贿人田耜、陆其贤立斩，抄没家产，父母、兄弟、妻子流徙尚阳堡。

风声过后，赵珂重考秀才、举人。抽签到福建丰州做县丞，决心做个好官，造福百姓。

谁知干得太出色，知县喜欢，层层上报，升为知县，后成了全国"卓异"。

赵珂签字画押，待刑部福建司郎中审核。

过了半月，仍无回音。

张鹏翮找到郎中说："按《大清律例》，赵珂窃取皇陵祭祀用品，死罪，杀妻、行贿考官都是死罪。"

郎中拍了拍张鹏翮的肩膀："年轻人，圣上谕旨，今天下太平无事，以不生事为贵。兴一利，即生一弊。古人云，多事不如少事。驭下宜宽，宽则得众。为大吏者若偏执己见，过于苛求，则下属何以克当？"

张鹏翮不肯罢休:"难道张氏父女就白死了?"

郎中耐心开导道:"年轻人,人死不能复生。你想,你这样一办案,有多少人又得因此遭殃?当年,查办赵珂夫妇被杀案的,河南审定赵珂考举人资格的,保举他为全国'卓异'的,多少人都将被牵扯进来?再说,全国'卓异'是圣上裁定,你这一翻案,圣上的面子往哪放?要知道,君无戏言,即使错了也不能改。"

张鹏翮沉默了,辗转反侧也不知怎么办,于是,写信请教恩师彭王垣。

彭王垣火速回信,只提了三问:"圣上任你为刑部主事,你主何事?《大清律例》是铁的,谁有权力改律典?你能自作主张吗?"

张鹏翮朝遂宁跪拜说:"学生糊涂,有负圣恩,有负先生栽培。"即刻起草奏章。

违律者各领其刑,罪有应得。

蓬溪知县潘之彪作诗《寄赠张庶常迁比部主政》相赠:

忆昨骊驹赋北游,西窗剪烛看吴钩。
几年锦字踏雪马,十色鸾笺出益州。
玉笋班中推独步,青山县里别三秋。
从今又见千门犬,听棘传闻卜爽鸠。

潘知县消息来得太迟,此时的张鹏翮已经升任刑部员外郎。

第三章 / 又见仇人

09

康熙十九年,张鹏翮铨补江南学道,改苏州知府。上任的第七天,张鹏翮得到一个坏消息,母亲景氏病故。这一晴天霹雳,让张鹏翮刚刚开启的仕途突然叫停。

此时的遂宁已经成为吴三桂的天下,是吴周朝的一个县。

原来,平西王吴三桂因不满康熙裁藩,起兵占云、贵、川、湘四省,福建、广东、广西、陕西、湖北、河南纷纷响应。吴三桂自认皇帝,改国号吴周。

遂宁。正月。

绵绵细雨,已经下了整整两个月。

张鹏翮在母亲坟前搭了窝棚,为母守灵。母亲一生辛劳,没有享半点福就匆匆离世,张鹏翮心中的愧疚无以言表。作五言律诗《涪江夜雨》,吟唱:

　　多雨涪江夜,衔哀旅泊时。
　　老莱犹有彩,温峤已无裾。
　　水气侵床冷,乡心入梦迟。
　　凄凄悲岁晚,忍读蓼莪诗。

诗毕,以泪洗面。

是夜,漆黑。阴风惨惨,阴雨不绝。夜猫子"呵啊、呵啊"大笑。

三弟张鹏举侧耳听了,小声地道:"大哥,不怕夜猫子叫,就怕夜猫子笑。今晚肯定有事。"

二弟张鹏翼说:"怕啥子?我们三兄弟又不是吃素的。"

鹏举说:"他们白天才来了,还送来了一百两银子。"

张鹏翮叹气道:"唉,要不是丁忧守制,我真想真刀真枪跟他们干一场。在我出生前,遂宁就经历了三十几年的战火,今年,我都三十有三了。打了一个多甲子了,遂宁、遂宁,何时遂心安宁?母亲一生都在战乱中惶惶度过,不能再这样了。听说,奋威将军王进宝已攻下顺庆,不日将到遂宁。鹏翼、鹏举,明日天亮,我即起程去迎大军。"

几个黑影从树林里蹿出来,手持大刀,一声口哨。刀片已经架在张氏三兄弟脖子上。

一个胖子说:"早就料到你们会来这一手。绑了!"

三兄弟被绑得严严实实,嘴里塞上烂布。

泥泞"吱呀"乱响。三人被托马背上,一路爬坡上坎,溅了一身泥水。

点燃火把。左三圈、右三圈在空中划了几个圆。

城门开了。

张氏三兄弟被带到遂宁县衙后院。

灯火通明,醇酒飘香,火锅沸腾翻滚。

知县刘学瀚急忙给张鹏翮三兄弟松绑,跪下请罪:"遂宁知县刘学瀚给张大人请安。张大人乃我巴蜀俊才,国家栋梁。以这等方式请大人来吃消夜,未免太鲁莽。请大人海涵。"

张鹏翮哼了一声:"想你刘学瀚也是读书人,怎能这般糊涂?怎能跟吴三桂做乱臣逆子?"

刘学瀚呵呵一笑:"大人,自古成王败寇。当初刘备兵不过千,地无半亩,都能三分天下,建立蜀汉。而我主吴周皇帝,兵多将广,占有七省。不久将来,一定会恢复大明江山。"

张鹏翮怒斥:"吴三桂是什么货色?身为明朝大将,在国家急难之际,却引清兵入关。投靠大清后,大清给予厚望,委以重任,封为平西王,镇守云南。他却不思报恩,反而拥兵自重。圣上决定撤藩,吴三桂居然再次造反。他嘴上大义凛然,其实内心全是自己的小九九。这种反复无常的小人,心中哪有苍生、社稷?哪有忠孝廉耻?刘皇叔爱民如子,而吴氏却鱼肉百姓。我大清康熙皇帝,少年天子,圣贤心学,六经要旨,无不融会贯通。心怀天下,治吏亲民,朴质仁孝,天下拥戴。尔吴氏势利小人,数叛其主,不忠不孝。怎敢与当今明君相比?"

等张鹏翮一口气骂完，刘学瀚不慌不忙说："张大人，你我各为其主。孰是孰非，自有后人评说。而你在大清无依无靠，无门无派，怎能在官场立足？可怜十年窗下无人问，好不容易考取了功名，却无实权，在翰林院一待又是十年，三十多岁了才得苏州知府。可刚上任七天，又让你回老家丁忧，把位置给别人。我主吴周皇帝仁德，得知你回家丁母忧，多次派人送予银两，几次三番请你为吴周尚书。你在大清何年才能干到尚书一职？在吴周你未立寸功，让你一步登天，你却这般不通人情。刘某不才，但知张大人是有情有义之人。作为遂宁人，刘某相信张大人，不会忍心看到家乡父老再忍受战火。清军已经到了顺庆，一场恶战在所难免。请张大人以家乡父老安危为重，出山御敌。"

听刘学瀚这番话，虽然糊涂，但他心中装着百姓，至少不算坏官，还有救。张鹏翮想，不如劝说他归化，为大清效力。他哈哈一笑："刘知县，我知道你是身不由己。作为遂宁牧，你能心系苍生，至少算是称职的官。但……"

张鹏翮看了一眼周围的人，刘学瀚马上意识到张鹏翮有话不方便说，叫退左右。

张鹏翮说："但你走错了路。俗话说，天下大势，合久必分，分久必合。而今天下已经分治混战多年，人心思定，亲人思聚，如若再打，就不得人心。再打，就是与天下为敌。今之天下，当朝为正统，吴周为反叛。这就是天理人心，顺之者昌，逆之者亡。你如果执迷不悟，走得越远，错得就越多，必然头破血流。不如就此投诚，张某愿保你和遂宁平安，如何？"

刘学瀚本想劝降张鹏翮替吴三桂做事，没想到，反而被张鹏翮说动了心。他犹豫了。

"这个、这个……"

"别这个那个了。奋威将军平凉提督王进宝的虎狼之师在陕甘屡破叛军，斩杀叛将袁本秀，收复庆阳。与其长子王用予合力，克凤县、两当，破武关，取鸡头关，而今取下汉中，至顺庆，直捣遂宁……"

张鹏翮一席话，让刘学瀚有兵临城下、泰山压顶之感。

刘学瀚取出吴三桂所授的知县大印，递给张鹏翮："大人，为百姓免受战火，学瀚愿归顺大清。请收下知县大印。"

"大印你留着。张某将保荐刘大人继续为遂宁知县，造福百姓。"

刘学瀚再三谢道："大军到时，只需手持火把，左三圈、右三圈在空中划圆，学瀚即开城门迎接。"

"军机不可泄漏！"张鹏翩对刘学瀚耳语。

待张鹏翩走后，刘学瀚兴奋不已，将归顺大清的想法告诉县丞胡知亮，希望他配合，一起安抚好百姓，维持治安，等清军到来，打开城门，迎接清军进城。胡知亮当即同意，饮酒盟誓。

王进宝驱兵从顺庆进入赤崖沟，再到黑柏沟。张鹏翩前去迎接，将刘学瀚归顺大清之事禀报给王进宝。

王提督近日连克数十城，每攻下一城，便留五百兵士值守，所经路线，每隔十里设一驿站，留兵五至十人不等。一路打来，到了遂宁，所剩可战之兵已经不多，正为攻遂宁城兵力不足发愁。

听了张鹏翩的介绍，策马来到遂宁城下，淫雨骤停，船山坡一抹晚霞，漫山红梅如火。

见遂宁城门紧闭，城墙上旌旗猎猎，杀气腾腾。

张鹏翩上前喊话："我乃张鹏翩，请刘知县出来说话。"说完将火把左三圈、右三圈在空中划了几个圆。

城墙上忽然亮起火把，走出一人来，身长六尺，手持铁弓，背插数箭，身着战袍。喊道："张鹏翩，尔等听着，你我皆忠义持身之士，各为其主。如今，你领兵犯境，本当取你性命，然，念你为遂宁人，不曾与吴周作对，今放你一条生路，如果再执迷不悟，刘学瀚便是你的下场。"

说完，弯腰提起一颗人头，在手中晃动。

得知刘学瀚被害，张鹏翩怒火中烧，接过身边士兵火枪，"嘭"，枪口吐出一团火焰，城墙那汉子应声倒下。

军士打开城门。

王进宝拿下遂宁城。张鹏翩邀请彭王垣和川中名流、乡贤在张家院子摆酒款待。

此时，东边升起一轮明月，将遂宁照得如同白昼。江面烟波万里，海鸥低飞。张鹏翩突发诗意，吟诵《涪江风月》：

涪江风月为谁清，莫向涪翁问姓名，
万古涪江流不尽，渔矶月似旧时明。

"这诗好。运青写的？"王进宝问。

张鹏翮说："是宋代鲜于侁所作。此人与苏轼是好朋友，为扬州知州。苏轼因乌台诗案被收监，朋友都避而远之。苏轼从湖州遣往御史台狱，路过扬州，独自前往看望。门客劝他，不要去惹麻烦，将他与你的书信烧了，否则，你可能受牵连。鲜于侁说，我会做欺君负友之事吗？作为苏轼的朋友，我去看他，乃忠义之事，如果因这事而受处罚，鲜某心甘情愿。我张鹏翮最敬仰鲜于侁这样的忠义之士。"

王进宝举杯不饮，问张鹏翮："刚才城上那大汉自称忠义持身，忠于他主，张大人却为何要射杀他？张大人的好枪法。"

张鹏翮答："'忠'有'忠臣'与'愚忠'之别。忠于明君者为'忠臣'，忠于昏君叫'愚忠'。吴三桂乃叛国、叛君之徒，反复无常，势利小人，鱼肉百姓。为这种唯利是图之人卖命者实在可怜愚忠。要谈枪法，实在惭愧。在刑部张某练过火枪，今天本来想吓唬他一下，结果子弹长了眼睛，偏偏要了他的性命。想来，一个活鲜鲜的人瞬间就死在我手上，现在手还抖呢。"

王进宝安慰："这是上天有眼，遂宁无辜百姓免遭涂炭。"

原来，胡知亮得悉知县刘学瀚要投大清，便将其灌醉杀害，自领兵上城楼。

王进宝摇头道："可惜了，可惜没为大清所用。"

王进宝与张鹏翮商定，将刘学瀚与胡知亮厚葬卧龙山。

彭王垣指着蓬溪知县潘之彪介绍："因蓬溪县城被毁，潘县令无处落脚，驻馆遂宁，每日往返于高峰山道观处理公务。我巴蜀乃天府之土，沃野千里，高祖因之以成帝业。可今日巴蜀，家园俱毁，良田荒芜，虎豹出没。"

潘之彪起身说："遂州古来十二景，一景一风流。玉堂朝霁、长乐晓钟、书台应瑞、梵云春晓、仙井晴霞、涪江晚渡、麒山钟秀、鹤鸣夜月、云灵仙迹、灵泉圣境、洪福回澜、石磴琴声。如今风景依旧，但十室九空，再美风景给谁看？"说完端起茶杯，"恳请奋威将军举王师，早日平定四川，移民填川，还天府以安宁与繁盛。"

彭王垣领张鹏翮等再拜，齐声说："愿助王将军一臂之力。"

遂宁城，张宅。

张鹏翮奋笔疾书，写下《移民填川疏》：

>明万历六年，巴蜀居民三百万之众，而今，全蜀数千里之民，不及他省一县之众。千里无烟，空如大漠，民无遗类，地尽抛荒。锦城杂树丛生，虎豹出没，野雉乱飞。疮痍满目，民生凋敝，百废待兴。当务之急，招徕人民，恢复经济，医治创伤。外省客籍无业游民来川，开耕免赋，五年起科，准其入籍，地为永业，子弟准其入籍考试。轻徭薄赋，免差徭以恤孤寡，均田赋以苏重役，施汤药以济贫病，瘗枯骼以安孤魂，旌忠孝以彰正义。巴蜀乃人文之乡，英才辈出，李白、杜甫、陈子昂、三苏、贾岛、杨慎、司马相如、格萨尔王等名人不甚枚举。为政之本，在于化人。人才之兴，在于兴学。

彭王垣赞赏眼前这个学生，已非当年的小秀才了，眼界明显高过他这当老师的，说："运青，为政之本，在于化人。人才之兴，在于兴学，为师甚为赞同。二龙庙本为教化乡民之所，可现已破败不堪，泥像即将倒塌。若能修葺，初一、十五在此讲学传道，必于国于民有益。"

"启禀先生，遂宁知县刘学瀚曾给我送过三百两银，学生正为不知如何处置发愁。现交与先生修葺二龙庙，重塑关公、孔子像。"

吉日动工，先行拆除破旧。焚香行礼，拆除关公和孔子泥像，尘土飞扬。拆至基座，见一包裹，全是尘埃。轻轻打开，见是一件破旧棉衣。张鹏翮想起师父唐君伦临终时说的两个字"关公"，原来师父是想告诉他棉衣的藏处。

张烺苦苦寻觅多年的了改法师棉衣，终于找到。可物是人非，主人已仙逝，他泪流满面。了改如此钟爱棉衣，是何道理？细查棉衣，一无所获。张烺将棉衣以井水、皂角里外清洗。洗完衣面，翻出里面，见左衣袖有众多符号。张烺叫来张鹏翮，父子俩一番探究，认定是广德寺的宝藏密语。

张烺直奔玄慈法师狮子窟。见左右无人，关了门窗。再开窗户，确认无人，取出棉衣。玄慈见棉衣，如见先师了改法师，老泪纵横。

张烺将棉衣左袖翻过来呈与玄慈。

"这是什么呀？看不明白。"玄慈问。

"应该是广德寺藏宝密语。"

玄慈翻过去倒过来看了半天："这是啥天书？看不懂。冲寰，你家公子乃康熙九年进士，又在翰林院研习了三年，何不请他破解。"

"此乃佛家宝藏密语，怎能让俗人知晓？"

"佛本为众生，佛财见者有份，让俗人知晓又何妨？"

"佛俗有别，还是算了。"

10

三月的蜀中，细雨蒙蒙。漫山的柏树，间或开着一树桃花。

一行人双手反绑，人与人以绳子相串，五十人一队，每队由一个兵押解着。要走都走，要停都停。一条绳子上人的命运被紧紧连接在一起。他们的身后还有牛、马，驮着他们的家当。被反绑的二十队人拖着沉重的脚步，在两山之间逶迤前行。

海均长得精瘦，鬼主意却不少。他蹲在草丛里，看着一双又一双脚从他眼前踩过，泥点不停地溅到脸上。

离他三步远的地方站着一个人，手持火枪，衣服前后都写着一个"兵"，很不耐烦地警戒着。

一个中年女子喊："官爷，解手。"

兵骂道："你见人屙屎屁眼痒，前头去。"

"我要屙裤子里了。"兵走过去给她解开反绑的双手。

机会终于来了，海均没有犹豫，提起裤子撒腿就朝山边跑。

"跑了，跑了！"有人叫喊。

兵举起枪喊道："站到，站到，再不站到，老子就开枪了。"

海均像根本没有听到警告一样，不要命地奔跑。

"嘭。"一声枪响。海均倒地，挣扎着站起来，拖着一条腿，一颠一簸继续跑着，青草上划出一道血迹。

几个兵跑过去将他捉住，众人回头看热闹。不知是谁喊了一声："我们快跑。"

被绑着手的人们相互牵扯着朝山边奔跑。

有一人摔倒，被带倒一片。

"嘭、嘭、嘭。"几个兵朝天开枪，众人都不敢动弹。

被反绑的人站成几十排。两个兵把海均拖到众人前,一脚踢在腿弯,海均跪倒在地。

把总走到海均面前,踢了他一脚骂道:"抛死恩(湖北方言:一脚踢死你),个婊子养的!"

然后向众人喊话:"各位乡亲,不要再跑了,再跑,就是这个蠢猪的下场。拖下去。"

海均叫喊道:"老子不服,老子死也不回四川。"

两兵拖着海均,说:"不服?到阴间跟阎王爷讲去。"

众人伸长脖子看海均的人头是如何落地的。一对老夫妇嘤嘤地哭。

海均被拖出十几步,山垭口飞奔出一队马来。

几个兵前去挡住来路。得知是遂宁新任县令周永祚和苏州知府张鹏翮,二人专程前来迎接麻城移民。

迎至队前,张鹏翮见是海均跪在地上,他笑了:"这不是海均吗?怎么成了麻城人?"

海均见是原来小主人,唐君伦是张鹏翮的师父和岳父,海均断定张鹏翮绝不会饶他,必死。谁知张鹏翮却像无事一般。

张鹏翮说:"移民填川乃圣上德政,让百姓过好日子。不愿意去,就让他走。"

周永祚说:"本官乃遂宁县令,一切皆由我来担保。"

海均拖着一条腿要走。张鹏翮叫住:"海均,我救了你,能不能听我说几句话再走?"

海均只好停下来。

张鹏翮来到众人面前,讲道:"各位老乡,我的祖上也是麻城人,与大伙是同乡。洪武二年,奉旨填蜀,我现在是第八代了。当年,我祖上来四川只有三兄弟,而今张氏一族已有上万人了。我晓得,你们中许多人原本是四川人,但为避战乱,逃出四川,冒籍麻城人,却居无定所,吃不饱,穿不暖。而今四川不打仗了,百姓安居乐业了。衙门按人头分地,每人两亩,五年免税,还免费给种子、耕牛。此乃当今圣上普降洪福,福泽众生。四川好不好,我说了不算,大家就当出一趟远门,去看一看,若不好,再走不迟。你若想回去,县衙还送给你回麻城的路费。"

讲完，他让把总将大家的手都解开。

海均背叛了张家，当上了土匪。土匪被打垮了，他又投靠了清军，向清军告密唐君伦藏身之地，在四川待不下去了，便领了他的舅舅、舅母逃往麻城。居无定所，以河上盗窃为生，被官府认定为冒籍麻城人，追得四处躲藏。

康熙下达移民填川命后，湖广百姓极不情愿。麻城知县说："不走？你们还赖上了。当年，要不是麻城保护你，你等早就被'咔嚓'了。"

麻城知县想了一个办法，就是把当年被大西军追杀、躲到麻城的四川人全部遣送回原籍，连同那些德行不端的本地人一并押解四川拓荒。

据传，张献忠征讨四川时，遇到最激烈的抵抗，推进很慢。他很恼火，急得想解大手，蹲于草丛完事后，顺手抓了一把叶子擦屁股，结果那叶子不是别的，正是火麻。它有很多别名，光听这些别名，便知其有多厉害：蝎子草、咬人草、无情草……叶子和秆上有很多细刺，皮肤碰到立即肿起来，又痒又痛。张献忠当时恨得咬牙切齿：太可恶了，四川人可恶，连草都如此可恶，给我杀杀杀，只要是四川人，统统杀。

为了活命，四川人便逃至湖广，麻城是必经之地，一些人便就此留下。麻城人厚道，几百年前，四川、湖北还是一家，血浓于水。于是，十户连保作证，谎称那些冒籍麻城人其祖宗三代都在麻城，才躲过一劫。

可现在不同了，要移民去四川。只得各回各家，各找各妈。

一行人哭哭啼啼到了四川，才发现，这是个好地方。遂宁更是安逸，遍地甘蔗，特产糖霜。有诗为证：遂宁好，胜地产糖霜。不待千年成琥珀，直疑六月冻琼浆。

遂宁城到处是制糖作坊，皆为官营。因糖霜一直是皇家贡品，普通百姓只听说，没见过，更没有吃过。多数只能天天跟盐打交道，在遂宁，百姓做得起的买卖是经营盐，当地人叫烧场火。

从古至今，经营盐业都为衙门专营，不容个人插手，可遂宁却允许个人烧场火？

原来，遂宁人发明了卓筒井。以铁锥凿井如碗粗的大眼，下放相衔接的楠竹，以隔绝洞壁上渗透出来的淡水。后以竹枝系小令牌铁锥头，竹中凿之，其井底有铁器四爪，将多余土取出，直钻至百余丈，一两个月即可开出一口卓筒井。

若遇官府巡查，就地找块碗口大的石头盖住洞口，看不出开井痕迹。等官府前脚一走，后脚就开工。漫山遍野，遍地开花。

遂宁人说，过日子很简单，一辈子打两口井，起一个灶，造一个天船，盖一间屋，讨一个婆娘，生一地娃。

遂宁的田野上到处可见"花车"和"天船"，这便是卓筒井。

官府你管得过来吗？

既然管不住，干脆放开。任由你采，但不许卖。所采的盐，官府低价收购。谁要想售卖，必须有官府的盐引。没有盐引销盐，皆为重罪。

海均一边养伤，一边打定主意，当年在张家做下人时就想单干，一直苦于没有本钱。现在手上有了几亩地，不如将它抵押，弃恶从善，做点正经买卖。

海均这人品，蜀中人都清楚，找了几家人学手艺，谁愿教他？没有办法，海均只得哭着找到老东家："张大人，我本来要回麻城去的，是你把我硬留下来的。日子过不下去了，你看咋个办？"

张鹏翮呵呵一笑："你还把我赖上了。去吧，找老三张鹏举，他开了十几口盐井。"

张鹏举极不情愿，遂宁当地人说过，即使帮恶狗也不能帮仇人。可是大哥引荐来的，怎么办呢？只得咬牙应着，认真教授。

采盐要先度脉，据山势择有咸源处。度脉不准要么打成漏井，要么打成干窟窿。

晒盐架长约十丈，高两丈，如"八"字形，木质穿斗。上铺满金竹桠，顶端做有"天船"，放于晒盐架顶端，天船底部有钻眼竹筒。旁有圆罩筒车，依次安上竹筒。腰底内圈安木板，人在圈内板上走动，圆罩旋转，将卤水送到"天船"，卤水通过"天船"底部散流，致缸过滤，将泥沙、杂质澄清再放入盐锅中煎煮。大盐锅、温水锅与盐炕相连，锅中加皂角、豆浆。松柏木在盐锅底燃烧，卤水煎干，洁白、晶莹的盐就出来了。

海均学得认真，可做了几个月一无所获。

"场商"见到了机会，愿赊一船盐给他，卖完了再给钱，但条件是用他家的六亩地做抵押。

海均家中正好分得六亩地，他如愿做成了"运商"。

小船从犀牛堤一路向南漂去。漂了大半日，见前面横着一条江。正欲打听此为何处，从后面来了一小船，船上四五条大汉，看上去是官家的。一个领头地喊："把船划至岸边查验。"

海均只得顺从。

领头的让他们拿出盐引来。

"啥子是盐引？"海均问。

"啥叫盐引都不晓得，还敢贩盐？锁了！"

海均见了铁链，便纵身一跃，钻入水里。一口气潜出几十丈，水下一片漆黑，心跳得慌，必须钻出去换一口气。双脚踩着泥一蹬，整个身子向上漂，隐约见到一点亮光，他实在是憋不住了，吸了一口气，却连呛了几口水，双腿一蹬，终于冒出了水面。吐出水来，深吸一口气，听见有人喊："出来了！出来了！抓盐枭！"

海均又一个猛子扎入水底，钻出水面时，已到对岸，消失在茫茫野草中。

遂宁"场商"找到县令周永祚说："我赊给海均的一船盐，连人带船都不见了。"

周永祚责备他："怎么这样蠢？海均的为人你都信，你不了解他吗？"

"场商"称自己并没有什么损失，有六亩地抵押。他想告诉知县的是："遂宁盐已经堆积如山，百姓却无盐可吃。"

"这是为啥？"

"为啥？盐引太贵。这样下去，我也不收盐了，回家种地去。"

正说着，梓川府吏房来推门而入，责问周知县："你这个官是咋个当的？奉知府命入户查访，发现你县麻城人口少了十几户。限三天找回。如若不然，你自己想去吧。"

屋漏偏遇连阴雨，放屁还砸脚后跟。你说倒霉不倒霉？卖盐的要回去种地，种地的却不知去向，这让周永祚百思不得其解。

正在不知如何应付时，潼川府工房又上门找周永祚："一千余口卓筒井一半停产了，你不清楚吗？我们在潼川都晓得了。"

周永祚如热锅上的蚂蚁，在原地转了几圈，火速到赤崖山，找到张鹏翮和彭王垣。

三人商量，问题出在盐引。彭王垣说："不如在局纳课买盐领票，直运赴岸，量力贩运，去来自便。"

周永祚还没有等张鹏翮发话，便站起来说："课税，乃朝廷所定。擅自减免课税，我一个小小县令哪有这个胆子？"

张鹏翮说："如果课税太重，盐价自然上涨，百姓买不起盐，受苦的是百姓。最终朝廷也收不到银两，这是满盘皆输之事，为何不革除此弊？"

三人正说着，忽有差役来报，合川知州派差求见。

"啥子事？合川知州不是于成龙吗？"周永祚将合川差官请进门，以茶、点心款待。差官说明来意："查到一遂宁盐枭到合川贩卖私盐，请周县令派人前往处置。"

周永祚犯难了。以往抓住盐枭直接关进大牢。可今日抓到盐枭为何要来通报？人家是知州，比我官大，不去说不过去。去了，是帮着遂宁盐枭求情，还是帮着知州严惩罪犯？

周永祚邀请张鹏翮师徒同往。三人一起乘小船前往合川。

于成龙笑了："运青，来合川也不打声招呼，看我啥都没准备，只能请你吃泡菜了。"

周永祚说："哎呀，这都怨我，没有提前知会于大人。"

张鹏翮起身再拜："世人都知道于大人叫于青天。泡菜好。好泡菜需要好盐巴，遂宁卓筒井盐，是泡菜必备。"

"你倒爽快，直接说盐。"于成龙指着张鹏翮说："我合川码头扣了遂宁一船私盐，盐贩子是湖广填川百姓，主犯跑了，抓到一对老年夫妇。按《大清律例》，今日请遂宁知县来合川商议盐事，此乃事关百姓一日三餐。如今，合川市面上盐价暴涨，一斤盐要卖六七十文，还买不到，百姓苦不堪言。遂宁乃产盐之地，听说近日多家停产，此乃为何？"

"唉，大人。"周永祚叹了口气，"卖盐需要盐引，可盐引都是朝廷掌管，有的人不产盐、不卖盐，专卖盐引发财。本来盐引税就高，仅正课就有二十五项，还有考核正课九项，不入奏考正课四项，不入奏考杂项三十项，不入奏考杂费二十五项。一引盐的正课为一两一钱零七分，但加上各种杂课达十二两。经再三倒卖，一张盐引高达近二十两。这个钱只能加到百姓头上，百姓无法承受。盐是百姓一日三餐必备之物，却成了谋利之器。"

张鹏翮说："于大人，现今湖广填四川，人口陡增，百姓开门七件事，柴米油盐酱醋茶，如果连盐都吃不上，日子不如在湖广，移民回流当必然。不如遂宁与合川联手,敞开盐市,让百姓有盐吃,有事做,有收入。"

于成龙赞赏张鹏翮的见识:"好,就这么定了。"

盐价暴跌。

世间有人得好处,就必然有人受损,受损之人必然不会心甘情愿就此罢休。

明珠接报,"哼"了一声说:"这张鹏翮果然不是省油的灯。"

张鹏翮在家丁忧,彭王垣告诉他,读万卷书,不如行万里路。于是辞别家人,从西域格拉丹东雪山至山东垦利,经九省行万里,顺黄河故道走了一遭。到家已是康熙二十一年正月。

第四章　／　坐牢有瘾

11

　　遂宁的春天比往年来得早，漫山菜花、桃花、梨花挂着晶莹的露珠。
　　朝廷传令张鹏翮火速回京领命，去兖州任知府。
　　张清主动请缨："兄弟，我随你去，在外也有个照应。"
　　张鹏翮与妻告别，见唐筱芊眼里闪着泪花。
　　筱芊牵着张懋龄，背上背着女儿，大儿子张懋诚站在她的身前。
　　张鹏翮安慰道："送君千里终有一别，用不着十八相送了。"
　　唐筱芊内心很复杂，既有对丈夫命运的担心，也有两情不舍，更多的是找了一个有功名的丈夫那种自豪，以及一人承担家庭责任的心酸。张鹏翮摸了摸懋龄的头，贴着筱芊的面，亲她背后的女儿，眼圈湿润着，拍了拍半大儿子懋诚，咧着嘴，挤出一个笑脸，说："懋诚，你都十六岁了，是大男人了，跟彭先生好好读书，不要忘了做家务，要照顾好祖父。我到了兖州，安顿好便来接你们。"
　　说完上马！
　　二儿子懋龄挣开母亲的手，朝张鹏翮追去，边跑边喊"爹"。
　　张鹏翮不敢回头，快马加鞭，与张清消失在黑柏沟的田野中。
　　到了涪江犀牛堤码头，已是半头晌。
　　父亲、先生、两个弟弟和遂宁乡贤、名流都码头上等候。
　　街坊提着遂宁特产为张鹏翮送行。张鹏翮收下了两个泡菜坛和一大包井盐。
　　张烺上船相送。
　　一路顺江而下三十里，到了定明山，见琉璃七檐阁，依岩面江，重檐起翘。"萧寺遥藏白云顶，仰观万仞排嶙峋。"绝壁之上刻有顶天"佛"字，这便是大佛寺。

停船上岸。

张鹏翮携父亲和三弟张鹏举去祭拜天下金佛之冠——八丈大佛。

张烺和张鹏举跪倒便拜。

张鹏翮说:"八丈金仙,为佛、道二家共同凿造,始凿于唐咸通元年,成于南宋绍兴二十一年。共历时二百九十余年。八丈金仙结跏趺坐,袒胸,套双领外衣,左手置于膝间,右手平胸,施无畏印,双目炯炯,形态肃穆。其实,佛就是人,佛心便是人心。人心向善,人心思安,便造了佛像。后人顶礼膜拜佛像,却不知修行。佛讲因果报应,讲过去、现今和将来。士子求学,无不想着天下与苍生。做了官之后,被名、利、财、色所惑,有人忘了秀才本色,贪权恋物。忘记过去,也将失去未来。最后一无所获,无一善终。"

张烺点头赞同,接过张鹏翮的话:"壁立万仞,无欲则刚。现去兖州做官,主政一方,为百姓的父母官,天高皇帝远,又无约束,当自律欲望,否则,对不起十年寒窗苦,也对不起筱芊的一片苦心。"

走出佛阁向左,四十二级石磴,摩崖而凿,拾级而上,咚咚作响,犹如琴声,当地人称石磴琴声。琴台之上,有一亭,名长乐亭,登亭远眺,水天一色,青色万点拥禅关,心旷神怡,故名"长乐亭"。琴台之下有"鉴亭",南宋魏了翁创修,宝刹擎空,亭角飞翘,亭映碧水,秀丽壮观。

张鹏翮凝思良久说:"魏了翁平生正直廉明,兴利举才,轻徭薄赋,凡不公之事,不顾权贵,打击奸吏,平息民怨,作诗'此身待向清尊道''惟有君恩浑未报'。儿也作诗一首,就此与父亲告别:

涪江东渡古城头,缥缈云飞百尺楼。
问月亭中人已去,南禅寺下水空流!
山连来鹤千峰暮,树集鸣禽万壑幽。
回首可怜戎马地,夕阳衰草古今愁。"

张烺点头:"儿一句'问月亭中人已去',让为父想起一件往事。三十年了,不知儿还曾记否?"

三十年,在张鹏翮心中的事不少,可三十年前才三岁,他很茫然。

"儿可记得你母亲一跪?"

张鹏翮立即想起当年逃难时母亲给核桃馍掌柜下跪的场景,不禁潸然泪下。本计划沿涪江入合川走水路,即改走陆路。

一路向北,翻山越岭七天,到了宁羌州。满街都是"羊鹿坪核桃馍"牌匾。哪一家才是?张鹏翮也记不清楚了。他努力回忆当年那个中年人,现在应该是耄耋老人了。

寻找了几个来回,见一老人端了一盆切碎的核桃仁放在案桌上,慢条斯理加入芝麻、香料和菜籽油,用木棍搅拌,香气扑鼻。

门店招牌只有"核桃馍"三字,就是他。

张鹏翮上前跪下,连叩三个响头,说:"遂宁人食言了。三十年前,先生出手相救,我一家三口才得以活命。"说完,把一锭银子放在案桌上。

老人两眼茫然。

张鹏翮把当年之事一一细说。

老人笑了:"当年那个小不点,多有气场。'给我来三个馍,等我们回遂宁就把钱给你送来。'转眼三十年了,想必功成名就了。"

"晚生这是去做兖州知府,特来谢恩。"

老人拿起银子,又放下。说:"山朝,水朝,不如人来朝。做啥都要靠人,有人的帮个人场,有钱的帮个钱场。人在世上都要相互帮衬着。小老儿现在也难处,要请大人帮忙,不知妥不妥?"

"妥妥妥,我这条命都是老人家给的,有啥不妥。"

"小老儿五十得了个老幺儿。只有一个愿望,就是想让娃儿走出这山沟,去长点见识。俗话说,人不出门身不贵,火不烧山地不肥。"

说完,转头对屋里喊"老幺"。

一年轻人答应着,端着一盆面出来,一脸含笑。

老人让他给张鹏翮请安。年轻人急忙跪下行礼。

"我的幺儿,贾和安,年刚二十,小名叫黑娃。学过戏,会煮饭,是童生。大人要不嫌弃,就让他做饭侍候大人如何?"

贾和安不停地点头哈腰。

张鹏翮只得答应,辞别贾老汉,三人赶马上路。

贾和安问张鹏翮:"兖州是什么样子?"

张鹏翮说:"兖州东仰三孔,北瞻泰山,南望微山湖,西临水泊梁山,素有东文西武、北岱南明之称。九州通衢,齐鲁咽喉,乃兵家必争之地,商贾云集之埠,人文荟萃之邦。"

"兖州跟我们宁羌差不多嘛。"

行走两月,到了京师,去吏部领完敕牒和告身,从青河南下到兖州赴任。

兖州府驻滋阳县。

三月的滋阳,艳阳高照,长柳拂水,飞絮生烟。桃红梨白,竞相开放,卖俏斗艳。

贾和安挑着两个泡菜坛,张清扛了一袋盐巴跟在张鹏翮后面。

张清问:"兄弟,我们这是去当官吗?"

"那是去做啥?"张鹏翮反问。

"我看有点像去逃荒。"张清回道。

贾和安帮腔:"新知府进城怎么也得有顶轿子抬着,吹吹打打,晓谕百姓。"

张鹏翮说:"这个你们就不懂了,我初来乍到,一来就把官架子端起,真实的兖州是啥样子?完全由当地官员说,我岂不成了木偶。"

到了滋阳城下,一行差役飞奔而过,杀气腾腾,尘土飞扬。到了端礼门,见城门口站着两排人马,手持兵器,衣服上都写了一个"税"字。百姓挑菜、挑粮的头上都插着一张纸钱或铜钱,税吏熟练地伸手取了钱,百姓头也不抬大摇大摆进城。一辆马车被拦下,车把式下去说了几句,"税"点头哈腰放行。

张鹏翮对张清和贾和安一阵耳语,自己掏了几个铜钱放在帽檐上,大摇大摆往前走。"税"看了他一眼,见那气度不凡,收了帽子上的铜钱即刻放行。

紧跟在张鹏翮后面的张清和贾和安被拦住。"税"问道:"外地人吧?"

"官爷,我们是四川的,来走亲戚。"贾和安满脸堆笑着回应。

"我说不懂规矩呢,缴税。"

张清怒目而视,一步跨向前道:"缴啥税?我们是过路的。"

贾和安怕惹出是非,上前打了一个拱道:"官爷,我们家遭了大水,来投奔亲戚,路过滋阳。等有了钱,一定好好孝敬。"

"奶奶个熊,没钱是吗?那就去干活抵税。扛的嘛东西?打开。"

"税"不由分说,将张清肩上的盐巴和贾和安的两个泡菜坛拦下查验。

打开盐巴口袋,用手指沾了往舌尖上一点。

"呸呸呸，贩卖私盐，将二人锁上！"

张清准备动手反抗，见张鹏翮回头使了眼色。

张清、贾和安二人顺从地戴上枷锁，被推搡着押往滋阳牢狱。

望着张鹏翮匆匆前行的背影，贾和安说："这下安逸了，跟老爷大老远来，没享到一分福，先就玩一回坐牢的格。"他一开口，两眼自然眯成一条缝，像是在笑。

役吏见他如此放肆，这么威严的地方，你还笑得出来？觉得是对官差的挑衅，上去就给贾和安两个嘴巴。

贾和安用手背擦去鼻血。张清要上前理论，役吏居高临下，霸气呵道："犯人报上姓名。"

张清、贾和安只得报上姓名。

狱卒上前问："你等是全包呢还是两头包？要撞现钟呢还是要一头沉？"

张清一听就是黑话，有点生气："会说人话吗？"

狱卒并不气恼，耐心解释："全包呢，就是花钱上下买通，免受皮肉之苦，来去听便。两头包呢，就是买内不买外，买上不买下。撞现钟呢，每次过堂前掏现，可少受苦，看你等穷酸样子，不如一头沉，一次给本人二两，我保你少受皮肉之苦，你也少花银子。"

张清哼哼一笑："要钱没有，要命有一条，取去便是。"

贾和安上前作揖："官爷，有话好说。即便把我俩打死，也榨不出一滴油来，何苦动手脚？"

狱卒仍然表现出专业的态度："没有关系，没钱好办。按规矩办，不为别的，这叫杀鸡儆猴，让交了钱的觉得，他的钱花得值。"

话音一落，几个狱卒冲上来把张清和贾和安按在地上就是一顿胖揍。

贾和安怕痛，棍子还未挨到身子就开始有节奏地叫喊："哎哟"。

打了几下，他就哭喊着："莫打了，我招我招，我家老爷是新来的知府张大人。"

狱卒一听笑了："骗人也不看下地方。"不但没有轻饶他，反而加重打了几板。

张清一声不吭，默默数着挨了多少板子。

停了板子，狱卒问："这下舒坦了？"

张清、贾和安都不敢再多言。

狱卒说:"看你俩是外地人,不懂本地规矩,我还得告诉你,刚才松了一下筋骨,这就是这里的规矩。你想舒服也容易,花五十吊,里边屋有高铺、桌椅,要吃嘛有嘛。想去链子,花三十吊。要睡高铺,再交三十吊。"

张清说:"放我出去,别说三十吊,三百吊也有。可老子现在没有带钱。"

两人被拖进一间臭气熏天的黑屋子。说是黑屋子,却透着阴森森的光。狱卒将两人的辫子各系在一只便桶梁上,双手怀抱便桶,用绳子捆住,动弹不得。

狱卒轻蔑地说了一句:"吝啬鬼,慢慢享受,这不要钱。"说完将牢门一关,走了。

大小便漫至桶沿,两人臭得直吐。贾和安后悔不该死皮赖脸跟张鹏翻来山东。张清自言自语说:"听说过人间地狱,没想到会轮到自己头上。等老子出去,一定要收拾这帮杂种。"

话音未落,头上感到热乎乎的水在浇,还有一股尿骚味。只听见贾和安喊:"咋个屙的? 屙到老子脑壳上了。"

"哈哈哈哈。"听见几人得意大笑。

一个声音细如太监:"大哥,便桶成精了,怎么还会说话?"

一个沙哑的声音说:"不管他是精还是妖,到了大哥的地盘都是小鬼。见了活阎王还敢不上供?"

贾和安实在受不住,想把身上带的银子交出来:"活阎王大哥饶命。我们……"

张清把话抢过来:"我们初来乍到,身无分文,大哥如能饶了我等,出去后……"

被叫活阎王的矮个子对左右说:"初来乍到,身无分文,好。你们告诉他俩以后该怎样出门。"

几人手脚麻利地给张清、贾和安背上各挂上一桶,头顶上各放一个洗脚盆,注满水。

活阎王点燃一个干辣椒在张清鼻孔里熏。

张清忍不住打喷嚏,脚盆从头上掉下来。几人上去就是拳打脚踢。张清忍不住求饶:"大哥,我给,我有钱,放开我。"

活阎王说:"何苦来? 吃了苦头才想起规矩,放开他。"

几人将张清的手脚的绳索解开。张清用指尖弹了一下衣襟，将脖子左右摇了一下，身子往下一蹲，一个扫堂腿，几人扫倒在地。

张清"哼"了一声，说："原来都是他妈的几个草包，只会欺负老实人。"接着一个箭步跨过去，抓住活阎王的领子往面前一拉，腿抬膝屈，"扑通"一声，活阎王跪在张清面前。

顺势一个双峰贯耳，活阎王东倒西歪，眼冒金花。

在牢狱里十几年，他哪受过这样的拳脚？

"沙哑男"想上前帮忙，张清猛起身，一个旋风腿将他铲倒在地。张清拍了拍手，食指做了个钩："来，再尝尝赤崖山唐家拳。"

活阎王横行惯了，被这一顿打，好像清醒过来，忙跪下求饶："以后我们都是赤崖山大爷的小弟，愿听赤崖山大爷吩咐。"说完，搬来椅子，请张清、贾和安坐下。

张清刚要坐下，活阎王将椅子一拖，伸手要掐张清的脖子。张清顺势将活阎王按在椅子上，一屁股坐在活阎王身上，活阎王疼得直叫唤："老爷饶命。"

张清不理会，跷起二郎腿问："尔等啥来历？"

几人忙将自己一一道来，几个监犯都是因缴不起税被拿监以工抵税的。称活阎王的叫李鸣，因杀人判了斩监候，已经在牢中十几年。

阴暗的角落里发出两声"嘿嘿"，张清定睛一看，是个白发苍苍的老汉，长得有点毛骨悚然，发须乱蓬蓬，衣服脏兮兮，目光呆滞。

张清问："老人家，你犯了何事？"

"何事？何事也没有。他们说是我杀人了，不日就要砍头偿命。我差五年就七十了，日子太难，早就不想活了。可这下真的要被砍头了，我倒不愿意死了。我没有杀人，为何要偿命？"老汉有些气愤。

"你叫什么？"贾和安问。

"告诉你，你能救我吗？老汉云田礼，打铁为生。"

狱卒打开牢门，喊道："李鸣、云田礼、张三、李四、王二麻子……张清、贾和安。"每叫到一人，都答"有"，那个兴奋劲不亚于被叫去领奖、赴宴或者相亲。

一行人出了牢房，清新的空气扑面而来，阳光照在脸上，张清深深吸了一口。世间最珍贵的莫过于空气和阳光。做了几个时辰的鬼，现在又回到阳间做人了。

人犯都戴了脚镣，被赶到二里外凉亭前，亭子连着小桥，小桥连着花园，奇石假山。花园后面是一院子。门楼高大，石雕、砖雕、木雕砌凿。明柱花窗，石鼓、石毯、虎皮墙、花钱屋脊、寿幛。

张清问云田礼："这是啥人的院子？"

云田礼说："又要来知府了。挖地三尺给新知府修官邸。养这么多官干吗？养官就是为了收税，收税就是为了养官。知县、知府、巡抚都是吃人的大老虎，吃人不吐骨头。"

李鸣走过来，骂道："老东西，嘟囔嘛？下去干活，今天这坑必须挖到一人深。"

张清觉得奇怪，李鸣也是戴着脚镣的犯人，他凭什么指手画脚？张清看得清楚，面前这个要挖的大坑少说也有十亩地，中间建有凉亭，连接花园，坑里放着铁锹、独轮车。

年轻的监犯直接往坑里跳，年老的先坐地上，然后慢慢朝坑中滑下去。坑里至少有百十人。李鸣手持鞭子来回走动，不时朝监犯的身上抽几鞭子。

云田礼挨了鞭子，把铁锹一扔，说："老子快七十了，现在就想死，杀了我吧。"

李鸣飞起一脚踢在云田礼的屁股上，云田礼几个趔趄，倒在地上，几个狱卒见了，提着棍子跑过来，把云田礼按在地上就打。

张清大喝一声"住手"，夺过狱卒的棍棒，抡起来"呜呜"着响，狱卒哪能靠得了边？等张清停下棍子，狱卒向张清冲扑过来，张清一把揪过李鸣，用胳膊将他喉咙锁住，用手指道："再向前一步，老子就把他的头拧下来。"

"吏目穆特布大人到。"所有人都站直低头、双手下垂。张清放开李鸣，回头一看，来者威风凛凛，身长七尺，典型的北方大汉。

穆特布走上凉亭，声如洪钟："尔等想反了？给我将肇事者拿下。"

十几个狱卒一起将张清按倒在地，五花大绑拖到穆特布面前跪下。

穆特布看了一眼张清，说："打入死牢。"

贾和安暗自叫苦："张大人啦，你在哪里吗？你带我们两人出来，不能不管哦。"

张鹏翮在滋阳县城门与张清、贾和安分手，耳语交代，让他们打入监狱，打听实情,自己却独自一人前往兖州知府衙门。

进了城门,见街区,吓了张鹏翮一跳。商铺紧闭,房屋破烂不堪,街道污水横流,张鹏翮不禁皱起眉头。

到十字街口,见一小姑娘,衣衫褴褛,跪在地上,头上插一草标,垂头哭丧着脸。张鹏翮向前,扶起小姑娘,给了一个烧饼,问:"叫什么名字?几岁了?"

小姑娘答:"小女子叫云珠,十岁。家住滋阳县,父亲为郎中,因将人治死,怕吃官司,上吊了。自此跟爷爷相依为命。前些日子爷爷被抓进兖州大牢,即日将问斩,特在此卖身葬爷爷。"

张鹏翮问:"何因?"

云珠说:"爷爷是个铁匠,因拒缴税,杀了税官。可我爷爷是被冤枉的,他没有杀人。"

张鹏翮安抚道:"我认识知府大人,能帮你申冤,还你爷爷清白。"

于是带了云珠,来到知府衙门。门前一对石狮子,守着紧闭的衙门。张鹏翮上前敲几下门,没有动静。他取了鼓槌,对云珠说:"小妹妹,你不是有冤吗?来,这是喊冤鼓,一敲,就有老爷升堂。"

云珠接过鼓槌,踮起脚尖敲了三下,"咚咚咚"。也许声音太小,没人理睬。

张鹏翮接过鼓槌一阵猛锤。屋里有人叫喊:"干吗?干吗?"

门开了。一位满身酒气的差役伸头出来,骂道:"不要命了,知道这是啥地方吗?"

"我们有冤,请大人升堂。"

差役不耐烦道:"升什么升?升你奶奶个头。"

张鹏翮质问:"这是衙门吗?是给老百姓断公道的地方吗?"

差役一边推张鹏翮,一边说:"快走、快走。这年月告什么状?你没听说八字衙门向南开,有理无钱莫进来吗?"说完要关门。

张鹏翮看了一眼差役,问:"衙门为何不升堂?"

役差见来者不怒自威,霸气外漏,心里发虚,说道:"为嘛?都收税去了。"

张鹏翮觉得奇怪:"收什么税?这不是春耕时节吗?"

役差越来越觉得这个告状之人不是来告状的,有点像是什么大官微服私访。他不敢遮掩:"听说,过几日要来个新知府,不收税拿嘛给新知府见面礼?这是兖州的规矩。"

张鹏翮苦笑了一下，对差役说："我就是那个新来的知府，快去告诉他们，马上到衙门来见本官。"

差役上下打量着张鹏翮，将信将疑。

张鹏翮推开门就往里走。

差役想拦，见张鹏翮牵着云珠早已跨进大门。便紧跟其后，嗫嚅道："老爷，您有吏部的公文吗？小人这就去禀报。"

张鹏翮取出吏部的敕牒和告身，差役看了一眼告身："张鹏翮，四川遂宁人，三十三岁，身中、面白、无须。"上下打量，确定来者正是新知府，急忙跪下叩头："小人有眼不识泰山，请张大人恕罪。"

张鹏翮走到公案前，吩咐："差官听命，本官张鹏翮，乃新上任兖州知府，速速传话，府衙内大小官员两个时辰内到堂中听命。"

过了两个时辰，张鹏翮问："吏房何在？"

"兖州吏房李德佑叩见张大人。"

"李吏房，兖州府衙共有官员多少人？"

"回大人话，兖州府设府堂、经历、司狱和照磨，府堂按吏、户、礼、兵、刑、工设六房为知府效命，置典吏若干人。经历一人，掌管出纳、文移诸事，其下设知事十人。设照磨一人，掌勘磨卷宗等事。司狱掌理狱囚诸事，设司狱一人。另有府宣课司、府税课司、府仓、茶引批验所、府驿、府医学、阴阳学、僧纲司及道纪司，分别管税课、仓储、僧道等事务。共有官吏一百二十三人，差役三百人。"

"一个小小的兖州，领四州二十三县，区区百万之众，却养这么多官吏。官吏又靠百姓养着，可他们干啥去了？传话下去，一个时辰，所有人来堂中听命。散了。"张鹏翮斩钉截铁。

过了一个时辰，又清点人数，还差一百人。

张鹏翮再下令："众人散了，传令下去，半个时辰大堂集会。"

再过了半个时辰，吏房禀告："所有官吏全部到齐。"

张鹏翮起身道："本人张鹏翮，今受皇上恩典到兖州，与大伙共建兖州。我点一下名，点到名，请站出来，我们相互认识一下。"

"赵全淳、王至峰、孙洪……"

"不对呀，怎么还有二十二人没到？这些人干啥去了？"

李德佑上前禀道:"启禀张大人,这二十二人中,有十二人今日不知去向,另十人……"

张鹏翮问:"咋个吞吞吐吐的?说嘛。"

"另十人从没有到过衙门。"

众人听了,一片吁声。

"领饷吗?"

"按月领饷。"

张鹏翮举起惊堂木"啪"的一声拍下:"今天没有来的,今后都不用来了,也不用发饷。"

新官上任三把火,这第一把火烧得好,众人高兴,齐呼张大人英明。

张鹏翮接着宣布第二道令:"追缴空饷,凡领空饷者,一律追回充公。一月之后,拒不退还者,一律严惩不贷。"

云珠在门外喊道:"老爷,我爷爷云田礼冤枉!请老爷为民女作主。"

众人回头一看,是个女娃娃,在堂门喊冤,不禁笑出声来。

张鹏翮说:"百姓有冤,你等觉得好笑?"众人立马规规矩矩站好。

张鹏翮问:"刑房何在?"

"刑房夏永凤听候大人吩咐。"

"夏刑房,将云田礼案情道来。"张鹏翮命道。

夏永凤陈述:"云田礼抗税锤杀朝廷税官,人证物证确切。《大清律例》杀人偿命,拒缴税便拿以工抵税。"

张鹏翮拍下惊堂木:"云田礼案押后再审。"

12

张清、贾和安在滋阳监狱过了几日,张鹏翮安排司狱将他二人救出。

走出滋阳监狱大门,吏目穆特布并没有说是张鹏翮放了他们,只安排一人扛着盐包,自己亲自挑着泡菜坛要送张清、贾和安二人去知府衙门。

张清问:"穆大人,你能这样对百姓吗?"说完,甩手走出大门。

穆特布是北方人,哪里会挑担子?扁担一上肩就疼得龇牙,一站起来扁担就一高一低，差点掉下来。

贾和安一把扶住："劳慰你，我挑了几千里没打烂，到了地方如给我整烂了，你可赔不起。"

贾和安抓过担子自己挑起来。

穆特布再三赔小心："对不起。"

张清想，自己受那么大冤屈，如果不去告状，岂不成了冤死鬼。他告诉贾和安："直接去县衙。"

贾和安问："干啥？"

张清说："告状。"

贾和安不解："去县衙告状，瓜不瓜，为啥不去知府？咱家老爷是兖州太守。"

张清冷笑道："老爷是兖州太守，可我俩是他的家丁。官司赢了，人家会说老爷偏袒，官司输了，人家会说老爷不通情理。不如我们自己去告状，我就不相信，大清朝没有天理。"

两人用四川话商量，穆特布一句话都没有听懂。跟在后面扛着盐巴走进滋阳衙门，见大堂"明镜鉴形"。

穆特布满头大汗，客气地道："两位兄弟，稍等，我去通报一下县太爷。"

张清说："用不着。"取下鼓槌将喊冤鼓敲得震天响，一块瓦片从房上掉下来摔得粉碎，张清才住了手。

县令舒翼伦升堂。

张清历数牢头李鸣罪状："欺辱新犯，残忍狠毒，心狠手辣。聚众赌博，做典当生意，放高利贷，重利滚剥。"

舒翼伦气得双手发抖。

穆特布上前耳语："大人，李鸣在狱中颇有影响，狱犯都愿意听他的，看在他这些年为监狱出力的分上，下官加以教导规劝即可。"

舒翼伦乃疾恶如仇之人，听到有人在自己的地盘上作恶，哪里容得下？即刻发堂签到滋阳狱提拿李鸣，枷号县衙门前示众。

戴上枷锁的李鸣高喊冤枉。

穆特布劝舒翼伦："大人，把李鸣放了吧，免得把事情搞大不好收场。"

舒翼伦很坚决："我就不相信，一个囚犯有多大能耐。"但舒翼伦做梦都没有想到李鸣的能耐。

李鸣喊道:"兄弟们,我的案子已结,知县舒大人想讨好新知府,故意刁难小民。"

李鸣手下几个铁杆立即闹起来,一通打砸,其余人犯见有人闹事,便抢了衙役的刀枪,见人就打、砍、砸,将监狱门窗砸得稀烂,放火烧了监狱。

顿时,火光冲天。

舒翼伦得报,不知所措。

穆特布说:"大人,这事不好收场了。"

师爷给出点子:"老爷,不如大事化小,小事化了。"

舒翼伦怕事情再闹大,不可收拾,下令放了李鸣,派吏目穆特布带酒肉以安抚。

张清、贾和安不服,起身便走。回头对舒翼伦说:"我们就不相信天下没有说理处,知县不行,我们就告知府,知府不管,我们就告巡抚,巡抚不公,我们就告御状。反正,我们两个是光脚的。"

匆匆赶到知府衙门,击鼓升堂。张清、贾和安上堂。

张鹏翮问:"原告所告何人?"

"启禀老爷,小人要告滋阳狱牢头李鸣。"张清说。

"所告何事?"

"滋阳狱牢头李鸣欺压新犯,在牢里称王称霸。"

"你认识本官吗?"

听到这一问,贾和安笑出声来:"老爷,我和张清与你一起从四川来到兖州,在家乡就认识,在来的路上又两个月,天天跟你在一起,你不会是当了官,就把家丁都忘了吧?"

张鹏翮说:"既然是家丁,本案与本官有关联。为求公正,本官回避,请同知蔡卓、通判唐季礼同审。"

张鹏翮退至幕后。

蔡卓即发签提李鸣于堂下。

蔡卓怒拍惊堂木:"大胆监犯,尔本为杀人死囚,判斩监候,为何还敢在狱中称霸?继续作恶。"

这种场合李鸣见得多,微笑着回道:"启禀老爷,罪人冤枉,罪情全写状纸上。"从怀中取出状纸递与衙役,微笑着等待发落。

蔡卓从衙役手上接过状纸打开一看，是一张两千两的银票。跟唐季礼一阵耳语，两人商定请知府大人裁决。

蔡卓拿了银票，直奔后幕。

张鹏翮两个指头尖夹住银票，抖了几下，问蔡卓："过去遇到这事咋个办的？"

这一问，把蔡卓问住了。这是一个圈套，过去遇到这事直接大事化小。但这新来的知府是咋个想的？小心渡得百年船，谨慎为妙。

"过去没有遇到此类之事，特来请示。"

张鹏翮说："按律办。"

蔡卓回到公案，告与唐季礼。

唐季礼低声与蔡卓耳语，新官上任三把火，谨慎为妙。

蔡卓学着张鹏翮刚才的样子，两个指头尖夹住银票，抖了几下，问："李鸣，你讲清楚了？"

"说清楚了，说清楚了。大人如有疑问，罪人随时听候问话。"他的潜台词是，如果觉得不够，还可以商量。

唐季礼本来还想问话。蔡卓"哼"了一声，从"兖州正堂"签筒里抽出三只红色令签，往地上一扔。

衙役知道，知府审案时公案上放着三个签筒，分别存放白、黑、红三种颜色令签，白的每签打一板，黑的每签打五板，红的每签打十板。令签落地，事已成定局，木已成舟，不得更改。衙役见签，按住李鸣就开打。

这一顿打，李鸣晕头转向。这两人有毛病？怎么这样发癫？是送少了，还是送的时机不对？过去都是这样送的，怎么？来了新知府就要装一下？

李鸣挨了三十大板，除了脑子还能动，身子早已不能动弹。李鸣惨叫道："老爷别打了，我招、我招。"

衙役抬头看了蔡卓一眼，蔡卓轻轻点了下头，说："大堂之上，正大光明，你居然敢贿赂本官，重责你三十大板算轻的。"

唐季礼会意地点头，说："将你从入监前后之事都招来，每讲一句谎言，加打三十大板。"

李鸣知道堂上两人对自己了如指掌，说了也无妨。便娓娓道来："康熙五年，我与媳妇在滋阳县城租了间门面卖肉，因缺斤少两，顾客薛胖子找上门来，上前就给我几拳，打得我满地找牙，我说少一赔十，他说不行，非要拖我去见官，我不去，抓扯中，我抓起屠刀砍死了薛胖子，他自找的，该死。我被判杀人斩监候。

"我媳妇卖了家当，四处打点，改判可矜免死，坐牢十五年。死里逃生，我很知足。可同监牢头赖五欺生，他将我双脚吊起，大头朝下，名曰'上高楼'。我再三苦求，赖五将我放下，让我自己朝地铺上泼水，然后叫我睡'湿布衫'。我不从听，他就叫人把我双手反绑，用柏香熏焚我的伤口，让我用嘴吹夜壶。我媳妇来探监，我跟他说，在监中生不如死，不想活了。我媳妇邬氏便给赖五十两银子。这一招还真灵，从此，赖五对我的态度大变，专门设酒款待。

"我也不负赖五的栽培，想出了在牢中为他敛财之法，牢中设局赌钱，开典铺、放贷，一天一算息，利滚利，息滚息。把牢中犯人的钱财全部整进了赖五的腰包。赖五认我作兄弟，我从挨打变成了打人，从挨宰到宰人。赖五出去后，我就当上了牢头。"

听到这里，唐季礼忍不住了，拍桌子打断李鸣的话："掌嘴，好一个泼皮无赖。"

蔡卓拍下惊堂木说："让他继续讲。"

"我每月给吏目穆特布一百两，司狱五十两，每年剩下千余两，全部交给媳妇邬氏置地、建房。康熙十二年，我在牢中坐满了十五年。回到家中一看，院子大了，人丁多了，十多个家仆，还有百余亩田产。在家待了半年，赚不到一分钱，也没有人孝敬我，更没有整人的机会，觉得实在无趣。正遇邻里杀人，要吃官司，我便主动自首，称合伙杀了人，我又重入监。"

蔡卓接过话："你就当上了牢中土皇帝。呼风唤雨，过着一手遮天的日子。"

李鸣不语。

张清、贾和安听得目瞪口呆，闻所未闻，如听天书。

其实，这一切，蔡卓和唐季礼都清楚，滋阳县的老百姓也知道，张鹏翮刚来也听说一二。在查阅云田礼案时，对李鸣所为有所掌握。张鹏翮不动声色，即秘密发签捉拿审问李鸣之妻邬氏，抄没李家财物，件件核实画押。正准备让张清、贾和安前来作证，核实李鸣案时，张、贾二人却去滋阳县告状。县令舒翼伦先下手捉拿李鸣，惹出火烧监狱之事。

李鸣是本想把事情闹大，让怕事的县令舒翼伦息事宁人。他没有想到的是自己气数已尽，落到张鹏翮手里。之所以认罪诚恳，主动坦白，他希望的是等判完了，再去打点，最好在牢中关一辈子。

衙役记下供词，让李鸣画押。

李鸣不画押，他要求见知府大人。

张鹏翮走前台，问："李鸣，你刚才所说可是实事？"

李鸣说："大人，罪人李鸣句句诚恳。只是，我上有八十岁老母，下有未成年儿女。请大人宽恕罪人一次，罪人李鸣一定痛改前非，重新做人。"

张鹏翮说："那就画押吧。"

李鸣说："大人，你还没有裁决罪人的罪状，我不能画押。"

张鹏翮拍下惊堂木，你有五大罪状："一、杀人。二、霸凌。三、贿官。四、赌博。五、盘剥。蔡同知、唐通判，五罪该判何罪？"

二人同答："死罪。"

唐季礼说："然而，念及他母亲年事已高，可矜免死。"

张鹏翮问蔡卓："你认为呢？"

蔡卓说："有道理。"

张鹏翮站起来，面无表情："确实有道理，可矜免死，再关几十年，这样一来，牢房成为他犯法免责之所，欺负穷人取乐之地，坐牢可成全他继续敛财，当土皇帝之梦。监狱成了狱霸的天堂，穷人的地狱。本官宣判，判李鸣非法所得全部充公，判李鸣贿赂官员，罚没全部家产，判李鸣杀死薛胖子斩立决。"

李鸣一听，先是心里咯噔一下，马上镇静下来，口吐白沫倒地。

张鹏翮一眼识破，叫来郎中给李鸣做针灸，专扎痛点。李鸣叫唤不迭，即刻认罪画押，推出衙门斩首示众。

张鹏翮发出第三道令："兖州所有官员，凡受贿、盘剥、敲诈、贪污、侵吞者，一律追缴归公，一月内主动退赃者，既往不咎。一月之后，一经查出，严惩不贷。"

兖州官员个个头冒虚汗。

同知唐季礼大加赞赏："张大人真是秦庭朗镜，冷面寒铁。乃我兖州之幸，大清之幸也。"

断完公道，张鹏翮见堂下张清和贾和安失魂落魄的样子，不禁笑了。急忙走出公案，扶起二人，说："两位兄弟辛苦。跟我来做官，以为能吃香喝辣，没想到，一来就吃了一顿棍棒和牢狱之苦，实在抱歉。今晚，我请你们吃兖州的驴肉火烧。"

唐季礼说："张大人一到兖州就忙公务，我等想表达一下都没有机会。今天，张大人断了这么大的案子，为民除害，百姓奔走相告。这样，我等在'万香楼'备薄酒一杯，代表兖州百姓为张大人接风并致谢！"

"好，恭敬不如从命。你请客，我做东。"张鹏翀说。

唐季礼问："大人，万香楼就在前面一条街，麻烦大人徒步如何？"

"好，我就喜欢走路。"

唐季礼在前面带路，走了五六百步，见一大院，雕梁画栋，十分气派。门额挂一匾，"景贤书院"。

张鹏翀说："兖州'景贤书院'可有来历。最早叫'文在书院'，后改为'少陵书院'，可是此楼？"

唐季礼打内心佩服张鹏翀的学识："正是。可此楼年久失修，破败不堪。张大人乃好书之人，锦绣文章天下皆知。听说张大人要来做兖州牧，百姓自发出资修葺此楼，作为张大人的官邸。"

唐季礼递过早已经准备好的钥匙："这是兖州百姓的一片心意。"张清接过钥匙，打开楼门。一行人登楼而望。远方满目苍翠，田园静怡。近处花园、凉亭、金鱼水池。

张鹏翀很高兴："此处乃读书之好去处。"

贾和安说："修这个楼，我和张清还有份功劳。"

张鹏翀不解。张清便把在此戴着脚镣挖坑的事说与众人。

唐季礼非常生气："岂有此理！怎能如此对待张大人的家人？"转而对张鹏翀说："大人，下官一定查出个水落石出。"

"不用了，我知道，你也知道，大家都知道。"张鹏翀并不买账。

唐季礼自知无趣，只得转移话题，推开了藏书楼。书架整齐摆放古今书籍。

张鹏翀频频点头，连声称好。

唐季礼自我夸耀："这些书真不好找，费了九牛二虎之力才找到一万多册。"

张鹏翀说："兖州自古尊儒端信，诚实淳朴，守规法度。然而，有人以坐牢为荣，有人以能贿官而自豪。不知荣辱，怎明是非？元朝闽南有个诗者叫廖大奎，他讲'不读东鲁书，不知西来意'。本意是说，不读儒家之书，难明如来佛理。我的理解是，不读儒家之书，则不懂修身，更谈不上齐家治国平天下。不如将此楼更名为'东鲁书院'。"

众人拍手称赞，张大人博学多才。

张鹏翮自言自语："东鲁书院大小几十间，一年得花不少钱。这样吧，再拨汶上南旺湖田地九十亩，将年收益作为书院开支。"

唐季礼等心中暗笑，天下哪有不贪之官？只有贪得巧与拙之别。

张鹏翮接着说："每月请饱学之士在此讲授忠孝礼义廉耻，教化官员和百姓。再将那些寒门有志子弟集中于此读书。"

唐季礼听了顿生惭愧，暗自佩服张鹏翮为官之德，不断称是。

到了一烧饼店，张鹏翮要了十二个驴肉火烧，付了铜钱，分给每人一个，说："我们请客，这驴肉火烧是个好东西，有肉有饭，拿着就吃，便宜又方便，不占地方，不费时间，酒楼与之无法相比。在酒楼吃个饭太麻烦，有太多礼数，光排个座位，摆个餐碟都要弄半天，哪个在左边，哪个在右边，哪个朝上，还要想一套说辞，有那工夫，可读点书、办点事。从今往后，兖州官员当少去酒楼。"

众人答应："遵命。"

13

张鹏翮一行人走在大街上。

一群小孩儿跳着皮筋，念着儿歌："四只大老虎，张着血盆口。它若要吃人，不吐白骨头。"

一群百姓手提柳条筐，由南街而来，边走边嘀咕着。见了张鹏翮等，掉头就跑。张鹏翮喊道："老乡别逃，不要害怕。"

只听"咣当"一声，一妇女摔倒在地，将筐子里的罐子摔得粉碎。两个黑面馒头在地上滚着。张清即上前，捡了馒头递与妇人。

张鹏翮把自己的驴肉火烧递给妇人："大嫂，我用这个换你一个馒头可好？"

妇人满脸惊恐,先连称不敢,后又说好。

张鹏翮从妇人手里拿过馒头,掰了一块塞进自己嘴里,又硬又苦。问:"大嫂,这馒头什么做的?"

妇人说:"是玉米棒芯加榆钱和地瓜面蒸出来的。"

张清和其他官员都把自己的饼放在妇人的柳条筐里。

张清换了馒头,掰成数块,每人一块。

妇人跪下,向张鹏翮叩头,连声称:"谢谢菩萨,谢谢活菩萨。"

张鹏翮细细咀嚼着黑面馒头,问随从:"味道怎么样?"

众人都不敢说难咽,齐声说:"好吃。"

贾和安嘿嘿两声:"这叫好吃?没有泡菜,根本咽不下去。"

张鹏翮说:"那好,从今天开始,兖州官员每人每天都去探访十户百姓,看看他们在干啥,吃什么。衙门给大家提供黑馒头。和安,你给大伙准备点泡菜嘛。"

"是,大人。"

所有人都后悔说了假话。

张鹏翮问大嫂:"你们这是给谁送饭?"

妇人说:"给我男人。他因没缴'火耗银',被关起来。"

张鹏翮问左右:"兖州怎样收的火耗银?"

唐季礼说:"土地按上中下三等,每亩分别征四分一厘、三分一厘、二分五厘不等。"

张鹏翮听了,不禁一惊。难怪现在土地荒芜,无人耕种。无地农民租地,缴了租金和正税,还要缴火耗银。而火耗银居然是正税的一半。农民忙乎一年,不但挣不到钱,甚至连肚子都填不饱,遇天灾还要倒赔钱。

万历初年,当朝首辅张居正为减轻百姓负担,推行一条鞭法,将各州、县田赋、徭役及其他杂征总为一条,合并征收银两,按亩折算纳税。可这动了地方官员的大饼,断了他们的财路。你上面有政策,我下面就有对策。地方官员利用国库只征收银锭这个漏洞,上报朝廷称,碎银熔化时会有损耗。损耗不能由官员赔,只能算在税中。这就是名正言顺的火耗银。朝廷规定,一两银子收一钱火耗。可到了地方官员手里,一两银子收过五钱火耗,所征火耗全部落到了官员自己的腰包。难怪百姓说,三年清知府,十万雪花银。

张鹏翮叹了一口气："哎，这叫杀鸡取卵、竭泽而渔、寅吃卯粮、饮鸩止渴。民以食为天，国以民为本。必须革除此弊，从今往后火耗归公，不得截留。"

众官听了暗自叫苦。

一行人到了玄帝庙，门口站着兵丁。远远就闻到一股恶臭。张鹏翮问："一共关了多少人？关了多少地方？"

通判说："一共关了十六处，大约有两三千人。"

张鹏翮听到"大约"两字，不禁怒火中烧："这些百姓就因为没缴火耗银，就把们关起来。关了多少人，你们居然不清楚。那些杀人放火的罪犯关到衙门的牢房里，衙门还要管牢饭，可这些百姓因缴不起火耗银被关在非监之所，居然让他们的家人自己送饭。岂有此理！没有王法！谁这么胆大包天？立即放人！"

抗税百姓回家了，死气沉沉的兖州如冰冻的河流遇春日阳光，渐渐解封流淌，浪潮汹涌。

唐季礼却说："此举捅了马蜂窝。"

唐季礼一语言中，一时间，告状信如雪片飞来。衙门鸣冤鼓不时响起。张鹏翮觉得脑子转不动了，事情理不顺，头重脚轻，走路有点飘。

饭桌上，三个男人围在一起，一菜一汤，几个黑馒头。

贾和安神秘兮兮地端上一盆鲫鱼汤，雪白如奶。又端上一碟泡菜鲫鱼，香气扑鼻。贾和安等着夸奖，张鹏翮却对着一封信看得入神。

张清忍不住了，喊了声："老爷，饭凉了。"

张鹏翮放下信，端起盘子，闻了又闻，拿起筷子蘸了鱼汤舔了一下，深深吸了一口气，说："黑娃、黑娃，你小子真够黑的。"

贾和安眼睛瞪得鸡蛋大，不明就里。

张鹏翮说："我明明下令兖州官员吃几天黑馒头和泡菜，你小子居然拿这样的美食来引诱我犯错误。你说你黑不黑，坏不坏？"

贾和安一听是这缘故，呵呵乐了："老爷，兖州官员都到百姓家里去了，他们又看不见我们家吃啥。我见你这几天很憔悴，便去水沟里摸了几条鱼，又没花钱，自家的泡菜，这有啥不妥？"

"算了，人家干活的都吃黑馒头，我们坐在家里，就不搞大鱼大肉的了，你和张清吃吧。你们是老百姓。"

看着贾和安、张清吃肉喝汤，张鹏翮啃了一口黑馒头，说："和安，你把这两个菜的方子记下来，等我有空了，编一本《川菜谱》，让山东百姓也尝尝我们四川味。"

正说着，差役报，吴江县令郭琇求见。

郭琇，吴江县令，山东即墨汉子。康熙九年进士，与张鹏翮同榜，比张鹏翮大十一岁。此人疾恶如仇，却又风趣。在京应考时，与张鹏翮俩人住同一家客栈。

张鹏翮急忙出门迎接。

"瑞甫兄，什么风把你吹来了？"

"运青兄，做了兖州知府，当上四品大员了，我七品小芝麻官来羡慕一下不行吗？"

"吴江县是鱼米之乡，丝绸之府，江南膏腴，财税重镇。你是来炫耀的吧？看你头发都白了，莫不是愁银子花不出去吧？"

"不瞒运青说，还真是愁的。"

"还没吃饭吧？来，尝尝咱穷人的粗茶淡饭。"

郭琇也不客气，上方坐下。端起鱼汤喝了一口，吧嗒着嘴："嗯，川菜就是鲜。"又偿了一口泡菜鱼，嘴里抿了抿，说："在江宁吃百鱼宴怎么没有吃到这道菜？鱼体完整，质地细嫩，咸鲜适口，略有酸味，味厚绵长，怎么烹的？告诉我。"

贾和安终于有了表现厨艺的机会，连珠炮似的介绍："泡菜切细丝，泡椒剁碎，泡姜切粒。鱼身两面各刳三刀，炸呈黄色，放入泡菜、泡辣、泡姜，炒出香味，再掺入清水，水开后，小火，待一炷香，盛入盘中。锅内加入醋、葱花，湿淀粉勾成薄芡，浇在鱼身上。关键是……"

"和安，郭知县吃过的比你见过、听说过的都多，不要在此卖弄了。你和张清都下去吧，我和老友叙叙旧。"

张鹏翮叫退家丁，挽着郭琇说笑了一会儿话。郭琇扑通一声跪下："运青救我。"

张鹏翮一把扶起郭琇："瑞甫兄，此话从何讲？"

"你还想得起在京城客栈，我给你讲的笑话吗？"

"你不会是前来感谢我吧？"

在京城客栈，郭琇跟张鹏翮讲，他出生那天，老家即墨连降暴雨，雨停后，县令与参将到他们村巡查汛情，刚到郭家门前，又遇倾盆大雨，两位官员只好在郭家屋檐下暂避。

一声炸雷过后，听到初生婴儿哭啼。

郭奶奶跑出来高兴地喊道："生了，生了！"

见屋檐下站着两个当官模样的人，郭奶奶急忙请进屋，上茶招待。

县令给郭奶奶道完喜："老人家，你家添的是男丁还是女娃？"

郭奶奶说："是孙儿。哎呀，只是他随雷雨而来，不知是吉是凶？"

县令随口赞道："这孩子出生时一文一武两个七品官为他护门，雷电为他助威，将来一定是大福大贵，如能做官，一定不低于七品。"

郭奶奶是乡下人，不知当官的品级，忙谦虚道："哎哟，别指望七品，有个一品就谢天谢地了！"

然而，成人之后的郭琇并没有仕途坦荡，殿试时，在三甲两百名后，没能像张鹏翮那样留在京城翰林院读书，他只得了个候补知县，一直等待"出缺"。可等了整整十年，没有任何消息。

有人告诉他，如果不花钱只能成"遇缺后"，没有"遇先缺"，候补者要得到实缺将是遥遥无期，纸上的官位不能当饭吃。江宁就有个候补，因一直得不到实缺而穷困潦倒，只得戴着顶戴花翎沿街叫卖。

已经过了不惑之年的郭琇，给张鹏翮写了一封信，述说心中的苦闷，请他在京城帮忙打点一下。

张鹏翮却回信安慰他："要相信世道是公平的，圣上是英明的。好饭不怕晚，十年都等了，再等等。"

说到这里，张鹏翮打断郭琇的话问："怎么样？我说得没错吧，你很快当上了吴江县令。"

郭琇说："跟你没有关系。收到你的信，我没有得到想要的答案。你让我继续等？我都四十多了，再等就没有机会了。我到处打听怎样才能得到实在的位置。有人告诉我，江宁巡抚余国柱与明珠关系甚好，只要肯花钱，一定能把事情办成。我便借了一千两银子拜见了余大人。

"余国柱说：'我大清，有两种官员最为重要，京师的内阁大学士和京外的知县。这两种官,都是皇上亲自选的。但皇上怎知道哪个官可用?还不得靠身边人推荐。当今,皇上最信任明珠大人,要当官全凭明珠大人一句话。可明珠大人哪认得完天下进士、举人?还不得靠各省巡抚推荐。要见明珠大人哪有那么容易?怎么也得整点见面礼。'

"话说到这分上,我已经听明白了:'不就是花钱吗?需多少?'

"余国柱告诉我:'怎么也得三五千两。'"

郭琇回家,借了高利贷送到余府。不到一个月,当上了最富有的吴江县县令。

张鹏翮听了郭琇的官是买的,有点瞧不起他了。但郭琇能把这么机密的事情说出来,说明他遇到了难题。

郭琇继续说:"官是当上了,债也背上了,六千两的债,有五千是高利贷,另一千两全是从亲戚朋友那里借的。天天有人上门逼债。知县一年俸银四十五两,禄米二十二石五斗。利滚利,息滚息,要还到猴年马月?靠薪水永远都还不清。我想到一个俗语,叫众人拾柴火焰高,我便让吴江县老百姓一家出了点。"

郭琇便下令,追加火耗银,两个月便还清了债务。可他也因此落下了贪官的骂名。

有一位秀才给郭琇送了一礼,打开一看是一副对联和一首诗。对联白纸黑字,猛一看像一副挽联:"十年寒窗九载熬油,七品到手六亲不认。"打油诗白字黑纸:"一窝两窝三四窝,五窝六窝七八窝。空食皇家千钟粟,凤凰何少尔何多?"

郭琇说:"这是在骂本官!想我郭琇做秀才时,也是想做个好官、清官的,可这一上任怎么就成了贪官?长此下去,祖宗就要被问候了,搞得不好自己得掉脑袋。"

思来想去,为官一任,当造福一方。不能这样了,决定洗手不干了。可是,巡抚余国柱却不会放过他。每月得按时进贡一千两银,否则就要被弹劾。余国柱亲手写一份郭琇盘剥百姓的奏折,件件属实。

郭琇感慨:"世上最不堪之事是做小官,既费心机,又得不到好。功劳都是上司的,罪过都是自己的。对上要百般讨好,命运全在人家手里握着。他说你行,你就行,不行也行。你看余国柱,从兖州推官开始做起,靠对了后台,这些年，步步高升，这又升迁左都御史了。"

"余国柱做过兖州推官？"张鹏翮不禁拍案而起，"我说兖州怎么这样的风气。好世风需要众人同心，一颗耗子屎便坏一锅汤。继续讲、继续讲。"

郭琇说："不跑不送，十年不动。送了才动，我就是例子。对下，要面善、心黑、脸厚，你得满嘴'仁义道德'，对百姓大胆许愿，给他画个大饼。天下百姓是最好哄的，哄好了，你才能厚着脸皮，黑着良心去刮他的油水。难怪俗话说，好人不当官，当官没好人。没想到，我郭琇一片士子之心，转眼就成了黑心贪官。百姓养我，我于百姓何益？"

说完，郭琇泪流满面。

张鹏翮递过一条手巾："瑞甫兄，天下事莫不起于州、县，知府、知县被百姓称为父母官。父母对子女永远只有付出，永远不求回报。天下人千千万万，能考上进士的有几人？进士中能做知县的又有几人？当官不为民作主，百姓会骂祖宗的，而且世世代代骂下去。何不回归秀才本色，为天下做点事？伸了手，迟早是要还的。不要再送了，再也不要搜刮百姓了。余国柱不是升左都御史了吗？专职纠劾百司，位高权重，在皇上身边，他还敢再收吗？江苏来了新巡抚叫汤斌，这个人，一身正气，清廉自律。现如今，正是你迷途知返、洗心革面的好时机，回头是岸啊。"

郭琇起身道谢："运青一席话让愚兄茅塞顿开。"

回到吴江县，郭琇草拟了一份弹劾自己的书札，交与汤斌，责己三大罪状："买官，贿官，强征火耗，祸害百姓。"

收到责己状，汤斌立即召见郭琇："我早就听说你是个贪官，贿通上权，逼榨乡里。尔乃一介寒儒，未当官前，满嘴天下、家国、苍生，当官后，却百般压榨百姓，为何如此堕落？"

郭琇实话实说："世人皆以为吴江取之不尽，用之不竭。比我大的官，皆来索取。可下官俸禄低微，常发抱关之怨。没办法，只能搜刮百姓。"

汤斌叹道："上梁不正下梁歪，中梁不正倒下来。念你主动自首，坦白忏悔。本官且饶你一回，姑且看看你今后表现。"

郭琇三拜："大人两袖清风存正气，郭琇若敢再贪，定提头来见。"

回到吴江，郭琇亲自挑水，把衙门里里外外清洗了一遍，然后钻进大缸洗了个澡，换上布衣，召集手下，拿出一把杀猪刀，梵香发誓："过去的郭琇已经死了。从今后，我郭琇如果再贪，伤害百姓，你等都可以举报我，也可以此杀猪刀将我砍杀，不用偿命。尔等也不许盘剥百姓，也不许行贿受贿，如有不轨，本官必定严办！"

吴江，河渠纵横交叉，湖荡星罗棋布，河湖交织相通，水道密如蛛网。西北太湖沿岸为湖滨圩田平原，其余为湖荡平原。田地多处于汛期高水位之下。

是夜，暴雨，平地起水三尺，太湖水涨，吴江一片汪洋。

郭琇下令，调集全县船只将百姓全部运至吴中山地安置后，连夜去江宁见汤斌，请求开仓赈济灾民，暂缓征税，修筑河堤。

汤斌笑道："你不敲诈百姓了，现在却来勒索本官。"

"大人，百姓养官吏干啥？指望有难时，能帮上一把。如今百姓有难，性命难保，嗷嗷待哺，抚台大人绝不会见死不救。"

"好、好、好，就依你。"

回到吴江，三日水退。郭琇即招募河工，疏浚支流河道，整修滨湖田地。

百姓以为他又将趁机捞一把，无人响应。

做过坏事的人，不能指望别人放弃质疑你做事的动机。只有用行动来不断证明，自己已经改过自新。

郭琇自叹："百姓不可欺。"他只得带领县衙官吏，逐家签字画押，保证若有贪腐，谁都可将郭琇押解京师，或就地斩首。

百姓仍不相信，只在自家门口疏浚，筑圩自家田地。

郭琇宣布，凡疏浚、筑圩者，每日按工程量到衙门领赈灾钱粮，当日兑现。

一时间，吴江县的猫儿、耗子都走上工地，号子声四起。

郭琇走到工地一看，圩子五花八门，疏浚河道深浅不一。郭琇再出新规，圩子高五尺，宽三尺。疏浚河道深三尺，宽五尺，淤泥入田。凡疏浚河道、或筑圩半里合规者，可免火耗一年，浚筑五里者免火耗十年。

百姓为了多挣银粮，多免火耗，纷纷抢占别人家门口河沟，甚至大打出手。郭琇暗笑。安排衙门官吏走进田间地头，调解纠纷，丈量田圩，分派河段。

仅几个月，所有工程完工。

汤斌很高兴，考核郭琇为"优异"。

14

公案前,张鹏翮与刑房夏永凤查看云田礼案卷宗。

夏永凤说:"云田礼杀人案,铁证如山,获罪当斩。"

正说着,张清将一人押至公堂禀报:"此人正在知府官邸行窃,被拿个正着。"

夏永凤一看,低声告诉张鹏翮:"此人乃惯偷赵六福,乃薛员外的外甥,专偷官府。每次被拿,都是薛员外说情,原告撤诉,最后都不了了之。因此,胆子越来越大,居然大白天公然行窃。薛员外乃滋阳名士,仗义疏财,人缘极好。"

张鹏翮问:"赵六福,你为何专偷官府?"

赵六福见堂上乃一新面孔,便知是新上任知府。说:"大人,草民手无寸铁,只有一双手,务农无地,开店无本,我要活命。穷人家里无东西可取,只有去官府才能找到钱粮。"

夏永凤拍下惊堂木训责:"大胆泼皮,公堂之上,竟然毫无悔意,堂而皇之为偷盗辩解,岂有此理。往日有人替你开托,今天本官难平心中之气。"说完,取出三只令签扔至堂下:"给我打。"

堂上一顿暴打。

赵六福嘿嘿一笑:"痛快,我皮子早就想松一松了。"

张鹏翮见此人如此嚣张,先下令收监再审,继续与夏永凤探究云田礼抗税杀人一案。

夏永凤细细道来。

三月初九,府税课司大使蒋桐万带着胥吏王敢和一群差役来到铁匠铺,气势汹汹地问:"谁叫云田礼?"

"俺就是云田礼。行不改名,坐不改姓。咋了?"

"你每月铸剑四把,每剑三两,月入十二两,当再纳税四两八钱三厘,限明日一早缴银,否则按律惩治。"

一行人撂下话,大摇大摆走了。

蒋桐万一行人在前面走,云田礼在后面骂:"税、税、我睡你娘,睡你娘那个大头鬼,老子刚缴过四两。"

第二天一早，云田礼却自己跑去衙门报："王敢死在我家门前了。"

夏永凤立即带人来到现场，一番查验，认定是云田礼和牛三所为，于是将二人锁了，带至滋阳监狱。

牛三死活不招。

云田礼招供："杀人是我自己一人所为，不关别人的事。初九晚上，王敢到我铺子纳税，我见王敢背着一千两银子，便见财起意，一剑将他刺死，取了他的银子，藏于家中，银子又被盗贼偷走了。"

张鹏翻觉得好笑，明显的漏洞居然记录在案："世间竟有这等荒唐之事？传云田礼上堂。"

还没等张鹏翻问话，云田礼即说："我招、我招，别打了，我杀人，我偿命。"

张鹏翻见云田礼反常，即传云珠上堂。

云珠扑到云田礼怀里："爷爷，你没有杀人，对不对？你要承认了杀人，是要砍头的，你死了，你让孙女怎么活吗？"说完痛哭不止。

云珠抹泪，抬头对张鹏翻说："青天大老爷，我爷爷是好人，他连鸡都不敢杀，他怎敢杀人？请大人为民女作主啊。"

云田礼搂着云珠，心痛不已，便一五一十把事情的经过说了。

三月初九，云田礼铸剑，云珠扫地，牛三浇水。

云田礼没好气地道："牛三，你怎么这样没脸没皮？你在我这里都赖了七八天了，混了我几十顿饭吃，可以了，你走吧。"

牛三说："师父，您就收下我吧。我给不起租，也缴不起赋，种不成地了。你不教我，难道让我去要饭、去抢不成？"

"这与我有何干？我与你一不沾亲二不带故。你莫不是有非分之想？看我女儿孤儿寡母的。"

"师父，你晓得，我跟云珠她娘从小就在一起，我一直把她当我妹妹，我哪有你说的那种想法？"

云田礼只有一女，招了朱姓郎中做上门女婿。

女儿云氏在门后偷听，把门撞得"叽嘎"一声响。

"不想吃锅巴，别在锅边转。"云田礼嗓门很高，他想说给女儿听。

牛三恳求："你女婿没了，你年纪也大了，你收我做徒弟，我一定会好好孝敬你。你看我，身强力壮，不怕吃苦。"

云田礼说："这年月，我自己都养不活，哪还敢再养个徒弟？滚远点。"

牛三耍赖："反正，我就住你家屋檐下，你一天管我三顿饭就行。我替你干活，你就当我是一条狗，我给你家看门，好不好？"

牛三趴在地上，学着狗叫："汪、汪、汪。"把云田礼和云珠都逗笑了。

第二天，天刚亮，牛三起来上厕所，被什么东西绊倒，点灯一看，原来是一具尸体，背上还插有一把刀。牛三大叫："杀人了，杀人了。"

云田礼听到惊叫声，急忙起床，翻过尸体一看，原来是昨天来征税的胥吏王敢。急忙去衙门报案官。

云田礼、牛三都被拿进大牢。起初，两人都拒不承认自己杀人。

夏永凤扔下令签，两人各打三十大板。再倒悬火炉上方烟熏火燎。实在受不了，云田礼便在供词上画押认罪。

云田礼抬起头说："大人，我跟王敢无冤无仇，我为何要杀他？我杀了他为何自己要来报案？我咋知道他背了银子？"

刑房夏永凤递过一把剑，问："你可认识这把剑？"

云田礼拿剑一看，说："正是小老儿铸的青锋剑。每把剑都留下'虎头'标记和铸成时辰。这把剑乃最新铸成的，薛员外包圆了，我的剑每月四把，已做了九十九把。"

夏永凤吼道："云田礼你只需说清自己的事，不必牵扯他人。你想栽赃薛员外？给我打。"

张鹏翱按住夏永凤的手："请薛员外来一趟对质便知。"

话音未落，差役报薛员外薛田求见。

薛田乃康熙三年举人，捐官做了员外郎。

张鹏翱正想差人去请他，没想到说曹操，曹操到。薛员外仪表堂堂，气度非凡，进了公堂，向前给张鹏翱等施礼："小人薛田给张大人请安。张大人上任，薛某本想专程来请安，不承想半路听说我那外甥赵六福又惹上祸事，竟偷至大人府上了，特来谢罪。赵六福乃小人外甥，患有疯癫症，姐姐、姐夫双亡，托付与我照看。我家中并不缺钱，但他恶习不改。老夫管教不严，实有得罪。"

张鹏翱说："你不但丢了外甥，还丢了一件东西。"

薛田想了一下，呵呵一笑："正是，我刚买的一把青峰短剑不翼而飞。"

张鹏翮想起刚到兖州时，一队人马飞驰而过，牙旗上有一个"薛"字，领头的正是赵六福。将儿歌"四只大老虎，张着血盆口"一联系，发现这竟是一个字谜："田"字四个口，血即是"薛"。不知是哪个秀才这么有才，把状纸编成了儿歌传唱，民间真有高人！

张鹏翮拍案而起："来人，将薛田与我拿下。"

薛田纹丝不动，泰然自若，轻声道："张大人，你拿我不得，捉贼拿赃，捉奸拿双。凭什么拿我？"

差役不由分说，将薛田绑了。

张鹏翮说："你私藏兵器青峰短剑九十九把，仅此一条即可定罪。"

薛田并不慌张，对张鹏翮说："我劝张大人一句，最好把我放了。否则，半个时辰我的家人见不到我，必定找上门来。那时就麻烦大了。"

张鹏翮冷笑一声："我倒要见识见识。"

手一挥，将薛田押入大牢。随即调来差役三百人，整齐列队至广场操练。

果然，半个时辰未到，一声号响，一队人马浩浩荡荡开到衙门广场，足有两三百人。有人吹着喇叭，有人敲着鼓，扶老携幼，口喊："薛员外冤枉。"后面是薛田的家丁，手持青峰短剑，高喊："放人，放人。"

公堂上，同知蔡卓、通判唐季礼领着兖州官员单膝跪地。

蔡卓禀道："大人，薛田虽是捐的员外郎，但其影响不可小视，历任知府对他都以礼相待，才相安无事。"

唐季礼说："兖州这地方还不能没有薛员外这样的贤达，征税、处理疑难纠纷，百姓不听衙门的，但一定要听薛员外的。"

张鹏翮将公案上一堆状纸抓起一把："我来兖州才几天，弹劾你等和薛田的状纸就有上百件。来，吏房，这是举报你的，户房，这是举报你的，工房，这是举报你的……"

张鹏翮将一堆状纸推地上："你们自己看看。这些状纸难道都是诬告你等不成？难道没有一件是真的吗？没有一句是真话吗？兖州百姓为什么那么厌恶官员，又如此害怕官员？来，唐通判，请你念一下，你们口中的好人薛员外，人们是如何评价的？"

唐季礼接过状纸念道："张大人，小人乃食朝廷俸禄小吏。自以为对不住百姓和朝廷。小人早该检举，薛田表面一副菩萨相，常施小恩小惠。其实，他乃一条恶犬，既咬衙门，又咬百姓。在兖州，只要他一句话，没有办不成的事。衙门依靠他纳税、征地、拆民房，他却背靠衙门敛财、聚集人气。其手中掌控所有官员贪赃枉法的罪证，随时向官员索取钱财。如若不然，便派其外甥赵六福行窃。官员自己持身不正，又不怎敢声张。官员失了财，必然又从百姓身上去榨取。兖州百姓倒悬，有临渊之危。"

张鹏翮接过状纸："表面上，兖州一派祥和安宁，其实，暗流涌动，衙门烂透了，百姓苦惨了。本官再次重申，尔等如有苟且之事，贪赃枉法之行，限定一个月找本知府交代清楚。退赃免责，否则严惩不贷。现已过去了半月，竟无任何官员来自首。不要以为我张鹏翮是外地人，势单力薄。错，大错特错，本官身后有百万兖州百姓，有大清律例，有圣明的皇上。你们还有谁要保薛田的吗？"

众官低头不语。

"好，都请起来，我去会会他们。"

张清提弓背箭紧随其后，贾和安肩上扛着一卷布。

张鹏翮站在台阶上，伸手要过弓箭，搭箭拉满弓，台上台下一时好奇，没见过文官会使弓箭，他要射谁？众人都有点慌乱。

张鹏翮手松箭至，广场旗杆上的狮头旗慢慢飘下。

贾和安跑过去，将一面红色牙旗慢慢升起，上书四个大字："忠孝廉节。"

张鹏翮说："各位乡亲，尔等携兵器围攻衙门，难道想造反？不要做人家吃肉你喝汤，别人犯法你挡枪的傻事，薛田是什么人？你等应当清楚。他就是一个笑面虎，表面上慈眉善目，背地里吸人血不眨眼，欺压百姓从不手软，就连官员都不放过。"

说完，张鹏翮又搭了一箭，拉满弓。众人已见识了张鹏翮的箭法，不亚于小李广。只听有人喊："快跑！"

一伙人作鸟兽散。

薛田在牢里待了七天，没有任何动静。忍不住问司狱巴颜："家丁为何不来救我？"

巴颜说与实情。薛田叹道："两三百人啦，竟然被张鹏翮一人吓成这样，太丢人现眼了。兖州众官员谁没有得我薛某的好处？平时见面毕恭毕敬，现在居然无一人来看我一眼。"

他冷笑了一声:"我完了,你们也得完。我要自首,争取宽大。"薛田乃有心计之徒,平日派人盯梢官员,将兖州官员的违法之事一一记录,用于敲诈其钱财。没有想到,今日生死关头又派上了大用场,居然成了自己的救命稻草。

薛田交出了他记录的兖州官员的那些事儿,包括三月初九晚的命案都一一记录在册。

初九晚,府税课司大使蒋桐万派人到薛宅送信。

薛田打开信一看:"纹银五千,酒仙桥东旭客栈小山屋。"

薛田对此消息再明白不过,便派了赵六福去客栈行劫。

赵六福撬门入室,见空无一人,在床头找得一包碎银,约二十两,不是有五千两吗?大头藏哪里了?正在翻箱倒柜时,王敢回来,提着棍子开打。一直从楼上打到楼下,二十两银子虽然少,可已经到手,赵六福怎舍得丢?

这本是蒋桐万设的局,王敢却一无所知。对盗贼穷追不舍,边追边喊"抓盗贼"。可听到喊声和脚步,街坊本来亮着灯,都一一灭了关上窗户。

一直追了几条街,到了一条胡同,赵六福折转进去,不见了。

王敢到胡同里,借月光一看,此乃死胡同,只有一堆麦草垛,见四处无人,断定盗贼藏匿其中,便拿了棍子朝里一阵乱捅。

赵六福挨了几乱棍,从草垛里钻出来,拔刀相逼。

王敢毫不相让。

赵六福朝王敢身后喊了一声:"大哥,我在这里。"

趁王敢回头转身之机,赵六福一刀扎进王敢后背,然后撒腿跑出胡同。

王敢追了几步,体力不支,眼一花便倒地,爬到铁匠铺就不动了。

薛田说:"我断定,此乃为蒋桐万设的局,就是黑吃黑,以掩盖他挪用公银之罪。蒋桐万平时爱面子,在外面出手阔绰,常去花街柳巷作乐。"

张鹏翮立即传府税课司大使蒋桐万。

差役回话:"蒋大使上吊死了。"

张鹏翮立即抄没了府税课司来往账目和库存,发现亏空五千两。

张鹏翮恍然大悟:"原来是这样。蒋桐万挪用官银五千两,无法还上,便设局让赵六福去偷。只要说是被赵六福偷了,官府就不便追究。其亏空的银两自然就不用他还。哪知半路杀出个王敢搅了局。"

得知薛田被张大人拿下，害怕他的官员、百姓纷纷到知府衙门状告薛田，共八十五桩罪。判赵六福斩立决。

薛田因举报有功，改判斩监候。

官员见张鹏翮玩真的，只得悄悄退赃。

户房收到退赃三百八十万两。百姓称快，官员胆战。百姓私下称赞，张知府手段高明。

张鹏翮召集兖州官员，齐聚"忠孝廉节"旗下，将一百零八名退赃官员名册烧掉。宣布："兖州只需缴纳朝廷规定税额，其余杂税全免。从即日始，凡兖州有行贿、受贿者，一律在'忠孝廉节'旗下领鞭五十。"

云田礼和牛三无罪释放，各获衙门赔银十两。

二人千恩万谢。张鹏翮说："你们二位先不要着急谢我，还有两桩喜事，由我作主，不知二位意下如何？"

"全凭张大人作主，务必照办。"二人齐声道。

"本官作主，云田礼收牛三为徒，教授铸剑手艺，由衙门包圆，送前方将士。"

云田礼、牛三叩谢。

张鹏翮说："本官还有第二件事。请云师父将女儿云氏嫁予牛三，牛三倒插门，如何？"

"知府大人保媒，女儿的终身有了托付，我云田礼觉得太有面子了。"

牛三长跪，痛哭流涕，高喊："谢谢青天大老爷恩德，三生三世不能报答。"

舒翼伦见张鹏翮是个办实事的官，想滋阳常年水患，泗河洪水暴涨，猜想定有妖龙作怪，便铸三丈长剑，插入河中，降伏妖龙。将此事禀报，以为张鹏翮会夸奖他。

没想张鹏翮觉得此事荒唐："怎能将龙与妖混为一谈？万一被别有用心之人告发，岂不危险？龙乃神异之物，能显能隐，能细能巨，能短能长。春分登天，秋分潜渊，呼风唤雨。铸剑降龙，不如疏导河道，让水流灌溉田园，通畅归海，造福百姓。"

舒翼伦连连称是，要去拔长剑。

张鹏翮说："就这样吧，权当水位标尺。"

15

畅春园，正在上演昆曲《郭琇洗堂》。

丝竹悠扬，雅韵流芳。

康熙与群臣一起观戏，对身旁的汤斌说："此戏甚好，官员清夜扪心，改过迁善，洗心革面，仍是好官。升郭琇为江南道左佥都御史。"

郭琇走马上任。汤斌给他看了一封信，是户部尚书余国柱写给汤斌的："汤斌，你能得到江宁巡抚肥差，那是托明珠大人之力。你不妨孝敬明珠大人纹银四十万两。"

"汤大人给吗？"郭琇问。

汤斌冷笑道："天下皆知我汤斌食青菜、豆腐，穿粗布，像我这种穷人，甭说四十万两，就是四十两也没有。"

"大人，您乃大清柱石，江苏百姓依靠。现今天下贪腐成风，唯有您清廉如水。但余国柱公然索贿，背后又有明珠撑腰，你现在处于两难。如应他，你无银相送。若不应，可能面临弹劾。如今摆在大人面前有三条路，一则请辞回家养老，二则同流合污，从百姓中搜刮。否则，将被贪官们收拾掉。第三条路，下官为你出头，扳倒大贪官。"

"就凭你？"

"行不行下官都得试一把。过去，我是贪官，害过百姓。多亏大人教诲，让我改邪归正，给我机会，还给我升官，琇无以报答，唯有替圣上分忧，为民除害才能报答。"

郭琇奋笔疾书，将户部尚书余国柱在江宁索贿、阻止去火耗等事写成奏折《特纠大臣疏》，交江宁织造曹寅。曹寅也受过余国柱的勒索，便直接将弹劾余国柱的奏折递给了康熙。

明珠得知消息，叫来余国柱做了安排："你所做的事被人告发了，都是你自己所为，不要牵连别人。不过，你放心，本官会保你无事。"

"谁告发我？我是收了不少银子，但我也确实为人办了事，没有白要。"

"你保举他做左佥都御史。"

"郭琇？"余国柱做梦也没有想到，亲手培养起来的郭琇会弹劾自己，长吁短叹："知人知面不知心。"

余国柱被革职，但并没有被抄家，到江宁用赃款购地，大兴土木建余府。园子还未建成，又被江苏给事告发。康熙念及余国柱之才，将其逐回老家湖北大冶，死于家中。

明珠即向康熙举荐汤斌为工部尚书，即日上任。

郭琇担心此举有诈："汤大人，你这官也升得太快了。余国柱是明珠的死党，你把余国柱告翻了，明珠还要推荐给你升官，这太不合情理。大人千万小心。"

果然，上任不到一个月，汤斌病危。

郭琇得知，火速赶到京师，汤斌却已经下葬。郭琇痛哭一场，认定汤斌之死，必是明珠所为，一团复仇的火焰在他心中燃烧。

后海北。

明珠府张灯结彩，官轿拥塞，满朝文武官员前往为明珠祝寿。

明珠忙不过来，只迎接一品以上官员。二品只需上前向明珠打拱，道一声明相万福即可。明珠端坐，向来者点下一头，表示心领了。管家安尚仁收了礼物，安排家仆领着送礼者入席便是。

三品以下官员只能悄悄地将礼物放至耳房，自己去席间找座。

忽听安尚仁说，郭琇前来道贺，明珠立即起身，满脸堆笑，出门迎接。

"他一个四品佥都御史，凭什么？"安尚仁不解。

明珠好像没听见，直奔大门，将郭琇挽入主席坐下。

郭琇并不客气，端起一杯酒，一饮而尽。说："老相国万福。我郭琇过去是个贪官，现在的郭琇专治贪官。老相国大寿，郭琇并无金银相送，特送大人一篇奏章。"

明珠并未问奏章内容，一边连连称好，一边接过，交与管家安尚仁，叮嘱好好保管。

郭琇问："大人何不看一看下官所奏何事？"

明珠以为是贺词之类的东西，故不屑一看，说："不用看，不用看。"

"我郭琇明人不做暗事。奏章乃下官弹劾你结党营私、排斥异己、贪腐受贿等罪状之副本。告辞！"

还未等明珠想出对策，圣旨到，明珠革职，交给侍卫处酌情留用。

这突如其来的风暴让明珠措手不及。然而，明珠毕竟见多识广，马上领会到康熙的意图，并不是要置他于死地。当即领旨认罚，将生日所收礼物悉数上缴国库。

可管家安尚仁没想到，大祸从天而降，明珠将所有罪责归于管家，亲自安排都察院抄了安尚仁的家，起赃银二百余万两充公。

是夜，月黑风高。

安宅潜入三个黑影，铁镐刨挖院坝和院墙。折腾一宿，天明时，三人正要离去，守在院外的官差将其拿下，再获银二十五万两。

明珠写了悔过书，称自己管教不严，这一切皆管家安尚仁所为。

过了半年，明珠官复原职，但明显收敛。

郭琇并没有就此收手，大有不杀尽贪官绝不罢休之势。他又把第三本弹劾奏折送与康熙，剑指康熙的五大宠臣：大学士少詹事高士奇、右都御史王鸿绪、给事中何楷、修撰陈元龙、编修王顼龄，五人被悉数拿下法办，高士奇退休回家。

康熙说："思一人代之不可得，能如琇者有几人耶？今天下清廉四君子乃郭琇、李光地、彭鹏、张鹏翮也。"

天下贪官、营私舞弊者闻郭琇而胆寒。郭琇因此得了"郭三本"雅号，名震天下，被史书称为"铁面御史"。

16

春末夏初，兖州满目苍翠，高大的杨树，整齐的麦田。

知府宅中，两颗梧桐树开满了紫色的花，一簇簇，如铃铛，微风吹过，石榴裙般摇来摆去。

"栽下梧桐树，引来金凤凰"。张鹏翮想起了着石榴裙的筱芊，提笔写信。刚写下"吾妻筱芊"几字，便听到稚嫩的声音喊"爹"。回头见是二儿子懋龄，后面跟着父亲张烺和妻筱芊。

见了家人，犹如梦境。张鹏翮即向前给父亲请安、上茶，责怪筱芊不提前来信相告，未去远迎父亲。

张娘忙替筱芊解围:"事发突然,不怨筱芊。四川突发麻脚瘟,患者上吐下泻,厥逆转筋,冷汗脉微,四脚如冰,顷刻人瘦目陷,肉如刀割,随即不省人事,缓者一昼夜,急者三四时即毙。死者棺木无着,以稻草、篾席草裹尸埋葬。路人沟死沟埋,路死插牌。各城派官坐守城门,以计日出丧具数。人心恐慌,路人多书写姓名住址佩带身止,一旦猝死,便于查找家人。"

张鹏翮不禁为师父彭先生和大儿子懋诚担心起来,急修古方派人火速送回遂宁:姜黄皂蝉与僵蚕,雄黄朱砂及陈艾,碾粉末开水送服。服之顷刻吐泻止,能言即可挽回。此方有病可治,未病可防。

家乡人得救,感激不尽。圣上得知,夸张鹏翮博学。

家人终得团圆,开支大增。

贾和安租了两亩田地,种菜养鸡,补贴家用。

日子过得有滋有味,张鹏翮感叹,古人太聪明了,发明了"安"字。有房,有女人才叫"安"。筱芊来了,一下有了家的感觉。

看着风韵不减的筱芊,张鹏翮念道:"莺莺燕燕春春,花花柳柳真真。事事风风韵韵,芊芊娇娇嫩嫩。"

筱芊听了,嗔怪道:"要是爹知道你不把功夫用在学问上,定会责骂。无日不显,莫予云觏。神之格思,不可度思,矧可射思!"

此乃《诗经·大雅·抑》,论语记载,孔子有个学生叫南容,一天读三次:"白圭之玷,尚可磨也。斯言之玷,不可为也!"孔子便将兄之女嫁给他。此语与筱芊刚才那段话都出自《抑》,意思是休说室内光线暗,没人能把我看清。神明来去难预测,不知何时忽降临,怎可厌倦自遭惩。

张鹏翮佩服夫人的才学,羞愧难当,在夫人面前从此不敢轻佻,更加敬重筱芊。

一日,懋龄放学回来,满身是土,脸上有几道抓痕。筱芊心疼,问明原故。原来,张懋龄与舒安洪在学堂讨论知县和知府哪个官大。

张懋龄说:"肯定是知府大,我爹管你爹。"

舒安洪说:"不对,你爹说他是个秀才,知县肯定比秀才大。你看你家住的、吃的、穿的都比我家差。"

两人谁也说服不了对方,就动手打起来。

筱芊拉过懋龄,抚摸着头安抚:"舒安洪说对得,你爹就是个秀才,而且他发过誓，一辈子都只做秀才。你将来当官了，也要坚守秀才本色。如果当官做了老爷，娘哪敢去见你？"

懋龄点头记住母亲的话。

说话间，滋阳知县舒翼伦求见。

筱芊让贾和安去回了："就说老爷不在家，改日再来。"

还没有等贾和安出门，已见舒翼伦带儿子舒安洪跨进堂屋，与儿子一起行双膝礼："滋阳知县舒翼伦叩见张夫人，下官舒翼伦教子无方，犬子伤了公子懋龄，特来谢罪。"

筱芊急忙请起上茶："舒知县公务繁忙，何必为小儿之事烦恼。懋龄，向舒安洪赔不是。"

两人一起拥抱，甚是亲热。

舒翼伦从怀里取出一张银票，放在茶几上："一点小意思，给小公子买些补品，以表歉意。"

筱芊站起身："舒大人，孩子都和好了，你的心结却打不开，可见你心思沉重不纯。贾和安，送客。"

舒翼伦起身退出门外，来到一转角处，见贾和安跟着，便把银票塞到他手里，贾和安坚决不收。

舒翼伦说："小兄弟，巧妇难为无米之炊。你这个厨子，再有手艺也做不出佳肴美味来。这算是我家孩子伤人的赔偿，一点点，不足以赔付。"

贾和安觉得有理，半推半就收了银票，一看是一千两，沉甸甸的，想退还，见舒翼伦已经走远，便装在兜里。

第二天一早，贾和安到集上买了鸡、鱼、肉，做了满满一桌菜。一家人围坐，张烺让贾和安倒了一杯高粱酒小酌："如此美食，已经好久不见了。"

张鹏翮说："和安，这样吃法，我估计，后几个月得喝西北风。"

贾和安撑了一下张懋龄的头："放心吧，老爷，咱家懋龄挣的钱够咱们吃几年。"

张鹏翮一听，有点发蒙："你说什么？"

贾和安便把懋龄在学堂挨打，舒知县赔银之事说了。

张烺喝进嘴里的酒吐出来，愤怒地叫贾和安："退回去。"

筱芊急忙向张烺跪下："爹，儿媳管教家人不严，儿媳领罪。"

张鹏翮两眼气得将要滚出来，喊道："张清，将贾和安绑了，旗下受罚。"

贾和安被五花大绑，押至知府衙门广场旗下跪着。

"当、当、当"。差役敲锣沿街吆喝："知府家奴受贿，鞭挞五十，午时三刻行罚，官民前往观看。"

百姓放下饭碗，拥向知府衙门广场，挤得水泄不通，踮脚引项如看大戏。

一声鞭响，一声惨叫，整整五十鞭。

筱芊的心随鞭声不停抽动。

挨完鞭子，贾和安体无完肤。

张清将其背回家里。筱芊以高粱酒擦拭伤口，泪水滴在贾和安脸上。

张鹏翮让张清买来鲫鱼，亲自下厨熬鱼汤。坐在贾和安床边，喂贾和安，非常歉意说："黑娃，都是我不好，没有给你说清楚，这规矩是我来兖州立的。打你，如同打我和我的家人。为官当以上率下，方能服众。"

张清抢过汤碗，骂道："你还耍长了，做了错事，老爷亲自下厨熬鱼汤喂你。起来，自己喝。"

贾和安笑着，眼泪止不住下流。是疼，也是被人疼的感觉。

从此，兖州没有人敢给官员送礼，官员没有人敢收礼。

张鹏翮即行修葺曲阜文庙。

前后共九进院落，庙内殿堂、坛阁和门坊等四百六十四间。庙前东西下马石柱、奎光阁、聚星亭、"天下文枢"柏木牌坊，丈余石牌坊。六柱三门、牡丹浮雕、云雕。此乃帝王出巡朝圣祀孔通道，其余人不得出入。棂星门、持敬门、大成门、丹墀、两庑、正殿。两庑内孔门的七十二贤人牌位。正中为"大成殿"，外有露台，乃春秋祭奠时舞乐之地，三面环以石栏，四角设紫铜燎炉，燃桐油灯。殿内正中供奉"大成至圣先师孔子之位"，左右颜回、岑参、孟轲、孔汲四亚圣。日夜不停，两月完工。红墙金瓦，有似紫禁城，皇家气派。

九月初一，张鹏翮召集府县官员朔日朝圣，反复温习路数。请父亲张烺及家人同往。孔圣人第六十七代衍圣公孔毓圻庙前迎接。张鹏翮陪父亲及家人行礼，入孔府分宾主列坐。

孔毓圻说："运青兄果然不同凡响，到兖州短短几月，去除火耗，免除杂税，惩治黑恶，鼓励农商，兖州瞬时风清气正。农桑、商贾皆受益，百姓无不欢欣鼓舞。"

张鹏翮最清楚，去了火耗，但毕竟碎银变银锭是有损耗的，不征收火耗银，这笔银子从何处而生？今年，收回退赃银几百万两，足够支撑火耗、免除百姓三年杂税费用。最重要的是，没有了火耗，断了官员的财路，靠年俸难以支撑家用。他一个四品官，年俸才八十两，俸米八十斛。既不敢养门客，也不敢请师爷，家人只能粗茶淡饭度日。而知县一年只有四十五两，俸米四十五斛，未入流的小吏一年才三十一两五钱，米三十一斛五斗。

俗话说，当官不发财，请我都不来。官员没有了搞头，没有了好处，开始庸、怠、懒，敷衍塞责，苟且偷安，将衙门当成养生道观，当老好人，做和事佬，甚至心灰意懒。

张鹏翮苦笑："万事有利必有弊。"

听张鹏翮这么一说，孔毓圻知道张鹏翮已经有了对策，问："运青兄，何不将长久之策说出来。"

张鹏翮道："其实，圣人早有教诲。士而怀居，不足以为士矣。如果留恋舒适安逸的生活方式，就不能够算个有出息的士人。戒除贪图安逸和享乐的习惯，乃士子与为官者的起码品端。故圣人说，不患无位，患所以立。不患莫己知，求为可知也。不愁没有职位，只愁没有足以胜任职务的本领。不愁没人知道自己，应该追求能使别人知道自己的本领。所以解决官员浮华、贪腐之行，庸懒之风，当从教化做起。在下办了东鲁书院，修葺文庙，兴文教，以教化人。"

孔毓圻笑了笑："圣人言，君子喻于义，小人喻于利。可《列子·天瑞》说，人有形者，有形形者，有色者，有色色者。人过一百，形形色色。入仕者，谁不懂孔孟之道？但并非皆为君子，多数皆为小人，为利而来。以君子标准去要求小人，未免迂腐好笑，而且不可能。子曰：义者，宜也。只要马儿跑，不给马儿草是不可能的事。如果读书做官只是为了受穷，只为让百姓过好，自己及家人都食不果腹，衣不遮体，谁还送孩子读书？贫穷乃万恶之首。"

"翊宸兄高见，何不细说？"

"疏堵并举，禁在明处，利到明处。"

张鹏翮豁然开朗："火耗归公，避免贪腐。每年再从税收中拿出一部分银子，奖励有作为、为官清廉的官吏。减轻税负，发展农商，让官民体面。兴办文教，教化为先。"

张鹏翮遂将想法写成奏折《耗羡归公疏》，送往京师。

张鹏翮之子懋龄与孔毓圻之女小鱼儿在庭院中相见如故，玩起过家家。离别时，懋龄与小鱼儿恋恋不舍，小鱼儿拉着懋龄不让走。

康熙收到《耗羡归公疏》，说："这张鹏翮还真动了点心思，即安抚了官吏，又富了百姓。想法很好，但效果如何？"

即着山东巡抚徐旭龄前来到兖州明察暗访。兖州官吏、百姓无不赞赏张鹏翮。

张鹏翮却说："兖州有今日，皆衍圣公孔毓圻之功。"

孔毓圻谦让："岂敢、岂敢，明明是运青兄的主意。"

徐旭龄见两人一官一商，关系如此融洽，亲清官商，非常高兴："老朽有个想法，不知二位同意否？"

张、孔二人说："请徐大人做主。"

"运青之二子懋龄与翊宸之女小鱼儿，年纪相当，张、孔不如做个亲家如何？"

张、孔二人相视一笑，正合心意："当重谢徐大人。"

17

曹县。

百日未雨，河水干涸，人畜饮水难。

知县请知府祈雨，张鹏翮令曹县写责己书。

十日后，张鹏翮前往，于神龙府前，筑八尺见方神坛，扎黑白二龙，长十二丈。张鹏翮着穿青衣为主祭，舞龙剑，六十四名壮汉将黑白双龙抬至坛前，肃穆虔诚。三声号响，二龙追逐闪转腾挪，上下飞舞。

舞龙毕，迎龙祈雨大典开始。

古乐声中，《中和之曲》响起，众人整理衣冠，行四拜礼，迎神。

奏《肃和之曲》，进献帛品。

奏《咸和之曲》，进献牲牢。

初献官就位敬香献酒，行礼，读祝官神坛忏悔。

按旧制，读祝官本应恭读祝文，但张鹏翮有心教化官民，亲自上阵，将民间作奸犯科、为富不仁、为子不孝之事一一列举。"而曹县官吏不作为，庸、怠、懒，而至天怒人怨。道德下滑，世风日下，心生邪念，灾害频生。才致天灾、旱涝频发。唯人心归正，方能风调雨顺。"

听者皆觉得在说自己，无不胆战心惊。

亚献官、终献官依次就位，敬香献酒，行礼。

奏《凝和之曲》，调整祭品，彻馔。

奏《清和之曲》，众人行四拜礼送神。

奏《太和之曲》，燃烧祝文。

祭毕，众人依次退场，歌云门之曲。

果然，第二天，大雨滂沱。众人都以为张鹏翮是神人。

望着窗外大雨如注，张鹏翮欣喜若狂，提笔作诗：

随车甘雨满莘城，漫道精诚格太清。
万井提封无怨气，四郊黎庶有欢声。
云霓夏日消炎暑，禾黍秋天望晚晴。
莫讶使臣多顾虑，先忧后乐古人情。

一时间，兖州将范仲淹与张鹏翮的诗并诵。

康熙二十三年，已在兖州知府任上三年的张鹏翮被公推为"清廉"。张鹏翮的故事传至紫禁城，康熙决定南巡，行期定于十月。

曲阜三十里外，张鹏翮领官吏百姓及家眷静候銮驾。众人站在路旁，伸长脖子等待动静。

一骑飞至，呼道："二里！"

张鹏翮领众人跪伏道旁。

隐约听得鸣鼓奏乐。百姓直起腰想目睹皇帝尊容，齐刷刷转头侧目。只旌旗招展，车乘相衔，文武百官，宫女太监前拥后簇。

一群山羊从山上冲下来，如洪水一般倾泻，眼看就要到路上来。众人手忙脚乱，不知所措。按清律，军民纵放牲畜，若冲突仪仗者，牧者杖八十。

"牧者挨杖是小事，万一惊吓到圣上，可如何是好？"张鹏翮起身想拦住羊群，正待发力之时，见羊群戛然停住，站成一排，向銮驾"咩咩"叫着。

康熙见状，立即停车。

礼官将红地毯沿停车处铺陈，康熙下车，听万民齐呼："吾皇万岁万万岁。"

康熙龙颜大悦："曲阜真乃圣人之乡，人知礼数，连羊都通人性。"扶起老者，请众人起。

众人立于道旁，目送銮驾。

孔庙前，行宫墙外备卫森严，方圆五里全是护卫行宫，帐篷营地，护卫人手持一灯，犹如夜空点点繁星，亮如白昼，美似画卷。

康熙在孙衍圣公孔毓圻等陪同下，走进孔府诗礼堂，听孔尚任讲筵《大学》。二品以上官员按次排定，其余堂外跪听。

康熙环视左右，未见张鹏翮，下口谕："兖州知府张鹏翮为官清正，宜听讲学。"遂请张烺、张鹏翮父子二人坐于二品之下听讲。

听完第一章，康熙问张烺："遂宁张氏忠孝为本，清俭传家，乐善好施，可否讲其缘由？"

张烺说："张氏洪武年填川而来，一穷二白，一无所有，现人丁兴旺，家业尚可，然张氏秉持养子强于我，置产做甚？养子不如我，置产做甚？积书与子孙，子孙未必能读。积金与子孙，子孙未必能受，故视钱财若粪土，做到推己及人，乐善好施。"

康熙又问张鹏翮："张爱卿，朕从京城一路而来，途经之处，必有拦道告御状者。然到了兖州，人知礼仪，羊也知礼仪，此乃为何？"

张鹏翮说："圣人教化，圣上仁德，万物感化。"

康熙不满意，问索额图："索相以为何道理？"

索额图说："《管子·牧民》曰，仓廪实而知礼仪，衣食足而知荣辱。张鹏翮任兖州知府，发展农商，减免杂税，去除火耗，官民相安。"

听索额图当着皇上和百官的面夸奖自己，张鹏翮心存感激。他知道，索额图与明珠是死对头，都在培育自己的势力。但，他不想卷入索相与明相之斗。

康熙问明珠："明珠，你认为呢？"

明珠说："《大学》者，大人之学也。'亲民'即'新民'，为官者需自我修养，教化子民，此乃治国平天下之基。'止于至善'即将己之德行与天下治理，尽善尽美。修身方能化人，化人方能治国平天下。张鹏翮来兖州，修葺学宫，兴办书院，倡理学，制礼乐，编纂《兖州府志》，尊孔崇儒。故而有此今日景象。"

康熙听了，点了点头："二位相爷言之有理，为官当学张鹏翮，富民、化民。张爱卿励精图治，兖州清风气朗，惠风和畅，官民相安，百业兴旺。今诸臣俱称善，公推你为天下廉吏，实至名归，想当不谬。爱卿如能操守不改，永著清名，方为真实好官。"

张鹏翮立即跪下，三叩首："臣做了分内之事，得圣上如此厚爱，虽肝脑涂地，也无以报答。当谨记圣上教诲，永著清名。"

吏部传旨，封张烺为中宪大夫山东兖州知府，赠张鹏翮之母景氏、妻唐氏为恭人。

张鹏翮感激涕零，无以言表。

康熙见张鹏翮不知所措，说："张爱卿，何不作诗一首？"

张鹏翮略思片刻，便有了七言律诗一首：

六龙初御动天人，鸾辂时巡万户春。
世际上元开泰运，礼修秩祀出枫宸。
辟雍已见桥门盛，阙里今看雨露新。
自是规模高百代，熙朝雅化尽还醇。

康熙称赞："果然'性灵'之先声，有前明袁氏'独抒性灵，不拘格套'之风。"

月上树梢。

准噶尔王妃端敏召见张鹏翮。

进帐，行完大礼。

"请起，赐座。"张鹏翮不禁慌张。

端敏笑道："没想到，运青做了知府，还是当年那样腼腆。本宫习抄一诗，请多指点。"说完递过一绢帕。

张鹏翮双手接过："不敢。"

见是录蜀中才女黄峨之诗："金钗笑刺红窗纸，引入梅花一线香。蝼蚁也怜春色早，倒拖花瓣上东墙。"

反复欣赏，竖起大拇指道："公主之书通灵清秀，哪是下官所能及？"

"你若不嫌弃，就送给你了。"

张鹏翮为难了，古往今来，小小绡帕曾传递了多少情爱，蕴藉绵长的相思和离愁。我乃有妇之夫，公主乃有夫之妇。当年懋勤殿遇公主，心中一直未忘。

正迟疑，公主呵呵一笑："习书而已，你若嫌弃，扔了便是。"

张鹏翮急忙收入怀中，以掩饰内心不平。恭维道："公主御抄，如同珍宝。下官得赐，三生有幸。只是下官两袖清风，无以回馈。"

端敏公主说："就凭你为官两袖清风，便是厚礼。"

告别公主，张鹏翮回家将绡帕交夫人。

筱芊接过一看便知怎么回事。找了锦缎将其包裹，与圣上所赐之物放于一处。对张鹏翮说："运青，皇上、公主这般器重夫君和妾，妾有一想法，不知可行否？"

张鹏翮开始以为筱芊会因绡帕而生气，没想到她居然如此开明。点头说："夫人安排便是。"

"运青入仕以来，官声颇优。圣上多次对你褒扬、御赐，对家人赐封。妾想把遂宁城中老宅装饰一新，存放御书、御封、御赐之物，时刻鞭策你我和后人，永著清廉。"

"筱芊是我前世修来的福星。我今生如有成就，定有夫人的大半功劳。对，将城中老宅，更名为'御书楼'。"

"夫君有如此人品、官品，才是筱芊三生三世修来的福。"

夫妻相拥而眠。

忽听鸣钟、击鼓，云板三声，便知已是黎明，急起床梳洗。

又闻云板与诸堂板齐鸣。赶至大成殿，见百官齐集。

康熙到先圣像前行再拜之礼。焚香毕，又行再拜礼。礼毕，礼部尚书致祝辞：

人心惟危，易私难公，道心惟微，惟一惟精。本具明德，纯真纯粹，能为万象，隐于无形。道不远人，惟人自弃，圣狂一念，自分浊清。非道弘人，是人弘道，苟不至德，至道不凝。世无孔子，万古长夜，后圣无则，前圣无名。思我先师，生于浊世，变古乱常，乐坏礼崩。圣人奋起，周游弘化，力挽狂澜，搏虎屠龙。继往开来，其功至巨，涵衍古今，山包海容。生民未有，先知先觉，立极垂范，至圣至诚。祖述尧舜，宪章文武,天地之大,日月之明。述而不作,信而好古,舍之则藏,用之则行。观乎天文,以察时变,观乎人文,天下化成。学而不厌,诲人不倦,万古木铎,玉振金声。志道依仁,文行忠信,博文约礼,修齐治平。有教无类,循循善诱,近悦远来,桃李春风。树德务滋,化若偃草,野无遗贤,万邦咸宁。圣学永昌,重熙累洽,居仁由义,共铸大同。恭虔三献,稽首再拜,伏惟尚飨,拳拳服膺。

兖州百姓得知张鹏翮全家得封,都预感到他要升官了,心里既不安又欣喜,既想他在兖州多待几年,多办几件实事,又盼他当更大的官。

果然,次年初夏,兖州百姓担心的事还是发生了。河东盐使缺位,康熙命从全国"七大清廉"中推举一人。

群臣都推荐张鹏翮为最佳人选,年轻、清廉、能干。

正合康熙心意,任张鹏翮为河东陕西等处盐运使都转盐运使司运使,加敕管盐法道。

圣命难违,张鹏翮哪敢耽搁?将家眷托付孔府。将父亲张烺送上船回四川。将官印、账目交与同知。带了张清、贾和安上路。

三人商定,不惊动百姓,三更牵马出城。

刚到御桥,却见黑压压一片,望不到头。百姓端着酒,站于道路两旁。张鹏翮见此情景,眼泪夺眶而出。

云田礼挤到前面,扑通一声跪下,哭喊道:"苍天,我大清官吏成千上万,为嘛偏偏夺走我张青天?"

舒翼伦叫左右拖走云田礼。

张鹏翮泣不成声,扶起云田礼:"老人家,怎么把你惊动了,这么早你就起床了。"

牛三牵着云珠挤过人群,递过一把青锋剑:"张大人,这是小人学做的第一把青锋剑,师父手把手教的。请大人留着做个念想。"

张鹏翮掏出三两银子,递给牛三。

牛三死活不收。

张鹏翮说:"如果第一把剑都卖不出去,以后的生意就不好做了。我从小习武,喜欢藏剑,但从来不藏不要钱的剑。"

牛三涕泪俱下，再三叩首称谢。

张鹏翮转向众人："各位乡亲，回去吧。我张鹏翮一辈子都记得大伙对我的好。"

话音刚落，只听见一人喊："张大人，请等一等。"

来人正是东鲁书院院长孔尚学。

张鹏翮急忙上前迎接："孔教授打扰了。"

孔尚学说："不才知道到运青为官清廉，一介不取，特作《新水令》一首相送：

喜神君得遇圣明时，洙泗滨失了杜母，看壶浆令今日献祝，雨露再来么？只恐鸣珂股肱良，竟入居青琐。我等兖城绅士商民是也。念我郡叠罹灾荒，小民疾苦莫为抚宇，幸遇张老大爷，本贯四川遂宁县人，中庚戌进士，由庶常部郎出守吾兖。上体朝廷，下恤民隐。清正持己，不受属官一钱。仁慈驭众，不取间阎一物。阖属鼓舞，共谓古今所未有。不意治方一载，耀任河东，攀辕无路，卧辙难留。今当起程之日，聊具水酒一杯，于歌一曲，乞留遗爱，以志不忘耳。"

张鹏翮便将一个泡菜坛回赠给了孔尚学。

一书生模样上前，打拱请张鹏翮留步，听他唱一曲：

颂德歌功非轻锁，绩此渔阳过，思深似大河。感极生悲，不禁泪堕。无从借寇来，且作扳舆卧。想当初福星一路，道不拾遗，夜不闭户，亲课农桑。栽培庠序，绝无贿赂。看起来惟有清官好，朝野公评岂舛讹？从今后，万载千秋颂不磨。

唱完，跪地而泣，在场吏胥也跟着流泪。

张鹏翮见此情景，也跪下，叩头："我张鹏翮何德何能？劳烦各位如此厚爱。从今往后，兖州便是我张鹏翮的第二故乡，乡亲们便是我的亲人。"

说完，抹泪，策马而去。

第五章 / 苦涩盐道

18

张鹏翮三人骑马一路向西，连走数日，人困马乏。

夕阳西下，离开封六十里，见一大院，墙高二三丈，院门上方筑两层越楼，上书"开封驿站"。

递了官文，牵马入驿。见有正厅、后厅、前鼓楼、照壁楼、廊房、马房、驿丞宅，足有百余间。马房内有驿马六七十匹、驿车七八十辆、驿船三四十条。院内停满了百姓各式车辆。

驿丞出门迎接，请入后厅款待。

贾和安与张清耳语说："跟张大人这几年，还第一次打牙祭，太安逸了。"

张清说："这饭不好吃，人生地不熟悉的，人家凭啥请咱？还不是看我家老爷是河东盐运使。要不是这个官帽子，哪个认得到张鹏翮？更不可能请你我这些下人。"

八仙桌摆着四菜一汤两面点，炒凉粉、五香豆腐干、酱牛肉、鲤鱼焙面、胡辣汤、锅贴和羊肉炕馍。

驿丞举杯，言语诚恳："张大人为官清廉，下官不敢铺张，由贱内胡乱做了几样小吃，请大人果腹充饥，实在寒酸，不成敬意。都是自家田里长的、土里产的，鱼是河里捞的。"

听驿丞这么一说，张鹏翮问道："天天这样迎来送往，驿丞如何能招架得住？"

驿丞说："驿站除转运公文信件、粮草、兵器外，主要是给各地往来官员、信使提供免费吃住，更换马匹、车船。只有战时来往官员多些。平时对外接待商人，挣点外快，补贴驿站。对了，有两位盐商在此等候张大人多日了，不知张大人能否一见？"

张鹏翮正想了解一下盐商，便叫来二人。

"我是方谦，贩盐到冀州。他是袁岂，贩盐到雍州。我俩为齐鲁总商孔毓圻做事，请大人为我等做主。"

"衍圣公孔毓圻？"

"正是。"

在山东这几年，张鹏翮与衍圣公做了儿女亲家，两人关系甚密，怎么从未听他说过这些事？为何不当面说，要安排两个下人到半路说事？

请二人起来，问："是衍圣公安排你等在此等我？"

"衍圣公怎知道大人会经过此？他从不过问我等生意的事，几年未曾有收益，他也未问过。我俩白领了孔公的工钱，实在过意不去，才斗胆在此拦路告状。"

"都说天下唯盐商最富，你此话怎讲？"

方谦说："从运城进货，到冀州加价出售，赚些差价。近年，盐引加价到一千文一引，一引二百五十二斤盐。而运城盐价又大涨，进价五文一斤，每引就是一千二百六十文。加上盐引费，一斤盐需九文钱。这是明的，暗的开销就没数了，从官府手上买盐引必须进贡，过关卡得给好处，盐官做寿，办红白酒得孝敬。还有，官府随时加捐加征。我们有啥法子，只有把这些钱加到盐价上。盐价一涨再涨，一斤盐抵一石粮，老百姓哪里吃得起盐？

"老百姓不买了，盐都堆在仓库里。银钱运转不过来，无银进货，做盐商没有事做，产盐的也只有歇业。盐卖不出去，朝廷就少了很多税收。为保税收不减，盐官只得在盐引上继续加价。盐引加价越多，朝廷收到的税反而越少。"

袁岂接过方谦的话讲："百姓买不起盐，只好用土法弄盐，说出来有点恶心。"

"怎么个土法？"张鹏翮问。

"村民将茅房土坑中的粪便清理干净，待土坑四周起一层白泥，便将这层白泥取出，用水洗浸泡过滤晒干弄盐，实属无奈之举。"

听了袁岂的话，张鹏翮心事沉重，他没想到百姓这样苦。看来，问题出在盐引。即叫张清、贾和安收拾行李起程，昼夜不停奔向运城。

中条山，虞坂古道。

四千年前，先民们就开始赶着车马，在这条路上奔波，磨出了无数蹄印和车辙，沿着青石板路曲曲折折延伸。吆喝声，马蹄在石面上的打滑声，车轮吱呀作响声，在山谷回荡，串串汗珠浸透的砾石光亮耀眼。

河东盐西出秦陇，南达樊邓，北及燕赵，东逾周宋，销往中原及西北大地。

过了卸牛坪，路越走越窄。远远听见铃铛响，前面便是响铃弯。几辆盐车，拖着沉重的脚步艰难地与张鹏翮擦肩而过。

绝壁处，立有一关，北望运城盐湖，南览黄河太阳渡。里靠悬崖，外临深谷，真可谓"一夫当关，万夫莫开"。抬头望去，旌旗招展，兵丁把守，关门上书"锁阳关"。

进了关门，顺着山势，道路曲折，形如长槽，坚硬的石头透过鞋底传递其威严，脚板疼痛难忍。路长约二十里，从平陆县城北坪头铺西北一路都是下坡路，直通运城盐湖南山底。

张清问："这么硬的青石是咋个开路的？先民太聪明了。"

张鹏翮告诉他，古人用白矾、盐、硝放在石头上烧，然后用水浇，龟裂的石头就被一层层凿开。当年，晋献公假虞伐虢，回师灭虞，曾两次向虞国借道，借的都是虞坂古道。

虞公因贪璧马之贿，不听贤臣宫之奇唇亡齿寒的劝谏，引狼入室，致虞虢双亡，成为千古殷鉴。

伯乐与千里马在此地也发生过故事。

运城的盐运到中原，由于山路艰险难行，一般的车马每天只能拉一趟盐。而有一匹马，每天可以来回三四次。但它被伯乐发现时，趴在地上，口水长流，蹄子僵直，膝盖折断，尾巴浸湿，皮肤溃烂。

伯乐从车上跳下来，脱下自己的麻布衣服给它披上，抱住它痛哭。它知道伯乐是自己的知己，低下头，叹了一口气，昂起头高声嘶叫，发出金石之声，直上云霄。

千里马常有，而伯乐不常有。

张鹏翮说："大清有能力之人多了去了，我能担此重任，是圣上所恩赐，当不负众望。二位跟着我一起受苦吧。"

贾和安嘿嘿一笑："受点苦没啥，只要不挨鞭子就好。"

张鹏翙笑而不语。

张清说:"你不自找,鞭子怎会找你?"

说到贾和安痛处,大家都不言语。

走了一段路,贾和安打破沉默:"我们去这个地方咋个一会儿叫运城,一会儿又叫河东?"

张鹏翙讲:"运城这个地方在黄河以东,故称河东。因盛产盐,从战国开始就叫盐氏,汉代叫司盐城,元代叫潞村,并在盐池北修筑城池,专办运盐押运事务,改叫运城。"

路旁有无名一小庙,贾和安上前要拜。

一老汉赶牛经过,说:"莫拜了,这叫'挖刮庙'"。

"怎么这般古怪的庙名?"

老汉边走边说:"你等不见此处是衙门设立的纳税关卡?凡盐车经此,都要被强行挖出几斤盐来抵税。这个庙原名叫瓦罐庙,后来被贪官占用,搜刮民财,而成挖刮庙。哎,听说最近,又要来个新盐运使,便撤走了关卡。等盐运使跟当地官吏混熟了,又会在此恢复设卡。"

老汉远去,声音渐远,张鹏翙等才转身赶路。

一砖瓦四合院前,灰墙黑瓦,门额上书"裴宅"。耳房一铺,书"东城盐铺",铺前排着长队。

张清上前打听,回禀:"这个地方的盐才十文一斤,听说是运城最便宜的盐,绝无二家。"

说话间,进了城,见街区破败,商铺关闭。只有盐务官衙鹤立鸡群,与周围格格不入。运通署、经历使署、库大使署、知事署,一座座官衙雕梁画栋,拱卫着盐运司署衙。

盐运司署衙,四角攒尖顶,在蓝天、白云辉映下显得非常气派。

张鹏翙召集运城官员议事,问:"千年盐都为何如此凋敝?"

盐官七嘴八舌。

原来,去年暴雨,洪水冲毁盐池和围墙,盐产量巨降,而朝廷却加征饷银一万两。五百名盐商闻讯跑了三百多,没走的盐商,有的借债,有的卖家产补交课税。

盐场停业,而产出的盐又无人收购。

张鹏翮问:"为啥城外路边盐铺却生意红火?"

运判赵鸿真说:"哦,大人说的城东裴公,他是个大善人,倒贴银子让百姓吃得起盐。"

张鹏翮问:"官盐卖多少钱一斤?"

"官盐卖十六文一斤。他只卖十文,每斤倒贴六文。"

"贴得起吗?"

"裴公世代为盐商。"

河东盐历称国之大宝,盐税占全国盐务税四分之一。百姓吃不起盐,盐税必受影响。于国于民都是大事,症结何在?

张鹏翮让赵鸿真领着去盐池看看。

一路向南。卧云岗上有一神庙,坐北朝南,重檐歇山顶。神庙两端有围墙,高二丈,见不到头。到了下马桩,到乾门,高三丈,额书"鹤境云衢"。这是入庙门处,进庙者需从后门而入。

登上月台,依次为三大殿,东侧为太阳神殿,西侧是风洞神殿,中间一殿略高于两旁,供奉盐池的神灵庆公。

上香,拜毕,走下月台。

朝南,登上海光楼,因古人称河东盐池为"鹾海"而得名。楼有一楹联:

常平乃关壮缪故里,辖其民也,理应忠心报国。
解池本包孝肃旧制,治此盐者,首当铁面无私。

张鹏翮看完楹联,对左右说:"运城的为官,当效关公忠心报国,如包拯铁面无私。"

中条山横亘于眼前,盐池烟波浩渺,彩色斑斓,宛若仙鹤境界,云中通衢。千古中条一盆锦,美不胜收。

海光楼前有歌薰楼台。

运城制盐,都是靠风吹日晒,蒸干水分而得。如果没有太阳,水汽蒸发就慢。如果没有风,水蒸气就浮在池面上,如同一层棉被盖着湖面,池水更难蒸发。

舜帝夺得运城盐池后,一直无风,愁得头发都白了。再三检讨自己的过失,誓言不负运城百姓。上天终于刮起了南风,掀起盐池千层浪。

舜帝站起来,三拜:"温暖的南风你可来了,我的百姓就用不着发愁了,你来得正是时候啊,我的百姓可是要发财了。"说完抚琴,吟唱《南风歌》:"南风之薰兮,可以解吾民之愠兮。南风之时兮,可以阜吾民之财兮。"

当年,舜帝为了得到盐池与蚩尤大战。

蚩尤当时为九黎部落酋长,拥有盐池和中条山的铜矿。而在河南的黄帝想得盐得铜,便带着部族杀到河东来,九战不胜,三年攻城不下。

于是,黄帝只得与炎帝联手,收买九黎部落风后和力牧两人,内外夹攻,蚩尤战死,尸体被肢解抛尸,当地人将蚩尤抛尸处称为解州。

史书记载,宋真宗年间,运城连降暴雨,冲毁盐池,百姓吃不上盐,朝廷税赋锐减。国师断定:"弄坏盐池的是蚩尤的鬼魂。距运城三十里的解州是关羽的故里,请他下凡去除鬼魂,定能恢复盐池。"皇帝同意,国师于是作法,请关公以阴兵与蚩尤大战,关羽大胜,盐业恢复。

真宗便在解州立关公庙,每年祭祀,共有三十九任皇帝都来此参拜。张鹏翩意识到,康熙安排他来运城,非一般安排,顿时感到压力巨大。吟诗《舜弹琴处》:

盛代弹琴迹未遐,长悬舜日照晴沙。
云分翠岭千秋雪,风送瑶池一夜花。
资国曾闻传晋宝,和羹又得供天家。
我生重遇重华世,斗粒朝朝百万车。

吟诗毕,一群大鸟从头上飞过,体纤细,头小镰刀嘴,细长弯曲向下,覆羽朱红,诸色相衬,光泽闪亮,如同一团燃烧的烈火。

众人都未曾见这种此鸟,不知吉凶。

张鹏翮博览群书:"古书有记载,此为火烈鸟,也叫火凤凰,运城原来叫凤凰城,想必早有这种鸟来过这地方,因而得名。"

众人转恐为喜:"祥瑞之兆。"

张鹏翮明白,治理运城,不来点手腕不行。一路所见所闻,让他已经感受到,运城如此重要之地,历朝历代都如此重视,为何今朝城池破败,盐池大毁，必定有妖，此妖败坏了官德和人心。今日之运城就如同真宗年间之盐池，需请关公"除妖"。

他即领众官去解州，拜谒关公庙。

一路见盐池围墙多处倒塌、开洞，断墙处已经走成了大路。可见来往盐池的人之多，时间之长。人们去盐池除了上工，有无私采盗盐？

正想着，见几辆独轮车从盐池出来，载着满满的盐。推车人见是一群官，扔下独轮车便跑。

左右策马去追，被张鹏翮叫回："百姓固然有错，然而盐官错在先。盐既然贵重，又无看管、约束，白拿岂有不要之理？行偷盗之事，不以为耻，反而在光天化日之下偷盗，这就是官员未行教化之责。"

拜完关主庙，张鹏翮说："运城，关夫子故里，当弘扬'仁义忠勇'。"

张鹏翮领着盐官，策马绕墙一周，一百二十里。途中，时有百姓推着小车出入盐池，百姓见官无不落荒而逃。

张鹏翮问："运判何职责？"

赵鸿真答："防范私盐和收税。"

"就这些？"张鹏翮问。

"差不多。"赵鸿真答。

张鹏翮翻身下马，哼了一声："运判督诸场使，促程课，理积逋。岁巡季历，以稽其课之多寡，官之勤惰，而惩劝之。各依所分管盐场驻扎催办，毕一场事，复往他场所。凡驵侩侵渔、悍顽纪族者则治之以法。凡勾摄比较词讼，差人拘提。防范私盐、杜缉私贩。难怪河东盐出事，你这个运判连职责不清，岂能无事？所有盐官，都应熟记职责，明日议事每人先背职责。"

行至天黑，人人饥肠辘辘，浑身湿透，疲惫不堪。但见张鹏翮黑着一张脸，都不敢言语。

至公堂，各自坐定，张鹏翮问："盐池围墙倒了几处？"

众盐官你看我，我看你，答不上来。

运同说："围墙倒五十二处。"

张鹏翮点头道："仍不乏有心之人，运同可嘉。然而除倒塌，墙上还有开洞六处，此墙已经形同虚设。尔等拿朝廷俸禄，就这样效忠朝廷吗？这么多墙壁倒塌开洞，居然没有人过问，难道没有什么猫腻？仅仅不作为吗？本官改变主意，所有盐官今晚背诵职责，成诵方许回家。从明日起，运判分工，每个盐官负责一段围墙，三日内全部修复。修复后，任职期间全程负责守护看管和维修，每人每月加薪二两。"

听到要加薪，都呼张大人英明，保证完成任务。

第二天，张鹏翮请来一座关公像，是中条山铜铸，身长八尺，髯长二尺，面若重枣，唇若涂脂，丹凤眼，卧蚕眉，穿战袍，威风凛凛。又请一周仓像，手持青龙偃月刀，怒目而视。

官员议事皆在衙门，不准私下会客谈事。

三日过去，张鹏翮驱马巡视盐池围墙，见旧墙修复，心中满意。

召盐官入衙门议事，众官见了关公像，立即跪拜。

张鹏翮说："我运城有救。官员心中敬重关夫子。"

话音刚落，运判说："启禀张大人，世人皆称关公，或关帝，大人却称夫子，似有不宜。"

张鹏翮反问道："有何不妥？其天理不泯于民心，充是心也。以之事亲则孝，事君则忠，交友则信，如万斛源泉，取之不尽，而用之无穷，则是候之大有造于名教也。称之曰夫子，怎能不宜？本官正筹划编辑《关夫子志》二卷，卷一为图像、本传、年表、世系、辞命、封号、纶绋、词庙、祀典、古迹、灵异。二为文艺。诸位有文献者，当献出。无他，在于弘扬名教。为官者，有教化民众之责。"

19

来运城数日，要做的事情太多，最要紧之事为恢复盐业生产。

可摆在张鹏翮面前的是一个烂摊子。运城城墙和解池的禁墙破败，小偷、盗贼出入如同回家。

姚暹渠堵塞，从中条山引来的水不能到达解池。水不够，析出的盐就少。解池的石灰石与盐淤积而成矿石层。要得到盐，必须灌水，让盐溶于水，再将盐水以风吹日晒蒸干。而今解池垮塌，不能蓄水。

盐运使手中没有盐，运什么？修复运城城墙和解池禁墙，疏浚姚暹渠，整修解池,是眼下必须启动的工程。

张鹏翮与巡盐御史李时谦商量。

李时谦笑了:"运青果然是成事之才,一到运城便想大事。然而,运青兄有所不知,此三事我等反复奏请,前后多年,可送往工部的奏折都如泥牛沉海。此三事,耗费巨大。运城城墙周垣九里,始建于隋朝,历时久远,后几经重建整修,仍显破败,所谓整修,其实为重修。解池禁墙一百二十里也破损严重。姚暹渠全线垮塌,从中条山到解池共一百六十里,要修复需先清淤,更换石料。解池约二十万亩,因去年涨水全线冲垮,卤水外溢。修复如此浩大工程,需要百万两白银,谈何容易?若向朝廷要钱,定遭批驳,定不可行。知道为何?运城本为重赋之地,朝廷靠此地筹集军饷和官员俸禄。"

张鹏翮不答,把早已经草拟好的奏折《请复经管池工蓰员疏》递给李时谦,请呈朝廷。

> 为渠堰关商民命脉,必需专官佐理,恭请适量增复被裁员之官员。
>
> 臣荷圣恩高厚,视醝河东,惟期竭力尽心,以不负皇上驱使。抵任之初,众商环称池中水涨,盐花不生,今已六载,臣遂诣盐池验视,周回计一百二十里。外墙围绕,以防盗窃,向系盐丁修理。在中条山北,其间巨浸浩瀚,浅者数尺,深者数丈。山高池洼,形如釜底,我力难施,积水无从宣泄。诸商于池边浅处合本营畦,以图浇晒,究获颗泣几何?近将解州西五小池题明暂行开荒。碱多味苦,民不堪食。自冬徂春,皆谓池水忽咸,更得风雨以时,出产有望。
>
> 复据运使张鹏翮呈详,趁此东作未兴,提夫修筑,又虑青黄不接,咸出薪俸犒其劳。各州县照例兴工,现在挑浚。池南则有贺家湾、小李村、桑园、大李村、龙王、西姚短堰、张村、常平、蚕房、董家庄、赵家湾诸堰。池东则有黑龙、逗水、雷鸣、东禁诸堰。池极西则有王官峪、石楼峪、大郎涧诸水,旧由蛤蟆、青龙两堰逼人临晋之苇子河。开有新河一道。池西南又有五龙、黄牛等堰,一遇泛涨则横流解州面门,大坏民居。池西则有底张堰、硝七郎堰、卓刀堰。池西北则有长乐堰、再西则有垅曲、西王、许家营等处。若渠北又有涑河,源发绛县横岭山,至闻喜县甘泉西,流经夏县界,又历猗氏县南,亦入监晋之五姓湖,受稷王、孤山、

峨嵋诸山岭之水，其势最大。每遇暴发，自淇村、裴房横入曾家营，亦投姚暹渠为害。

盐池关系国课，渠堰又关系盐池。二十余万之钱粮，五百余家之商命，全赖专员分理。臣职司三省盐政，文移催督，日无安宁。运使收引征课，况当商疲之后，催收租税，安抚体恤，刻不能离。知事押秦方回，经历又解部银而去，转盼新盐一生，偷窥自不能免。查各省运使衙门皆有分摄，二、四员不等，独河东运同、运副、运判一时尽裁，事多员少，应于三员中复一员，分驻适中之地，经营渠堰，兼责以防缉验放，所关最为吃紧。

李时谦伸出中指和食指夹过奏折，扫了一眼，"哼哼"两声，手指一松，奏折从指间滑下，飘到地上。

见李时谦如此轻蔑，不屑一顾的样子，张鹏翮早有心理准备，他并不恼。又掏出第二份奏折《请免割没浮盐仍除加课疏》：

为河东商本微末，摊引赔课难支，仰请豁免仁事。

李时谦双手揣怀，心中早有瞧不起之意。笑眯眯地看着这个没见过世面的愣头青，老夫看你还有啥新花样？

张鹏翮好似没有看出李时谦心思，不知趣地又掏出一份《重修运城疏》：

河东御与盐法使者所驻之地，曰运城，志城也。河东盐池百二十里，专属盐务官管辖，跨冀、豫、雍、梁之境，四千里民食仰给于此。国赋所储，群商所处，诸路所通，百物所聚，巍然一大都会，解州、安邑城小不足以容，去郡治既远，城之特建，其势然也。

夫盐政无修城之责，而然河东运城废兴乃盐政一大事，然必际其时，得其人，然后始可事治而政举。城郭者，先王有之，而非所以恃为存也。及至兴起旧政，则城郭之修，又常不敢为后。

李时谦起身苦笑道："哪个新官上任不整三板斧？不烧三把火？你老兄想

做的事前几任都想过了，可没有一个成功的。一来就向朝廷伸手要银子、要帽子，若朝廷答应了，这个官谁不会当？我料此三疏将泥沉大海。"

张鹏翮却取出一祥瑞报。将运城盐池变成五彩色，与火凤凰飞临运城之事一一描述，并与唐朝以来盐池变红，代宗赐运城盐湖为"宝应灵庆"池，钦定在盐湖建庙，赐封池神为"灵庆公"时起，历代帝王的每遇盐池水变红，都会派三品以上官员来祭拜池神，来年定会风调雨顺。而今年，火凤凰与红盐池同时出现，我朝必定更加兴盛。

康熙得报，果然非常高兴："想是上天对我大清的眷顾。着工部尚书前往祭拜池神。张鹏翮所奏三疏俱应，且拨百万两银修城、修渠、修池。不足之处由张爱卿筹办。"

张鹏翮即携运城官员迎接工部尚书祭拜池神。作诗：

> 六十里中水接天，波光直与条山连。
> 弹琴台下如霜白，连阡比井皆盐田。
> 盐田不事灶与锜，只修中条熏风起。
> 但愿圣人千万寿，日日登台调玉指。
> 我闻弹琴为阜财，八风克谐五音催。
> 太和驰荡遍九垓，凤凰欲下思徘徊。
> 相随凤凰喧燕雀，矧日微凉生殿角。
> 我来台上一披襟，绕台拍掌试追寻。
> 地下犹作丝桐音，此日如见重华心。

运城百姓得知圣上如此厚爱运城，焚香祈祷圣上万岁。

康熙得密报甚为高兴，对群臣说："运城失修六年，盐产大降，众官毫无对策。张鹏翮一到任，就抓住要害，不以修城非盐使之责而推脱，主动担当。李渔言，不用谙谋，方见才能，好担当，怪不得人人敬。"

从此，张鹏翮在康熙心目中有了特殊地位，每遇难办之事，必想起他。

张鹏翮为修葺城池交与谁办正犯难。来一夫子，慈目善眉，童颜鹤发。自报家门裴文鑫，城东开了一家盐铺。

张鹏翮听闻急忙起身迎接，请入座，上茶，奉为贵宾。

裴文鑫脑海里装着一本《求人宝典》。他发现，与人交往有一条铁律，屡试不爽，就是利礼相关，先礼后利，有礼才有利，懂得这点，求人易如反掌。求人送礼，一定要了解对方的兴趣，才能有的放矢。

对于张鹏翮，此人在兖州官声颇佳，深得圣上信任。求他不如处他，送礼不如帮忙。听说张鹏翮将修《关夫子志》，他觉得找到了撕开张鹏翮防护网的突破口，花重金买了《重编义勇武安王集》八卷，《关王事迹》五卷。

裴文鑫说："张大人修《关夫子志》，此乃千秋伟业，不亚于修城、渠、池之功。老朽有些藏书，现悉数捐赠。"

张鹏翮正愁找不到古籍书刊，见裴文鑫送来这些好书，如同及时雨："来运城就听说裴公多有善举，让张某实在钦佩，此书用完即奉还。"

裴文鑫欲言又止。

张鹏翮说："裴公有事只管讲，只要我能做的事，一定照办。"

"修城、渠、池耗费人力、财力之多，光靠朝廷难以修缮完工。老朽愿尽绵薄之力，捐善款十万两。不知妥否？"

张鹏翮正为在善款不足而愁，听裴文鑫这一说，心中大悦："天降甘霖，真乃关夫子之乡，如此仁义之士当载入运城史册。"

"哪里哪里，这是老夫的一点心意。"

张鹏翮接过一看，是两张银票，一张十万，另一张为五万银票："裴公，你这是……"

裴文鑫说："老夫听说张大人一向清廉，初来运城，人生地不熟，十万是老夫捐给衙门修复城池，另一张算是老夫借给你的，以解著《关夫子志》一书之需。"

"张某一向食无兼味，一茧衾足矣。银子对我没有用处。"

"张大人，此乃本地之规例，并无单为张大人准备。"

张鹏翮将两张银票轻轻一推，说："无功不受禄，谢了。"

"张大人如能信得过裴某，将修城、渠、池等工程交与裴某，定当尽心尽责，保质保量，完成百年大计。"

张鹏翮指着关公像说："关夫子在上，监察无遗。周仓将军的利刀，谁不害怕？本官期许各方出力，但工程之事须公道、公了，本官不敢擅自作主，见谅。请收回银票。"说完扬长而去。

裴文鑫收起银票，迈出衙门。家丁早已在门口等候，问："搞定了？"

"求人如吞三尺剑，靠人若上九重天。"裴文鑫笑了笑，"然而，行走江湖，切不可面薄心软，知难而退。只要有一线希望，当付出百倍千倍之力去'磨'。事到如今，明的先按兵不动，暗里出招，然后察其言，观其色，闻其声，视其行，然后推知其心之所趋。"

20

第二天，一群百姓到盐运司署衙请愿，手举盆子、碗碟，高喊："我要吃盐。"

张鹏翮即批了一千石官盐分发各盐铺减价销售，每斤只需要八文钱。事情还没有闹起来，百姓就散去买减价盐了。

玉泰盐铺，人山人海。忽听有人吆喝："闪开！玉泰盐铺听着，你家的盐我包圆了，加一文，九文一斤全要了。"

百姓好不容易盼来便宜的盐，结果被人包圆了，闹哄哄，骂骂咧咧，不愿意离开。

差役敲着铜锣喊："各位乡亲，盐运司署衙每斤盐再降一文，七文一斤。"

第三天，继续降一文，六文一斤。都被人全部卖走。街上到处传言："衙门画饼充饥，戏耍百姓。"

张鹏翮已经意识到此非一般人所为，当即决定，允许百姓售卖食盐。先行按户籍登记，从衙门领取小盐引，再到官盐库装盐，每引五十斤，盐卖完后再付盐银，差价归贩盐人。

此招一出，二百多家盐铺前都有专门收购小盐引的贩子，一转手就能得利。一时间，衙门来了成千上万领取小盐之民众。

张鹏翮意识到遇到了强大对手。他下令，所有盐引当天有效，卖不完者，当天可退回，过期作废。无盐引者卖盐视为私盐，一律没收，重者杖六十。

虞坂古道和锁阳关，一夜增加了许多盐差，严查出关盐引，盐引与盐必须一致。大车要大盐引，每车二十包，每包都有重量、出处、去向和官封。小盐引过关，每引一包，五十斤。

此令一出,张清对张鹏翮说:"老爷,断了人家财路。这下盐枭一定会找你拼命。"

张鹏翮正看盐池图纸,"啪"一声响,张清出门查看,取回一把匕首,扎着一张纸字。展开纸条一看,上书:"与人方便,与己方便。"

张鹏翮笑了:"打到了七寸,好戏开锣了。"

张鹏翮已经调查清楚,运城的私盐种类繁多,有邻近运城销售扬淮一带来的私盐,有货物商人夹带而来的私盐,有盐场偷出来的私盐,有以官盐为掩护销售的私盐。但只要是私盐,都不可能大张旗鼓买卖。

天色渐暗,张清寸步不离张鹏翮。

"嘭嘭嘭",一阵急促敲门声。推门进来一盐差,脸色苍白,满身血渍,语不成句:"一伙蒙面人推盐车强行闯关,锁阳关守兵拼死阻挡,一死三伤。"

张鹏翮即点精兵三十人,同张清火速赶往锁阳关。行至青石槽路,马蹄子不停打滑,只得牵马前行。几块碎石、泥土从斜坡上滚下,张鹏翮叫住队伍,一块大石从眼前飞下。众人吓出一身冷汗。

张清到前面开路,刚走几步,听到"轰隆隆"声从坡上滚下,一堆原木从眼前飞过。

张鹏翮吩咐,来者不善,各位随时准备应战。

众兵头皮发麻,后背发凉,边走边望着坡上方,尖起耳朵听动静。

到了锁阳关,见关门大开,地上到处是血,地上坐着几个受伤的守兵。

问明贼人逃跑方向,张鹏翮即领兵打马追赶。追出五里,见路边有十五辆车满载盐,却不见一人。张鹏翮等下马掌灯查验,都为官盐,四处看了没有人影,便让兵丁往回运。

车刚调头,一伙蒙面人手持大刀,从四面围过来。

张清挡在张鹏翮面前,手持长枪,枪指蒙面人:"贼人听着,尔等强行闯关,斩杀守关兵丁,罪该当诛。立即后退,否则让尔等死无葬身之地。"

随张鹏翮而来的兵丁也围过来,将张鹏翮围在中间。

众贼哪里听劝?举刀便砍,直奔张鹏翮而来,兵丁全力招架。

张清轮起长枪直刺一贼胸口,当场将其毙命。几经打斗,相互追杀,张鹏翮手握青锋剑,立于原处,环视四周。

"嗖",一箭朝他飞来。张清大叫不好,却来不及挡箭。张鹏翮将剑鞘一按，青锋剑弹出，在空中轻轻一舞，将箭砍成两段。张鹏翙纵身跨马，朝锁阳关方向飞奔。

蒙面人放弃打斗，朝张鹏翙追去。

张清带兵从后紧追保护，连将几名盗贼刺下悬崖。

跑了半里地，张鹏翙突然回马，与张清等将盗贼两面夹住，兵丁将其一一按倒，押回衙门审讯。

几人宁死不招。到了半夜，僵持不下。

张鹏翙叫贾和安端上酒菜，每人一碗白面，一碗肉，一碗酒。几人又困又饿，见了酒肉，狼吞虎咽吃起来。刚吃了几口，一人放声大哭，喊道："大人，我招，我不想死，我叫涂仲。今天的事都吴大人指使的。"

其他几人也明白过来，这吃的是断头饭。齐刷刷跪下求饶："是候补知县吴胤军指使的，要我们刺杀张大人。"

张鹏翙笑了笑："各位放心吃，保你等无事。"即发签捉拿吴胤军。

张清领人去扑了一场空。门上留有一匕首，扎一纸条，字迹与前次相同："张鹏翙，你要想死就继续与我作对。"

张鹏翙反复查验盐口袋上的盐引，都是解州批验所发，货主为李孝亭。

"李孝亭又是谁？"

涂仲招供："裴文鑫的家丁。"

"哦，这个大善人终于露出了水面了。"张鹏翙终于松了一口气。

再审涂仲，得知盐是从磨河南山的崖洞里运出的。张鹏翙发签，兵分两路，一路捉拿李孝亭，另一路抄没磨河南山崖洞。

张鹏翙领一路去东城盐铺。张清领另一路去磨河南山的崖洞。

两路兵马分头行动，刚走了两里地，张鹏翙觉得不妥，又分兵三十去追赶张清。

到了东城盐铺，见灯火通明。一二十来岁男子，即前来跪下向张鹏翙禀报："小人李孝亭，亲手杀了妻子王氏，特向大人自首。"

"嘿嘿，这奇怪了，本官正要提你，你却来自首。"

到马厩打开棺材，见一女子遍体刀伤，面色暗黑，不像新亡。张鹏翙问："啥时候杀的人？"

"有两天了。"

"为何现在才自首？"

"本想当即报案，我父亲说，此事太丢人，让我不要声张。"

"为何杀人？"

"我妻王氏前日与客商偷情，被我撞见，一气之下我将贱人杀死。"

张鹏翮想，凶杀案当由当地衙门管，盐道只管盐，可这李孝亭为何在这时向盐道使自首？

遂将李孝亭带回审讯。

另一路兵马由涂仲带路到了磨河，见南山半山腰隐约有光。张清估计那就是崖洞，叫左右镇静。安排每车两人，一人到前面拉，另一人在后面推。

到了半山腰，见有山门紧闭。

听见独轮车响，有人对暗号："月黑杀人夜。"

涂仲回说："风高放火天。"

"自己人，开门。"

从山门望去，中间为石梯，两侧为石板路。石梯十步一人，手握刀枪。

张清与随从吩咐，如此这般，推着车大摇大摆进了山门。正准备动手，一人走出来，站在路中，说："半夜运盐，可有大哥手谕？"

张清一听，忙推车向前说："有。"

离那人五步，那人叫道："有诈！站住，你是谁？我怎么未曾见过？"

张清不慌不忙，嘿嘿一笑："我是大哥的家丁张清，大哥的管家老娘忽得疾病，特派小的前来取盐。"

那人道："给我绑了。"

众人如闻惊雷，惊慌失措。

张清跟着张鹏翮走南闯北，见过各种阵仗，马上意识到危险，一个箭步冲过去，将大刀驾在那人脖子上。对随从说："还不动手？"

一番血战，随从力所不及，败下阵来，被全部拿下。

张清面不改色，大喝："退下，否则将他头砍下。"

正僵持时，援兵赶到，一阵厮杀。守兵被悉数拿下。

打开洞门，举火一看，全是白花花的盐。

将守兵押回衙门，用刑招供。原来，山洞为裴文鑫和运城的候补知县吴胤军所有。

不过仅凭几个人的供词,怎能捉拿这两人?需得有铁证。

传上李孝亭。

张鹏翮问:"奸夫是谁?"

李孝亭吱吱呜呜答不上来。

李孝亭形容猥琐,芒屦布衣,怎么看也不像个盐商。张鹏翮说:"本官看你面善,是憨厚老实之人。"

李孝亭回答:"是是是,大人明鉴。我妻王氏前日与客商偷情,被我撞见,一气之下我将贱人杀死。本想报案,我父亲说,此事太丢人,让我不要声张。"

李孝亭的回答前后一致,却有点像背书,表情即无悲伤,又无愤怒,也无恐惧。张鹏翮拍桌子骂道:"大胆奴才,本官说你憨厚,你却谎话连篇。我问你,你妻尸体装束严谨,并不像是在偷情。本官断定,你妻并非在当场捉奸时被杀。"

"确实是从小人床上捉住的。"

"胡说,在床上?有不宽衣解带,穿着整齐通奸的吗?在床上?被褥可有血迹?你只知道按照大清律例,丈夫捉奸杀人无罪。但尔却不知,故意杀人,论律当斩。分明是合伙杀人灭口,企图掩盖真相才编排这等谎话。先前,锁阳关半路查获的盐是你李孝亭的,磨河南山崖洞查获到的盐难道与无关?分明是你在为人受过,转移视线,拖延时间。推下去,斩了。"

差役将李孝亭五花大绑,要推出去斩首。

李孝亭号啕大哭:"大人,大人,我招。"

原来,李孝亭是裴文鑫的家奴。昨日,李孝亭之妻王氏清扫"忠义堂",擦拭关公像时,不小心触碰机关,打开了地洞门,正好被裴文鑫发现。当时被裴文鑫乱刀砍死。

事后,裴文鑫安排李孝亭包揽此事,并编造了捉奸杀人的谎话。如果事发,保他无事,还打包票,日后定给他找个更好的女人。没想到今夜刺杀张大人失手,怕盗盐的事情败露,才让李孝亭自首,以转移视线。

"好糊涂的奴才,差点做了冤死鬼。"

张鹏翮下令即刻捉拿裴文鑫。

鸡叫时分,裴文鑫睡不着,穿衣起床。将火枪反复擦拭,装上火药,点上一袋烟。自言自语道："该来的都会来。"

忽听一阵狗叫，裴文鑫侧耳一听，有"嚓嚓"脚步声，吸了一口烟，举起枪，朝脚步方向连开两枪。

有人喊："大哥，别开枪，我是二哥吴知县管家，有要事禀报。"

听是吴知县的管家，裴文鑫叫家丁开门让进。

管家进门，哭丧着脸："大哥，不好了。事情败露，崖洞盐库被查。二哥连夜去省城了，请大哥务必坚守，救兵马上就到。"

话音刚落，又听见狗叫，门外有人喊："大哥，开门。我们是二哥派来的救兵。"

家丁起身朝大门而去，准备开门。

裴文鑫说："回来。"

慢慢装填火药，对暗号："老鹰扑腾。"

张清估计是开门暗号，便想了一个词："兔子回窝。"

只听里面一声"打"。东城盐铺四合院便四处开火。灯笼升起，将夜空照得透亮，张清一行人被照得清清楚楚。

张清即让兵丁靠墙隐蔽，等待时机。

枪响如暴雨响过后，偶尔一声枪响，意思是告诉张清等，别乱动，老子还在。等到两个时辰没听到枪声时，张清下令再敲门，居然没有动静。于是破门而入，院内却是空无一人。

张清与兵丁四处搜寻，也没有发现哪里有可出去的门。见忠义堂有神龛，果然供奉着一尊亮铮铮的关公铜像。

上前行了礼。

抬头看时，见关公刀横着。从没见过如此造像，伸手摸刀，轻轻一转，神龛裂开一道缝，再转一周，门开了，露出一暗洞。

张清带人沿洞寻找，走了约莫三里，上了青石槽路。沿路一直追至卸牛坪，天已经大亮，并没见其身影。

张清想，真让他跑了。这可如何是好？对了，他不是号称善人吗？想必当地人一定认得他。见路边有包子铺前拴了三匹马，上前打听，是否见过裴公。店家说，裴公刚路过。

张清等便牵了铺前马，火速追赶。包子铺的客人后面边喊边追："我的马，我的马。"

追了二十里，见前面一小河，一群人向河中招手，一小船正划过来。

张清等突然出现，裴文鑫并不惊慌，说："该来的，迟早会来。"

只得束手就擒，押回衙门。

裴文鑫微笑着道："张大人，捉贼拿赃，捉奸拿双，把我请到衙门来为何？"

张鹏翮出据证人、证物，件件铁证。

裴文鑫反问："是又能怎样？我裴家世代为皇上御封的善人。盗卖私盐是为了我自己吗？还不是为了百姓吃得起盐，还不是为了给朝廷增加税赋？你们盐官哪个屁股干净？你以为你装出一副清廉样就清廉了吗？今天清廉，明天呢？后天呢，明年呢，后年呢？"

张鹏翮说："听说裴公也供奉关公，可知何为忠义？盗国家之财，挖国家墙角，能叫忠吗？以盗劫来的钱财捞取善人之名，你义吗？你只是以行善之名，行盗劫之实。图财害命，行刺盐差，行贿官员，操控衙门，买断盐引，囤积官盐，肆意涨价，扰乱盐价。"

裴文鑫看了一眼张鹏翮，哼了一声："年轻人，新官上任三把火，要杀要剐是你的事，我只是告诉你，莫火烧着自己的尻蛋儿了。我再次告诉你，我裴家世代为皇上御封的善人。"

"依大清律法，杀人偿命，杀害王氏，斩立决，明日午时三刻问斩。"

衙役将裴文鑫押到死牢。

张鹏翮回到家中，已是天黑，总算松了一口气："除掉运城盐枭，张清功不可没，按理封个把总都没有问题。"

张清则说："老爷，这个裴文鑫非等闲之人，四处有耳目和爪牙。"

"哎呀，谢谢兄长提醒，差点误了大事。你即带本我的手谕，去大牢看守裴文鑫。绝对不能出差错。"

张清提了长枪到大牢，见大牢外一群衙役驾着一辆车正要离开。

张清出示手谕查验。衙役见了手谕，十分紧张。张清打开车门一看，是一辆空车。

"干啥用的，接谁？"

"接吏目回家。"

"张大人吩咐,今晚吏目就不要回家了,大牢不能出任何差错。"

张清一夜没敢合眼,瞪圆的眼睛看着正在睡觉的裴文鑫。天刚亮,提裴文鑫上囚车示众。

打开牢门,张清喊:"裴文鑫起床了。"喊了几声无应答,张清揭开被褥,见熟睡的人并非裴文鑫。

那人坐起来,问:"大人有事吗?"

"裴文鑫呢?"

"什么鑫?小人可不知道,一直住在这间屋。"

百姓听说今天要杀裴文鑫,大喊裴公冤枉,纷纷求情。而盐商们都关了门店,买了鞭炮,敲锣打鼓庆贺。

"裴文鑫不见了。这怎么得了?"张清捉了吏目去见张鹏翮。

"好大胆子,竟敢私放死囚!"

未等用刑,吏目招供。"小人解文轩,运城人氏,是小人私放了裴文鑫。那裴文鑫是杀不得的,他神通广大,号称吏部尚书。如果杀了他,张大人会丢官,我们当差的也会跟着遭殃的,轻者人头落地,重者流放充军。小人自知,私放死囚罪不可赦。一人做事一人当,要打要杀凭张大人处置,只要不连累他人便是。"

"裴文鑫在何处?"

"狡兔三窟。平日裴文鑫神龙不见首尾,小人哪里知道他去哪里?"

解文轩被打入大牢,等候发落。

忽见快马,使者高声叫喊:"巡抚有令,刀下留人!"

张鹏翮说:"你来晚了。"

使者差点从马上掉下来。

"张大人,你惹祸了。巡抚已派人六百里加急报明珠大人了。"

"哦?明珠大人会袒护一个盗卖官盐的贩子?"

即发布告,历数裴文鑫罪行,发签捉拿,勒令受贿官员主动投案,以免于处罚。

再拟奏折,细数河东官商勾结。运城要清风气正,须根治顽疾,把住"盐引"关,放开盐市,采取"核引通盐"法。

康熙准奏。

众盐商闻讯,纷纷返回河东,产盐、销盐。盐价大降,只需要五文一斤。

当年增收税赋百万两白银。

吴胤军和裴文鑫跑了,让张鹏翮始终如鲠在喉,处事更加小心。修城、渠、池工程浩大,怕生出事端,将图纸、工期、工匠和花销等列出明细,报给朝廷。

一晃两年多。

修复城墙九里,姚暹渠一百六十里,盐池两百里,钱粮不差分毫。

闲时修书,撰《关夫子志》两卷,《忠武志》十卷。

巡盐御史李时谦手把二卷,爱不释手,感叹:"运青兄功不可没,必载史册。关帝一身正气,浩气凌霄。此二卷,必能教化世人,慎独修身,自尊自重,见善思齐,改过迁善,莫作诸恶。"

张鹏翮说:"崇拜关帝,躬行关帝其志,教化民风,崇德向善。天下后世之人,因得以景仰神灵,感奋激发,学其存心,考其行事,而慨然想见其为人,读斯志也可以兴矣!"

紫禁城,康熙拿着弹劾张鹏翮的奏折踱着方步,丈量天下。

明珠说:"张鹏翮任人唯亲,欲升他的侍从张清为把总,有违清制。与山东孔家盐商孔毓圻勾结成儿女亲家,图谋私利。运城官民对他极为不满,包揽修城墙、建水渠、复盐池工程事务,受馈赠数十万计。"

徐乾学禀报:"圣上,据臣查实,张鹏翮除与孔毓圻打儿女亲家外,其他并无实证,皆为捕风捉影。"

张鹏翮很快到得消息,只得苦笑:"只要我在运城一天,就有人一天不痛快,运城这么大一块肥肉,过去把他们喂得肠肥脑满,如今却连油珠珠都揩不到,过去靠偷盐为生的人,而今也断了财路。他们明里不敢对着干,暗地搞点小动作在所难免。"

他自己安慰,只要心底坦荡,无所畏惧。想起幼时读《陆宣公奏议》感叹道:"伊尹一介不取,孔明淡泊明志,圣人们所遵循的准则相同。"

运城离南阳不远,于是启程拜谒南阳卧龙岗武侯祠,将亲自编撰的《忠武志》十卷呈上。

武侯祠香烟袅袅,梵音悠悠,孔明塑像气象堂堂,万丈光芒。他一生淡泊明志,宁静致远,成为后人处事要诀。张鹏翮便挥毫题写下"宁远楼"三字。又作诗一首:

宗臣俎豆有馀香，想象当年道德光。
澹远心传洙泗诀，千秋生气尚堂堂。

回转，去汝州郏城县。有碑文记载：西北有上瑞里小峨眉山，苏坟在焉，广庆寺因坟而达焉，寺因坟而大显，坟赖寺而永祭矣。

步入神道，古柏相映。甬道两侧有石柱、石马、石羊、石虎、石狗、石人相对排列，仪仗严整，形象逼真。甬道有回音，一拍手、跺脚，台阶之上就会发出蛙鸣，称为金蛙迎宾。张鹏翮想起老家大佛的"石磴琴声"。

进入红漆大门，迎面为红石牌坊，横眉镌刻"青山玉瘗"大字，背面是明朝浙江右布政使王尚䌹的《祭三苏先生文》。左右石柱为苏轼《狱中示子由》词句："是处青山可埋骨，他年夜雨独伤神。与君今生为兄弟，又结来世未了因。"

旁有广庆寺，门联："大江东去思居士，花雨西来念法师。"

踏进广庆寺，古柏苍劲，竹林青翠，古琴幽幽。宋高宗以来，寺院僧人四时守坟护院，每逢春秋大祭和苏轼兄弟的祭日，都要为他们的亡灵超度、安魂。

正遇小雨，竹叶沙沙着响。张鹏翮背起了《定风波·沙湖道中遇雨》："莫听穿林打叶声，何妨吟啸且徐行。竹杖芒鞋轻胜马，谁怕？一蓑烟雨任平生。　料峭春风吹酒醒，微冷，山头斜照却相迎。回首向来萧瑟处，归去，也无风雨也无晴。"

苏公身处逆境，屡遭挫折，而不畏惧，不颓丧，倔强而旷达，男儿当有如此胸怀。

在张鹏翮看来，忠与廉是紧密相连、不可分割的。苏轼身处逆境时，苟非吾之所有，虽一毫而莫取。他给宋哲宗建言，考察官吏要把"廉"放在首位。他写过《六事廉为本赋》，告诫同僚，也告诫自己：功废于贪，行成于廉。临终前，留下了"至今不贪宝，凛然照尘寰"的绝笔诗。苏轼这样的廉吏，必是一位忠臣。

在苏公墓前行完大礼，张鹏翮赋诗两首：

共识峨眉紫气多，文章千古重东坡。
神归天上为霖雨，碧化长空作汝河。

马戛当年埋宋璧，夕阳此日听樵歌。
　　春流不尽忠魂恨，万壑涛声涨绿波。

　　双璧佳城在此中，九原并蒂作芙蓉。
　　峨眉月冷鹃声断，南国香销马戛封。
　　绝代勋名伤往事，千章古木乱疏钟。
　　光芒万丈知难掩，一夜风雷起卧龙。

　　回到运城，接到任命状，调张鹏翮到兵部任督捕右理事官，专门督责八旗和各省搜捕逃亡者之职。

　　消息一出，京师和运城的权贵暗中庆贺，弹劾成功！终于剥夺了张鹏翮主政运城盐道的资格。

　　干了不到三年，张鹏翮干完了他想干的一切。回望故地，他很失落，运城没有像兖州百姓那样为他送行，但自觉得问心无愧。

　　走过青石槽路，马蹄踩着青石打滑的声音，三人默默无语来到锁阳关。突见前面人山人海，立于两旁，出什么事了？张清不免有些紧张，按住青锋剑，准备迎战。

　　走出锁阳关，见百姓、商人双手捧着当地美食。

　　闻喜知县上前道："张大人，此去此生难得相见，请尝一口吧，这是我闻喜的煮饼。"

　　此语一出，有序的现场乱起来，民众挤上前："张大人，我解州得大人的恩惠最多，请尝下解州的羊肉泡馍。"

　　"我们临晋的酱玉瓜。"

　　"阳城卤肉""北相羊肉胡萝卜""永济牛肉饺子""稷山麻花"……

　　张鹏翮双眼泪珠直打转，说不出一句话来，一路打拱，强颜欢笑，直到卸牛坪。

　　百姓的爱就是最好的奖赏。

第六章 / 对决尼布楚

21

康熙二十二年六月。

养心殿。

康熙与保和殿大学士、领侍卫内大臣索额图，武英殿大学士明珠正密商国是。

张鹏翮一路小跑，汗流浃背来到养心殿。跪拜："臣张鹏翮参见圣上，吾皇万岁万万岁！"

"来，运青，一起看地图。"

康熙将手指了雅克萨，然后又指了指准噶尔，说："此两地，你可知道？"

"臣丁母忧时，专程考察黄河成因，专门到过准噶尔和喀尔喀，也去过雅克萨。准噶尔首领噶尔丹野心很大，连连出手，吞并周边几十个小部落。他做着一个梦，就是摆脱大清，恢复元朝王国，或者重建王朝。"

索额图点头夸道："小张这几年学问和见识都有所增长。"

明珠本来想表扬两句，听索额图这么一说，做出一副不以为然的样子："鳃鳃过虑，在圣上面前，算什么东西？"

康熙知道，索额图与明珠两人总是唱反调，他让张鹏翮继续说。

张鹏翮并没有受到干扰，他想把话说完。

"可是，噶尔丹现在所处位置对实现他的梦很不利，北边是强大的罗刹，南边是我大清。攻击罗刹的胜算不大，攻击我大清，他认为很可能成功。"

"厥词！"明珠骂道。

康熙看了一眼明珠。

张鹏翮没有就此打住，而是继续说："臣在准噶尔时，打听到噶尔丹整日备战操练,购买战马,从罗刹购得火枪。他将以战养战,靠战争抢劫维持庞大的兵马开支。他还派出奸细到内地打听动静。圣上平三藩,收台湾,连年征战,如今国库空虚。"

索额图咳嗽一声,暗示张鹏翮不要说这些。但张鹏翮并没有发觉,继续说:"他想借机联合罗刹对付大清,多次派人到罗刹见远东代表戈洛文·费要多罗。他们将里应外合与罗刹瓜分我领土,从而实现自己的王国梦。其下一个攻击目标将是喀尔喀。为了阻止其野心,必须先与罗刹划清边界,免得罗刹趁火打劫。要与罗刹划清边界,必须先把占据我城池的匪徒清理出去。否则和谈毫无意义。"

明珠呵斥道:"你一个小小的督捕右理事官,在几年前丁母忧独自去过一回雅克萨游山玩水,就以为啥都知道了?我等在谈国是。"

康熙却欣赏:"张爱卿位卑未敢忘忧国,如我大清官员都如此,何愁外敌不灭?罗刹频频在我雅克萨抢劫、杀人、放火,建立据点,朕数次遣使抗议,要求其拆除据点,停止侵占,返回财产,而罗刹却置之不理,反而不停往雅克萨增派兵力。"

张鹏翮已经明白康熙的用意,他说:"国与国之间的博弈,靠什么?必须要靠过硬的拳头做后盾,否则,不论是诏书正色,还是抗议直辞,人家都将当成耳旁风。"

"不得放肆!"索额图觉得这位年轻人,说话没有轻重,在皇上面前,怎能如此过激?他立即制止张鹏翮的直言。

康熙却听得很认真:"索额图、明珠,你们两个要是不想听,就出去。"

索额图、明珠都不敢再言。

"十八年前,西伯利亚流放犯切尔尼果夫斯基聚众杀死了罗刹督军,抢劫了行铺,为了逃避处罚,流窜进入我国黑龙江。沿途四处掠夺,奸淫妇女,烧毁房屋,虽然受到百姓抵制,但他们手中有枪,又很玩命。当时,朝廷忙于对付中原,无暇顾及边境小镇被滋扰之事。可这帮洋匪把抢来的财宝和侵占的雅克萨用来向沙皇邀功,请求特赦,居然得到沙皇的认可,不但免了他们的死罪,还给了他们合法的身份。这帮杀人犯,摇身一变就成了罗刹的正规军。以致雅克萨成为我大清与罗刹的边境问题。本来,起初是很简单的问题,但由于当时朝廷没有当回事,处理不及时,让罗刹鬼尝到了甜头,而又没有受到惩罚，才逐渐大胆起来。才由个人行为演变成了大清与罗刹的领土纠纷。我朝必须以武力及时清除，否则后患无穷。"

康熙问索额图和明珠："你们的意见呢？"

此时，两人的意见非常一致："近年连年用兵，国力空虚，如果再兴师，非常不利。我们现在面对的是罗刹大国，不比国内叛乱。且雅克萨路途遥远，一旦用兵，粮草供给将直接影响胜负。不如先礼后兵，或者武装当地百姓，把这帮土顽赶出去。"

康熙对两位大学士的回答很不满意，又问张鹏翮："如何应对雅克萨之变？"

张鹏翮早已经想好："两位大人高瞻远瞩，深谋远虑。我朝现在面对的不是土匪了，而是一个大国支持的亡命之徒，必须做好充分准备。臣以为，先封锁边境，让罗刹做不成生意，赚不到钱，尝到与我为敌之痛。再探明底细，派探子进入雅克萨城中，掌握罗刹兵力布防及粮草底细。其三，设黑龙江将军。我东北主要兵力集中在盛京，对黑龙江顾及不到，才让罗刹有可乘之机，必须设黑龙江将军。其四，增设驿站，缩短从黑龙江到盛京之间传递消息的时间。其五，建造船只，运兵运粮。其六，建藤甲军，罗刹兵器为火绳枪，可射一百二十步，穿透力极强，只有藤甲方可御敌火器。"

康熙听完，甚为满意："张爱卿所言正合朕意。此事就我等几人知晓，不得外传。索额图，令蒙古车臣汗与沙皇罗刹之间断绝贸易，让彭春和郎坦带兵乔装猎户，渡过黑龙江，深入雅克萨探明实情。命萨布素为黑龙江将军，驻守瑷珲，带领属下扎根屯田，操练兵马三千。明珠，你负责从瑷珲到盛京建十九个驿站，令伊桑阿赴宁古塔筹集战船五百艘，造红衣大炮二十门，集粮七万石，确保三千兵士三年之用。立即召见藤牌军统领林兴珠，从山东、河南、山西、天津调藤牌军五百，交予训练，以对付火绳枪。"

索额图、明珠领旨而去。

康熙对张鹏翮说："你年富力强，又懂满语，会些功夫。朕遣你为大使，张清为侍卫，前往雅克萨，向悍匪下最后通牒，限期离开雅克萨。"

张鹏翮与张清带了二十人，来到雅克萨。见四周土围子、堑壕、原木围墙和塔楼，城门防守森严，逐个盘查行人。

张鹏翮叫张清前去宣旨："大清皇帝传谕，传切尔尼果夫斯基总管接旨。"

门卫见只有二十来人，领头的居然像个花旦，一介文弱书生，便哈哈大笑："大清无人也。其他不行，领头者可以进，我们总管喜欢跟捷乌斯噶（姑娘）调情。"

张鹏翮立于马上，高声喊话："我乃大清兵部督捕右理事官张鹏翮。尔等擅入我境，烧杀抢掠，无恶不作，按大清刑律本当从重惩处。然而，考虑中罗友好，大清皇帝仁治天下，柔远至意，素不嗜杀，派我等为大使，前来最后晓谕，俾还故土和人民，献地归诚。否则，以我兵马精强，器械坚利，百万雄师，随时都可将你等碾压成齑粉。"

"嘭"，一声枪响。离马蹄五步远的地方弹起一团尘土。城头上，一罗刹人枪口冒着烟。回道："来一个娘们就想要城池，你长男人那玩意儿没？有本事就掏出来，跟爷们儿我先战一个回合。"说完又一阵浪笑。

张鹏翮伸手要来弓箭，搭箭满弓，只听"嗖"的一声，射中城头开枪罗刹人的帽缨。

张鹏翮道："来而不往非礼也。本人只是个文官，在我的身边，全是武林高手，如果再敢胡来，立即让你等脑袋开花。"

罗刹人被这突如其来的一箭吓得腿软，颤抖着退下城头。

众人惊叹。

张清说："大人，你那一箭，堪比飞将军李广箭法。"

张鹏翮呵呵一笑："少时跟师父在赤崖山练了点皮毛。老毛子不是惧我的箭法，而是惧我大清的强盛，被我大清威武所吓住，更是被你等彪悍所折服。他等一定想，我一介书生都会使箭，尔等更当是个个身手不凡。"

张清问："我等人手太少，万一他们就此下手如何是好？"

张鹏翮说："我料他不敢。他不知我虚实，怎敢轻举妄动？再说，在城中，已有我朝的内应。要是他不知死活，真打起来，到时里外开花，就此拿下。"

张鹏翮清楚，彭春将军已经带了几十名军士乔装入城勘查敌情。众人不解，张鹏翮只笑不答。

说话间，一罗刹人跑来："请大清大使进城喝茶。"

张鹏翮说："你等占着我的家园，请我到我家吃茶，你不觉得好笑？若有诚意，请按我大清皇帝旨意办。回去禀告你家头领，你等可以带走家眷和财物自行离去,三个月为限,不予追究。"

说完,回马即走。

养心殿,康熙读着张鹏翮奏折。"罗刹人绝对不会心甘离去,他等一定会增派兵力,负隅顽抗。我朝必须十倍武力驱赶,确保首战必胜。"

兵部来报,罗刹派来托尔布津为雅克萨督军,将雅克萨更名为阿尔巴津。罗刹人南下瑷珲抢掠,杀死居民十七人。

康熙拍案而起:"无法无天。传旨,令黑龙江将军萨布素,联合黑龙江百姓,将雅克萨周围的罗刹据点全部拔除。让罗刹人龟缩于雅克萨孤城之中,待我瓮中捉鳖。命都统彭春、副都统郎坦率兵进军雅克萨。命张鹏翮与张清再去劝降。"

彭春大军得旨,水陆进发。三千清军兵临雅克萨城下,将干柴依次堆放在城墙根。

张鹏翮和张清来到城门,递上诏书:"快去禀报你等头领,速速出门归降,可以放你等一条生路。"

城头上,一罗刹人将枪口瞄准张鹏翮。

张鹏翮说:"把枪口移开,当心走火。一旦枪响,我红衣大炮,将让你等立即炸成齑粉。"

托尔布津在众匪簇拥下,来到城头,向张鹏翮喊话:"我乃阿尔巴津督军托尔布津,城下可是大清使者?"

"正是。本人乃大清兵部督捕右理事官张鹏翮,受大清皇帝派遣,特来晓谕尔等,命尔等将侵占的城池、土地、百姓一一归还。否则,将武力收复。"

"张大人的功夫鄙人素有耳闻,何必为区区小地大动干戈?伤了和气。你大清地广人多,要这不毛之地有何用?"

"托尔布津将军,大清虽然地广,但没有一寸是多余的,都是我中华祖先传下来的,我辈岂敢拱手送人?尔等不远万里占我领土,于情于理都说不过去。速速离去,免受血光之灾。"

"容我思考,半日回复。"

"好。一言为定。"张鹏翮刚要转身,一伙人从城中冲出来,将张鹏翮俘虏,带到城中。

帐中。托尔布津对张鹏翮说:"张大人,你犯了一个错误,你们清朝的兵书讲，叫兵不厌诈。你想想，我吃到嘴里的肉，会吐出来吗？给你一条活路，去城头告诉你的士兵，马上撤军。否则，让他们给你收尸。"

张鹏翾轻松一笑："托尔布津，你也犯了一个错误，我大清的剑已出鞘，十倍于你的兵力。如果你想活命，听我一言，乖乖举起白旗出城投降。"

"办不到，我的援军已在路上，不出半日，将把你们反包围在雅克萨，定会杀得你们片甲不留。"

"我也告诉你，我大清的水军已经在江上以逸待劳，随时把你等贼寇打回老家去。"

"那就等着瞧！"

黑龙江。

罗刹援军约五百人乘坐木筏顺流而下，朝雅克萨气势汹汹开来。

头领说："勇士们，城中的姑娘遍地都是，财宝多得如山，谁抢得就是谁的。我命令，中午之前结束战斗，享受美女、美酒、美食。"

众兵高呼："乌拉！"

彭春得报，罗刹援军约五百人，离我不到三十里。

彭春道："若让他上岸，不易歼灭。现命水军前往迎击，将他们全部歼灭在江中。"

说完，彭春环视众将。

藤牌军统领林兴珠上前道："我藤牌军全来自南方，皆习水性，我藤牌军率先迎战理所应当。"

副帅郎坦哈哈笑了："这不笑话吗？我北方水师个个好身手，哪用得着你那藤牌南蛮子。"

两人还想要争论，彭春一语定音："别争了，藤牌军乃圣上钦定的，必立头功。"

林兴珠高兴而去。

令出，众兵裸身跳入水中，将藤牌托在头上，手持片刀，漂游水中，逼近敌筏。

罗刹援军哪见过这等奇观，惊呼："大帽鞑子！"

藤牌军踩水而行，左手用藤牌遮住头部，右手持片刀，朝罗刹军木筏游去，还有一两百步，罗刹军的火绳枪就开始"砰砰"响起，接着毒箭"呼啦啦"从天而降,水面溅起簇簇水花。箭和弹打在藤牌上,"啪啪"着响。藤牌军并不惊慌,游近罗刹军木筏。

罗刹朝藤牌乱枪直刺,噗噗噗……却怎么也刺不到人。

在罗刹手忙脚乱时,藤牌军钻出水面,挥舞片刀砍向敌小腿,敌人纷纷落水。杀伤大半,其余全部溃逃。

藤牌军举着藤牌和片刀在水中欢庆胜利,高叫:"啊、啊、啊!"

林兴珠摇动绿旗。

藤牌军全部上岸,穿戴整齐。

林兴珠说:"别高兴太早,罗刹军在水中没有占到便宜,一定会从陆上卷土重来,兄弟们,做好再战准备。"

果然,喊声震天,红尘遮日。一队战马从天边飞驰而来,朝天开着枪,杀气腾腾,誓雪刚才水中战败之耻。

林兴珠并不慌张,将红旗一摇。五百名藤牌兵迅速结成了一个圆阵,将藤牌挡在外面。

罗刹兵看了,哈哈大笑:"这是什么阵法?是刺猬阵吗?"遂将藤牌军团团围住。

刚举起枪,还没有来得及扣动扳机,只听林兴珠大喝一声:"杀!"

藤牌兵外面一层猛身在地面上一滚,旋即到了罗刹兵战马脚旁。刀起马倒,罗刹兵翻身落马。藤牌兵如切南瓜,一刀将其砍成两段。

罗刹兵慌忙后退。

第二层藤牌兵又是团身一滚,到了罗刹兵跟前。罗刹兵的火枪根本来不及瞄准,又被砍下马来,死伤过半,只得收拾残兵逃去。

托尔布津得到消息,非常绝望,将张鹏翮带上城墙,向彭春喊话:"你等速退兵五十里,否则,我就不客气了。"

张鹏翮站在城墙上喊道:"将士们,为国尽忠的时候到了,我张鹏翮有此机会,乃上天所赐,是祖上积了阴德。你等须知,战机瞬息万变,不可错过。听我号令,向我开炮!"

听到"开炮",托尔布津将张鹏翮按倒,拖下城墙。

彭春果断下令:"开炮。"

二十门红衣大炮齐鸣,炮弹呼啸着,如下弹雨,从四面八方飞进城内,雅克萨顿时浓烟滚滚，炮声震天。

几百名罗刹兵当即归西。雅克萨的塔楼和城堡全部被摧毁，商行、粮仓燃起熊熊大火。托尔布津见孤立无援，无法坚持，只得释放张鹏翮，打出白旗出城向清军乞降。

清军宽大俘虏，统统释放。发给他们食物、马匹和药品，准许返回罗刹。

托尔布津感激涕零，立誓绝不再犯大清边境。

张鹏翮说："此乃我大清皇帝的仁德，对尔等宽大。如若再犯，决不轻饶。"

托尔布津朝京师三鞠躬，带着残兵败将北去，消失在地平线上。

22

彭春领兵撤离雅克萨，驻守瑷珲。

张鹏翮一行回到京师，向康熙报告战况："雅克萨之战能一举歼敌，夺回失地，全靠圣上英明，用兵如神。依臣对罗刹的了解，他们不会就此罢手，一定还会再来。只有加强边防，才能保境安宁。"

"朕可没有孔明六出祁山、七擒孟获那耐心，必须断他非分之想。"

托尔布津好像在配合张鹏翮的预言。惊魂未定，一路北逃。在尼布楚见到一队人马，吓了一跳，心想，这下真的完了。定睛一看，原来是被大清军队打败的援军，个个焦头烂额。

难兄难弟见面，如见救星，相互安慰疗伤。托尔布津说："这样子回去，何以交差？干脆两队合一队，再向尼布楚督军符拉索夫请战。"

督军听到战败消息，暴跳如雷："真见鬼！该死！"

当听到托尔布津请求再战时，他当即决定："给你们最好的枪，给我把雅克萨抢回来。否则，砍了你的头。"

托尔布津再次招兵买马，招募新兵三百人，加上老底子共六百二十八人，扛上新换的可射三百五十步的新火枪，整装出发。

符拉索夫说："等等。再给你两百人，派彼顿上校做你的军事顾问，只准胜，不准败。"

托尔布津站在队伍前，振臂高呼："胜利属于沙皇，胜利属于罗刹。将士们，出发。"

到了雅克萨，重修城堡。罗刹遇到的第一个难题是粮草，此处地广人稀，上哪去筹粮？刚历战火，百姓已经远去。

托尔布津派出几路探子，在呼玛河发现了他们想要的东西。却发现大清有兵丁守着。

首战雅克萨时，康熙即下令，在呼玛河屯足三千兵马三年的军粮。

哨长噶礼，乃开国五大功臣之一何和礼的四世孙，被皇上恩荫成为监生，不但免除徭役，还可以直接做官。噶礼还有一个特殊身份，就是他与康熙同吃一个奶长大，其母为康熙的奶妈。

可噶礼天生好强，不想依靠祖上，更不想要康熙恩赐，他要靠自己立战功取得仕途。其母遂将此事告诉康熙，得到恩准，派他守护呼玛河军粮。

站在队前，噶礼目光如炬，声如洪钟："都给老子听好了，老毛子打了败仗，一定还会杀回来。给我打起十二分精神，一有风吹草动就可以开枪。"

夜。

秋风瑟瑟，月光惨淡，夜猫子嗷嗷啼叫。哨营的狗懒洋洋地"汪汪"叫了两声，便不吱声了。噶礼翻身起床，骂道："妈了个巴子，老子心发慌，今日好像有事，操家伙。"

四名随从提了火枪，紧随其后。在营外转了几圈，并未发现异样。

回到哨营，伙夫胡敬早已准备了几样酒菜，温了一壶酒。

噶礼呵呵一笑："你小子就是老子肚里的蛔虫。"

"大人日夜操劳，快坐下，暖和暖和。"

"好。一起整。"

几碗酒下肚，话多起来。

胡敬问："大人，我要像你那样，那么有后台和靠山，我就在京师当官享福，跑到这鬼都不下蛋的地方来干吗？"

"你知道啥？只有自己挣来的，才是自己的，靠祖上荫功不长久，靠别人赏赐过日子，我觉得不舒坦。我要自己立功。"

"嘿，大人，要立功嘛，直接提刀横马上战场。守军粮，连个鬼都看不到，咋立战功？"

"你知道啥？兵马未动，粮草先行。诸葛亮数次北伐，皆因粮草不济而撤回汉中。康熙爷显然吸取古人教训,在此屯粮,就是防备罗刹。我要是罗刹的将军,就先偷袭这里的粮库。"

"砰砰"几声枪响。

噶礼放下酒碗,骂道:"妈了个巴子,都怪老子嘴臭。小子们,立功的机会到了,快给老子起来。"噶礼领的是一个哨,共八个队,一百单八人。

众兵来不及打哈欠、伸懒腰,提上裤子,摸了家伙就跳进战壕。迷迷糊糊四处张望,只看到黑压压一片。

噶礼传话下去:"听令开枪。"

脚步声渐近,清军个个背心发凉。噶礼开了一枪,喊:"开火,给老子朝死里打。"

枪声四起,火光四射。这才看清,来者足有两三百人。

一队人马跳出战壕,朝罗刹军冲过去。

噶礼骂道:"妈了个巴子,谁叫出去的?给老子回来。"

出了战壕的兵丁哪里听得见噶礼骂声?一边放枪一边朝前冲。

黑影逼近战壕,噶礼下令:"大刀,给我上。"几十兵丁跳出战壕,挥舞大刀,见人就砍。短兵相接,各有死伤。噶礼带着其余兵丁,在战壕里不时放几枪。罗刹军不知底细,且战且退。

清点人数,见罗刹军尸体四十三具,清军死三十七人。

明珠向康熙禀报:"圣上,呼玛河军粮库遭袭,哨长噶礼领一百单八兵丁苦战数日,打退托尔布津的千余将士,保住了军粮,三十七名将士殉国,二十一人伤。"

明珠故意夸大罗刹军人数,康熙并不怀疑,来回走了几步,说:"看来,他们是铁了心要夺取雅克萨,但他们错估了朕捍卫疆土之决心。传旨,令黑龙江将军萨布素率部三千,林兴珠藤牌兵五百,再战雅克萨。此次,先围不打,待其给养耗尽,再一举歼灭之。噶礼护粮有功,授吏部主事,迁郎中。其余将士按律优待,医治伤者,厚葬殉国烈士。"

萨布素得令到达雅克萨,即刻将雅克萨城东、南、北三面围住,只留西边一个缺口。离城西五里江上,林兴珠藤牌兵下寨,阻击援敌。

日出,战鼓震天,杀声阵阵。

雅克萨城内罗刹兵丁匆匆上阵,乱放一通火枪,未伤及萨布素部一人。

日落，三声炮响，火把四起。罗刹兵又乱放一通火枪。

如此，连续三个月。罗刹兵已经疲惫不堪，放松了警惕。萨布素突然下令开炮，几十门红衣大炮向雅克萨倾泻炮弹，城堡炸出许多缺口，却并不攻城。

待罗刹兵修好城堡缺口，萨布素又下令轰炸。

符拉索夫得报，心生恐惧，这清军仗着粮草充足，跟我玩疲劳战法，企图拖垮我军。雅克萨城中粮草最多还能维持三天，必须速战速决。

即点兵精兵一千，增援雅克萨，亲自督战。

符拉索夫吸取上次与清军交战失利的教训，将木筏改为战船，定下战法，不跟藤牌军接触纠缠，几十艘战船，如山一样移动，朝雅克萨压来。符拉索夫用远望筒观察水面，看见江面藤牌如萍，岸边还有十几艘小船，空无一人。

符拉索夫下令，改变战法，待战船靠近，用铁钩翻开藤牌再开枪。

战船靠近藤牌，并无动静，铁钩齐下，掀开藤牌，顿时，子弹乱飞，枪声如潮，水花四溅。

硝烟散去，并未见一个清兵。

符拉索夫哈哈大笑，说："且小鬼！世界上哪有打不败的敌人，只有不会用兵的将军。"

话音刚落，只听一声炮响，见岸边十余艘小船起火，向符拉索夫的船队冲来。符拉索夫指挥士兵躲闪。可哪里来得及？起火小船四周带钉，撞上符拉索夫的战船就被牢牢钉在一起。

几十艘战船，相互冲撞，进退不得，乱成一团，士兵纷纷落入江中。藤牌军从山上密林钻出来，手持藤牌、片刀，赤身跳入江中，举刀便砍。

火光、血水把江水染得通红。

符拉索夫一千人被全歼，无一生还。

萨布素得捷报，即下令攻城。

激战半天，八百二十六名罗刹兵，只有六十六名在绝望中举起了白旗。

萨布素打扫完战场，迅速集结队伍向尼布楚进发。

沙皇立即派出使者到京师求和，商定边界。

九月的京师，凉风习习。

午门外，尼基弗尔·文纽科夫一行单膝跪地，呈上沙皇致康熙皇上的国书。

康熙问来使："真的不想打了？"

来使叩头说:"愿结中罗友好,永不再犯。"

康熙命萨布素立即撤军,并向雅克萨城内送粮、送医。

23

清康熙二十七年夏。

克里姆林宫。

戈洛文接见噶尔丹:"欢迎准噶尔汗噶尔丹访问罗刹。"

噶尔丹进献了哈达,呈上贡品清单:"此乃准噶尔向沙皇陛下进献的贡品,牛、羊各三千头,奶酒三千斤。以表达兄弟般的情谊。"

"沙皇向您及您的人民致以兄弟般的问候。"戈洛文伸出双臂拥抱噶尔丹。

收下礼品清单,戈洛文向噶尔丹承诺:"你们清人崇尚礼尚往来,我们罗刹讲究雪中送炭。你现在最需要的是火枪,我送你三千支最强势的连发枪,子弹十万发。配合准噶尔汗收复喀尔喀,然后问鼎中原。"

噶尔丹起身再拜:"噶尔丹乃知恩图报之人。如能成就如此大业,噶尔丹一定不会忘记沙皇陛下的厚爱和援助,将与罗刹共享胜利成果。"

戈洛文说:"现在是一统喀尔喀的绝好机会。罗刹将与清廷和谈边境划分,清军在大漠大军压境,以期获得最大的利益。可我是戈洛文,是罗清边境和谈的全权代表,我的职责是为我的国家争取更多利益。和谈必须让对方作出妥协,才算成功。准噶尔汗若能牵制清军,我去跟他们讨价还价,帮你们争取更多利益时,就多一份胜算。"

"戈先生放心,我噶尔丹知道,机不可失,失不再来。我不会让您失望的。"

"好!为我们的友谊和胜利干杯!"

回到准噶尔,噶尔丹与群臣商议:"大清连年征战,如今又跟罗刹结了怨,出兵大漠,急于与罗刹达成停火协议,划定边界,其用意再明确不过,他们欲先稳住边境,再集中力量对付我准噶尔。我怎能让大清打成这如意算盘?他们的算盘打成了,我的希望就落空了。"

群臣都明白,噶尔丹又准备打仗了,而这次可能要惹怒宗主国大清。大清的眼线早把噶尔丹这里的动向报告了康熙。

摆在康熙面前的是内忧与外患。如何化解？

太和门。

康熙御门听政。群臣围绕这一话题各抒己见。

明珠率先发话："噶尔丹野心膨胀，他在效仿秦昭襄王，采用远交近攻之策，勾结罗刹，实现分裂之梦。他先吞并了天山北路之卫拉特蒙古诸部，再出兵天山南路吞并了回疆。占领哈密、吐鲁番、阿克苏、乌什，进攻喀什噶尔。其现在的目标是喀尔喀。一旦喀尔喀失守，将直逼京师。臣以为，先给他点甜头，稳住阵脚，待与罗刹划定边界，再收拾他。"

索额图与明珠的意见相左："清罗是两个大国，现已多次交锋，皆为局部冲突。臣担心，战争一旦失控，战火蔓延，对两国都是灾难。如今罗刹主动求和，我大清应给他台阶下，乘势划定与罗刹的边界，制定条约，互不侵犯，边境无忧，内患自除。"

康熙不等其他人发话，已经做出决定，安抚噶尔丹与罗刹和谈同时进行。遣明珠安抚噶尔丹，调和准噶尔与喀尔喀关系，拖延双方交火时日，控制交火规模。派索额图与罗刹人和谈，并定下和谈底线，罗刹人占领我的领地必须无条件退出，绝不让步，谈不拢就继续打。

领侍卫大臣索额图、都统佟国纲、尚书阿喇尼、左都御史马齐、护军统领马喇、兵部督捕理事官张鹏翮、兵科给事中陈世安等，带八旗前锋两百，护军四百，火器营两百前往尼布楚。宫中耶稣会葡萄牙传教士徐日升、法国人张诚随团任翻译。

午门外，旌旗猎猎。

索额图将手一挥，车轮滚滚，战马嘶鸣，卷起千里黄沙。

五月十八，到达归化，蒙古语叫库库河屯。此地北枕大青山，直通草原，南临黄河水，与鄂尔多斯高原隔河相望，东接蛮汗山，西连河套，为西进甘宁之门户。受黄河、大黑河的冲刷，积土而成，土地肥沃，地形平坦，灌溉便利，史称敕勒川。

归化小城，方圆二里，只有仓库和副都统署的瓦屋特别显眼，其余都是寥寥土屋。城南有关夫子庙，张鹏翮前往拜谒。

走进关夫子庙，见《关夫子志》二册，是张鹏翮在山西做盐道使时编撰的书，没想到这书比他到归化还早。

跪拜完毕，张鹏翮对随从说，我中华皆行忠义之道，虽远亦如此。作诗《归化城谒关夫子庙》：

> 龙沙绝塞建公祠，正气森然仰令仪。
> 直节可兴天下士，纯臣不愧古人师。
> 平生心事同天日，百代明禋荐岁时。
> 闻道遐荒能报德，千秋大义重追思。

拜完关庙。张鹏翮沿黑河而行追赶索额图车队。见一小山，郁郁葱葱，体状如覆斗。策马而至观之，高二十丈，阔数十亩。顶有土屋一间，四壁累砌，藏以瓦瓮。下有一株古柳眠地，中空如船，而枝条上伸，苍茂如虬。旁有一树挺立，高十丈，树上的一只巨大的鸟巢，一只乌鸦嘶哑地大声叫着。

张鹏翮笑道："林子大了什么鸟都有。地方大了，同为乌鸦，内地和边塞的叫声都不同。物都如此，而况于人乎？"

山前有联辔而行的双骑塑像，为明妃王昭君和呼韩邪单于。杜工部曾说，北地草皆白，唯独昭君墓上草青。每到深秋时节，四野草木枯黄的时候，唯有昭君墓嫩黄黛绿，草青如茵。历代诗人常常好用"谁家青冢年年青""到今冢上青草多"之诗句。

为了家国安宁，一个弱女子居然甘愿献身，这是何等的胸怀？让那些满口家国天下，却在家国危难时无动于衷或无计可施的士大夫汗颜，居然把抵御外敌的重任寄托在一个女子身上。

张鹏翮立于冢前，思绪万千。

一阵马嘶惊醒张鹏翮，回头看到索额图等到了，急忙扶索大人下马。

索额图还没有站稳，即向青冢行跪拜之礼。官兵设案焚香，随从列队，供干果、美酒三十三碟。

再领众人三叩九拜毕。索额图对张鹏翮说："运青，你一向诗文上佳，何不作诗以祭先贤。"

张鹏翮心中早有七言八句：

独留青冢古城隅，愧杀当年汉大夫。
　　万里长城凭粉黛，千秋国士老樵渔。
　　溪边流影魂飞动，塞上吹箫凤有无？
　　延寿写真君莫恨，长门空锁月明孤。

　　吟完诗，天上下起小雨。
　　索额图鼓掌说："好诗！好一句'独留青冢古城隅，愧杀当年汉大夫'！"
　　雨中，一群百姓载歌载舞，捧着哈达、奶茶、鲜奶、羊背子和美酒向使团拥来。这在蒙古族中叫献"五茶"，是蒙古族待客的最高礼仪。
　　索额图急忙向前扶起领头的老人。
　　老人俯首躬身，双手捧哈达过肩过头，恭恭敬敬地献上，说："没有羽毛，有多大的翅膀也不能飞翔。没有礼貌，再好看的容貌也会被人耻笑。"
　　索额图领使团弯腰俯首，双手承接哈达，逐一品尝美食、美酒。
　　当年霍去病、岳飞做梦也没有想到，彪悍的匈奴，如今民风却如此淳朴，对王朝如此拥戴。抬头仰望，雨过天晴，天高云淡，地宽草绿，听马头琴声在空中回荡。看来，修文德，教化人，比于用武力征服人更有力量。张鹏翮再吟七言八句：

　　使星遥指古丰城，此日壶浆道路迎。
　　边塞天低横剑气，祁连秋早动笳声。
　　只修文德远人化，无俟勤兵绝域平。
　　自是圣朝咸德大，蚕图王会献承明。

　　辞别乡亲，队伍进入大漠，所有人都不知道该如何走。
　　佟国舅说："用兵之道，贵在先知。我等今兴师远征，而未悉贼情，万一有事，该如何是好？"
　　"大人，下官正想此事。古之贤将所以动而胜人者，先知敌之情也。何不拨五十人与我做先锋探路？再寻两商人带路，结伴而行，两全其美。"
　　听张鹏翮这么说，索额图甚是高兴，点头赞许："这样甚好。"
　　张鹏翮领五十人驱马前行，"叮当"的驼铃声远远跟在他的身后。

行至大漠，炎气熏蒸，鞍头如熊熊火焰。张鹏翮手搭凉棚，眯眼望远方。蓝蓝的天空深邃无底，白云亮得刺眼。万里黄沙，肆无忌惮地飞舞，遮掩了所有颜色。

骆驼睁着一双模糊的泪眼，似乎看不到时光的流逝。

大漠滚烫，蒸发干了所有的水分，衣衫留下一幅幅奇形怪状的"地图"。军士们低头牵马，露腹袒胸，每走一步都如同踩进了火炉。

疲倦袭来，越走越看不到尽头。

在这漫长的道路上，死亡相随。忠诚与背叛是每人都必须面临的抉择。

终于见到一棵胡杨，几个士兵脱光上衣倒在树下喘着粗气。

张鹏翮下马，从囊中取出不渴丸分给士兵。士兵穿好衣服，继续上路。

张鹏翮把马让给一士兵，士兵死活不敢："大人，我错了，再不敢了。"

张鹏翮呵呵一笑："什么错了？让你帮我骑马又不是惩罚你。"

"马是给你们当官的骑的，小人当真不敢。"

张鹏翮说："不瞒你说，我不能骑马了。再骑估计要断根了。"

"烂裆了？"

"难言之隐。"

"大人，这一路上都是男人，不如同小人一样，脱去长裤、长衣，走路透气。"

张鹏翮跟着打趣："还有，方便时更方便。"众兵都笑起来，一下有了精神。

一个黑胖子走过来，取出瓷瓶，揭开盖，递给张鹏翮。说："抹在溃烂处，就不疼了。"

张鹏翮一看是噶礼，忙问："啥东西？"

"祖传秘方。嘿嘿。"

张鹏翮接过抹了刚才灼痛处顿感凉爽。张鹏翮见眼前这个黑胖子，身材高大，胖得挺可爱，找话跟噶礼说："噶礼，汉语的意思就是让他拿来。呼玛河军粮库一仗，打出了军威，是不是靠这神药？"

"张大人，清名早著，百官之楷模。雅克萨一箭射中罗刹人的帽缨，一箭定乾坤，靠什么？"

"靠我大清的威名。噶主事，我听说，蒙古女子非当兵的不嫁？"

汉兵好奇，问："为什么？"

张鹏翮故作神秘:"因为,当兵不仅会洗衣、做饭,更是学会了服管。四川人称这样的男人叫'炽耳朵'。"

噶礼笑着说:"弟兄们,张大人是四川的哦……"

众兵哄堂大笑。

张鹏翮说:"不怕你们笑话,我就是个炽耳朵。炽就是软,一个敢在老婆面前服软,在外敌面前逞强的男人,才是好男人。"

几人不分你我,说着笑着,忘了酷暑。

天边,几只蛾影飘来,渐渐听得驼铃声。

众人加快步伐,上前讨水喝。

来者说:"我们也是赶路的,你等千万别往前去了,前面厄鲁特和喀尔喀正在打仗,溃卒遍地,无法前行,我等才掉头回走。"

张鹏翮回头看了一下队伍,停住脚步,下令:"游牧尉萨尔哈,给你二十人前支打探消息。"

噶礼请求同往。

萨尔哈策马扬鞭,二十人消失在地平线上。

一去半个时辰,却不见音讯。张鹏翮焦急地张望。

索额图的马车有气无力地来到了跟前,问:"运青,怎么回事?怎么停下了?"

只见噶礼飞马而至,跌跌撞撞爬到大队人马前,上气不接下气地道:"大人,不好了。我们的人被全抓走了。"

"在哪里?他们多少人?"张鹏翮问。

"在克鲁伦河,两边至少有万人,黑压压望不到头。马嘶人嚎,厮杀混战,个个都红了眼。"

"克鲁伦河?铁木真的老窝子。好,有水喝了!"张鹏翮上前向索额图叩请道:"大人,下官愿再领十人前去解救萨尔哈。"

"运青,二十人都被扣了,再去十人又有何用?"

"大人放心,小张从小练过几天拳脚。愿效张骞,以身许国,予之志也。"

"好。依你,带十人去。"

张鹏翮打拱:"谢大人!"转身对众兵说:"各位勇士,愿随我前去救人的列队。只要十人。"

众军小声议论："口干得快燃起来了，哪还能打仗？"人人低头不敢看张鹏翮。

噶礼站出来："张大人，噶礼愿意前往。"

"好！还差九人了。"张鹏翮环视众兵，见人人后退。说道："我等受天子之命，当奋不顾身。现在为何如此胆怯？如果我们就此退走，他们从后面袭来，将何以为防？"

众人仍然不敢。

张鹏翮笑了："你看看，你们这些人。难道还不如我一个文官吗？我们身后有一代明君康熙大帝，有威震敌胆的百万雄师，与我们同行的有足智多谋的索大人，还有勇猛无双的佟大将军。我们虽是孤军深入，但绝不会孤军作战。"

队伍中有人心动了。

索额图说："退是死，战可能生，你等当效张鹏翮和噶礼。退者斩！进者赏。"

索额图话音刚落，站出几十个兵。

张鹏翮只点了十个相貌端庄、身材魁梧之人。穿戴整齐，跨上战马。

索额图和佟国纲交换了眼神，心领神会，什么是国家栋梁？不是在平时调子唱得高的，而是在国家需要的时候能够站出来的有勇有谋之士。

索额图关切道："运青，小心些！"

"大人放心！"

张鹏翮策马朝克鲁伦河而去。

佟国纲将其余人马就地布防，做防守之势。

弯弯曲曲的克鲁伦河，如一位少女舞动彩绸，环环相连，逶迤到天边。更像一个画家在画圆圈，快要画成一个圆，突然掉转笔锋，又去画另一个圆圈。克鲁伦河就这样一路画下去。

张鹏翮非常心痛，如此美景当是吟诗作画之地，却成了骨肉兄弟相残、大打出手之地。厄鲁特与喀尔喀烽火连天，鲜血染红克鲁伦河。这是为什么？

砰砰几声枪响，眼前掀起一道尘幕，遮住了张鹏翮的视线。只听得一阵马蹄和尖叫声，一个圈套从天而降，张鹏翮被牢牢捆住，来不及反应，就被拖下马，重重摔在地上。

一声鞭子响，张鹏翮被拖出百十步远。他清醒过来，取出随身的青锋剑砍断绳子。几个骑兵飞马跑了一会儿,觉得不对劲,回头一看,见张鹏翮正捡官帽,拍去尘土,端正戴上。他手握青锋剑,怒发冲冠,喊道:"尔等无知野人。"

骑兵回马,将手中套马绳轮得呜呜作响,数个圈套朝他飞来,张鹏翮挥舞青锋剑,将圈套削成数段。

几个兵见此招失灵,相互使了个眼色,驱马将张鹏翮围在中间,跑成一个圆圈。张鹏翮挥剑,砍断一条马腿,那兵随马倒地,后面的马也跟着跌倒。

噶礼赶到,救出张鹏翮。

又是几声枪响,几十名骑兵赶到,将张鹏翮、噶礼等捆了。押到帐前,让张鹏翮跪下。张鹏翮挺直腰杆,怒骂:"尔等不知死活的东西,本官为朝廷命官,只跪天跪地,跪圣上,跪父母,怎能跪你等不忠不义不孝之徒!"

一个满脸横肉的大汉走过来,朝张鹏翮的腿弯一踢,张鹏翮一闪,单腿跪下,立即又站起来。这时来了两个兵,将他按跪在地。

张鹏翮拼命挣扎说:"尔等已经闯下大祸。朝廷王师离此地不到五里,后还有百万大军,如果你们想就此被消灭,就立即动手杀了本官。"

一个黑大个儿拍了一下手,两兵放开张鹏翮。

黑大个儿说:"我叫巴图尔。你刚才说我不忠、不义、不孝?"

"巴图尔?厄鲁特首领。你不忠、不义、不孝,是我说的。"

"很好。我倒想听听,我如何不忠、不义、不孝。说不清楚,即砍下你的狗头。"

"巴图尔听着。本官张鹏翮,大清兵部督捕理事官。"

"哦,兵部的,怪不得有点功夫,快说。"

"厄鲁特属于我大清藩属,居然敢袭击大清命官,一不忠。我等去与罗刹和谈划定边界,保我大清子民免受战乱之苦。你等却阻挡大使去路,二不忠。"

巴图尔右手贴胸,弯腰鞠躬,说:"张大人,小人多有冒犯,还望恕罪。请帐中入座。"

"不,我就站在蓝天下面,让上苍作证。你厄鲁特人与喀尔喀人都是成吉思汗的子孙,同祖同宗,可是,为了争夺地盘,天天打打杀杀,手足相残,不义!蒙古本为一统江山,却被尔等搞得四分五裂,不孝!"

"张大人训斥得对。我等以为是大清出兵来帮助喀尔喀的,原来是一场误会。下官定将张大人的话禀报噶尔丹大汗,让他放下刀枪,与喀尔喀首领土谢图汗和谈。"

巴图尔下令，鸣锣收兵。再行鞠躬礼，请张鹏翮入帐。请出扣押的使团前锋人马，一一献上哈达、奶酒。

巴图尔派兵迎接使团，杀牛宰羊款待。

24

噶尔丹得知索额图使团已经到了克鲁伦河，非常焦虑。如果大清使团与罗刹成功开展和谈，达成边境划分协议，转身就会全力对付准噶尔。这样一来，噶尔丹的所有计划都将落空。

于是，带人赶五千头牛、五千只羊亲自送给戈洛文。

戈洛文明知故问："这不过年也不过节的，为什么进贡？都是兄弟了，有什么直说吧。"

噶尔丹心急如焚："大清派索额图使团到尼布楚和谈，意图很明显，是分化罗刹与噶尔丹同盟之策，千万不能中计谋。他围他的，我打我的。他们围困雅克萨，我们合演围魏救赵，两面夹击，直取喀尔喀。大清想要喀尔喀，就不要雅克萨。他要雅克萨就得丢喀尔喀。他们那点兵力，绝不可能两线作战，只能选其一。所以，根本用不着跟他们和谈。"

戈洛文竖起大拇指，夸噶尔丹是难得的帅才。当即修书派人给康熙送信称，现在准噶尔与喀尔喀战事正酣，阻断了边境，为保证中罗和谈大使安全，建议改日再谈。

康熙见罗刹又在耍心眼，愤然道："和谈是你等提出来的，我诚心派人去了，使团已达边境，你们又说不谈了，意欲何为？我告诉你，老毛子，和谈可以，要打奉陪，想要欺骗朕，你痴心妄想！"

和谈代表团被紧急召回。

张鹏翮直奔养心殿，拜见康熙："圣上，现在和谈于我方最为有利。使团还没有见面就被停，一定不是什么边境遇阻，而是戈洛文又在玩花招。最大的阴谋是联手噶尔丹攻击瓜分喀尔喀。如果喀尔喀丢失，我国的边疆必将人心惶惶，外国将进一步蚕食我国领土，压缩我国的生存空间，后果不堪设想。"

康熙也有自己的考虑："噶尔丹最大图谋就是借助外部力量将准噶尔分裂出去。但此人有一软肋，就是太贪，且自不量力。想占领喀尔喀，以扩大自己的地盘，但他问过准噶尔和喀尔喀百姓了吗？噶尔丹现在是三线冒烟，北为罗刹，非我族类，人家口里说要帮他，但心里是怎么想的？貌合神离，有自己的如意算盘。噶尔丹想联合罗刹对付我大清，可人家还想要他的地盘。噶尔丹不傻，对罗刹不得不防。东为喀尔喀，游牧民散淡惯了，心中没有家国天下。一旦受到攻击和欺负，他们定会想到朝廷和家国的重要。到时，必然万众一心，奋起反抗。要吃掉喀尔喀部落，噶尔丹得有一副好钢牙。南为我大清百万大军压境。你别看他等豪气干云，却已成了惊弓之鸟。想当年，三藩如此强势，台湾有海峡相隔，都不能阻止朕一统天下的决心，一个小小噶尔丹在我眼皮底下，他又能怎样？协议、条约都是权宜之计，真正靠的是决心和实力！"

对于康熙的分析，张鹏翮佩服得五体投地。

但康熙以为，他的这一番宏论并没有打消张鹏翮之忧，继续说："爱卿放心，朕已经整军备战五六年了，即日朕将亲征。对付想自立门户的孩子，只有一个办法，就是一顿暴揍。吴三桂如此，郑经如此，噶尔丹也不例外。"

张鹏翮说："噶尔丹出身漠西蒙古准噶尔部王族，又是藏传佛教格鲁派高僧温萨活佛的转世，有显赫的宗教地位，其实力不可小觑。凭借王族和活佛的双重身份，加之过人的胆略和军事才能，又有南征北战的经历，统一了漠西蒙古，吞并了回疆，侵夺了哈萨克，一统天山南北，断了大清右臂。如今，他携众南下，必将侵扰中原。"

果然，兵部来报，噶尔丹率三万精兵，越过杭爱山，直奔漠北喀尔喀，将主和的巴图尔捉拿问罪。喀尔喀土谢图汗和宗教领袖呼图克图虽有抵抗，却一触即溃，纷纷败下阵来，带着家眷、王公大臣和百姓南逃，向大清寻求庇护。

康熙正冷静观察，同室操戈，手足相残，等这两兄弟打得差不多了，朕再收拾你。

正如康熙所料，正当噶尔丹征战喀尔喀时，噶尔丹所辖的贝加尔湖一带兵力空虚。戈洛文随即带兵直取贝加尔湖，绑架了噶尔丹的八名蒙古领主，缴获一千多顶帐篷，将领主的子女、亲眷作为人质。并召见噶尔丹，谴责他背信弃义，公然撕毁一致对付喀尔喀的盟约，侵占罗刹领土，鉴于此，罗刹停止对噶尔丹的兵器供应。

这就是所谓的同盟，世间哪有啥友谊？有利可图才是真的。部落、国家间判断哪里有什么事实和公理？只有欺诈、恐吓和利用。

噶尔丹自信收拾一个小小的喀尔喀是小菜一碟，但他竟忘记了黄雀在后的古训。

噶尔丹想把喀尔喀纳入自己的版图，却失去了贝加尔湖一带最好的土地，得不偿失。吃了哑巴亏，只得打掉牙往肚子里吞。

他没有料到的是，过分自信最终会给自己带来毁灭。

戈洛文在贝加尔湖一带土地上修筑工事，增设兵力，调运粮食和大炮。一个本来没有资格跟大清讨价还价的罗刹，一下增加了许多筹码，这是康熙万万没有想到的。

一盘好棋，被噶尔丹搅局了，被戈洛文成功打劫。

十万喀尔喀难民涌入，如何安置？大片领土被罗刹占领，如何处置？噶尔丹公然叛乱，如何平叛？三块难啃的硬骨头摆在康熙面前。从哪里下手？这回把康熙难住了。

众臣主张打、主张和、主张让等，各有理由。

张鹏翮上前参奏："圣上，当稳住阵脚，防止事态进一步扩大，再多管齐下。立即与罗刹恢复和谈，划定边界。罗刹所占我领土与它本土相隔甚远，心有余而力不足，鞭长莫及，与大清达成互不侵犯边境条约，是他们现在急于实现的愿望。安抚难民。民是国之根本，是真正的天下。要让他们感到作为大清子民不论什么时候，都有朝廷作他们的坚强后盾。臣去年出使罗刹路上，归化百姓箪食壶浆迎接使团，礼节之高，让臣热泪横流。这不是对我们使团的礼遇，而是对朝廷的信任和尊崇。民心所向，大势所趋。做好剿灭噶尔丹的准备。圣上教诲，对想自立门户的孩子，只有一个办法，那就是一顿暴揍。从古至今，未曾见过不动武就让乱臣贼子浪子回头的。"

张鹏翮一番宏论，康熙有点犹豫："罗刹主动提出的边境和谈，找理由取消。现在，他占领了我大片土地，握在手中的筹码更多，由我方提出和谈，他会买账吗？即使和谈，他的要价会更高。"

六百里加急来报，噶尔丹拿下喀尔喀后，停止了进攻。噶尔丹让康熙交出土谢图汗和百姓，否则将继续南下，直逼中原。摆出一副要跟康熙决战的架势。

康熙笑了，这几十年专门收拾天下枭雄的他本来只打算教训一下噶尔丹即可，但现在看来，问题变得严重了。相比雅克萨这颗芝麻，噶尔丹所占的地盘才是大西瓜。如果这小子真的要与朝廷分庭抗礼，脱离大清序列，罗刹必然会对这块到嘴边的肥肉张开血盆大口。

噶尔丹所占的地盘已经超过了大清实际控制的领土。若被罗刹夺取，大清危矣。

康熙当即下令组成第二次和谈使团，仍以索额图为代表，前去与罗刹和谈。但使团中，没有张鹏翮的名字。

康熙说："朕有更重要之事交你办。"

出发前，索额图禀报了和谈红线，仍以尼布楚为界，其内诸地，皆归我朝。

康熙已经看到了形势发生了变化："和谈不利于我方，和谈方略应该有所调整。若以尼布楚为界，则罗刹遣使贸易无栖托之势，势难相通。初议时，以尼布楚为界，必然不从，可以额尔古纳为界。此乃我天朝为换取与罗刹实现和平而作出的重大让步。"

出发前，张鹏翮前去为索额图送行："索大人，此去路途遥远，天气炎热，小张无以孝敬，送折扇一把，望恩主保重。"

索额图接过折扇一看，普通得不能再普通的一把白绢扇，但很适用。说："运青，多亏想得周到，不如留点墨宝，让老夫也好见字如面。"

"学生哪敢在恩主面前献丑？"

"你小子就这点不好，为人过谦。知道的是你谦虚，不知道的以为你没有真才实学。还不快写来！"

说到这分上了，张鹏翮也不便再推脱，写点什么呢？想了半天落不了笔。只落了个款："沐恩门下小子张某，奉恩主老夫子命，百拜敬书"。

这也许是命运的安排，如果为索额图歌功颂德的话，说不定日后他会有性命之忧。仅此几个字，已经为张鹏翮的命运埋下了伏笔。

索额图一看，笑了："这小子还真聪明，不写就是想表达的太多。感激、祝愿、表忠心、牵挂，留白是最有想象空间的。收下了。圣上没让你再去罗刹，是因为有重要的事交给你。和谈这点小事，交给老夫去做就行了。运青，你来不仅为送一把扇子，你是有话要对老夫讲。"

张鹏翮被索额图看中了心思，说："恩师大人，据学生了解，戈洛文这人老奸巨猾，不得不防。两国虽然已经协商，双方使团各带五百名士兵，但学生断定，戈洛文一定不会守约定，必会多带兵丁，以武力相要挟，以在和谈桌上得到他想要的东西。学生建议，为防不测，我方需带至少两千人的护卫队，分梯次布防。"

"老夫总觉得哪里有点不对劲，幸得运青提醒。"

索额图心里更加看重眼前这个汉族学生，不党、不私、不卖、不盲，必然前途无量。便照张鹏翮的建议，带了两千精兵前往。

张鹏翮没能加入和谈使团，心中多少有点遗憾，但他不知道康熙会有什么要事交给他。

康熙谋篇布局总是比别人要先几步，难怪后世称他为千古一帝。康熙觉得，破解与罗刹边界和噶尔丹叛乱问题，张鹏翮已经提了一条清晰的线路图，剩下的就是技术问题了。

康熙正在下一盘别人看不懂的大棋，一年将张鹏翮调整了四个岗位：大理寺少卿、兵部侍郎、江南督学、都察院左都御史。

张鹏翮这么聪明的人都被搞糊涂了。更让他看不懂的是，康熙提出要第二次南巡，让张鹏翮陪同。

临行前，康熙收到浙江巡抚金鋐奏折，转呈浙民杜光遇控诉驻防满兵扰民案："自有驻防兵丁以来，百姓生则倒悬，死无安土。"

康熙遂命兵部尚书张玉书前往浙江查实。

索额图使团到达尼布楚，却不见戈洛文使团。

戈洛文在干啥？他正在整军备战。搞了一支两千多人的军队，想以军事力量恐吓中国使团。索额图得到情报，庆幸采纳了张鹏翮的建议。

戈洛文不是善茬，他已经得到中国使团的兵力机密。原来，大清使团有两个翻译，一个是葡萄牙人徐日升，另一个是法国人张诚，二人被戈洛文收买了。

戈洛文骂道："索额图这个老狐狸。看来靠军事恐吓大清的想法落空了。"

一计不成，他又生一计。当即起草了一封信函，指责大清使团违反国际惯例，没有通知罗刹就来到尼布楚，这是对罗刹主权的侵犯，不可饶恕。

索额图虽然在官场上混了多年，城府很深，但搞外交，他却是个外行，第一次面对面与外国人打交道。面对讹诈，他既不会撒泼，又不会使手腕，只会是摆事实、讲道理。

索额图说："我等从京师出发前半个月，专门派了玛尔干带队，共四十五人，由三名罗刹人带路送信到尼布楚，明确我方使团将于七月底到达尼布楚。我等的行程与告知的完全一致。这封信在一个月前就送到了你戈洛文先生手里，而你们并没有提出反对意见。为了把事情做牢靠，我等分水陆两路不停地向罗方通报我等的行程和位置。水路是郎谈、萨布素，陆路是左庶子琛图。戈洛文先生，你还招待过这三位。戈先生不会忘得一干二净吧？"

在事实面前，戈洛文不再狡辩，但也不承认收到过什么信，装着一无所知样子说："好吧，从清罗两国友好出发，罗刹带着诚意，你们却带着两千人的军队来，是要准备打仗吗？"

在外交场上，戈洛文是个老手，他的目的是要在气势上压倒中国使团。经过第一回合的较量，索额图好像有点上路了。他没有直接揭穿戈洛文也带了两千兵马，而是说："咱俩彼此彼此。我是为缔结中罗永久和平条约而来的，戈先生不也是这样想的吗？如果想打仗，你我一两千人估计解决不了什么问题，也不会分出伯仲。"

连使两招没见到效果，戈洛文又指责中国派士兵行凶，暗杀雅克萨城内两名罗刹猎人，非常不地道。中国必须交出凶手，引渡到罗刹受审，否则，和谈不可能进行。

索额图已经知道戈洛文的和谈套路了，都是无中生有提出一些问题。说："作为一国的使团，你每讲一句话都代表你国家的信誉，如果可以胡言乱语，任意编造谎言，我们确实没有必要和谈了。和谈必须建立在双方平等、信任的基础之上。大清是礼仪之邦，从来不杀害俘虏，在雅克萨几次战斗中，大清杀过罗刹的俘虏吗？不但没杀，而且还善待他们，医治受伤的俘虏，把最好的食物分给他们，我们怎么又会去暗杀两个猎人？"

戈洛文自知理亏，但他还要继续制造问题，质问索额图："为什么你们扣押罗刹信使？派往京师的信使洛吉诺夫至今还没返回尼布楚，你们是在搞人质外交吗？这不合交往之礼。"

索额图心里有底，他与洛吉诺夫有过几次接触，发现此人太贪，把出国当成了自己发财的机会。来时，在齐齐哈尔买了五百头马和骡子，准备回国带回去发一笔财。

到了京师后，他得到了康熙的赏赐，东西太多，搬不走，便在京城开店做起了买卖。他的心思都在钱上。他比中国使团早半个月离开京师，估计绕道齐齐哈尔，倒卖他的牲口去了。

这些，索额图都不便明说，只是呵呵一笑："据我揣算，洛吉诺夫很快就要回来了。"

戈洛文却不依不饶："如果见不到洛吉诺夫，我们的和谈就不能进行。"

谁知，第二天洛吉诺夫就赶着他在中国买的牲口回来了。

在事实面前，戈洛文本来应该闭嘴，但他反正不想谈正事，仍然有话说。他要求中国使团的护卫队撤到额尔古纳河口。

索额图说："没有问题。戈先生，你已经提了无数无理要求了，我只提一条合理要求，如不答应，我就带团回国了。"

戈洛文的任务是要与中国签订边界条约，以减少边界问题的困扰。如果中国使团真的走了，他也没法回去向莫斯科交差。

"不知索大人是何要求？"

索额图说："我们都是带着诚意解决问题而来，不是为了来炫耀武力的。我建议双方只允许带三百人进入和谈现场。除刀剑以外，不得携带火器。"

戈洛文当即跳脚反对："在罗刹的土地上，我想带什么带什么，想带多少带多少。"

索额图说："和谈就是各自阐述理由和条件，如果一方以武力相要挟，必然造成不平等，擦枪走火不可避免，一旦造成血案，和谈必定破裂，到时，戈先生如何回去交差？"

戈洛文见索额图态度坚决，只得勉强同意。但他还是偷偷将罗刹军埋伏在和谈现场。

索额图派人侦察得知后，随即安排三十艘战船埋伏五百名士兵待命。

戈洛文不干了，要求索额图必须把兵撤走。

索额图说："我们事前已经商定，和谈双方应在每一件事上都要平等。请戈先生告诉我，尼布楚城中有多少罗刹军？至少有几千人。按照平等原则，中国使团带兵少了，应增加到与罗在尼布楚城中一样。你觉得是不是？我告诉你，不要再耍小聪明了。在我家院子里来了流氓，本应直接赶出去，但我们是文明人，还是先礼而后兵。你们如果想谈，就谈。如果想打，我们马上拉开架式，真刀真枪再干一场。你们不只一次领教过大清的厉害，你们不是对手。"

说完，索额图起身便走。

见所有的招数都不能屈服眼前这个老头，戈洛文只好起身说："索大人，留步，我们坐下来好好和谈，进入主题。"

戈洛文态度傲慢，以训斥的口吻说："清廷不顾清罗两国友谊，不宣而战，突然派兵侵犯沙皇陛下国界，制造流血事件，占领罗刹领土。大君主沙皇陛下要求，对肇事者予以惩处，归还占领罗刹领土。"

面对眼前这个不讲理的小胖子，索额图冷笑两声："哼哼。这世界太可恶了，恶人先倒打一耙。老夫再给你普及点历史知识。十九年前，两名罗刹的杀人犯，一个叫叶罗菲，一个叫哈巴罗夫，两人纠集一伙强盗窜入中国边境，兴建雅克萨城。打死我大清边民，掳走我大清妇女和钱财。我大清多次向罗刹控告他们的暴行，而罗刹不但不理，反而给他们封官，不但不追究他们的罪行，反而派兵来给他们打气撑腰，中国军队才奉命前往解救我国百姓。

"第一次雅克萨战争，你们战败。我们释放了全部战俘，你们表示永不再犯。但你们出尔反尔，待我军撤走后，又重占雅克萨。清军第二次包围雅克萨，沙皇派使者来京师请求和谈。这就是事件的全部。"

戈洛文却说："贝加尔湖周边和黑龙江流域自古以来就是沙皇陛下所有，清朝从来没有管辖过这些地区。"

索额图再次还原历史："鄂嫩河与尼布楚都是我喀尔喀诸部落一直居住的地方，雅克萨是阿尔巴西等族人居住之地，而贝加尔湖所有土地都隶属于大清皇帝。只因你等放纵入侵和烧杀抢掠，我们的牧民不堪忍受，才迁到嫩江等地区，这些土地才被你们占据。贝加尔湖一带都是蒙古汗的领土，而所有的蒙古人自古以来皆为大清皇帝的臣民，一直向大清朝廷交税，他们的头领和子孙至今健在。"

在事实面前戈洛文并不买账，继续胡搅蛮缠，双方和谈陷入僵局。

徐日升干着吃里爬外的勾当，得了戈洛文的好处，死心塌地为罗刹卖命。戈洛文提了一个新方案，让他劝说索额图："大人，这样各说各话，估计谈到明年也没有结果。罗方已经提出了一个解决方案，不如按此方案展开和谈。"

索额图展开方案一看，以阿穆尔河一直到海为界："岂有此理，你去告诉他们，雅那江一直是大清疆界，黑龙江流域以及贝加尔湖以东从来就是大清的领土，应该以勒拿河和贝加尔湖作为清罗边界。"

戈洛文却准备同清朝进行旷日持久的和谈，以拖待变，以拖获利。他知道清廷急于与罗刹达成协议，以解噶尔丹叛乱之急。现在主动权在罗刹一边，雅克萨城内几十个罗刹人不重要，噶尔丹那大片的领地才更有吸引力。

索额图没有发现戈洛文的企图，急于完成和谈任务。僵持了几日，只得让步，把边界划在尼布楚以及楚库河、色楞河一带。

徐日升毕竟非我族类，又提前向戈洛文通风报信。

戈洛文事先得到了对方的底牌。比他预想的要好得多，但他还想争取更多的利益，提出了边界划到结雅河、阿穆尔河的要求。

和谈前，康熙已经划定了红线。无论戈洛文使出什么花招，都不可能让索额图答应他的非分要求。但是，康熙还有一个要求，就是雅克萨务在必得。考虑再三，索额图作出了两大让步，割让尼布楚，改以格尔必齐河为界。黑龙江上游南岸的边界线让到额尔古纳河。这超过了康熙规定的红线。

见到索额图作出重大让步，戈洛文有了信心，他居然得寸进尺，要求把雅克萨划入罗刹版图。

这一要求让索额图拍案而起："你不是来和谈的，而是来敲诈的。"

尼布楚将划给罗刹的消息很快传播，尼布楚百姓开展了抗罗游行。罗刹驻尼布楚军队对百姓进行了镇压。

戈洛文怕失去已得利益，只能收敛些，但他又提出另一要求，清和罗刹双方人员都可以在雅克萨共同渔猎。

索额图断然拒绝："清罗边界既已划定，雅克萨是大清的内地，离清罗划定的边界有七百多里地。你这一要求，纯属无理。"

戈洛文见此行不通，但他仍不甘心，提出清罗双方都不得在雅克萨建房屋的要求。

索额图的回复让戈洛文无话可说："雅克萨是大清的，罗刹当然不能在这里建造房屋。但大清在自己的领土建什么，罗刹无权过问。"

康熙二十七年九月初七，《尼布楚条约》终于签订了。

消息传到京师，紧张的康熙终于放下心来，即召索额图返京，随驾与皇长子允禔、大臣明珠、于成龙、张鹏翮等扈从开始第二次南巡。

第七章 / 蚂蚁岛上的海盗

25

车驾从京师出城,康熙骑白马,侍卫前呼后拥,仪仗浩浩荡荡。先车后船,沿途百姓载歌载舞相迎。

出杭州境,离城五里,却没有任何动静。康熙倡导节俭,轻车简从不扰民,但真的见如此冷清,心中却非常失落。在心里盘算,是两岸树木葱茏,挡住了朕的视线,还是杭州百姓不欢迎朕一行?

转过一弯,眼前一亮,河上浮着一个大仙桃,将河道阻塞得没有一丝缝隙。那仙桃鲜艳水灵,让人望而生津。

侍卫却警觉起来,这是什么东西?会不会是陷害圣上的暗器?侍卫即向前探明究竟。

船离三百步,"砰砰砰"三声炮响。桃中射出一只彩球,到半空中。又"轰隆"一声炸响,彩球爆开,一团彩绸在空中飞舞,如天女散花。

"这是什么动静?"康熙来了兴趣。

远黛苍茫,惠风和畅,杨柳轻拂。丝竹管弦悠扬,九曲回肠。仙桃慢慢裂开,如花盛开,数百名彩妆男女翩翩起舞。仙台瑶池,衣袂飘飘。

康熙龙颜大悦:"赏!"

众臣盛赞极妙,唯张鹏翮不言语。康熙问张鹏翮:"众人皆喜,独爱卿不乐,为何?"

张鹏翮向前禀道:"圣人曰,食色,人之性也。喜爱美好的事物是人之本性。然而,老子曰,五色令人目盲,五音令人耳聋。苑囿之丽,宫室之侈,服饰之华,女色之艳,群臣宴乐,燕雀处堂,不知祸之将至。臣担心奢靡成风,影响圣上励精图治。从臣皆半醉,天子正无愁。"

允禵听了张鹏翮这么一说，心中极不快，上前训斥道："胆大奴才，众目之下，竟敢影射父皇为陈后主，左右给我拿下。"

康熙抬手阻止："允禵，如果陈后主身边有个张鹏翮这样的良臣，也不至于亡国。朕治天下，唯以人心、风俗为本。欲正人心、厚风俗，必崇尚经学，而严绝浮华。歌舞升平，一时之快。当以戏剧言之有物，教化人为先。奢靡之风不可长，下不为例。即说即改，杭州将军郭丕何在？"

"末将郭丕叩见圣上，吾皇万岁万万岁！"郭丕上前行跪拜大礼。

"将军请起，毕竟歌舞不能强国。唯军强方国强，国强则民安。武备不可一日懈弛，此事朕最为关心。八旗驻防处，乃朝廷重点防范之所，必须保持强悍战力。"

郭丕早已做好准备，躬身呈请："杭州兵马整军完备，请圣上移步大校场检阅。"

西湖有十八景，亭湾骑射最吸引人。

大校场于涌金门外，西湖边亭子湾，四周围以短垣，占地二百三十亩，设东、南二门以进出。为迎接康熙检阅，校场中间刚建演武厅，厅后有更衣宫，左有朝房，右有班房、火药房、炮房、箭厅和炮台。骑兵在此演练。

康熙换上盔甲，文武大臣及地方官员簇拥到演武厅。

战鼓高奏，牙旗飘扬。

众将士齐呼万岁，撼天动地，回荡宇庙。八旗军、火器营、骁骑营、前锋营、护军营，军容严整，列队整齐。八旗将士左右分开，镶黄、正白、镶白、正蓝列左边，正黄、正红、镶红、镶蓝列右边，其余依次排列。

首队前锋、护军、骁骑营士兵依次出阵，其他各营士兵紧随其后，最后是火器营士兵。

螺声吹响，八旗士兵演练阵法，变化无穷。康熙点头赞许，他最想看的是骑射操练，当即下令侍卫先操演。

一通战鼓，马蹄声碎，战马嘶鸣。

第二通鼓，硬弓侍卫整装齐出。

第三通鼓，连发数箭，全中靶标。

万人欢呼，地动山摇。

郭丕看了，哼了一声，低声言道："花拳绣腿，好看不好用，看我的。"说完跨上枣红马，手持铁弓，策马奔至操场，威风凛凛，高声道："将士们，养兵千日，用兵一时。今圣上亲临校验，人人当拿出真本领。"

众将士齐声答："嗻。"

分骑射、步射。人人皆为神射手，康熙大喜。

郭丕整理完战袍："将士们，看本将军的。"搭弓拉弦，离靶而去。

众人不解。

忽见郭丕回马、加鞭、放箭，一气呵成，箭中靶心。

众人欢呼。

正、副都统逐一骑射，全着靶心，将士欢声雷动。

康熙说："我大清以马上得天下，以骑射为根本。武官善骑射乃是本行，我军将士当常备不懈。文官也当习骑射。"

索额图说："禀圣上，据臣所知，文官中善骑射者，张鹏翮当数佼佼者。"

"朕听说过，运青去雅克萨，罗刹见他是个文官，根本没有把他放在眼里，甚至嘲笑。运青一箭射中罗刹人的帽缨，老毛子一下就老实了。国与国交往，说破嘴皮，不如一箭威力大。运青，今日可否展示一下你的本事？"

张鹏翮打拱复命："微臣这就献丑了。"取了弓箭，来到拴马处，一兵引着张鹏翮选马，指着一温顺安静黑马，说："这匹马好。"

张鹏翮看了一眼，转身离去。见一高头棕马尥着蹶子，来回打转，高声嘶鸣着。张鹏翮笑了笑："它在叫我呢。"便走了过去，棕马立即安静下来，张鹏翮飞腿跨马，还未等加鞭，棕马就开始奔跑，四蹄翻飞，突然腾空而起，将张鹏翮抛于半空中。张鹏翮翻一个筋斗，落于马背之上。

众人惊呼，好骑手！

康熙将食指竖放嘴边，众人立即不敢发声。

棕马四蹄又一个腾空，将张鹏翮抛在半空中。张鹏翮未等落于马背，搭箭开弓放箭，箭中靶心，他刚好落座。将缰绳往后猛一拉，棕马前蹄抬起，一声长鸣。

康熙鼓掌："好箭法！拿家伙来。"

太监杨九功即取弓箭，牵白马。

康熙策马而射，连中三箭。众人高呼万岁，万万岁！

康熙下旨，赐宴杭州驻防将士，每人再赏一个月钱粮。圣旨到处，将士向北跪拜，叩谢圣恩。

康熙即兴赋《阅武诗》：

羽林将士重分防，吴越名区古要疆。
讲武正宜清宴日，人人技自擅穿杨。

康熙问左右："往年操练都在朱日和，对罗刹展示国威军威，震慑噶尔丹。今岁却选在杭州，为啥？"

这也是所有人都想问的问题。

康熙自问自答："朕此次南巡旨在躬历河道，兼欲观览民情，周知吏治。三藩之乱早已平息，郑氏政权归顺朝廷，台湾回归清朝版图，两次雅克萨战得胜，迫使罗刹和谈达成《尼布楚条约》。朕曾以为，武力威胁我大清之敌已经剿灭，可以将主要精力转向治理漕运与河务，让百姓休养生息。然而，树欲静而风不止，噶尔丹又跳出来了。准噶尔乃漠西蒙古的一支，本在伊犁一带游牧。然而，自从噶尔丹统治准噶尔，其野心勃勃，先后兼并了漠西蒙古的其他部落，又向东进攻漠北蒙古。漠北几十万的牧民逃到漠南，向我大清朝廷请求保护。蒙古部落众多，几十上百支，但大的就三个，漠南蒙古、漠北蒙古和漠西蒙古。漠南、漠北早已归属清朝，唯漠西噶尔丹频频搞事。朕多次派人晓谕、告诫噶尔丹，他不但不收敛，反而更猖狂，居然勾结罗刹，携洋自重，连取我大清多个蒙古部落。近日，又以追击漠北蒙古为名，大举进犯漠南，还要挟朕送还已经逃到漠南的蒙古王公大臣及民众。

"他以为朕平三藩、收台湾已伤了元气，是将漠西从大清版图分裂出去的千载难逢之机。我泱泱中华自秦统一以来，绵延兴盛，但总有人想自立门户，占山为王，搞得天下鸡犬不宁，生灵涂炭，山河破碎。朕绝不容忍此等败类存在，虽远必诛！打烂了又何妨？再建就是了。领土分裂出去了，就再难回来。

"兵者，诡道也。故能示之不能，不能示之能。弱示之不弱，不弱示之弱。朕来杭州不是游山玩水的。如今，朕已经派团与罗达成《尼布楚条约》，划定边界。可以腾出手来全力对付噶尔丹了。朕要亲征噶尔丹，还天下以安宁！诸爱卿当同仇敌忾，将士们当整军备战，后方筹备粮草。浙江乃我税赋重镇，务本崇俭，杜绝游荡懒惰，农桑为本，动摇不得。"

康熙南巡，见到了所希望看到的财力和武备，心情极佳，邀请群臣同游西湖，览西湖十景，御书"平湖秋月""苏堤春晓""曲院风荷""南屏晚钟"。

走进花港，见一别墅，是南宋宦官卢允升的私家花园，别墅内凿池养鱼。康熙即兴题字，写下"花港观鱼"。

"鱼"字下面只写三点，众人见错却不敢言。

康熙看了一眼张鹏翮，希望他能明白自己的用心。

张鹏翮端详，连称精妙："圣上胸襟和格局我等凡人不及。"此语一出，众人皆惊，索额图欣赏地看着张鹏翮。

康熙问："怎么讲？"

"圣上有好生之德，心怀苍生。鱼字底部本为四点，而四点为火，鱼遇火则难生。圣上于心不忍，将鱼字底部四点改成了三点。三点为水，鱼儿有水则生。蜜蜂离不开花朵，百姓离不开君王，天下离不开一统江山。"

张玉书匆匆来到花港，见康熙兴致正高，不敢惊扰，立即退去。

康熙叫住："张尚书查得如何？"

"启禀圣上，经查，浙江巡抚金鋐所奏杜光遇条陈兵丁扰民十款，明系无影，杜光遇也无其人，当属金鋐捏造。布政使李之粹附和金鋐，两人制造满汉对立，罪不可赦。"

"岂有此理！满汉一体，事关国运。大是大非怎能如此凭空想象？着浙江巡抚金鋐流放奉天，浙江布政使李之粹充军黑龙江。"

金鋐匍匐叩谢领罪，却直喊冤枉。

"有何冤枉？"

"罪臣所奏兵丁扰民十款，虽有夸张之词，但确有其事，且时有发生。唯有杜光遇确无其人，乃罪臣杜撰的姓名，以借其口奏事。此乃罪臣一人之过，不关布政使李之粹事，请圣上明察。"

"身为巡抚，乃我大清封疆大吏，主管一省军政要务。即使有兵丁扰民，难道无巡抚之责？浙江布政使李之粹，未履行按察之责，未与将军禀报，未出示禁约。尸位素餐，空占禄位，愧对朕予尔等信任。去吧。"

金鋐、李之粹被上枷带走。

众人心里直打鼓，真是君心难料。刚才还喜形于色，转脸就怒气冲天。

康熙御旨："大理寺少卿张鹏翮，为人颇优，前任兖州府、山西盐运使等职居官素善，着从优升补浙江巡抚。浙江按察使卞永誉着升补浙江布政使，江苏按察使李国亮，着升补江苏布政使。俱着即日赴任。

"赐张鹏翮'怀冰雪'匾额。望爱卿，务在调剂兵民，兵民一家，和睦互助，平息诉讼争吵。"

康熙仍不放心，单独召见张鹏翮："今地方宁靖无事，最要紧者，兵民相安。浙省向来文武兵民，恒不相得，今则皆已协和，尔其益务辑睦兵民，凡事从公，则得其平矣。昔日江南和衷一体，文武官亦皆同心共事，毫无满汉兵民之别也。"

一席任前谈话，让张鹏翮明白了康熙关心的重点。原来，金鋐、李之粹被夺官流放，并非他们所言不实，而是满汉兵民紧张关系没有得到调和，反而被提出来，要你这个巡抚干啥？

当年清兵入关，以武力夺天下，多有杀伐。后又大兴文字狱，死于非命者不计其数。"八旗"制度和理藩机构化解了满族与各大民族矛盾。尤其是三藩平叛、台湾归治后，汉族对清王朝也基本上认同和效忠。

当前，康熙亲征噶尔丹大战在即，却听到兵丁扰民、满汉不谐之音，确实窝火。前方打仗，后院绝对不能起火，必须保持社会安定和百姓的效忠，因此才对两名不作为的地方官员下此重手，以彰显他的一种态度。

面对满汉矛盾出现苗头，派张鹏翮去巡抚浙江，是要实现康熙"毫无满汉兵民之别"的要求。

张鹏翮感到前所未有的压力。

"满汉兵民关系重大。"回京之前，康熙又找来浙江将军郭丕、苏松水师提督梁鼐训话，"首言勿得累民，凡行兵若无纪律，断不能成事。观前在南方用兵，若不扰民者，皆克成功，凡扰民之兵，无一能成功者。师出以律，民岂可扰害乎？尔后，朕将派人沿途巡察，如有践踏田禾，偷放马匹牲口者，务期拿获，不行题参者，必依军法从事，决不姑贷。"

郭丕、梁鼐领旨："臣敬奉上命，当严行禁戢。"

回到旗营，郭丕发布号令："除派守城门兵丁之外，每日每旗只许二人进出，往集市采买食物，其余兵丁都不得出营门，全心操演。百姓也不许擅入旗营，以免生事。"

张鹏翮上任第一件事，便是把康熙御赐的"怀冰雪"匾额端正挂在公堂之上，将公堂更名为"怀冰雪堂"。然后领巡抚衙门官吏齐声诵读："冰雪纯净，操守清正。凡事从公，文武同心，满汉无别，兵民一心，不负圣恩。"

26

杭州城西隅，富人聚居之地，八旗在此圈地筑满城。界墙高一丈九尺，宽六尺，北至井字楼，南至将军桥，西至城西湖边，东至大街。满城设八道城门，拱宸门内驻正白旗，平海门内驻镶白旗，迎紫门内驻正蓝旗，东南将军桥驻镶蓝旗，正红旗在承乾门内，镶红旗在井亭桥西，正黄旗在洪福桥西，镶黄旗在长生桥东。

每旗所居街巷，旗帜飘扬，当地人称为旗下营，或者旗营。

旗下营驻将士五千余人，加上奴仆，人口过万人。另养军马一万二千匹。

将士们拖家带口，合族而居，以营为家，以兵为业。所建营舍，构筑简陋，高不过丈余，一律平房，皆以竹篱间隔，再涂泥灰。一家数口，最多三五个房间。官兵们每日骑马射箭，领军饷，食俸禄，生活过得优哉游哉。

旗下营的女人们是一道风景。

冬天。

女人们或蹲或坐，背靠营房墙根晒太阳。两腿间夹一只火熜，将烟锅对准火熜的星火一吸，青烟从嘴里随荤笑话冒出来。经过此地的人都会忍不住回头看上一眼。

一个小媳妇骂道："背着八面找九面，没见过十（世）面。瞅啥？妈了个巴子。"

吓得路人撒腿就跑。

夏天。

女人们同样聚在营房墙根下纳凉，有的干脆脱光上衣，相互抠痱子。一排排白嫩的奶子让过路的男人更是忍不住回头。

女人们见了，放开嗓子骂道："找死？挨千刀的傻屄。"

旗下营共有大小衙署一百三十七所，住着大小的军官。

将军署、满洲左翼副都统署、满洲右翼副都统署、汉军左翼副都统署、汉军右翼副都统署，还有满洲八旗、汉军四旗协领署十二所、佐领署二十四所、防御署十六所、骁骑校署三十二所、笔帖式署二所等。除官衙外，另有办事的会议府、练武场地大校场。

会议府在八字桥西，是商议军机之地。每月初一、十五，杭州城文武官员都到此与将军聚会，共商事宜。

会议府门前，车辚辚，马萧萧，满眼顶戴花翎，串串朝珠，团龙补服和黄马褂，晃得人眼发花。

议事前，所有官员于会议府前向北跪叩，将军郭丕领杭州众官背诵圣谕十六条。

谕曰：朕惟至治之世，不以法令为亟，而以教化为先。盖法令禁于一时，而教化维于可久。若徒恃法令而教化不先，是舍本而务末也。朕今欲法古帝王，尚德缓刑，化民成俗，举凡敦孝悌，以重人伦。笃宗族，以昭雍睦。和乡党，以息争讼。重农桑，以足衣食。尚节俭，以惜财用。隆学校，以端士习。黜异端，以崇正学。讲法律，以儆愚顽。明礼让，以厚风俗。务本业，以定民志。训子弟，以禁非为。息诬告，以全良善。诫窝逃，以免株连。完钱粮，以省催科。联保甲，以弭盗贼。解仇忿，以重身命。以上诸条，作何训迪劝导，及作何责成内外文武该管各官督率举行，尔部详察典制，定议以闻。

张鹏翮对圣谕十六条可以倒背，但像今日如此庄重，集体背诵，还是第一次。"教化为先"的圣谕深深在他心中激荡。他整理顶戴，到将军府拜见郭丕。

郭丕知道张鹏翮的来意，抢先把话挑明："运青官声一向不错，深得圣上信任，望张大人不要听信传言，我杭州军民相安。常言道，兄弟齐心，其利断金，势不可当，所向披靡。八旗乃我大清柱石，民无军不安，国无军不强，军无民不立。"

但康熙为什么反复告诫要军民相安？绝对是有所指的。张鹏翮既来，也一定要把话说出来，旁敲侧击道："张某来浙江，定遵圣谕，教化民众，爱民拥兵，固我大清江山。"

两人表面和颜悦色，但各自内心难免猜疑和防范。

回到巡抚衙门。

旗下营兵丁亭湾骑射归来，打马回家，一路狂奔嬉笑，马蹄所到之处，尘土飞扬，道路堵塞。从百姓的田地踏马而过，庄稼被踩得稀烂。对此，百姓恨之入骨，恶语相向。

听说来了新巡抚，旗兵依然肆无忌惮欺压百姓。村里几人商量，打不过你，算计你总可以。于是，在旗兵有意践踏的庄稼地里挖了几个大坑，倒上大粪，上面盖起竹篾，撒上稻草，旁边立一字牌，上书"粪坑，请勿踩踏"。

旗人不信邪，偏要往上走，结果连人带马掉进去，吃个哑巴亏，但心中的仇恨愈来愈深。旗兵骂杭州百姓为刁民，百姓骂旗兵为屌兵。

上任半月，兵丁扰民之事时有耳闻，而将军郭丕却一直否认。这如何是好？张鹏翮带张清游走于市井寻找对策。

清泰街。

金字招牌闪闪发光，石板路上人来人往。楼上窗口与对面窗口的人说着话，用撑衣杆递东西。

此街有一楼，名曰"得意楼"，招牌贴有金箔，金光四射。

一人冲出得意楼大门，慌张逃窜。后面跟着一群人穷追不舍，边追边喊："抓流氓。"

张鹏翮抬眼看去，见是名兵丁，左手捂头，血从指缝中流出。张清让过受伤的兵丁，伸开双臂拦住追赶人群。

一群人见有人出头管闲事，便要硬闯过去，可张清站在路中间如一堵墙，他们哪里过得去？

领头的是一女子，二十左右，胖得像个胖冬瓜。

张鹏翮叫那兵丁站住，问其缘由。

兵丁说："我叫赛米尔，今日和关福上街买菜，在此楼吃早点，因打烂一只碗，红玉让我赔银五钱，我不服，红玉马上改口让赔五两。我跟红玉理论，她便出手打人。"

"打你？老娘还要送你去巡抚衙门吃官司。"

张鹏翮问胖冬瓜："你就是红玉吧？把事情原委讲来。"

红玉却反问："一个人拜把子——你算老几？"

张清告诉她："这是新来的浙江巡抚大人张鹏翮。"

"张鹏翙？不认识。蝙蝠身上插鸡毛——算什么鸟？滚开，否则，连你们一起收拾。"

赛米尔听说是新巡抚，便悄悄溜走。

红玉高声叫嚷："你站住，不准走。"嚷着，就要掰开张清臂膀，可张清纹丝不动。

张鹏翙喝住赛米尔。转身对红玉道："你不认识我没关系，但生意人讲究和气生财，人家到你家吃饭，就是你的贵客。你这样对待客人，今后谁还敢到你这店来？"

"不来更好，光吃不给钱。往日占着人多，白吃白拿，老娘敢怒不敢言，忍气吞声几个月了。今日不把钱给了，休想走人。"

"他欠你多少钱？"张鹏翙问。

"少说也有百十两。"

"是他一个人欠的吗？"

"反正是他们旗下营满人欠的。"

"今天欠的钱，我替他给了。往日欠的，我去帮你找回来。能信我一次吗？我是四川人，答应的事，再难都要干成，就是磨眼都要钻过去。"

"我咋个相信你是四川人？一会儿又是什么巡抚？"

"可以跟我一起到巡抚衙门走一趟。但你今天把人打伤了，得赔医药钱。"

"他还踢了我家狗一脚，也得赔。"

"你要不讲道理，就随便扯，我没有时间陪你。"

说完张鹏翙刚转身，见十几个兵丁，手持刀枪怒气冲冲从街头跑过来。

张鹏翙一声怒吼："站住！谁叫关福？"

"本人就是，咋了？"

"你想干啥？"

"干啥？砸黑店！"

红玉听了，领着手下人扭头就往回跑，边跑边喊："旗下兵来了，快抄家伙！"

张鹏翙指着关福道："好大胆子！擅动兵马，持械扰民，你是哪个旗的？百姓养你们就是让你们来欺负他们的？还不退下！"

关福听这口气，不知眼前是谁。

赛米尔告诉他,是新来的巡抚张大人。

张清怒目而视,紧握拳头。十几个兵丁,虽人多,但没有见过如此气势,不敢妄动。

张鹏翮警告:"再不退下,本官定到将军府告你等,到时就别怨张某不留情面。"

街坊四邻手持菜刀朝兵丁拥来。

张鹏翮指着兵丁喊:"还不快滚!"

兵丁见势不对,抄起家伙回跑,撂下狠话,早晚要收拾你这帮刁民。

百姓要追,被张鹏翮拦住,说:"街坊们,得饶人处且饶人。非要弄个你输我赢,最终鱼死网破,何苦呢?"

一老者向前,说:"大人有所不知,这帮旗下兵有多混蛋?聚饮酣醉,恃众斗殴,调戏妇女,杭州百姓恨不能生吞。"

"乡亲们,容张某查实,定给大伙一个满意答复。如果不满意,大家可以把张某的巡抚衙门砸了,或者,张某到清泰街来负荆请罪。"

众人见张鹏翮谈吐不俗,又唬住了兵丁,将信将疑,你看看我,我看看你,各自回店里去了。

张鹏翮松了一口气,化解了一起血案。但他意识到,兵民如此敌对,绝非一两天而成。

其他地方如何?他还想去看看,他知道杭州有十个城门,都有兵丁把守。城门各有特色,有民谣为证:

> 武林门外鱼担儿,艮山门外丝篮儿,
> 凤山门外跑马儿,清泰门外盐担儿,
> 望江门外菜担儿,候潮门外酒坛儿,
> 清波门外柴担儿,涌金门外划船儿,
> 钱塘门外香篮儿,庆春门外粪担儿。

来到武林门。进城卖鱼百姓都放下担子,捡几条鱼送给守兵。

到了望江门,进城卖菜百姓给守兵送菜。

而到了候潮门,百姓给兵丁皆送酒。

看上去，兵民关系融洽相安。

一行到了钱塘门。门外是昭庆寺和经楼，路通灵隐寺和天竺寺，香客多由钱塘门出入。张鹏翮想看看百姓送啥给守兵，总不会送香蜡纸钱吧。

妇人提着空香篮儿往回走。

一中年妇女轻声问："东西都准备好了吗？"

随后的妇人点头，小声说："嗯。"一行人紧张地四处张望，见无动静，便加快脚步小跑入城。刚到城门口，"啪"一个鞭炮从城楼上扔下，在一妇人脚边炸响。妇女们尖叫着，四处躲藏。又是几个鞭炮扔在慌乱的妇人中，随着炸响声，城楼飘出阵阵狂笑。

中年妇人站在路中望着城楼大骂："挨千刀的，有本事朝老娘头上扔。"骂完，说了声："干。"几个妇人从香篮儿里捡起臭鸡蛋朝楼上扔去，没有一个扔上楼，却在不到城楼一半的空中停住了，然后加速下落。顿时，空气臭得让人窒息。

妇女们捂着鼻子加快了脚步逃走，楼上又是一阵狂笑。

中年妇人喝住众女："莫跑！我们上楼找他们去。"

妇人们跟在中年妇人后面上楼，将臭鸡蛋全部扔进窗户里。兵丁提了刀撵出来，厉声责问："谁干的？"

中年妇人往前一站，说："老娘干的。来吧，你要想干啥？由你。"

"不准胡闹，成何体统？"钱塘门守正吉拉特从屋里钻出来制止。

"只许屌兵欺负老百姓，不许老百姓还口？这是哪家的王法，走，跟我去见将军。"中年妇人说。

双方抓扯。一妇女被扯下衣服，披头散发，倒地大哭。吉拉特一招手，四个兵将她抬至楼下扔地上，便上楼去。

听得一阵马蹄声，有人喊道："吉拉特，不得无理。"

城楼兵丁齐刷刷跪下："拜见将军。"

中年妇女即向他告状："民女王氏，吃斋念佛之人，每月初一、十五上庙烧香，可出城、回城时，守城兵丁都点燃鞭炮从城上扔下恐吓、调戏，实在忍无可忍，请将军为民女作主。"

郭丕问吉拉特："民女所告之事可属实？"

"偶尔为之。"

"谁干的？"

"这个……"吉拉特答不上来。

"那好，守门兵丁全部受罚。来人，给我拿下，每人重责三十，带枷示众。"

张鹏翮见郭丕要动真格的，急忙站出来制止："将军息怒。"

郭丕回头见是张鹏翮，下马相迎，说："这点小事惊动巡抚大人了。慈不掌兵，请大人不要说情。"

"遵将命。"张鹏翮上前行礼。

守城兵丁被悉数拿下，正要施刑。吉拉特大叫："巡抚大人，替我等兵丁求个情吧，以后再不敢了。"

张鹏翮说："军令如山，张某确实无能为力。"

将军府大堂，分宾主坐下。郭丕问："运青来旗营，不知有何贵干？"

张鹏翮说："有事相求。旗兵平三藩、收台湾，殉国者不在少数。为我大清一统而死者，理应礼遇。下官欲在旗下营关帝庙旁设昭忠祠，供奉为国阵亡者灵位。"

"运青，跟我想到一块了。征台湾凯旋从海上归来，突遇飓风，本将想，必是我军亡灵未得安抚之故。"

张鹏翮见郭丕早有此意，他继续添油说："兵乃国家柱石，不可怠慢。旗下营日常所需都必须出营门到汉城置办，很不方便。将军能否解除禁令，允许汉人将店铺开设在旗营中，方便将士，又密切兵民关系。再者，旗营男多女少。兵丁年轻力壮，若无家眷管束，必拈花惹草，惹是生非。"

郭丕岂能不知，但困扰他的是祖制："可《户部则例》规定，在京旗人之女不准嫁与汉民人为妻，但在实行中，却是满汉不能通婚。"

张鹏翮说："入关之初，满汉风俗、语言不通，有此风俗可以理解，但现今满汉同城，且有交往，当顺应人情，解除此禁。倡导满汉通婚，可融洽兵民关系。当年，昭君出塞，化解了匈奴与西汉的多年积怨。人心一统才是真正的一统天下。"

郭丕豁然开朗："运青言之有理。"但他仍有担心，"只是清制难以逾越，旗人不得从事农、工、商各种营生，旗营内更不允许汉人开店设肆。至于满汉禁婚乃约定成俗，确实难违。"

"何不以将军府和巡抚衙门合拟奏折？禀明圣上裁决。"

"若能如此，丕感激不尽。"

康熙收到郭丕、张鹏翮的奏折，请群臣商议，众臣都说："郭丕、张鹏翮所言极是，当推而广之。"

昭忠祠落成，正值五月十三，乃关帝磨刀日，旗营斋戒三日。郭丕与张鹏翮向关帝庙敬献少牢，再向昭忠祠献三牲、血食，宣读祭文，行三拜九叩之礼。

每月初一、十五，杭州文武官员都到此祠祭祀，汉民入营烧香。郭丕、张鹏翮率领众官祭奠，成为一道风景。

27

巡抚衙门，鸣冤鼓响。

清泰街"得意楼"掌柜红玉身后跟着一两百人，跪在堂下，齐叫冤枉，这阵势，张鹏翮还不曾见过。红玉手举状纸："民女状告旗下营兵丁和昌泰钱庄掌柜阿奇，他等残害百姓，请大人为民作主。"

旗下营兵丁和昌泰钱庄，对于张鹏翮是两座避而不及的大山。大清律例有规定，兵丁犯法，由专门的步军统领衙门和慎刑司审理，地方官吏无权过问。那些兵丁即使获罪，都享有花银减刑、换刑的特权。而昌泰钱庄的水很深，张鹏翮并没有搞清底细。

此案接与不接都不行。接了如何审兵丁和昌泰钱庄？不接，如何过得了百姓那一关？

他很无奈，但必然摆出一副为民作主的姿态："各位街坊，你等状告之人为旗下兵丁，不归本官所管。不如这样，本官陪你一起去旗下营，请郭将军裁决如何？"

红玉道："我就知道，你们官官相护。兵丁欺负百姓，你不但不管，反而为他们建庙宇，送酒肉劳军。兵丁欺压百姓有功，百姓受气理所当然。果然，自古民不告官。张大人不接状纸，在我等预料之中。可是，我等杭州百姓不可欺，已经筹集盘缠，将进京告御状。"

听说这么多人要去告御状，张鹏翮有点紧张，他必须平息民怨，杜绝众人进京告御状的事情发生。

他必须要办一个案子，拍下惊木："本官虽然拿旗兵没有办法，但可以审昌泰钱庄。来人，传昌泰钱庄阿奇。"

阿奇到堂看堂下有一两百百姓跪着，心里有点发虚，他知道，这一天迟早会到来的，他对被告上公堂的情形做过千般推演，应对之策成竹在胸。

张鹏翮问："阿奇可知罪？"

"禀报巡抚大人，阿奇老实经营，不曾犯法。"

"清泰街坊告你强抢民女、放贷豪夺。"

"绝无此事。"

"若无实证，量你不肯招。原告，沈光禄，你告阿奇何事？"

"小民沈光禄，家住河坊街，以做油伞为业。三年前，我家老嫲带我女儿香儿去灵隐寺烧香，回来路上，被阿奇带的旗丁围住，硬说她们偷了旗营的东西，把她娘俩带到西湖边花房搜身，叫香儿脱光衣服。香儿是十五岁的大姑娘，怎忍此奇耻大辱？纵身跳下西湖，可怜老嫲以泪洗面，半月便死了。我上门去找阿奇理论，他给了我一两银子。两条人命，一两银子就打发了，请大人为小民作主。"

说完，沈光禄便扑过去，要撕打阿奇，被兵丁拉开。

"阿奇，可有此事？"张鹏翮问。

"有！我等可以做证。"在场众人齐声答道，声如炸雷，排山倒海。

阿奇若无其事一般："有，又怎样？我乃旗营正白旗佐领。旗丁犯法，专由统领衙门审理。你们拿我又能怎样？"

原来阿奇真有来历，怪不得如此胆大，见他如此张狂，张鹏翮已有主意："大胆刁民，公堂之上，信口雌黄，竟敢冒充旗丁，坏八旗声誉。来人，给我重责三十大板。"

不由分说，阿奇被拉下去，一顿暴打，棍棒落下，惨叫不迭。

张鹏翮问："招还是不招？"

"我招。但我并没有杀人，香儿并没有死，如今，她是'福海里'的头牌，正享着福呢。"

"'福海里'？就是西湖边那青楼。"

张鹏翮怒火中烧，骂道："放你娘的罗圈屁！你怎么不把你女儿送去'福海里'享福？不把姐妹送去做头牌？你这个猪狗不如的东西，披了一张人皮就来投胎。前面是香儿跳湖,现在又成了你家的头牌,前言不搭后语,给我再打三十大板。"

"大人,别打,我招便是。凡进来女子,都要脱光衣服搜身。杭州姑娘个个性子烈,都不从,必往水里跳。'福海里'花房朝湖面开了一门,在湖中,专有两三人接应,等她跳下湖中,再救起,送至另一小船。"

"'福海里'的女子都是这般强抢来的吗?一共有多少?"张鹏翮问。

阿奇只说现有一百二十人。

沈光禄说:"这状纸上,有我等街坊的手印。只要老鸨或嫖客看上谁家女儿、媳妇,他们便强抢,抢不到就设计陷害。常用诈骗伎俩,邀女子家的父亲或者男人吃饭、喝酒、打牌赌钱,等他输得精光时,'昌泰钱庄'便借钱给他,利滚利,息滚息,永远还不上。这时,他们就要求拿女儿或媳妇抵债。有的不从,走投无路者,沦为海盗。这清泰街坊就有十多户的男人被逼成了海盗,扇子街的杨士玉被逼成了海盗大头领。"

海盗?张鹏翮来杭州就听说这里有海盗,但从百姓口中有名有姓地说出来,还是第一次。

提到海盗,街坊七嘴八舌说开了,大意是海盗只抢官军,不抢民财,还经常济危救困。

张鹏翮已经无法再忍了,敲下醒木,当即宣判:"阿奇逼良为娼,逼民为盗,十恶不赦,依律当斩立决。"

阿奇抬起头看了一眼张鹏翮,语气平和道:"张大人,你可以杀我,我自己都想把自己杀了。但友善地提醒你一句,我乃旗营正白旗佐领,是副都统朱山的人,'昌泰钱庄'和'福海里'都是他开的,我只是个当差的。"

朱山,副都统,驻防八旗长官,掌镇守险要,绥和军民,均齐政刑,修举武备,正二品,受将军节制。张鹏翮心里咯噔一声,他喝了一口水,镇静了一下心绪。问:"你讲的可句句属实?敢画押吗?"

"画押?有何不敢?有一句假话,天打雷劈。"阿奇当场画押,关进死牢。民愤得到暂时平息。

消息很快传到了旗营,将军郭丕派人请张鹏翮议事。

临行前,张鹏翮让张清即去晓谕清泰街的街坊,速到旗下营。

将军府。

郭丕满脸怒气，单刀直入："张大人，旗兵有罪该由谁审你是清楚的。你怎擅审旗营正白旗佐领，又怎能擅定死罪？还将他打入死牢。"

张鹏翮呵呵一笑："将军，这是哪里话？给张某一百个胆子也不会做违制之事。近日，只审了一案，乃昌泰钱庄掌柜和'福海里'掌柜阿奇。他自称是营旗正白旗佐领，是副都统朱山的人。这般无端污蔑旗营将兵，仅此一条就可定他死罪。请将军过目，此乃人犯的口供和原告状纸。"

郭丕接过口供一看，不禁吓了一跳："何人知晓？"

"清泰街的街坊皆知。"

郭丕对阿奇和朱山避而不谈，只说："怎么又是吉拉特和赫荣？前次犯事从鱼塘门调任平海门，到了平海门仍不思悔改。真是吃屎的狗。"

郭丕发签："给我捉拿置办赛米尔，平海门守正吉拉特、守兵赫荣。"

少顷，三人跪于堂下。

红玉及清泰街坊悉数到场。

郭丕拍桌子问："赛米尔胆大包天，拉出去，砍了。"

赛米尔伏在地上，认罪："小人有罪伏法，请将军保重。"

郭丕听出了弦外之音：平日里，我赛米尔那么照顾你，如今，你却不问缘故就要杀我。

郭丕骂道："混账东西，我让你死个明白，速把你奸污民女一事从实招来。"

"是。两年前，我便认得红玉。她家在清泰街开了个'得意楼'，我最喜欢她家早上的油炸桧、小笼包，中午的东坡肉、叫花童子鸡，晚上醋鱼。我与关福每日上街为旗营买菜，或早或晚，必到此店去饱口福。吃了记账，一月一结。

"得意楼宋掌柜有一女儿，叫红玉，十八九岁，面若银盘，眼似秋水，一笑两个小酒窝，一对胖嘟嘟的玉手。从身边走过，香气迷人。见了我特别亲热，叫一声兵哥哥，你来了呀。那声音甜得让人骨头都酥碎。

"我以为红玉有意，心里痒痒的，渐渐不能自拔，找人打听宋掌柜是否愿意将女儿许配。宋掌柜说：'红玉她娘去世早，我就她这么一个女儿，相依为命，得招一个上门女婿养老送终。而兵丁最为不宜，他们以打仗为业，少不了有死伤。大清入关时，又多有杀戮，满汉积怨颇深，到时弄得满人瞧不起咱，汉人在背后指脊梁骨骂，两头都不是人。咱做小买卖的，不去攀高枝儿。'

"从那以后，红玉便渐渐疏远我，见了我不理不睬。可红玉让我实在放不下，白天想她想得我不思茶饭，夜里想她想得睡不着。光这样想不是办法，解铃还须系铃人。我必须得让宋掌柜同意才行。于是在得意楼设宴请了宋掌柜，讨教西湖醋鱼的做法。

"几杯'女儿红'下肚，宋掌柜话多起来，讲了西湖醋鱼的故事：'说起来，这西湖醋鱼与我宋家有关。南宋绍兴年间，宋氏兄弟随岳飞大战金兵，正当岳家军大胜于朱仙镇，宋高宗赵构一天连下十二道金牌，责令岳飞班师。秦桧设计，在风波亭将岳飞杀害。宋氏兄弟从此便退出行伍，隐居西湖，打鱼为生。谁知秦桧的手下并不放过宋家兄弟两，网罗罪名将大哥杀害，兄弟逃脱。兄弟避难临行前，大嫂烧了一条醋鱼，为兄弟送行。意在让兄弟记住这段辛酸血泪史。兄弟隐姓埋名十五年，考取功名，回到杭州，大嫂以油炸桧和西湖醋鱼为兄弟接风洗尘。兄弟报了杀兄之仇，从此，大嫂做的西湖醋鱼名满杭州。'"

听了西湖醋鱼故事，赛米尔直称宋家满门忠烈，献上早已经准备好的东北三宝：人参、貂皮、乌拉草。宋掌柜高兴，叫来女儿红玉陪酒。宋掌柜和赛米尔大醉，红玉将两人扶进卧室休息。

谁知进了房间，赛米尔一把将红玉按在床上，任凭红玉叫喊。完事后，赛米尔回到旗营，美滋滋进入梦乡。

宋掌柜得知红玉遭遇，到满城去讨说法，还没进城，就被城门守兵暴打一顿，回家便一命呜呼。

赛米尔百般讨好、解释，都得不到红玉的谅解。便每日到得意楼点饭菜，只想以真心讨回红玉的芳心。

那一日，赛米尔安排关福去点饭菜，点好之后，他才进去。被红玉发现，叫人收碗筷赶他们出去，抓扯中，一只碗掉地，便有了张鹏翮在清泰街所见赛米尔被追打之事。

郭丕将打死宋掌柜的平海门守兵赫荣判斩立决，平海门守正吉拉特治军不严，革职流放雅克萨。

郭丕抽出令签，被张鹏翮按住，一番耳语。

张鹏翮说："将军，请将二人交本院处置，以平民怨。"

"就依张大人。"

囚车将吉拉特、赫荣二人押回杭州大牢。

赛米尔调戏奸污民女，判赔银二百两，杖三十，带二十五斤枷示众七天。

宣判完，赛米尔被当场杖责三十大板，皮开肉绽。

赛米尔叫喊着："红玉，我是真心的，我要娶你。我一辈子都只对你好。原谅我吧，我要做你一辈子的牛马。"

开始，红玉不停在心里叫好，恨不得结果了他的性命。当听了赛米尔一阵号叫后，心里开始软下来，棍棒不停落在赛米尔屁股上，她转过头去，泪流满面。

行刑完，张鹏翮问："红玉，你可听见赛米尔受责时叫喊声？"

"听见了。"

"公堂之上，赛米尔所言之事，你可愿意？"

"所言何事？民女不知。"红玉面带羞色回答。

张鹏翮也将计就计："好吧，既然不知，就算本院瞎操心，退堂！"

赛米尔高声叫道："红玉，我要娶你。"

"呸！"红玉转过头去，对着旁边细声说，"任凭巡抚大人作主。"

张鹏翮说："红玉，赛米尔罪不可赦，已受责罚。但看在他对你一片真心，并有悔改之意的分上，给他一改过赎罪的机会，且看他日后诚意，如真能做到如他所说，本院做媒，成全你二人如何？"

赛米尔爬起来叩头如捣蒜："谢谢张大人，小人一定痛改前非，倍加珍爱红玉。"

红玉跪下谢恩。

郭丕见有这样结果，心情好了不少，说："这事就这么定了。选吉日，在得意楼本将军做东，请街坊四邻。"

走出将军府，张鹏翮径直来到杭州大牢，屏退左右，将吉拉特、赫荣二人松绑，一通耳语，二人跪拜，感激涕零，称张大人乃再生父母，愿效犬马以报今生。

28

子夜，狂风大作，雷电加交。两只火枪管从"昌泰钱庄"门洞伸出，"嘭嘭"两声，屋内喊："海盗来了，海盗来了。"枪声、喊声却被雷电风雨声吞没。清泰街的得意楼亮了一下灯，马上又灭了。

一道火光，"轰隆"一声巨响，"昌泰钱庄"的大门被炸开，一伙黑影拥入，只听得刀枪"叮当"着响。

"得手。"

"撤。"

清泰街两头的黑影向中间聚集，消失在扇子巷。

张鹏翮拿着《论语》，却想着心事，斜在床上，一个字也没有看进去。如今浙江丰衣足食，兵强马壮，但百姓对衙门、对旗兵都心生隔阂，真应了老夫子那句话，民无信不立。百姓对衙门、对朝廷失去了信任，是非常危险的事。有人竟然将"民无信"解释为"百姓不诚信"，真乃可笑、可悲。

忽听一阵喊冤鼓。急忙穿衣上堂，击鼓人乃"昌泰钱庄"二掌柜阿鲁。

阿鲁说："大人，昌泰钱庄被抢劫一空。"

"何人如此大胆？"

"乃蚂蚁岛上的海盗。这是他们留下的飞镖，便是明证。"

拿着飞镖，张鹏翮看了半天，说："真是胆大包天。"忽有差役急报，吉拉特、赫荣跑了，一定是他俩伙同盗贼同抢钱庄。

张鹏翮当即下令，通缉吉拉特、赫荣，将二人画像四处张贴。至于盗抢之事，他当即草拟奏报，呈闽浙总督王骘。

五月，东海。蚂蚁岛像一只海上漂着的蚂蚁。

岛上丛林掩映，一棵高大的乌樟树鹤立鸡群。

退潮的沙滩，鳞次栉比的坑洞，一只小螃蟹探出一只螯，在空中划了几下，没有遇到阻挡，便慢慢侧着身子钻出洞穴。接着一只又一只小螃蟹，从不同坑洞中爬出来，沙滩上顿时响起了沙沙声，密密麻麻的螃蟹大军占据滩头。

夕阳西下，沙滩眺望，海天一体。浪峰披霞光，有如燃烧的火焰，翻滚摇晃着。白茫茫的远方一个黑点慢慢清晰、变大，原来是一艘扬帆的货船，被海浪高高托起，一浪接一浪传递着，靠近蚂蚁岛。

一面黑旗从大乌樟树上升起。几艘小船慢悠悠从蚂蚁岛后面划出，朝货船驶去。货船不跑，反而升了白旗。船头站着两人，正是巡抚通缉的吉拉特和赫荣。

二人没有反抗，被戴上头套，连人带船押至岸上，推搡着走了半里路。几只手按着吉拉特的肩，一个声音斩钉截铁地叫道："跪下。"

吉拉特和赫荣双双跪下。揭开头套，眼前是个岩洞，四周燃着火把。中间一把椅子铺着兽皮，上面坐着一书生，面色苍白。身旁站着一老者，清瘦削尖的下巴长着一缕花白长须。

书生问："干什么来了？"

吉拉特说："大王……"

老者说："什么大王？此乃星海大将军！"

吉拉特早就听说过，蚂蚁岛上盘踞着一伙海上强人，头领叫杨士玉，自封星海大将军，身后的老者当是军师顾君了。吉拉特叩首说："满人吉拉特、赫荣参见星海杨大将军，参见顾军师。"

顾君说："算你有眼水。干什么来了？"

吉拉特说："谋生来了。小人乃杭州旗下营平海门镶白旗守正，叫吉拉特，他是我的手下赫荣。因赫荣失手打死强闯营门的素民，我被判流放，他被判斩立决。昨晚，趁牢役不备，我俩逃脱，途中遇一货船，便劫了来投星海大将军，请给一条活路。"

顾君面无表情，轻声说道："来人，拉出去剁了，分明是满人派来的奸细。"

赫荣哈哈大笑："躲过了初一，躲不过十五。躲过了郭丕将军的刀斧，免不了挨星海大将一刀。"说完，站起身要往外走。

杨士玉只说一字："关。"

二人被关入另一洞中。

黑牢里，赫荣说："守正，我跟随你这么多年，得你关照，无以回报，却给你带来灾难，只有来生相报了。"

吉拉特道："兄弟，这就叫命，命该如此。我俩不跑，不论是砍头，还是流放，早晚是个死。如今好不容易跑出来，被官兵抓住也是个死。没想到，投靠人家还是逃不脱一死。我俩就是短命鬼投胎，早死早翻身。只可惜这个杨士玉，听说还是个秀才，居然不知道杀降者乃成大事者之大忌。我看这个杨士玉也成不了什么气候。"

二人的交谈，被洞外看守听得清清楚楚，一字不漏地报给了杨士玉和顾君。

杨士玉做事谨慎，即派人进城中探听消息，见到处皆张贴有捉拿吉拉特和赫荣的告示，便亲自打开牢门，为二人设宴压惊，封吉拉特为副将，赫荣为守正。

吉拉特、赫荣二人得封谢恩，抬头见杨士玉体力不支，额头上的汗如豆一般往下滚。

吉拉特攻台湾受过战伤，一眼看出杨士玉的病灶。对顾君说："军师，星海大将军当是枪伤发作，如不及时治疗，会有性命之忧。"

"你有何办法？"

"战台湾时，我受了伤，高烧不退，便将溃烂处剜去，以烙铁灼之，再用龙舌黄捣碎敷在伤口上，再煎服龙舌黄，三五日即见好。"

"何处有此草？"

"临安天目山，长于疏林下。最好找一个郎中上岛医治。"

顾君下令："近日不开工，各头领只需严防死守，看好自己的码头。"两侍女将杨士玉扶下。

"呜呜呜……"螺号声紧。

守将来报："军师不好了，浙江巡抚张鹏翮与杭州将军郭丕下令讨伐蚂蚁岛，副都统朱山领战船五十艘来袭。"

顾君问："吉拉特，你一上岛就引来官军征讨，该不会是做里应外合吧？"

"军师多虑了。末将愿领兵迎敌，定将朱山捉拿。"

"好，与你战船十艘，若不能捉拿朱山如何处置？"

"愿立军令状。"

"好！其余将士各洞中埋伏，听我号令，相机出击。"

朱山领兵靠岸，未见一兵一卒，令五战船兵丁上岛搜寻。

兵丁在岛上四处查看了，报岛上并无一人。

朱山心想，难道是走漏了消息，海盗提前跑了，即下令："留两艘战船，其余上岸，逐一详查。"

众兵登岛，朱山离岸二里督战。

一声炮响，众海盗从洞中杀出，官军措手不及，丢盔弃甲，朝岸边奔跑。埋伏岛后的赫荣领两船直奔岸边战船，将所有战船拖离海岸。

朱山下令营救，只划几丈，见八艘战船从蚂蚁岛两端杀来，将朱山等包围。

海盗喊叫着，跳上官军船，提刀砍杀，血染大海。一兵丁跳入大海逃走。

不到一炷香时间，官军缴械，船上却不见朱山。

吉拉特下令搜查，四下不见人影。用刀柄四下敲打，敲至船尾茅厕，听到空响声，用刀尖一撬，掀开木板，见朱山身在水里，将他拖上船，五花捆绑。

朱山大骂："吉拉特，你反了，赶快把老子放了，否则灭你九族。"

吉拉特并不言语，从自己衣服上撕下一块布，塞进朱山口里，驾船押送俘虏登岛。

杨士玉得到战报，病好了一半，翻身下床，迎接吉拉特。

朱山被押至洞中，让他下跪，坚决不从。说："尔等土匪，老老实实把老子送回去，否则，大军到时，将尔等碾成齑粉，还要灭你九族。"

两海盗轮起大棒朝朱山腿窝敲去，只一棒，朱山站不住，瘫痪地上。两海盗将他提起，按住双肩跪下。

杨士玉问："朱山，抬起狗头来，看看老子是谁？"

"你不就是海盗头子吗？早晚要灭了你。"

"谁灭谁还不好说。你记得扇子巷'杨记扇'吗？三年前，你王八蛋，为了我娘子，苦费心机，下套让我赌钱，赢走了我的全部家产，逼我将娘子洪氏送与你抵债。我流落街头，你还不罢休，竟派人四处追杀我。这是为什么？"

"为了睡你老婆。你老婆太舒服了，那小脸儿像苹果，粉嘟嘟的，馋得我直流口水，忍不住想咬她一口。那手啊，似玉一样光滑，摸一下，我七窍都要冒烟。那对奶子哟，啧啧……"

"掌嘴。"杨士玉气得直拍扶手。海盗得令，轮起膀子朝朱山的嘴一顿猛扇，噼里啪啦，顿时，朱山的嘴巴血淋淋的，似猪尿泡。

"你仰仗朝中有人撑腰，搜刮民财，强占民女。我等本乃良民，自你来了杭州，就被你逼上荒岛为盗。你却靠抢劫、敲诈、贪污、索贿得的钱财，贿官而一路高升。就你这点本事，都能当副都统？连我等草民你都打不过，皇上要你何用？百姓养你何用？今天，你落到老子手里，我要为民除害，为军除奸。本将军判你斩立决，明日午时三刻问斩。你有何话要说？"

"你杀不了我。"

"给我拉下去，打入水牢。"

水牢里，朱山有点后悔了，后悔当初一心只想往上爬。他知道自己几斤几两，但步步高升后，发现当官就那么回事，给猴子一顶官帽照样能当官，他享受着调遣千军万马的威风，但万万没想到会给自己惹来祸端。他擅自调动八旗兵丁征讨蚂蚁岛，只为报昌泰钱庄被劫之仇，以为可以速战速决，取回被海盗抢去的银两。然而，堂堂二品副都统，居然就落到了一帮乌合之众手里。要是被砍了头，那么多钱财都是别人的，那么多妻妾也是别人的，他跑要来的二品官，也会成为别人的，他只默默祈祷郭将军派兵相救。一夜苦等消息，等到的是死一样的寂静。

马上就要看到仇人的人头落地了，杨士玉非常高兴，顾君却是忧心忡忡："大将军，朱山落在我们手里，郭丕肯定会派兵营救。如果我们杀了他，一定会遭来报复。"

杨士玉醒悟过来："军师有何破解办法？"

顾君说："不如化整为零，潜回城中，暂避风头。等事情过去再回岛如何？"杨士玉说："先派人去城里探听消息。"

顾君决定派吉拉特回城。杨士玉说："军师，这不是把他往火坑推吗？"

顾君说："此人还需要考验一下。"

吉拉特带了两个小喽啰化装潜回杭州，住进客栈，修书给张鹏翮，讨要龙舌黄，其余只字不提。

张鹏翮是一看便明白，吉拉特已经成功打入蚂蚁岛，岛上还有重要人物受伤。什么人值得冒险跑一趟？绝不会是一般兵丁，一定是他们的头领杨士玉受伤。此时，应该是围剿蚂蚁岛的最好时机。

张鹏翮取了金疮膏给送信人，转身来到旗营将军府。

郭丕正急得团团转："张大人，来得正好，我正要找你。有麻烦事了，副都统朱山擅自出兵，领五十艘战船，带两百兵丁攻打蚂蚁岛被困。擅动兵马那可是杀头之罪，本将军也将受到牵连。这如何是好？"

张鹏翮不禁一惊："坏我大事了。"

原来，郭丕宣布完对赫荣、吉拉特判决时，张鹏翮对郭丕耳语，人死不能复生。况守正吉拉特和守兵赫荣乃忠于职守，兵营怎能随便进出？如就此处罚两个忠于职守的之人，以后谁还敢管事？到时，军营岂不成了菜市？赫荣失手致人丧命，有罪，当罚，但不至于斩立决。吉拉特治军不严，有过，也不至于流放。不如让二人将功折罪。据报，蚂蚁岛上有一伙强人，头领统杨士玉自封星海大将军，由前明秀才顾君辅佐，拥三百人之众，抢劫商船。让吉拉特、赫荣戴罪立功,打入蚂蚁岛探明情况。

"吉拉特从蚂蚁岛送信回来要枪伤药。我推断,不是杨士玉受重伤,就是朱山有危险。"

郭丕说:"这是个好消息。本将军正要攻打围剿蚂蚁岛。几日前已上报兵部请战。如今副都统朱山被困,事不宜迟,必须立即出兵。"

张鹏翮说:"将军,让朱山受点罪也好,这些海盗本为良民,皆因朱山胡作非为而沦为海盗。如果现在用兵,必然造成双方伤亡,不如本院去劝说招安。"

郭丕清楚,作为将军未能节制副都统责任不轻。但如能招安蚂蚁岛也可以将功抵过。便派镶黄旗统领领兵五百,陪张鹏翮前去招安。

张鹏翮吩咐战船在五十里外待命,他只带张清前往蚂蚁岛。

郭丕哪敢大意?安排旗营尾随待战。

张鹏翮驾一叶小舟,离岛还有五里,被五六只船包围。张鹏翮喊话:"本官是浙江巡抚张鹏翮,知道尔等曾为良民,被逼为盗。"

小舟靠岸,早已有吉拉特、赫荣在码头等候。见是张鹏翮,二人却不敢相认。吉拉特领着张鹏翮见杨士玉。张鹏翮神色淡定,张清手按青锋剑,怒目而视,众人被这种气场震慑。

张鹏翮说:"你就是星海大将军杨士玉?本院知道你的遭遇。浙江巡抚衙门没有保护好自己的百姓,深感愧疚。本院一定为你讨还公道,解救你的家人。"

杨士玉说:"巡抚大人,士玉世代良民,可三年前,旗营来了副都统朱山,便遭横祸,妻离子散,家破人亡。走投无路,才到此荒岛偷生。"

说完递上朱山口供。

"朱山何处?把他放了,本官保你无事。"

顾君说:"张大人,你少来诓我等。一日为盗,终身为贼。你凭几句言辞就想把朱山救走,然后再派兵来加害,我等岂不又落一个水泊梁山的下场。我知道你是个清官,才不忍加害于你。你回去吧,我们与朱山的恩怨必须了断。"

"按说呢,你等与朱山的个人恩怨,本可自行了结,但他是旗营的副都统,是朝廷命官,杀朝廷命官,是重罪。到时,朝廷派兵弹压,岛上这点人马怎能与旗兵对抗?台湾那么远,地盘那么大,势力那么大,有海峡相隔,都经不住朝廷大军的碾压。不如把他交给我，将他的罪状上报朝廷，按律治罪如何？"张鹏翮晓之以理。

顾君却把话挑明："朱山有后台，朝廷有明珠相助，我们信不过你。"

"你信不过我，也是正常的，毕竟过去咱们没有交往。人一辈子总得信一回。朱山等欺压百姓，逼良为娼盗，必遭严惩，今又擅自调兵，必罪加一等。本院一向笃敬关公，忠信为先，愿为人质，交换朱山及旗兵，送他们回去，交郭丕将军处置。如若信不过，张某愿留岛上做人质。"

顾君跟杨士玉使了个眼色，两人到后屋商议。

杨士玉说："张大人言之有理，送还旗丁，以显诚意，以免战火。"

顾君说："但须解除兵器，以彰显我方实力。"

临行前，张鹏翮对杨士玉说："士玉，我看你虚弱，必有枪伤，不如早点下岛，到城中医治调理。"

杨士玉说："谢张大人好意，待我等商议后再做安排。"

张鹏翮领朱山等回到旗下营，郭丕即刻升堂，将跟随朱山上岛的佐领以上军官，每人责三十军棍，罚银一百两，兵丁每人罚银五十两，每日加训两个时辰。判朱山、阿奇斩刑，押解京师处置。将昌泰钱庄充公，"福海里"遣散。

张鹏翮向朝廷草拟奏章，蚂蚁岛海盗曾为良民，不予追责，准予领回被占家产和妻女。择优选入八旗、绿营，量才施用，其余各自回家。《汉书·礼乐志》曰，事为之制，曲为之防。朝廷大小事情都当有制度，对隐患都需要防范。清廷厉行海禁，将居住舟山岛之居民移迁内地。舟山北邻上海，西接宁波，乃对外之咽喉，进出长江海运之枢纽，大小岛屿千余个。可县治未设，无城濠可守。若倭寇来袭，如何防范？请令绿营总兵黄大来筑城，掘濠为堑，分重兵把守。奏请圣上于舟山设县，设专任之官治理，抚绥百姓，以拒海患。

紫禁城养心殿。康熙召集群臣议事。

刑部奏明，杭州副都统朱山私设钱庄，私开妓院，逼良为娼盗，戕害百姓，令人发指，当处绞刑。

明珠却加以阻挠，他说："朱山固然有罪，但罪不当诛，其收台湾有功，可折过。杭州历来好为争讼，芝麻小事都不能容忍，告官成风。杭州各衙门官吏，当劝导百姓，停息纷争，共安生业。"

索额图当即反对："圣上，古人云，盖不廉则无所不取，不耻则无所不为。《吴子》曰：凡制国治军，必教之以礼，励之以义，使有耻也。夫人有耻，在大足以战，在小足以守矣。若无赏罚，必无廉耻。若不杀朱山，难张军纪，更难教廉耻。"

康熙心里早有了主意："自古带兵奖小罚大。一个副都统，一个正白旗佐领，掌握重兵，不思图报国，胡作非为，凌迟处死。"

明珠不敢再言，但心中更恨索额图。

工部转报张鹏翮开复舟山奏折。以昌国县故址，建定海县，疏请建造定海县城垣、学宫、仓库、监狱等。

康熙说："此举甚好，准。设县治与营员内外抚绥弹压。山名为舟，则动而不静，改舟山为'定海山'，取'风波永定'之意。"

明珠又奏："蚂蚁岛盘踞海盗三百余，打家劫舍，对抗朝廷。巡抚张鹏翮对此暧昧，欲招安。臣已晓谕兵部，令杭州郭丕彻底剿灭杨士玉。"

"明珠，你坏了朕兵民安相之策，六百里加急，追回用兵蚂蚁之令。"

兵部用兵令也是六百里加急，哪里追得上？

郭丕亲自点兵五百，战船一百二十艘，将蚂蚁岛四周包围，百炮齐鸣。蚂蚁岛一片火海，海盗死伤几十人。

顾君对杨士玉说："我等被张鹏翮欺骗愚弄了，看来难逃此劫。反正都是一死，与其被捉住凌迟，不如就此血战到底，杀一个够本，杀两个赚一个。"

杨士玉仰天长叹："可怜手下兄弟与我在一起无辜送死。事已经至此，只能来个鱼死网破。兄弟们，如果不想被凌迟，就给我拼了。"

炮火之后，郭丕令兵丁登岛。刚靠岸边，乱箭如雨，兵丁死伤无数。郭丕鸣锣收兵，再用炮火袭岛。可海盗在洞穴之中，伤及不大。再登岛时，又被乱箭射回。

郭丕说："难怪张鹏翮力主招安，这杨士玉、顾君真乃将才，若能为我所用，我旗营必将如虎添翼。只可惜，朝廷下令必须将他剿灭。"

正要发起第三次进攻，六百里加急圣旨到，停止进攻，招安蚂蚁岛。

张鹏翮立于船头呼喊："士玉，本院已将你娘子解救送来与你团圆。刚才动刀枪乃误会，圣旨已下，岛上所有人等不予追究，准予领回被占家产和妻女。愿入八旗、绿营者量才施用，其余各自回家。你们的仇人朱山、阿奇已判凌迟。"说完叫出洪氏。

"轰"一声炮响,一枚弹落在离张鹏翮船五步远处,船身颠簸,洪氏未站稳,落入海中,张清跳下海将洪氏救起。

杨士玉看得真切,下令接受招安。

顾君说:"大将军,你为了娘子可以放弃兄弟们,可我等已经一无所有。弟兄们,愿降大清者,请与大将军去,但我要告诉你们,张鹏翮诡计多端,到时上岸,落得千刀万剐,灭九族,可无后悔药。愿与顾某一起战死的,请与我一起干。"

吉拉特一步跨在顾君身后,将剑架其脖子上,赫荣剑指众海盗。说:"弟兄们,大伙受了冤枉才来此岛。如今圣上下旨招安,张大人已经解救了你等的家人,送还财产,又给了出路,为何还要去送死?"

顾君仰天而笑:"你俩果然是张鹏翮派的奸细,我们都上当了。弟兄们,我顾君对不住大家了。"将吉拉特架在自己脖子上的剑一抹,鲜血喷射而出。

杨士玉扑过去,哭喊:"军师、军师!"

吉拉特说:"兄弟们,人一辈子就几十年。若就此战死,老婆孩子家产都是别人的。兄弟们,别再执迷不悟了。"

众人犹豫间,官军已经登岛。

张鹏翮下令,所有兵丁不得杀戮,违者将以抗旨论处。

洪氏与杨士玉相拥,失声痛哭,兵丁泣不成声。

吉拉特、赫荣劝降招安有功,升吉拉特为正白旗佐领,赫荣为钱塘门守正。

29

在吴山与玉皇山之间有一座山叫凤凰山。山南为钱塘江,惊涛拍岸。山北俯瞰西湖,环山倒映,与凤凰山首尾相连,龙飞凤舞。风起云涌时,江天浩瀚,境界高远,山水之间,交相辉映,真是绝世美景。

张鹏翮与郭丕携手同游凤凰山。

"运青,如此美景何不留下墨宝?"

"听郭将军安排。"当即挥毫题写二字"有美"。

二人来到万松书院。

一进仰圣门，见柱上有一联：

浙水重敷文，看此山左江右湖，千尺峰头延俊杰。

英才同树木，愿多士春华秋实，万松声里播歌弦。

门额为：高山仰止。

二进为明道堂，两侧厢房分别为居仁和由义二学斋。取孟子"居仁由义，体用己全"，意为人拥有仁义之志，便拥有了一切。

张鹏翮说："此院乃唐贞元年间报恩寺旧址。白居易途经此地吟诗'万株松树青山上，十里沙堤明月中'，此岭因而得名'万松岭'。康熙十年，浙江巡抚范承谟重建万松书院。其在浙江巡抚任上四年，勘察荒田，奏请免赋，赈灾抚民，漕米改折，深得当地民心。我等为官一任，当学范承谟。今年，浙江遭遇特大旱灾，溪河断流。绍兴、台州又遇台风袭击，庄稼颗粒无收。将军，能否助我一臂之力？"

郭丕笑了笑："我又不是龙王，可以呼风唤雨，能助你什么力？"

"借我兵丁抗旱，到时还你钱粮，如何？"

"听说，当年你在山东曹县祈雨，何不为杭州祈雨？"

"我哪有那本事？在赤崖山读书时，先生教我观天象测雨之法。当时，观察曹县十日后有大雨，才设坛作法。所谓作法祈雨，意在借机教化官民。"

"多亏你想得出此等招数。看来，杭州近日确实无雨了，运青也有被难住的时候。"

"诚如兄言，张某已经黔驴技穷了。已派出衙门官吏前往灾区召集民众自救。各衙门官吏集资、募捐，士绅资助，全力赈济灾民。如今楠溪江干涸，温岭、玉环、三门、象山等水源断流，山塘见底。德建虽有千岛湖，但汲水困难，好在可淘古井供水。请将军派兵丁找水送水，保百姓逃过此劫。如今为水稻孕穗期，因缺水，今年减产、绝收已成定局。当前，最要紧的是保人畜饮水。"

八旗和绿营兵丁挑着木桶，推着水车四处找水。

张鹏翮只得草拟《请免捐谷疏》奏折，请求朝廷免除绍兴、台州灾民税粮，并给予赈济。

康熙与户部商议赈济浙江之事。

工部说："圣上，这个张鹏翮就会哭穷，所到之处，无不请免税。兖州、运城都如此，会哭的孩子有奶吃。浙江乃大清税赋重镇，把浙江的税赋免了，其他省将效仿。"

康熙说："张鹏翮所言合情合理。正因浙江是税赋重镇，更应援助其尽快恢复生产。令户部快拨救灾粮款。"

救灾粮款如期而至，百姓高呼万岁！

次年夏，浙江阴雨连绵数月。水稻烂穗，抽白穗，颗粒减少五成，且多为空秕。秋收不足三成，收获的稻谷又因淫雨而发芽。杭州、嘉兴尤为严重。各州县纷纷上书免捐。

去年才向朝廷申请了免捐和赈济，今年再向朝廷怎好开口？

张鹏翮带巡抚衙门官吏下去分头走访，探明实情。

到了嘉兴府新丰村，见家家户户的屋顶都冒着白烟。锅铲在铁锅里划动的"哗哗"声响彻村庄。

村民用大铁锅烘烤稻谷。张鹏翮从铁锅里抓起一把滚烫的稻谷，见多是爆腰米。

张鹏翮说："这是火势过大，翻炒不及时，散热不均所至。应少量多次，勤翻炒。"

一老者眉头紧锁。说："大人，来不及呀，就这样，谷子都发热、发霉、发芽了。此粮怎能交粮赋？只能百姓充饥，或喂牲口。"

张鹏翮把手插进地上还未烤的湿谷子里，顿感烫手，一股酸酒味扑鼻而来。抓起一看，每粒稻谷都露出了"白嘴"。张鹏翮让村民将稻谷摊薄，多架柴灶烘烤。

回到官邸当晚，张鹏翮夜不能寐，挥笔以杭州、嘉兴等府因涝灾稻谷喊产过半，再次向朝廷奏请"秋收歉薄，请暂免输谷"。

康熙收到奏折，大怒："去年，浙江旱灾，今年水患，天下有如此巧合之事？国家税粮，岂能说免就免，收成歉薄，毕竟有收成，怎能还要赈济？自相矛盾！欺瞒朝廷，沽名钓誉，着张鹏翮降五级。"

遣户部尚书赵申乔去浙江查办。

张鹏翮得旨降五级，同僚都为他不平，张鹏翮也想不通，但辗转反侧几日后，他想通了，江浙乃鱼米之乡，富饶之地，皆不能全完钱粮，其他省府如何能全完税赋？本官受圣上处罚，确实不冤。召巡抚衙门官吏议事："我等当励精图治。剔除弊政，杜绝贪腐，以保税赋。今日起，在浙省大兴水利，挖掘堰塘五百口，水井一千口。"

布政史卞永誉说："浙江漕运弊端甚多，当革除。如收米一石只算七八斗，每办一漕，州、县官员立可赚数十万之巨。每漕抵运，米价巨涨，常二三倍于东南之市价。百姓无端被盘剥，负担日重，官员腐败滋生。"

张鹏翮还发现另外一个问题："本院勘察京杭大运河，见年久失修，河道日见窄浅，有的竟成'死河'。加之旱涝灾害及湖堤决口，致河道不畅，漕运屡屡受阻。更有甚者，官员贪赃枉法，中饱私囊，上不归国家，下不属百姓。无数关卡，层层巧取豪夺。世袭船户割据盈利，帮粮、船舵设教立派，敛财滋事，以致官民交困。"

卞永誉十分忧虑："百姓苦不堪言，长此以往，必生民变。"

张鹏翮提出了解决办法：设统一粮袋，官民皆可押运，上船与下船数量、重量一致方可付费，否则赔偿，以绝盘剥。空船载人，收入归公。凭票登船，上船点数，下船清对，以绝公船私用。在黄淮入海处，开陶庄，以防黄河倒流。开挖镇江钱家港至江宁龙潭的新河。修浚金山对瓜洲城河，拓展涟河、骆马湖、六塘河。开试海运，如用漕船，一次来回需要七个多月，而海运只需二十天。海运可省中间多点停靠，还能精简冗员。

众官吏点头称是，各自领命而去。

忽有"梨洲山人"求见。

"梨洲山人"？黄宗羲？他可是当今博学鸿儒，圣上多次请他入宫为官，都拒不入仕。黄先生突访，必有要事。

张鹏翮边往外跑，边喊张清快备好茶。

跑到堂外，见一老者，鹤发白髯，面颊凹陷，坐在毛驴车之上，旁有一仆人。张鹏翮一眼看出此人虽然简朴，却洋溢着儒者风骨，慈眉善目。即下跪参拜："梨洲先生驾到，蓬荜生辉。运青未曾远迎，失敬、失敬。"

请黄宗羲下车，入堂中上座。

"老朽不请自来，多有打扰。"

张鹏翮欠身道："晚生本应前往拜望先生，怕先生拒绝，因而未敢前往。"

"此话差已，老夫一山野之人，岂敢拒绝朝廷命官张大人？"

"先生乃当今鸿儒，圣上皆求之不得。"

"非也，老朽乃前朝遗老，不便问政当下。人老了，品清茶，读闲书而已。茶乃好东西，人在草木中。老朽归隐于化安山，跋山涉水，足履四明山水，潜心草堂，与化安山的瀑布茶结缘。"

"先生的《制茶》诗，写出人间境界：檐溜松风方扫尽，轻阴正是采茶天。相邀直上孤峰顶，山市都争谷雨前。两筥东西分枝叶，一灯儿女共团圆。炒青已到更阑后，犹试新分瀑布泉。"

"张大人真是有心。杯上佳茗，时令在谷雨前。最好的茶在瀑布边，炒制后以瀑布泉冲泡。劳作之余，草屋茶香怡人，家人围坐，亲情舒心，绿茶上口，润喉暖身。"

黄宗羲一席话，听得张鹏翮直咽口水，非常羡慕："这种日子便是神仙，每日打扫完龙虎草堂松针，好友相约，上山采茶。与亲友一起劳作，一起品尝果实，融融之乐，惬意！难怪先生能写出《寄新茶》：新茶自瀑岭，因汝喜宵吟。月下松风急，小斋暮雨深。勾线灯落芯，更静鸟移林。竹尖犹明灭，谁人知此心。"

"多亏张大人记得老朽拙作，但千万不能有老朽惰乱之情。年少时，老朽为父报仇，锥击阉党，盼明朝灭亡。然而，大清军入关，老夫又集结世忠营，反清复明。你看我这人，长了反骨，永远与当朝作对。如今古稀，才幡然醒悟，老朽并非济世之才，故而不问天下事，潜学从教。想我一生，心绪杂乱，怎能为官？运青生于乱世，幸遇明君，大清正由乱而治，必将迎来盛世。"

张鹏翮说："先生身在朝野，心系黎民百姓，'君轻民重'之主张正影响晚生。先生探究的历代税赋变革之律，道出了税法之弊端，每次改税，税赋即加重一次，一次比一次重。也是晚生所见之弊，正施行除弊四法。"

黄宗羲拍了拍张鹏翮之手背："运青，让老朽敬佩。为官一任，心系百姓，笃守圣贤之学，言行一致。堪称当代正人，清正范俗之表率。"

得到黄宗羲夸奖，张鹏翮受宠若惊，再拜："晚生当以先生教诲为准则，心系百姓，笃守圣贤之学。坐而言，起而行。在一乡则化一乡，在一国则化一国。受朝廷特达之知，义当实心做去，岂肯为习俗所转移哉？"

黄宗羲手书八字相赠：当代正人，清正范俗。

张鹏翮双手颤抖接过："张某何德何能？得天下鸿儒如此厚爱，晚生当不负厚望。"

赵申乔来浙江明察暗访一月，回京师报康熙："张鹏翮抚浙以教养为先，务使人崇节俭，知礼义，雪冤枉，赈灾荒，修废举坠，各有条理。期月之间，风清弊绝。幕中无宾友，事无巨细，亲为裁决，用法公而不私。宽有断，情理即得，则始终持之。案无留牍，府无废事。自奉则食菜羹，革除一切陋例，于吏治精密严谨。"

康熙大悦。

转眼过了七年。忽报，江南学政邵嗣尧病重，请辞官。

康熙说："江南文人才子云集，每期科考，江南一省上榜占全国的近一半，有'天下英才，半数尽出江南'之说。诸位爱卿，可有人才相荐？"

群臣各有保举。

康熙却在盘算着，江南学政非同寻常，可在此位上，短短半年先是陆陇其未到任就辞官，后是邵嗣尧上任几个月就病重。观陆陇其、邵嗣尧、张鹏翮三人，操守学问俱优。现张鹏翮任浙江巡抚，主政七年，约己肃下，兴利剔弊，兵民相安，地方宁谧，百姓丰足，浙省大治。其操守治行，官民皆有口碑，深得兵民拥戴。

"着张鹏翮升兵部侍郎，提督江南学政。"

杭州百姓闻言，沿途阻轿，跪地感恩，百般挽留，将其画像挂于亭庙。

第八章　/　学正遇到学政

30

康熙三十三年腊月。

张鹏翮领张清、贾和安上路赶往江阴，三人一路无语。

贾和安耐不住寂寞，主动找话："老爷，你官声越来越好，从巡抚都干到学政了。学政无属官，每省仅一人，你一人说了算，比皇帝还……"

张清咳嗽一声，小声说："莫添堵。"

张鹏翮呵呵一笑："我说你们两个一路不说话，原来是嫌我官越做越小了。离开遂宁时，彭先生告诫我，莫忘秀才本色，莫求做官，只求做事，无愧本心才好。然而，这江南学政，官也不小啊。虽是清水衙门，但众人却趋之若鹜。学政有'座师'名分，在任期间的举子都是学政的门生故吏。将来他等高中，位极人臣，座师都能跟他们沾光。座师手握学子仕途，只要心黑，银子自然大把地来。只要做官，不论大小，只要想贪，都会财源滚滚。但若不慎，将身败名裂。学政因循私舞弊被砍头、被腰斩者不在少数。提督江南学政，这是圣上对我的重用，我等都应小心行事才是。"

江阴，似雨非雨，天气湿寒。

江南学政衙署，称"江南官署之冠"。粉墙黛瓦，单檐硬山顶，十三进门。北负万寿山，西连雪浪湖，东界广福寺。

张清问："学政衙署都在省府，为啥只有江南学政衙署在一小县城。"

张鹏翮说："江阴是三吴襟带之邦，百越舟车之会，风水宝地。衙门和官署一体，我等就住此院。"

贾和安觉得奇怪，往次履新，张鹏翮皆在署衙之外另租破旧民房，现今官做小了，怎么讲究起来住衙署？

见贾和安一脸茫然，张鹏翮说："你等有所不知，朝廷规定，学政须住衙署，且不准带家眷，以免徇私情。"

清遵《明会典》旧例，新官上任须在仪门下马，才可入室登堂。三人下马步行进大院，大堂宏敞壮丽，墙挂"端严正直之堂""明镜止水""天日为昭"等匾。堂中空无一人，静得连自己的呼吸都有回声。

张鹏翮不禁后背发凉，头皮发麻。

到后院，听有人说话。寻声而去，见一棺材，旁边站一老者，白发背驼，手握木杖，如一张弓。

老者嘟嘟囔囔，似通神灵："子昆，一晃二十四年，我心老了，人也老了。我等读书时，梦寐以求的官位，现在却避之不及，提心吊胆，战战兢兢。陆某出身清寒贫苦，但命运却与兄相同。家父教诲，居官不入党，秀才不入社，便有一半身份。贪与酷皆居官大戒，为官则要笃实务本。陆某任嘉定知县，行惠政，整顿吏治，抑制豪强，杜绝浪费，铲除恶俗。然而，巡抚慕天颜却道我陆某才干不及，调任灵寿县，后又以'讳盗'将我罢官。欣慰的是，离任时百姓执香携酒，争相送行，拥塞道途。乡民为我建生祠，以为纪念。圣上、朝中大臣推陆某为廉能，重用提拔。我陆陇其何能何德？让圣上和朝廷如此高看？为百姓做了点不足挂齿的分内小事，竟得如此厚爱，惭愧、深感惭愧啦。

"世间，天下百姓最善良，总把官吏应尽之责当恩德感激。铁打的百姓，流水的官，官吏走了又来，来了又走，百姓只盼来个廉能之官。我陆陇其虽廉少能，且怯懦。未当官前，潜心攻读，十年寒窗，心怀家国天下，不惑之年才中得进士。当上官后，志向受挫，辞官隐退，有失秀才之本色。惭愧、深感惭愧啦！"

张鹏翮认得念念有词的老人就是陆陇其。但他怀疑自己是否灵魂出窍了，陆陇其不是两年前就死了吗？真是活见鬼了，他掐了一下贾和安的胳臂。

贾和安"哎哟"叫了一声。

老者抬头，见门外站着三人，便问："几位仁兄找谁？"

"在下张鹏翮，来江南学政赴任。"

"张鹏翮？运青，是你吗？老夫陆陇其。当年二十出头最年少的张鹏翮，二十四年不见，仍是青春不减。"

"稼书兄？"

老者笑呵呵一笑："运青，是我陆陇其。看你那表情，你以为见到鬼了？

两年前，我辞官回家。家中时有人来访，不胜其烦，便让家人报官，称我死了。从此远离尘世，过起神仙日子。今云游至江阴，得知江南学政邵嗣尧死了，特来送行。不承想，在此能见运青。快快进屋，我不是鬼。"

"转眼二十四年，要是在路上碰见，真不敢相认了。"说完，张鹏翮跨过门槛进屋，见四壁皆空，一无所有。

张鹏翮喊了声"子昆"，箭步跨过，趴到棺材上抚摸，泪如雨下："子昆兄，运青来晚一步。想当年，陆陇其、你和我三人，在京师赴考会试，同中进士，心如燃烧的烈火，觉得前途无限光明，以为从此可为国效力，为君尽忠。可谁曾想，此去一别，天各一方。今日相见，却是阴阳两隔。子昆兄历尽坎坷，却不曾退缩。当年，子昆授临淄知县，意气风发，兴水利，减火耗，禁差扰，民安之。不惧权贵，被夺职，民为申诉，擢御史，直隶守道，持躬清介，苞苴杜绝。遇事霆发机激，势要惮之。所属州县，肃然奉法。不承想，做学政才几月，竟一命归西。"

陆陇其递过册子："此乃子昆临走时，让人烧掉的江南生员名册。还没有来得及点燃，他就等不及咽气了。此册甚为重要，历届学政上任之初，便索要生员名册，细加考究，各府、州、县儒学名额，儒学里生员，廪膳生、增广生、附学生，达官显赫子弟，殷实之家……都在其中。"

张鹏翮接过名册，翻看了一下，见诸多姓名前皆有各种符号和标注。张廷玉，安徽桐城人，十二岁，礼部尚书张英之次子。汪日祺，钱塘人，二十一岁，户部侍郎汪霖之次子，礼部主事汪见祺之弟……

张鹏翮合上名册，说："太难为了他了。江南生员数千人，个个都有来头，人人皆有关系。子昆不堪各方重压，又欲守住清廉。人情之托，上司之索，百姓之盼，实难周全，为人情世故所累，为官场世风所累。为官二十余年，死后身无长物，靠同僚募捐才能入殓。呜呼，做个清官何等之难！"

张鹏翮将名册扔进火盆，说："子昆兄，我替你把江南生员名册烧了，权当纸钱。"

纸灰飞舞，乌烟瘴气，咫尺不见人，只听"砰"一声闷响。张清打开门窗，一股新风扑面而来。

烟气散尽，张鹏翮见陆陇其倒在地上，急忙搀扶，百呼不应，已无气息。

草草安葬陆陇其和邵嗣尧，心痛之余，张鹏翮顿感不祥。

时值年关，江阴人之习俗，腊月二十四送灶，二十五用赤小豆杂米煮粥，以祀神食，可避瘟气，可免罪过。之后，里巷门墙之间，街坊邻里互赠猪蹄、青鱼、果品等馈贻，称为送年盘。有诗曰：

门巷相连意气亲，送将微物亦情真。
略如佳节询亲友，聊比盘餐洽比邻。

入乡随俗，左邻右舍都来送年盘，夹带红包，张鹏翮哪敢受？
"关公在上，运青不敢妄为，心领了。"
命贾和安将泡菜、腊肉、香肠切片装盘，请来客品尝。可仆妪仍成群结队，络绎道途，张鹏翮只得关门谢客。

第二天，贾和安在门口见一木箱。开箱是一金丝楠木盒，盒中藏关公塑像，身长九寸，金身绿衣蓝帽，横刀挺立。禀报张鹏翮，横刀关公是武财神，能够招财、镇宅。

张鹏翮说："莫忙。"
"老爷，您一直供奉关公，今关公找上门来，是拒绝不得的。"
"那也不能随便请进来。万一假关公之名，行送礼之实，岂不坏了关公名声？看看，是何人所送？"

张清与贾和安仔细查验，见在关公肩头有一"海"字。

张鹏翮想，必为赠者名。又想，《易林·蒙之乾》曰：海为水王，聪圣且明，百流归德，无有畔逆，常饶优足。

贾和安说："百流归德，请到家里好。"
张鹏翮态度很坚决："关公虽为神灵，然而，其塑身不能走路，必有人托关公有事相求。如收了，送礼者早晚会现身，请求办事。如不收，又与我平生所尊崇所不符，这个事难办。"

张清说："这有何难？关公以忠义礼智信持身，正大光明。送礼者心底有鬼，于关公何干？请入家中保平安。"

"不对。"张鹏翮自问自答，"金银有罪吗？金银本无罪。但清白交易金银才是清白的，肮脏的买卖，这金银就是龌龊的。关公像来路不明，请入家里不合适。马上封箱，送监察御史。"

张清、贾和安只好说要得。

张鹏翮已经感受到了江南送礼之风比其他地方更甚,决定不走陆陇其和邵嗣尧之路,把自己吓死、累死。带着张清、贾和安穿上布衣,伴成商贾,上街点茶听琴,躲过几天,等过完节再说。

出门前,让贾和安带上他的变脸面具。

二人不解。

张鹏翮说:"人之脸,父母所生,本无高低贵贱分,却因居官高低,拥财多少,被世俗分为三六九等。一旦有等之别,人与人之间便有了隔阂,言语不投机,因而不会说真话。戴上面具,遮挡脸面,可听到不敢说的话。欲知天下事,茶园是最好的去处。"

江南茶园有"百口衙门"之称。解渴歇脚,生意叙旧,谈天道地,纠纷评理,看戏听曲,择偶相亲,不论朝廷要事、宫内传闻,还是名人轶事、市井故事都在此聚集传播。

太阳刚上树梢,三人走上街头,见四处茶馆,盖碗"叮当"碰撞声,"呼呼"吹茶声,"噗噗"吃茶声,或高声谈笑,或低声私语。

走了半日,饥肠辘辘,见"富春茶社"招牌写有"羊汤面二文",张鹏翮就选定这家坐。

八仙桌,紫砂壶,热茶冒着青烟。一人吃了一碗羊汤面,听茶客们讲述天下奇闻趣事。果然有人议论:"江南学政这几年邪门了,皇帝让陆陇其当江南学政,他装死隐居,结果真的死了。邵嗣尧上任学政几个月也死了。看来,那个位置不吉利。听说,来了个姓张的,叫什么?那个字我都不认识。看他又能活多久?"

有人说:"江南学政这个官不好当,不死也得脱层皮。"

听到大伙在议论学政,茶倌提壶续水,指着墙上几个大字说,客官看墙。

众人抬头,见"莫谈国事"。

茶客道:"喝茶喝茶。"有人点了苏州评话《说岳传》,一句都听不懂,但很有味道。

一福广口音的点唱广陵清曲《鲜花调》。吴越话不好懂,但唱出来还是能听懂七八成。戏子还未开唱,众茶客就开始叫好。

丝竹伴奏,二男演唱,一高一矮,一瘦一胖,瘦子唱男声,胖子唱女声。

演妇唱夫随：

  好一朵茉莉花，好一朵茉莉花，有朝一日落我家，你若是不开放，对着茉莉骂。好一朵茉莉花，好一朵茉莉花，满园的花开赛不过他。本待要采一朵戴，又恐怕看花的骂。

唱毕，贾和安将五文钱放在瘦子的木碗里。瘦子不停道谢，愿再唱一曲。

张鹏翮陶醉在小曲里，问："小哥，此曲何意？"

胖子说："百花园中，姹紫嫣红，玫瑰之艳，牡丹之媚，姿态万千。唯茉莉不会搔首弄姿，招蜂引蝶，虽香压群芳，却无人采摘。就如江南贫寒子弟，虽然有才学，却无钱献媚，便无缘府试、院试，更不能乡试、会试、殿试。学政号称钦差，掌管学校政令和岁、科两试，巡历所至，察师儒优劣、生员勤惰，升其贤能者，斥其不师教者，凡有兴革，会督、抚行之。然而，天下无官不贪，官官相护，彼此关照，科考与庶民何干？他们早就内定好了谁是举人。考试只是做个样子，我等皆为陪考。看上去做得比真的还真，傻子都晓得这是假的。天下乌鸦一般黑，虽有几只白乌鸦，皇上当成宝贝，却命都不长。"

茶客喝彩鼓掌，纷纷朝木碗里扔钱。

胖子跑过来，喊："兄台，莫谈国事。他又不是学政，说了有何用？弹琴废指甲，说话废精神。少说为妙。"然后转头对茶客说："我兄台脑子有点毛病，不要听他胡说。"

瘦子骂道："詹元相，你小子脑子才有毛病！你脑子没毛病，年纪轻轻，跟我一起混个鬼呀？"

张鹏翮问瘦子："你叫詹元相，敢问这位兄台姓甚名谁？"

"在下上元生员刘杰，六次乡试不第，不惑之年，沦落卖唱，聊以为生，见笑见笑。"

"我跟刘兄一样，早就是秀才，就是乡试屡试不中。"

贾和安附耳对张鹏翮说："老爷，我从小学戏，我觉得我比他们唱得好。"

"你想亮一嗓子？"

"凑个热闹嘛，行头都带来了。"

张鹏翮来了兴致："好，我来操琴，张清吹笛。就唱段川戏折子戏《人间好》。"

贾和安站起身，说："各位客官，我等乃四川客商，不才从小学得几句川戏，初来江阴，唱与各位客官解闷，请多关照，如何？"

众茶客直呼好。贾和安扮白蛇，出场亮相，扭腰起范，胖嘟嘟的五短身材笑翻全场。丝竹响起，贾和安开唱：

"人间如画轴，鲜花遍九州。"

"好！"刚唱了一句，便听见一女声叫好。

贾和安寻声望去，见一绿衣女子，亭亭玉立，手把茶壶，双目放光看着自己。贾和安出川这么多年，还不曾有让他动心的女人，见到这个女子，他着魔一般，痴痴盯着她，嘴巴合不拢。

茶客听不到唱，朝台上扔去一只鞋，吼道："会不会唱？不会唱下去。"

贾和安被这么一呛，才缓过神来。在他眼里，没有其他茶客，只有那绿衣女子，他要为她专门唱上一曲。情到深处，自然声情并茂，热血沸腾唱道：

"站在云头看不够，花团锦簇满九州，侍儿与我下凡走，学那凡人慢慢游。炊烟袅袅云悠悠，瓜果飘香腻满喉。渔翁江上垂钓在小舟，夫砍柴来妻织绣。风车转，清泉流，黄莺轻唱，声声似美酒，白鹅浅池游。此景天上不曾有，平凡人间将仙留，乐不够。侍儿快快走，美景在前头。"

声音婉转如黄鹂，众人听得发痴。

贾和安唱完，打拱致谢。

茶客缓过神来，直呼："好！再来一个！"

"好！"

门外走进一人，鼓掌叫好。见那人身着织锦，手持宝扇，面带微笑，从容自信，其后跟着几个黑衣人。

张清一见，觉得好笑，大冬天拿一把扇子。便用四川话低声说了句："宝器，瓜兮兮的。"

众人见了忙起身，毕恭毕敬喊："丁管家好！"

丁管家打拱道："各位，打扰，今天的茶钱丁某包了。各位请便。"

众茶客道谢，起身离去。

张鹏翾等正要出门，丁管家叫道："三位好汉留步。"

张清瞪大双眼："你想做甚？"

"别误会，我乃户部侍郎汪霖汪大人的管家丁喜财，请三位赏光，去汪府唱上一曲，必有重赏。"

张鹏翮暗想，汪侍郎果然气派，连管家都这般气宇轩昂。他请我三位去，难道认出我来了？不会。如能认出来，他还如此做派？

贾和安说："先生弄错了，我等是从四川来吴的生意人，不是唱戏的，刚才乱哼了几句助兴，见笑了。"

"谁敢笑你？本管家绝不会饶他。不瞒三位，刚才，丁某路经门外，欲去请当地名伶，忽听见天籁之音，便寻声而来。三位既是四川商人，来了吴越，便是我汪府的贵客。请三位到汪府一坐，为我家的贵客，唱上一折川戏助兴。这是一串钱，请收下。"

贾和安看了看张鹏翮，没敢伸手。

张鹏翮说："收了吧，恭敬不如从命。我看，卖唱比做生意赚钱，我们就去唱上一曲，但若唱不好，还请丁管家谅解。为难的是，我等未带丝竹。"

"包我身上。就唱刚才那曲儿，我家老太爷一定喜欢。"丁管家说完，叫随从拿了茶楼的乐器，带张鹏翮等三人来到汪府。

楼台亭阁，画栋珠帘，假山奇石。张鹏翮从京师而来，也算开过眼的，但见此景，也不禁唏嘘。

大堂张灯结彩，奇异果珍摆满案。

丁管家说："请三位好汉到耳房歇息品茶，客人来时，再请献唱。"

张鹏翮随丁管家到耳房坐定饮茶。

张清说："老爷，这事有点麻烦，看样子请的官不小，说不定是总督、巡抚或钦差什么的，说不定他等认识你，到时免不了尴尬。"

张鹏翮觉得有道理，忙说："快，把脸谱给一张，我不想让他们认出来，你们也戴上脸谱唱戏。"

一阵急促的马蹄声渐近。有人叫喊："爷爷，爷爷，我说不去请，你非要请。我一早就去他衙署等着，一直等到现在，也没见个人影。去他妈的三十三，架子太大了。"声音越来越近，走进正堂。

老者道："日祺，怎么一人回来了？你请的客呢？"

"爷爷，那个张鹏翮来几天了，神龙不见首尾。听邻里说，学政衙署整天关着门，不知他去哪里逍遥了。"

三人都听出来了，汪家宴请的是学政张鹏翙。听到汪日祺这一骂，张清怒火中烧，"嗖"的一声站起来。张鹏翙将他按下，笑道："稳住。"

丁管家道："老太爷，张鹏翙是四川人，我专门为他请来了三个唱川戏的，给他助兴。"

"当当当"，三声开道锣响，有人吆喝："巡抚宋大人到。"

张鹏翙指着张清说："巡抚宋大人，定是宋荦了。"

丁管家将宋荦迎入正堂入座，上茶。老者说："哎呀，抚台大人驾到，老夫未能远迎，失敬、失敬。"

"汪老太爷，你请的客人呢？"

"哦，你说张大人啊，他临时有公干，来不成了。今日专请抚台宋大人。请抚台大人入席，请。哎，丁管家，把戏班请出来吧。"

张鹏翙笑道："张清，可以哦，你算得太准了，果然宴请巡抚大人。"

丁管家到耳房一看，见三人罩着面具，吓了一跳。

贾和安说："管家莫慌，我等戴的是演戏行头。"

"好好好，有行头好。"丁管家由慌转喜，请出三人。

宋荦人等第一次见此面具，惊呼不已，直夸丁管家会办事。

胡琴响起，贾和安起范儿，开唱："人间如画轴，鲜花遍九州。"

接着将头一甩，变出一张关公脸。将手朝脸上一抹，变出一曹操脸。走上前，拉住宋荦的手，变出一张猴子脸，接着变出一张寿星脸。走到汪老太爷跟前，打了一个拱，变出一个小姐脸，继续唱：

"站在云头看不够，花团锦簇满九州，侍儿与我下凡走，学那凡人慢慢游。"

见多识广的汪老太爷和巡抚宋荦第一次见到世间居然有如此绝活，直叫"绝了"。

汪老太爷说："重赏！"

丁管家取出一锭银子，说："你们两个琴师如能一起变脸，这锭银子便是你们的。"

张清说："我俩不会变脸，得不到那锭银子。"

"啪"，汪日祺一掌拍在桌子上，站起来："不会？干吗出来骗吃骗喝？今天变也得变，不变也得变。"说着上前，要扯张清脸上的面具，手还未伸到，被张清一把掐住手腕。

汪日祺骂道："他妈的，你还敢跟我动手？"

张鹏翮起身说："公子息怒，戏比天大，岂能坏行规随便动手？我等一再声明不是专唱戏的，只是助兴。"

汪老太爷呵斥道："孽障，还不住手！坏了巡抚大人的雅兴，下去。"

汪日祺愤愤而去，撂下一句话："不要让我再见到尔等江湖行骗。"

汪老太爷对宋荦说："巡抚见笑了。孙儿汪日祺，从小娇惯，他父亲常年不在家，管教之责落在我这个做爷爷的身上。可我一管，他奶奶就护着。都二十一了，还没功名，今次请巡抚大人来陪学政张大人，就是想请宋大人在张大人面前美言几句，放他一马。我汪家自他父亲一代就是朝廷命官，日祺他兄长也是，唯独他不成气。从小豪迈不羁，谓悠悠斯世，无一可与友者，放狂处士，一言不合，挺刃而斗。"

宋荦安慰道："汪老太爷勿忧，树大自然直。傲气者多有大才，其必有可傲之资本，才敢傲。本院专为公子写有一亲笔荐函，到时交给张大人，凭我跟他的关系，必定给个面子。"

汪老太爷收了荐函，交与丁管家，说："有劳抚台大人了。汪日祺这孩子少年即有才名，但恃才傲物，目中无人，常说，君辈未尝读破万卷书，安敢向我鼓弄唇舌耶？唉，为他能早有功名，我举家从钱塘迁到江阴，为的是离学政衙署近点。幸得今日没有请到张大人。"

贾和安唱完曲，三人鞠躬告别。

汪老太爷让丁管家将那锭银子送与张鹏翮等。

回到学政衙署，张鹏翮久久不能平静。如今天下只重学子读书，以中功名、当官做老爷为目的，而不教其做人修德，如此读书何用？

即草拟了《江南学政条约》：训之以忠孝，道之以仁义，做之以非法。及其衡文之日，则又屏去一切浮靡绮丽之词，唯经术是尚。

两江总督范承勋、江南巡抚宋荦巡察学宫，张鹏翮出了一上联，向范、宋二人讨下联。

"先圣道并乾坤，博也、厚也、高也、明也、悠也、久也。"

范承勋说："运青，知道你早有下联，何不一起说出来，让我等开开眼界。"

"那就请两位大人指点。我的下联是：今皇教同尧舜，劳之、来之、匡之、直之、辅之、翼之。"

宋荦说:"张大人果然才识超群,此联不仅有理学儒士之风骨,亦有学台治学之方略。原来张大人来江阴多日,关门闭户是在思研楹联。"

张鹏翮说:"并非如此,来江阴几日,求见者门庭若市,特避而不见。两位大人在此,张某有一事相求。这江南衙署既未配属官,也无银两,再过一个多月就要县试,还得请两位大人出点银子维修一下衙署。"

听张鹏翮这么一说,宋荦想,果然是个老手,一来直接张口要钱。看来,这个张鹏翮的清廉也是徒有虚名,表面清廉,实则也不脱一个贪字。

见两人不言语,张鹏翮说:"选才用人,务求公正。本来,按惯例,学政衙署是不愁银子的。开支皆从生员中收取,考生报名参考都将缴纳部科费。要成为廪生吃皇粮,得给学政送棚规。未考取秀才者,只要家里肯捐钱,便可以直接参加乡试。此种种惯例乃专为权贵富人所设,长此以往,寒门子弟永无出头之日。再说,若收了考生银两,就说不清道不白了。"

听张鹏翮这么一说,两人心中不禁一震,朝廷默许的收入,张鹏翮居然放弃,确实让人佩服。

修葺学宫、衙署本来都是地方之事,二人当即答应给银子。

31

岁试定在二月十六。

主持岁考的是知县,主持府考是知府。

清制,府、州、县皆设学官,府为教授,州为学正,县为教谕,各配一名训导。岁考先由各府、州、县学官造"格眼"册,令所有生员,将年貌、籍贯、三代、入学、补廪年月,及停降、收复、丁忧、改名、患病等项,于学政考校牌所到日解送。

又造"便览"册,开列在生员若干名,更分别廪、增、附、青、社,及现在听考若干名,丁忧、给假患病若干名,前案几等生员若干,优行、劣行若干,及五科乡试并前案已出各题,于学政下马之日送阅。

眼看还有一个月就要岁试了,张鹏翮上任却无新政,也不发考校牌。受人钱财的官吏不知这张鹏翮的葫芦里到底卖的是啥药,不免紧张,甚至有点乱了方寸，到处打听出题、判卷人的消息。

江南的二月，仍然冷得彻骨。

二月初一。

天还没有亮，吴江知县卢荣光早早起床，推窗一看，空气湿漉漉的，一拧就能出水，一股寒气扑面而来。

他确认了"格眼"册和"便览"册，再次看了看宴请学政大人的菜单。大黄鱼、黄鱼鲞、梅菜扣肉、炖肘子、酒糟鸡、炝蟹、蛋饺，炒瓜子、炒花生，一壶绍兴老酒。

叫醒家丁吩咐，今日来的是贵客，不能出任何差错。

又检查了两个火盅，逐一掀开盖子，见已经铺上一层无烟炭。只等客人来了就点火。到时让客人脚下踩一个，手里再捧一个。不管天气如何阴寒，只要有火盅，周身就会暖和。

展开"春和景明"条幅，细细察看，这是他亲手书写、装裱的见面礼物。卢荣光的墨宝在吴江县小有名气，至少十文一尺。

一切都是那么完美。收拾停当，儒学署教谕蔡兴急匆匆上门，反复致歉："对不起，晚来了。"

卢荣光并未责怪，两人来到三里桥等候。

浓雾锁江南，听得见脚步声，却看不见人。等了三个时辰，两人的头发、胡子、眉毛挂满了白霜，跺着脚，来回在桥上走，双手抱拳贴在嘴边哈气，来回搓着，等手暖和了，耳朵却要被冻掉了。焐了一会儿耳朵，手又不听使唤了。

忽有人在问话："桥上可是吴江卢知县？"

"正是在下卢荣光。"

"今日雾大，学正大人改在明日来吴江，请将同里客栈打扫干净。"

卢荣光精心准备的接待，本想博得学政大人的夸奖，可当他毫无保留地拿出家中最好的东西，才发现原来是自己的一厢情愿。

瞬间，他成了一个冰人，从外到内都冷透了。

那传话者站在原地不动，卢荣光知道，他一定是在等打发赏钱。摸了一下，身无分文。他看了一下蔡兴。

蔡兴说："哎呀，兄弟实在对不起，今日出门走得急，什么都没有带，明日请早，一并打赏。"那人满脸不高兴离去。

卢荣光和蔡兴来到同里客栈。

苏州园林，古树、紫藤、鱼池、凉亭、石子路，错落有致，浑然一体。他自己觉得惭愧，在此任知县，居然第一次来此客栈。

订了客房，红木雕花床、罗汉榻、青花瓷。一天一两银子，他有点心痛。可有什么办法？学政大人指定要住这里，只得交定金，定下客房。

悻悻回县衙。半路上，见师爷急匆匆跑来，禀报学政大人还有五里地就到了。三人又急忙回转同里客栈，园外等候。

教谕蔡兴骂道："这他妈当官的都是屙尿变，专门折腾人，要来就来，不来就算尿了。"

过了三刻，忽听锣声响。见浩浩荡荡一队人马，拥着一顶大轿，朝同里客栈而来。

仆人放好杌子，卢荣光上前撩起轿帘子，定睛一看是常州学正胡海，当即想骂出口，他妈的，学政、学正一个音，是他妈的哪个狗日的起的官名，害死老子了。

转念一想，虽然学正不如学政官大，但他管着府考，也不能怠慢。即行大礼，请进下榻客栈，献上自制礼物。

胡海没抬眼皮，只抬起一只脚。家仆将带来的铜火盅放在他的脚下踩着，另一家仆递过另一只火盅。胡海接过，双手捂着。家仆给他腿上盖了棉被，将四周捏紧。另一跟班从随身带来的食盒里取出山核桃、瓜子、花生和一壶酒。雪白的银壶，拧开壶盖，酒香扑鼻。

大概是焐暖和了，胡海腾出一只手，露出扳指，摆弄着。

扳指本为护手工具，更是一种身份象征。只有皇室和八旗子弟中习武之人才可以佩戴。

胡海虽为八旗后裔，却从未习武。严格说来，他是没有资格佩戴扳指的。他就戴了，你能把他咋地？

胡海单刀直入，问："学子的棚规收了多少？"

卢荣光回道："启禀大人，学政张大人新规，今年不允许收棚规。"

胡海眼珠一转，说："好，张鹏翮乃兵部侍郎提督江南学政，相当于钦差，奉旨代天巡狩，所到之处，有如圣驾亲临。我等皆当廉洁奉公。"

这句话把卢荣光听懵了，是真心还是反话？管他的，老子就装回傻，就按本来意思理解。装出很高兴的样子："谨遵学正大人教诲。"

胡学正说："本官知道，卢知县公务繁忙，只需留教谕一人听命即可。"

卢荣光找到机会远离这个官气十足的小官，说道："胡学正如此体贴下属，下官感激不尽。"

等卢知县走出客栈，胡海让教谕蔡兴立即清除同里客栈闲杂人等。

同里客栈掌柜叫苦不迭，客房早已订出去了，这怎能说清除就清除？

蔡兴只得原话转告胡海，结果被重责四十大板。他拖着血淋淋的残躯向卢知县禀报："这活儿没法干，不想侍候他了，另请高明吧。"

卢知县只得让县丞前去听差。结果县丞也挨了一顿打，回家养伤。卢荣光想，到底何因？这分明是在打本县。便前往同里客栈打听仔细。

卢荣光说："大人，下官才疏学浅，不懂规矩，还请大人多多指教才是。"

"算了算了，大人不记小人过。你知道的，本官来吴江县巡视，这二十几号人，每天要吃要喝，你须拨点蔬菜银，按每人每天一两银，一个月，七百八十两足够了。另外，再加上起居及各项开销七百二十两，共一千五百两。我得替你省着点，不能因为吴江乃富裕之地，就大手大脚乱花一气。"

一千五百两？听完这个数，卢荣光差点晕过去。但又不能说不行，只好回衙门再想办法。

想了一夜也没有想出子丑寅卯，就是把老婆卖了，也凑不齐一千五百两银。国库倒是有银子，能动吗？每文钱都入了账的。

师爷见卢荣光愁眉苦脸，说："老爷何必太认真。一个知县找一两千多银子多简单的事。"

"师爷有所不知，岁、科选拔生员非儿戏。"

"老爷，你认真，别人却不当回事，看吧，考题都出来了。"

卢荣光接过一看，是今年县试的考题。急忙问："从哪里来的？"

"老爷，这天底下哪有不透风的墙？有人找上门来，只要了十两银子就可买一张试卷。"

"这可是要杀头的呀！"

"老爷放心，这是学正叫人送来的。老爷为官，有两条路，其一，学前吴江县令郭琇，他任吴江县令时，照巡抚余国柱要求，每月进贡一千两银，此兄大肆搜刮民财，以满足巡抚之贪婪。后来，余国柱胃口越来越大，无法满足，郭琇去兖州见了一下张鹏翮，回来上演郭琇洗堂，从此做个清官，皇上都知道了，余国柱拿他没有一点办法。

"其二，拉贪官一起下水。学正学政，不管不问，岁试科试，大吃几顿。每年他们就靠这几天发财。他不就是要银子吗？给他就行，反正羊毛出在狗身上，何必为此苦恼？"

卢荣光却转不过弯来："吴江一共才两百个生员，一个生员取五两，才一千两。五两银子，对那些富裕之家不在话下，可一半多是贫寒子弟，哪家拿得出五两银？这事我得跟学正大人讲道理。"

卢荣光又去了同里客栈，把自己的想法说出来。

胡海听了，大为不快。全省最富裕的吴江都如此叫苦，往下其他县该叫啥？分明是你办事不力，貌视本官。取出一个折子，道："这是本官参奏你的十条罪状，拿去看看吧。"

原来这胡海是有备而来。

卢荣光捡起折子，展开看了，直喊冤枉。

"冤枉？到了公堂再喊吧。"

卢荣光双膝下跪，恳求："卑职愚钝，不谙为官之道，还请学正大人指教。"

"哼！本官没那工夫，你还是回去重读私塾，去问你的先生吧。"

说完，胡海转入内屋，不再理会卢荣光。

过了半个时辰，差役通告，学正将去嘉定，让卢知县三里桥送别。

天下起了雨，雨似雾，雾像雨，雾雨蒙蒙。要是没有闲事挂心头，正是吟诗作画的好时节。

但卢荣光此时哪有这雅兴？出门忘带雨伞，也未带随从。恍惚间，到了三里桥，雾慢慢散开，雨却丝丝缕缕下起来。

他想找地方躲一躲，又怕错过胡海的轿子。只好拾级而上，站在桥中，观运河由北向南而流，任凭春雨浇灌。眉毛湿了，胡子湿了，头发开始滴水，衣服开始沉重，粘贴在身上。

等了一个时辰，也不见胡海大人的身影。

卢荣光双腿僵硬，打了一个寒战。来回走了几步，见两边都是下去的台阶。但这个台阶下不去了，胡海不给他台阶下。十条罪状，哪一条都可能让他丢官去职，甚至要命。

其中，有一项罪状是滥用私刑。

《大清律例》规定，凡遇庆贺穿朝服及祭享、斋戒、封印、上元、端午、中秋、重阳等节，每月初一、初二，并穿素服日期，都不能处罚人犯，否则以滥用私刑论处。

可有一恶霸，仗势欺人，不打不足以平民愤。打完了，卢荣光才想起，正遇祭享日，不能用刑。惩办了恶人，自己也犯了王法。他以为这事，天高皇帝远，没人知晓。哪知，胡海派探子四下打听官员的违例之事，记录在案。这些案底，成为他操控别人的绳索，套在官员的脖子上，没钱用了，便可以勒紧。

全国一千多个州县官，命运掌握在督抚手中。而这个胡海是善于钻营之人，他想搞倒谁，都会得到督抚的首肯。解决的办法只有一条，就是给银子。

可卢荣光寒窗苦读三十年才得一知县，非常珍惜，哪里敢贪？让他没有想到的是，不贪不沾丢官也在一瞬间。他身子一歪，像一片枯叶从彩虹上飞起来。

张鹏翮与张清骑马路过到大运河，见三里桥上站着一人，一眨眼，人不见了，他以为是自己看花了眼。

张清叫道："有人跳河了。"

打马到桥边，离桥百十步远，见一人头在水里，仰面朝上，在河水的冲刷下转着圈。

张清知道那人并不甘心想死。翻身下马，朝那人跑去。跳入水中，将他拖上岸，托在马背上。找了家客栈，生火烤衣服，叫店家煮了姜汤灌下，苍白的脸始有了血色。

慢慢说明原委。

张鹏翮说："你一死，学正给你列的十条罪状不就坐实了吗？倘若你无此事，有啥可怕？早晚会还你清白。他弹劾你，你就不能告他吗？"

卢荣光见两人谈吐不凡，问："客官，在哪里发财？"

"路过走访友人而已。"

听说是过路的生人，卢荣光想讲几句实话："知县算什么东西？说是有品，但谁都可以踩一脚，捏一把，还不如不入流的州府学正。天下哪有啥清官和贪官？只有会贪与不会贪之官。不会贪的直接要金银，正如胡海之流，大张旗鼓，毫不遮掩。会贪者，即使让人知道了，也拿他没有办法。江南新来的学政张鹏翮，听说为官清廉。没有想到，他一到任，胡海就跟他勾搭上了，收了胡海送给的金关公，胡海想做啥就做啥。离县考还有一个多月，胡海就拿到了考卷，还冒充学政巡游，搜刮钱财，张鹏翮还不是睁只眼闭只眼。"

"哦？"张鹏翮吓了一跳，忙问，"你是怎么知道的？"

"怎么知道的？胡海送礼，全江南都知道。那个张鹏翮，虽然不爱金银，却敬奉关公。胡海便造了一尊金关公投其所好。世间哪有什么好官？"

"考卷又是怎么回事？是真的吗？"

"敢在吴江卖，不真，谁肯花钱？十两一份啦。"

张鹏翮心里有数，说："据在下所知，自顺治爷始，岁、科试之题目，均为四书文一篇、五经文一篇、五言八韵试帖诗一首、默写《圣谕十六条》为永制。五经文试题为经解、史论、诗赋、算学、时务等，各认一门即可。考题由主考现场公布，由同考判卷。他是怎么得到考题的？卢知县，能否帮我弄一份，让在下也长长见识。"

"报答兄台救命之恩，理当送一份。"

卢荣光领着张鹏翮一行来到知县衙门，叫师爷取来考卷，双手奉上。张鹏翮并未接，问："真花了十两银？"

"十两。"

张鹏翮哈哈大笑。

"兄台何故发笑？"卢荣光问。

"我笑你银子多，擦屁股都要不得的东西，你居然花了十两银子。"

"先生好没见识，这个考卷是从胡学正手上得来，还能有假？"

"据我所知，今年江南的县试、府试考题还在学政张鹏翮脑子里。"

师爷斜了他一眼，不屑一辩。

张鹏翮说："我倒想见识一下这位学正，如何？"

"你以为你是谁？胡学正是谁想见就能见得到的？"师爷鄙夷地看了张鹏翮一眼。

张鹏翮取出敕牒和告身，递与卢知县，问："这可以一见吗？"

卢荣光一看，跪倒在地，叩头如捣蒜："下官有眼不识泰山，冒犯张大人，请张大人恕罪。"

张清扶起卢荣光坐下。卢荣光哪敢坐？双腿不由自主地往下跪。

张鹏翮说："卢知县，你我都是读书人。做秀才时曾有过抱负和骨气。不承想，做了官，居然将秀才本色忘了。你刚才死都不怕，还怕我一学政不成？"

卢荣光站起身："有大人为下官做主，有何可惧？下官这就带大人去。"

张清忍不住骂道："荒唐，不知礼数，不传胡海来见，更待何时？"

张鹏翮整装登堂，胡海参见要跪。张鹏翮说："你我同为学官，不必如此，请坐下说话。"

张鹏翮问："胡学正，能否将今年县试考题给本官一份？"

"下官不知大人所言何事。"

张鹏翮扔过手上的考题。问："这是什么？"

"此题乃户部侍郎汪霖之父，汪教授所供。"

"卖出多少？"

"不过四五十份。"

"知道了。往年你每到一县，皆收取棚规，今年仍在收蔬菜银、起居银，可有此事？"

"大人，这是惯例。然今年不曾收到吴江县一分一文。无半句假话，愿画押。"

胡海从张清手上接过供词，画押。

张鹏翮一巴掌拍在桌上："来人，将常州学正胡海锁了，装进囚车，送往江宁将军鄂罗舜查办。"

胡海大叫："张鹏翮，你今天敢动我半根毫毛，将死无葬身之地。你纳贿本官送的金关公。"

张鹏翮底气十足，毫无惧色："你身为旗人，理当遵守大清律例，居然贿赂朝廷命官，插手江南县考、府考。贩卖假考题，搜刮钱财，影响生员备考。敲诈勒索官员，致人走投无路，跳河自尽。本官收回成命，不送你去将军府了，以兵部侍郎提督江南学政审你。升堂！"

32

审完胡海案，让张鹏翮陷入沉思，学正不授业解惑，却专干违法乱政勾当，这也太疯狂了吧。如再不约束，让其发展，不知得有多少人锒铛入狱，甚至砍头。

无规矩不成方圆。即刻印《大清考试场规》《整肃场规》发往江南各府、州、县，让教授、学正、教谕熟知，通晓考生，从即日始，将按场规施行。凡贿赂官吏或持荐函的生员，将按大清六等黜陟法，定为劣等，由蓝衫改着"青衣"，由县学降入"发社"。凡向官吏推荐生员者，将一律弹劾。凡售考题者，不论真假，一律流放，罚没家产。凡有随棚代考者，枷号三个月，发烟瘴地面充军。雇请代考者，及包揽之人同罪。知情保结之廪生，杖一百。窝留之家，不知情者，照不应重律治罪。倘有别情，从重科断。有赃计赃，以枉法从重论。凡生员，俱穿拆缝衣服，单层鞋底，只带篮筐、小凳、食物、笔砚等项，其余别物令在外留截。凡应试生员等，但有怀挟文字、银两当场搜出者，枷号一个月，满日杖一百。

　　定完规矩，张清和贾和安又收到六尊关公造像，金光烂烂，每尊造像都留有一封"荐函"，来头都不小，两江总督、江南巡抚、布政使、按察御史。

　　张鹏翮苦笑、叹气。命县令卢荣光将这些关公像收没，记下六考生姓名，按规矩处置。

　　二月十六。

　　吴江贡院。

　　天未亮，门口已经排起了长龙。童生每人提着篮子。院门前，立一红牌，上书："考堂重地，肃静，回避。"透过朱红的格栅缝隙，考生伸长脖子试图窥探院内，却被两侧皂吏遮挡。只见皂吏手持水火棍，一身青袍、头戴乌纱的考官从中匆匆走过。

　　考生们低语相互打着招呼："幸会、幸会。"心中默默祝福自己能取得好名次。

　　进入第一道门，点名识认。考生出示"识认官印结"和腰牌。官印结上有考生姓名、年龄、家庭住址和识认官姓名，盖有官印。叫到考生姓名，识认官就出来辨认。

　　进入第二道门搜检，两个差役搜身，命考生张口，开襟脱袜，交出篮子。一差役看考生的所穿衣服是否拆缝，内衣内裤及鞋底是否为单层。另一差役搜筐，只允许带笔墨砚和馒头、饽饽、包子之类的食物，其余一律没收。

　　考生经过两道门，在另一差役带领下任意安排座位。如与差役相识，两人假装不认识，便安排在背静处。若差役看谁不顺眼，就安排在监考官出入最频繁的号舍。每人一个间，一桌一凳，一天吃喝拉撒都在考棚里。

刘杰带着十二岁的学生张廷玉站在长龙里。张廷玉牙齿咯咯作响。

刘杰安慰道："不用怕，平日里先生怎么教你的，你就怎么写便是。"

张廷玉仰头说："先生，我不是怕，是冷了。"

刘杰将张廷玉搂在怀里，张廷玉掰开刘杰的手说："先生，我不冷了。"但他的身子还是像筛糠。

刘杰心痛起这个孩子来，他父亲是当朝工部尚书张英，家住安徽桐城，非要跑到吴江来考试。吴江是江南精英学子比武之地，在吴江夺魁，便是江南之首，在吴江的名次便是江南的名次。今日师生同场考试，刘杰不但没有觉得尴尬，反而很自豪。他让张廷玉就地蹦跳，暖和一下身子。

刘杰时年四十有二，已是六次乡试不及第，穷困潦倒，又不心甘。便在江阴与詹元相在茶馆里卖唱，挣点散碎银子度日。谁知张家招募教师，便前去应聘，居然被取了。到了才知道，这个张廷玉是个神童。

"詹元相，詹元相。"差役点名，没有人应答。

刘杰踮起脚四处看了看，也高声喊詹元相。

詹元相正与汪日祺打招呼："汪公子，为何舍近求远，跑到吴江来考试？"

"你认错人了，我叫蒋铭。"

突然听见有人叫自己，詹元相不再探究是汪日祺还是蒋铭，提着篮子往第一道门挤过去。

待考生全部入场，衙役吆喝"安静"。

张鹏翮将考题"舍其梧槚"四字写在巡牌之上，命差役举着巡牌走过每个号舍。所有人都伸长脖子，眼睛像被一条线牵着随巡牌而动，直到看不清为止，生怕看漏一字。待差役走完最后一个号舍，所有人拿起笔开始答题。

几十个差役来回在考棚里穿梭。

汪日祺见题冷笑一声，"舍其梧槚"语出《孟子·告子上》，意思是舍弃梧桐楸树等良材，却去培养酸枣、荆棘这些杂木之材。这有何难？提笔便写。半个时辰便将四书文作完。其他五经文、五言八韵试帖诗、默写《圣谕十六条》都不在话下。

一天的题，半天不到就交卷了。

张鹏翮拿起试卷，不禁点头称是。这个蒋铭年方十六，字迹潇洒，语句流畅，文理平通，真乃江南俊才。

张鹏翮乃爱才之人，即吩咐左右将这个蒋铭叫来认识一下。

差役骑马将蒋铭追回。

张鹏翮问差役："本官让尔等去请蒋铭，尔等把谁请来了？"未等差役辩解，张鹏翮喊道："汪日祺。"

汪日祺被张鹏翮这么突如其来一喊，本能地答应了一声"有"。

坏了，学政大人怎么会认识我？一定是有人点了水。

马上改口："学生蒋铭叩见张大人。"

"左右，给我拿下。"

汪日祺说："大人，学生蒋铭，这里有'识认官印结'和腰牌。学生遵守场规，并无不轨，为何拿我？一定是大人把我当别人了。"

"汪日祺，你还记得你家设宴请巡抚宋荦吗？有三个四川人，戴着面具到你家唱川戏，本官便是那操琴之人。"

汪日祺无法辩解，只得低头认罚。

张鹏翮接过官印结，蒋铭的识认官为吴江教谕孔唯亮，即传孔唯亮到堂。

张鹏翮问："孔唯亮，眼前这个学生姓甚名谁？"

"启禀大人，该生叫蒋铭。年方十六，三里桥人氏。"

"孔教谕，你是聪明人，都到这时了，你还敢撒谎。拿下！"

只打了十板，孔唯亮便招供。原来三里桥有个蒋氏大户，捐银做了员外，只是空头衔。蒋员外老来得子，取名蒋铭，年方十六，学业欠佳。但蒋员外一心想唯一的儿子有个仕途，便想到请人代笔。钱塘汪日祺，乃户部侍郎汪霖之次子，少年即有才名，常替人代笔县试、府试，皆取好名次。便花百两银请为其子蒋铭代考。

孔唯亮与汪日祺对质，无法狡辩，只能在牢狱等待审理。

时至未时，张鹏翮再带人巡考。

一九三号棚考生见学政大人巡考，慌了手脚，把正在抄的书掉在地上。差役不慌不忙走过去，捡起书，交给了县丞。县丞把书揣进袖子，问："怎么把账簿带入考场了？"然后扬长而去。

张鹏翮叫县丞站住，把袖子里的东西取出来。问："这是什么？"

"大人，此乃小人带进考场的解闷之书。"

张鹏翮轻声道，胡说："你带进考场的书怎么从考生手中掉下？拿下，公堂上见。"

县丞、捡书的差役和作弊生员被押解出考场。

来到第二排，见一考生正掰开一大饼，从饼中取出布条。张鹏翮快步走过去。考生急忙将布条塞进嘴里，使劲往下吞咽。

张鹏翮说："你不想活了？吐出来最多丢面子，吞进去堵住气管将丢小命。此账难道不会算？吐出来吧。"

考生使劲咳嗽，泪花在眼里转，带血吐出布条。跪地叩头："大人，我是初犯，夹带进来的一个字也没有看见。"

"本官提督江南学政，一视同仁。将以《江南考试作弊处罚六款》处罚。"

酉时收卷。

张鹏翮即升堂作出判决，将送金关公像及持荐函之生员由蓝衫改着"青衣"，由县学降入"发社"。将汪日祺、蒋铭枷号三个月，发烟瘴之地充军。其余夹带的考生和协助夹带的官吏，一律枷号一个月及杖一百处罚，并晓谕江南，如有再犯，加倍惩处。

刘杰、詹元相二人走出考场，不由得对张鹏翮肃然起敬。

汪老太爷早早等候在学政署衙门前求见。

张鹏翮历数汪家所为："汪老太爷你为前朝举人，当知不在其位，不谋其政之理。然而，你插手江南考试，编造假考题，再四处出售。汪日祺多年为人代笔，收取银两上千，而汪家对此视而不见。汪日祺有今天，皆因其仗着朝廷有人为官，在家有你这个祖父撑腰，因而四处找门子，托关系，替人代考，败坏考风，胆大妄为。如不处罚，如何向江南百姓交代？"

汪老太爷哑口无言。

回到家中，汪老太爷急忙修书一封去京师，将汪日祺救出，更名汪景祺。从此，汪景祺落下与张鹏翮一生的积怨。

出案之日，众考生围在吴江南院门前看榜，案首居然是十二岁的小娃娃张廷玉。有人赞扬，有人怀疑。

汪老太爷得知结果，呵呵一笑，自言自语："张鹏翮，你小子也有短处！"

又急书一奏折，火速送往京师，让儿子汪霖弹劾张鹏翮。一个十二岁的小娃娃居然成为吴江案首。不是徇私舞弊，就是张鹏翮学识浅薄。

贾和安跟着张鹏翱东奔西走，转眼间已三十有三了，仍孤身一人。自从上次的"富春茶社"见了那绿衣女子，便神不守舍，到处打听，得知那女子叫绿珠，乃"富春茶社"掌柜向焱熙之女，年方十九。

贾和安做厨子，几天上街买一回菜，可近日每天上街。他那双脚从来不像现在这样不听自己使唤，总是将他带去茶社见绿珠。

这哪里瞒得过茶掌柜向焱熙？被叫到后院，问："何方人氏？这把年纪了还敢对我的女儿动春心。"

贾和安便一五一十将自己离川跟着张鹏翱的事讲了。叹气道："唉，身无定所，耽误婚配。"

向焱熙开茶社，天天与三教九流打交道，阅人无数。见贾和安一脸憨相，又是江南学政的家丁。心中早有了利用他的主意。原来，向焱熙有一子，名向奎莲，二十有五，至今未有功名，今次县考得一百七十名，获得府考资格。而今，天赐良机，可结识学政大人，怎能放弃？便答应了这桩婚事。但提出一条件，只需从学政那里弄到常州府试考题便可提亲。

贾和安色迷心窍，当即答应："这事包在我身上。"

向焱熙取了十两银子交与贾和安，说："事成之后，将以厚礼做陪嫁。"

正值中午，贾和安拿了银子，上街买了鲫鱼回到署衙，做了张鹏翱最爱吃的泡菜鲫鱼和豆腐鲫鱼汤，斟满一碗女儿红，双手递上。

"老爷，全省县考结束，辛苦了，特备酒肉犒劳。"

张鹏翱在吴江县惩处了一帮舞弊者，江南再未发现违规事，心情很好。又见有酒有鱼，便端起酒碗，说："和安，这事办得好。早就听说女儿红很有名，可从来没尝过。来来，我们一起尝尝。"

贾和安抱出一坛放在地上，足有二十斤。

每人斟一碗。

张鹏翱很是感慨："你们两个跟我十几年，耽误了前程，张清有家不能回，你三十多了还不曾婚配，实在惭愧。都以为跟着当官的，有吃有喝，只有天知道你们是过的啥日子。"

贾和安端起酒碗，满脸堆笑："老爷天天做着大事，还跟我们小民过的一样日子，我等佩服。这碗酒当我敬老爷。"

一仰脖子，贾和安将一碗酒倒进肚子里。两人见贾和安这么高兴，也端起酒碗饮下一大口。

三人浑身顿感暖洋洋的，话都多起来。

张清说："黑娃，你老实交代，近日，天天往街上跑，是不是有啥好事瞒着？"

贾和安嘿嘿一笑："我是没有城府的人，有好事怎能瞒过老爷和大哥？我要结婆娘了。"

张鹏翮放下酒碗："结婆娘？哪家的闺女？这么大的事，我竟然一无所知，好你个贾黑娃，啥时候的事？"

张清骂道："你面带猪相，心中明亮。明修栈道，暗度陈仓。刻舟独觅剑，夜雨过潇湘。"

张鹏翮说："张清，你我都是过来人。你我都是儿女双全了，他还是个光棍，也该找个知冷知热的人了。说吧，黑娃，谁家之女？姓甚名谁？需要多少彩礼？"

贾和安全部说出。

张鹏翮听说条件是"江阴府试考题"，顿时清醒了一半："贾和安，贾和安，你怎么这么糊涂？那考题是能随便给的吗？那是要杀头的呀。以此为条件，我不同意。"

"不同意？老爷。我都三十好几的人了。跟你这十几年，连个女人都没有碰过。好不容易有人相中我，你说不同意。你想让我断香火？我爹可一直盼着抱孙子呢。"

说完，起身便往外走。

张清站起身呵责："站住，你想干啥？"

"你管不着，我想干啥就干啥，死活都不干你的事。"说完扭头便走。

张清要去追，张鹏翮拦住："让他去吧，独自想想，冷静一下也好。"

贾和安一口气跑到江边，一屁股坐在江岸，望着滚滚西来的长江，放声大哭。哭了半个时辰，没有一人过问，他此时感到人间冷暖。这世上没有人能帮你，唯一能帮你的只有自己。他擦干眼泪，起身往回走，来到"富春茶社"。

绿珠见了急忙跑上前去迎接。问："东西拿到了？"

贾和安不敢把刚才之事告诉绿珠，只说："府考还早呢，放心吧。"他只想拖一天算一天，尽量与绿珠多待些时日。他来到后厨打扫卫生，把灶台擦得一尘不染，茶壶锃亮。

绿珠给他擦汗水，边擦边说："歇一会儿吧，看你累成这样。"

贾和安心中倍感幸福："我太胖了，冬天都要出汗。"

"你吃些什么？长得这么肥。"

"嗨，我是厨子，你不知道吧？我有一祖传手艺，做四川泡菜鱼和鲫鱼汤。酸香麻辣，汤白似乳汁。吃这两道美食，有个讲究，得备条绳子。"

"干什么？"

"将舌头拴住。"

"为什么？"

"不然，舌头会被吞进去。"

绿珠听了半天，才知道贾和安在说笑话。

"骗子，还不快去买鱼，烹来尝尝。"

听到"骗子"两字，贾和安内心一震。我都是而立之年的人了，怎能骗人家小姑娘？答应了帮忙找考题的，居然搞不到。说出来的话，泼出去的水。从老爷那里要不到考题，难道还不能偷？

他得意地笑了。

忘记了刚才的内心伤痛，飞快跑到鱼市买了鱼，回到学政署衙。

见贾和安提了鱼回来，张清问："想通了？晚上还吃鱼？"

"想多了，以后想吃鱼自己做吧。"

说完，取了泡菜又出门而去。

向焱熙品着鱼汤，用筷子尖夹了一块鱼肉，放在嘴里一抿："老夫遍吃天下山珍海味，居然没尝过世上这等佳肴。和安，就凭你这手艺，还当什么家丁，干脆搬过来，做我茶社大厨，如何？"

贾和安喜出望外，要回去署衙搬行李。

向焱熙说："现在不行，搞到考题再搬不迟。"

贾和安想得到考题，内心已有了主意，回到署衙跟张鹏翾说："老爷，想了半天，觉得是我自己错了，咱们不能干杀头的事。"

张鹏翾见贾和安消了气，心平气和地对他说："其他事我都可以帮得，唯独贪赃枉法之事帮不得。如帮了，大家都不得好。我们三人，虽两人有家室，却跟没有家室一样，娶了妻不能尽丈夫之责。等我离开学政，到其他地方去，我定帮你找个更好的女子，天天守着你如何？"

贾和安并没有听张鹏翻说什么，只是一直在想主意，如何拿到考题。他见张鹏翻在一边看书，一边用笔在书上划着，做着记号。他想，这些一定是考题。

白天，等张鹏翻去公干，他便翻开书，见上面密密麻麻全是划线和记号，哪一个是考题？他只得照葫芦画瓢，原原本本抄下来，送给向焱熙。

眼看就要府考了，贾和安还没有拿到考题。

向焱熙不耐烦了："你整天拿这些东西来糊弄我，有何用？你到底弄得到，弄不到？"

"岳父大人息怒，拿考题多危险，出题和判题都是我家老爷，你就放心吧。但千万不能讲出去，要是有第三人知道了，这事不但要搞砸，还有牢狱之灾，砍头之祸。只管让向奎莲安心读书，备考便是。"

向焱熙心领神会，不再多言。

府考出案，向奎莲排一百二十名，比县考名次还靠前。向焱熙高兴得喜极而泣。当即在江阴置四合小院做陪嫁，选了黄道吉日将女儿绿珠嫁与贾和安。

张鹏翻与张清买了礼物专程拜见亲家。

酒过三巡，皆大欢喜。

向焱熙对张鹏翻的感激无以言表，对贾和安耳语道："姑爷，若能让奎莲中举，将分一半家产与你。"

贾和安什么也没做，心里发虚，假装允应，蒙混过关。

一晃三年，终于到了乡试揭榜日，向奎莲果然中举。

向焱熙当即兑现诺言，将家产一半分与贾和安。

刘杰、詹元相两人又落榜，却心服口服。二人来到学政署衙，请求做张鹏翻的幕宾。张鹏翻不肯答应："我自己都靠家父接济，哪里能养得起幕宾？"

刘杰说："刘某与詹元相见张大人公心处事，一心为民，不听人情，不爱一钱。自有明以来，只见张大人一人而已。大人日夜操劳，愿为大人唱曲解闷。"

"你两愿就此放弃学业？"张鹏翻问。

"刘某已过不惑之年，心灰意冷。"

詹元相说："我也不是读书的料。不如早断此念，做点有益的事。"

汪老太爷得知向焱熙之子向奎莲中举，拍案而起："什么狗屁？定将告倒你。"

第九章 / 聪明官吏的糊涂账

33

三十五年，康熙发十万精兵亲征噶尔丹，兵分三路，大举出击。

东路为黑龙江将军萨布素，率黑龙江等地兵马，越过大兴安岭，出克鲁伦河进行围剿。

西路由抚远大将军费扬古率陕西、甘肃兵勇由宁夏北越沙漠沿翁金河北上，以断噶尔丹归路。

中路为主力，由康熙亲率大军，出独石口，直奔克鲁伦河，与东西两路协同夹击。

噶礼负责运送中路军粮饷，此时，他已经看到机会。如果从京师运粮，路途遥远，怎能保障大军补给？展开地图，研习半日，发现山西、陕西离中路军最近。他有了主意，快马找到川陕总督吴赫。

"吴兄啊，我跟你报喜来了，你报国立功的机会来了。"

"何喜之有？"

"西陲战事吃紧，圣上带兵亲征，需粮草一百万石。你若能主动筹集，小弟定向圣上保举你的功德。"

吴赫知道噶礼跟康熙的关系特殊，便将工部拨款修成都万里桥的二十万银子挪用，另取库存八十万两，共计百万购得粮草。

噶礼将粮草押往中路，在关节处埋锅造饭，等待大军。

康熙自率中路大军由京师发兵，直奔克鲁伦河。所到之处，酒肉饭菜、茶水果品早已备妥当，可口热络，士气高涨。康熙打仗这么多年，还是第一次遇到这样的粮草官，心中大悦。

西路大将军费扬古率部于昭莫多大败噶尔丹，灭其主力。

噶尔丹率数十骑逃遁，其余部众四散逃亡。

此时，策妄阿拉布坦控制了伊犁河流域，与伏尔加河流域的土尔息特汗国阿玉奇汗结成了反噶尔丹联盟，发起进攻，噶尔丹走投无路，只得向罗刹求援。罗刹见噶尔丹大势已去，已无利用价值，避而远之。

三路清军分兵封锁了噶尔丹去青海、西藏之路。

次年三月，走投无路的噶尔丹，已是众叛亲离，一病不起，到阿察阿木塔台，一头栽倒在地，再没有醒来，一代枭雄在凄风凉雨中，了结雄心勃勃的一生。

随从就地找来干柴，将其火化，携骨灰与噶尔丹之女钟察海向康熙投降。

征西军班师回朝，论功行赏，噶礼运粮有功，连升三级，授为内阁学士。三年后转任山西巡抚。

站在大清山河图前，张鹏翮心潮澎湃，擒鳌拜、平三藩、收台湾、灭噶尔丹，至此，中华一统。成就千古伟业。作诗一首：

　　山河一统在图端，两派朝宗碧海寒。
　　千古幅员今广大，万年王气画中看。

夏。

畅春园。

朱墙、金拱形门、墙角雕纹。院内土阜平坨，碧草红花，楼阁轩楹雅素，万缕柳丝在荷塘边飘舞。

康熙"避喧听政"，收到密报，张烺筹集银两修成都万里桥。盛赞行善之人当有善报。

赞扬完，康熙突然又想起什么，问："沙穆哈，你是工部尚书，修桥补路应有专款，怎由张烺个人筹集银两修葺？"

沙穆哈说："去年，川陕总督吴赫奏报，成都万里桥需要大修，至少要二十万两白银。臣问为何要这么多银两，吴赫报，万里桥为七孔石砌拱桥，长三十丈，高三丈，宽一丈五尺。工部即拨国库银。"

康熙眉头一皱，问刑部尚书傅腊塔："既然已经拨专款修桥，为何不动工？怎么与吴赫有关？前月，陕西巡抚布喀弹劾川陕总督吴赫等人，贪污挪用'籽粒银'四十余万两，致国库钱粮亏空。而吴赫告布喀仓米亏空。傅腊塔，速去陕西将三事一并查实，是否有贪污挪用，查实回禀。"

傅腊塔连忙叩头："臣遵旨，谢圣上恩典！"

傅腊塔到陕西查案的消息，很快传到陕西。百姓欣喜，朝廷派来钦差，冤屈终于有处可申了。后来，听说傅腊塔是吴赫的亲戚，百姓刚刚看到的希望又破灭了，历来官官相护，官官都有扯不清的关系。老百姓告啥状都白告。

而那些屁股不干净的官吏则是诚惶诚恐，天天做着噩梦。但他们比谁都清楚，恐惧是躲不脱灾难的，唯有给自己找到金刚罩，才能免于引火烧身。于是开始四处打点，连夜转移赃物，订立攻守同盟，修改账本。

布喀与吴赫本没有什么利益冲突，但布喀刚当上陕西巡抚，就遇大旱，因救灾不力，遂被罢了官。吴赫继任，却顺风顺水，从巡抚一直干到川陕总督。让布喀心生记恨，龟儿子他运气就是好，又会来事，贿官跑门子。

此时，布喀心里很高兴了，吴赫你个龟孙，终于有你倒霉这一天了。看，老子告你侵贪一事，朝廷都派钦差来查你了，这下够你虾子喝一壶的。

前呼后拥下，傅腊塔的大轿到了华阴。满目苍翠，傅腊塔心中喜悦，正在想着做首什么诗，忽然从树丛中钻出一人来，衣衫褴褛，高举状纸喊道："民女伍秀珍状告蒲城知县关琇贪赃枉法，请青天大老爷为民作主！"

侍卫急忙上前，将女子一顿乱棍暴打，拖至路边。

总督吴赫赶到，急忙赔不是："让钦差大人受惊了，下官该死，下官以酒为大人压惊赔罪。"

为官多年的傅腊塔已经谙熟官场，由他主审仓米亏空案和'籽粒银'案，显然轻车熟路。一番寒暄，傅腊塔两手一拱，对布喀参吴赫贪污挪用"籽粒银"四十余万两和成都"万里桥"修葺费二十万两的事只字不提，静观动静。

傅腊塔说道："吴制台，言归正传。圣上派我到三秦，审查仓米亏空案和前些日子的'籽粒银'案，有劳费心了。"

吴赫见没有提及自己有什么事，便放下心来，说："为圣上分忧，是为臣的本分，请钦差大人尽管盼咐，下官一定全力照办。"

"吴制台，眼下这三个案子，有何高见？"

"下官于三秦主政多年，其间有些风言风语，皆为谬传，不实之言。"

吴赫仅凭一两句话，怎能让傅腊塔相信？

傅腊塔自有主张，按照自己的节奏，查账本、看仓库，结果是张三欠李四，李四欠王五，王五欠成百，成百欠尚千，尚千欠衙门，衙门欠张三，转了一圈，查了一年零两个月，结果是衙门欠百姓。

乾清门。

傅腊塔复命："臣前往陕西核查长安、永寿、华阴等三县仓米，并查'籽粒银'事务，但历年已久，当时官员有的升迁，有的罢黜，现任官员多不知详情，实在是一本糊涂账。"

康熙大失所望，对傅腊塔非常不满："凡审案者，必须公平公正，才能查明真相。可你傅腊塔首鼠两端，怕人怨恨，竟然草率结案。"

正在气头，左副都御史禀报，江阴汪老太爷状告张鹏翮科考舞弊一案。康熙大为光火："滚出去。"

"是。"

左副都御史退出乾清门，康熙突然想起来人刚说张鹏翮，便让他进来，禀报详情。

"臣到江南明察暗访。张鹏翮江南三年学政，秉公校士，革除积弊，肃整场规，著四书讲义，传示学者，江南科考风清气正。所告张廷玉、向奎莲两生员，以圣上命题重考，当场封卷，带回京师判卷，两考生文理通达，文章锦绣。"

康熙听了，转怒为喜。当即下旨，召张鹏翮回京见驾。

封张鹏翮祖父张应礼、父亲张烺为资政大夫、都察院左都御史。

赠其祖母周氏、母亲景氏、妻子唐氏为夫人。御书五字，"天下一等人"赠予张鹏翮，升为都察院左都御史。命张鹏翮为使节，回川探亲，查看万里桥，回京时再祭拜西岳华山。

张鹏翮得令，即带了张清、贾和安夫妇逆江而上。自丁母忧，十多年后回故里，心中的悲喜自不必说，昔日荒凉的巴山蜀水，如今稻黍千重，炊烟升起。

由长江入合江，再岷江至成都，见万里桥修复一新。将圣上的封赏转呈父亲。

张烺痛哭流涕，朝北九拜："臣自丧偶后，常睹物思人，心中悲痛，由遂宁迁成都居住。得知检江之上万里桥倾塌，百姓乘船过江，渡船几度翻覆，先后淹亡百余人，便筹集银两修复万里桥，为亡妻修来世。没想到圣上竟如此重赏微臣，真是受之有愧。臣愿粉身碎骨，为大清效力。"

接老父亲回遂宁，见故土风和日丽，山清水秀，心生感慨。连作诗十二首：书台应瑞、龙山晓钟、仙井晴霞、涪江晚渡、鹤鸣夜月、梵云春晓、洪福回澜、石磴琴声、云灵仙迹、旗山钏秀、灵泉圣境、玉堂朝霁，遂宁十二景因此而得名。

十多年前，在曲阜迎驾，筱芊提议将老家祖宅修葺，更名为"御书楼"。张鹏翮全权委托妻子办理。没想到一个妇道人家，居然将御书楼里外都翻修一新，打理得如此完美。

楼高五丈，二层三檐歇山式屋顶，上筑牌坊式屋顶。二层楼身四周，围廊环绕，可临览涪江。楼中辟透空八角井口，周沿有木勾栏遮护，制成八角形藻井，又名八卦攒顶，井底透雕二龙戏珠，盘曲蠕动，生动自然。正面为吏部尚书熊赐履亲书的"御书楼"，楼背面横匾是"绝伦逸群"，乃诸葛亮对关公的评语，为工部左侍郎李光地手迹，字体方圆转折，韵味十足。

筱芊见丈夫疑惑，便将这些字匾来历一一说了："此乃熊尚书和李工部的真迹。夫君想知道这墨宝是怎么来的？是噶礼大人讨得，派人专程送来的。这可是人家看夫君的面子。"

张鹏翮点头赞赏："分明是夫人面子大。"

楼中将康熙赠予张鹏翮的匾额、诰敕张氏御书装裱挂于楼壁，焚香供奉。张氏一族每月初一、十五祭拜，遂宁周边州县官民皆来上香。一时香火旺盛，远近闻名。

御书楼前，涪江静静流淌，千种荷花开放。

张鹏翮扶着父亲，妻唐筱芊牵着孙子张勤望，后随儿媳罗氏，沿涪江赏荷花。

张勤望惊呼："爷爷，看，那花有两个头。"

顺着张勤望手指方向，见江中一朵并蒂莲花开放，鲜艳如火，一尘不染。张鹏翮心中大悦，顿起诗意，即做七绝四首：

闲心定水足徘徊，喜见莲花并蒂开，
为酿太和元气早，清香风送自天来。

一尘不染好根荄，迥出清波次第开。
人与花香称并美，三生佛土梦中来。

碧池印月爱风凉，亭下荷花双绽香。
喜动新颜频叹赏，人间棣萼比联芳。

老亲散步玉池间，四世趋从白日闲。
惆怅秋风万里别，何年尊酒再承颜。

与亲人十多年不见，如同隔世，相见如在梦中。

转眼就到了起程之日，挥泪告别家人，张鹏翮即走旱路，由汉中翻秦岭，奉命设坛祭拜西岳华山。

汉中隘口，聚集着众多乡民。兵丁把守，只准出川不准进。沿途成群结队的乡民挑担背包朝汉中而来。张鹏翮问怎么回事，乡民说，三秦三年未雨，过不下去了，逃到四川逃难。

张鹏翮等加快了步伐。

过了秦岭，太阳如火，烘烤着三秦大地，田野开着密密麻麻的大口，野草枯黄，禾苗低头等待死亡。渭河停止流动，河边黑压压的全是人，用瓢喝着浑浊的河水。路上生烟，尘土飞扬，人们提着罐子往来。

见此景，张鹏翮顿生悲凉。

见一妇人坐在路边，瘦骨嶙峋，两目呆滞。张鹏翮即叫张清给银子，妇人拒收。贾和安将一大包遂宁麻辣牛肉干送给她。

妇人千恩万谢，口中喃喃自语，菩萨保佑。

远远望见一山，五峰相连，壁立千仞。

张鹏翮说那是华山。

自华阴向东三里，上山见山壁有万历刻"华山卧图"，图首附王维、李白、杜甫、陈抟等题诗。

抬头望见华山主峰南峰。南峰又有三峰，东为松桧峰，西曰孝子峰，落雁峰最高居中，三峰如圈椅。如人危坐而引双膝。

西岳庙位于华山主峰南峰，有一城楼，红墙金瓦，单檐歇山顶砖砌，仿佛回到京师。

进第一道大门，亭、堂、楼、坊相错其间。见一大殿，门楣悬"灏灵殿"金匾。回廊环绕，飞檐高耸，斗拱密布，气势雄弘，金碧辉煌。殿内供奉"西岳华山之神"牌位。这是历代皇帝、钦差大臣祭祀岳神之所。

有清以来，每年三月，华山庙会已成定制。祈求山神拯救万物、普降甘露。荡平疆域、平定叛乱等事都必须到此祭告。

张鹏翮持节祈祭西岳，川陕总督吴赫携陕西官吏早早在此等候。上香、行大礼，宣读祭文：

惟神作镇中土，据于西陲，积高炳灵，宅神明之奥，少阴协德，成天地之功。今因报德，再竭至诚。三十六年，圣主亲征噶尔丹，平定叛乱，边陲永安，中华一统。若有政孝不明，宜有阴谴，刑罚不中，未合天心，实希明神，许其改悔，永保宗庙，以安邦家，所疾日瘳，平复如日。今陕西久旱，西安、凤翔三年颗粒无收，民众流离失所，望上苍赐甘霖，解万民之疾苦……

忽听有人叫冤："冤枉！请青天大老爷作主。"众人回头。见一衣衫褴褛之妇，背着一孩子，正是张鹏翮一行在路边所见那妇人。

吴赫训斥："怎有百姓出入？"

张鹏翮吩咐："张清，接了状纸，叫妇人稍安。"

念完祭文，行完大礼，张鹏翮接过状纸。

"民女伍秀珍状告蒲城知县关琇贪赃枉法，强催百姓归还'籽粒银'，逼得百姓走投无路。请青天大老爷为蒲城百姓作主！"

陕西"籽粒银"、仓米亏空案和成都"万里桥"银案，三案皆由刑部尚书傅腊塔查办，不曾查出问题。

张鹏翮刚刚上任左都御史职，还未履新，他不知如何处置。

看着眼前跪着的可怜巴巴的妇人，张鹏翮的眼睛一酸，眼泪直打转。

吴赫说："御史大人，一个疯婆子，经常拦轿告状，别理她。"

张鹏翮摇了摇头，说："天下百姓最可怜，也最善良，没有天大的冤情，不到万不得已，绝对不会干出拦轿告状之事。"

说完，走向妇人。问："伍氏，你所告之事，本官定会严查。今给你一些银两，回家好好过日子，有消息马上告诉你，可好？"

伍秀珍拿了银子，背着孩子给张鹏翮叩完头，欣欣下山而去。张鹏翮跟张清使了一眼色，让他保护伍氏，张清按剑而去。

张鹏翮于灏灵殿即书奏折，将陕西旱情以六百里加急报朝廷，请求给予陕西救济。

奏折刚送走，圣旨到。授左都御史张鹏翮尚方宝剑，续查"籽粒银"案、仓米亏空案、万里桥银案。

康熙口谕："布喀等人虽然上报说给众'籽粒'，但实际上却没发给民众。以致现在征催不获，反而导致民众控告。此项银两命尔切须详察。"

张鹏翮得旨，即往华州陕西布政使司办案。

吴赫带了随从，陪张鹏翮等步行前往。

华州像一口大蒸锅，蒸得人头晕脑涨，挥汗如雨，衣裤沾着肌肤，裹着张鹏翮前行。半途上一人拦住去路，手举状纸。

吴赫一看不是别人，乃原宁夏道员吴秉谦。骂道："你吃错药了，这大热天的，有事上公堂，怎能拦路告状？"

吴秉谦不理他，只管说："下官吴秉谦，状告川陕总督吴赫虚报粮草物价，从中牟利。"

听吴秉谦状告自己，吴赫气炸了，可又拿他也没有办法。康熙倡行"闻风奏事"，甚至可以直接向皇上奏事，任何人都不得阻拦。望着远去的背影，只能骂了声"癫疯之犬"。

继"籽粒银"案民告官之后，陕西官场这下算是彻底热闹了。官吏之间的相互检举，让本来就迷雾重重的"籽粒银"案更加扑朔迷离。

这本糊涂账如何才能理出头绪？老奸巨猾的刑部尚书傅腊塔查了一年都没有查出个子丑寅卯。张鹏翮的到来，又能怎样？众人各自想着心思。

接了状纸，身后跟着一群陕西官员。张鹏翮说："都散去吧，我跟吴制台和能泰藩台走走。"

大小官吏散去。

张鹏翮说："此案经年已久，涉事官员多已离职。制台、藩台两位大人可有好办法？"

能泰已被傅腊塔折腾了一年多，早已失去耐心："禀大人，账本都在布政使司放着。以下官的拙见，不知当讲不当讲。要我说，此案没法查，人走了，钱花了，账本记得五花八门。这些年，圣上征战，天灾人乱，上司查访，官员互访，下属拜访，礼尚往来，光应酬吃喝都是一大笔开支，衙门又无专款，官员薪水又只有那么一点，挪用、克扣免不了。至于动了哪一笔银子，谁的记性有那么好，能记得几年前的事？本来是吃了、喝了，账上却记着划了籽粒银、拨了救灾款。"

吴赫咳了一声，示意能泰少讲点。

一行人步履沉重，行动缓慢，每一步都把滚烫的路面踩出一个坑。

贾和安指着树下一条满身是沙子的蚯蚓说："要下雨了。"

张鹏翮想起老家的谚语，曲鳝滚沙要下雨。

太阳被一片乌云遮去，瞬间变成黑夜，赶到城边，忽起狂风，豆大的雨点稀稀拉拉从空中砸下来，肌肤顿感疼痛。

能泰在前面带路，回头等着张鹏翮："钦差大人，此处不远，下官有故人，不如在此躲雨，尝尝农家菜。"

几人加快脚步，见路边有小院，便到屋檐下躲雨。抬头见是"东府鸡"。

能泰推门而入，吆喝道："店家，有贵客，好生招待。"

店家满脸堆笑，弓腰邀请。

张鹏翮、吴赫、能泰三人坐雅座，其余另有安排。

贾和安嘿嘿一笑，说："各位，今天我请客。"

天越来越黑，雷声就头顶炸响，雨如倾盆，雨脚跳舞。空气中弥漫着泥土的腥味。张鹏翮凝望窗外，满心欢喜。

店家端上酒菜，半只叫花鸡，半只葱油鸡，一罐山菇炖鸡，辣椒炒鸡杂，两样小菜，一壶酒。

斟满酒，吴赫端起酒碗还没有说出话来，突然一个响雷，吓得酒碗差点掉地，晃出半碗酒。吴赫说："张大人西岳庙祭山，感动山神，送来喜雨。薄酒一杯，代陕西父老感激钦差大人功德。"

张鹏翮端起酒杯："此乃圣恩。"

敬完天地，吟诵道：

应祷甘霖沛，桑麻润泽稠。
桃花春水足，麦垄翠云浮。
下慰臣民望，上纾宵旰忧。
丰年应有兆，喜气满龙楼。

贾和安起身找掌柜抢先垫支银子，掌柜告诉他，已经结了。贾和安哪里肯罢休？

掌柜说："小哥好没意思，人家真心诚意请你，你却不领情。"

贾和安觉得吃两只鸡，能花几个钱。问："多少银子？"

掌柜见他没见识，告诉他："两只鸡五百九十两。"

贾和安吓了一跳："啊？啥子鸡这么贵？"

"贵？这就对了。不贵怎能待客？这鸡吃人参、鹿茸、莲子、枸杞、大枣长大，光一个蛋就要管五十两。放心，同州知州斐大人交代过，他请客。"

贾和安无话可说，他只听说过江南有个财主吃一个炒饭要五十两银，没想到这中原人更富有。心中庆幸有人结账，要不他身上所带的银子，最多买一个鸡蛋。

张鹏翮从不吃请。可今日老天要留他上饭桌，没有办法。但他不能撕破脸将人家训斥一通，把要查办的人先搞对立起来。

吴赫扯下一个鸡腿，放在张鹏翮的碗里。

"制台大人盛情，谢了。肠胃不好，沾了油荤闹肚子。"

吴赫说："张大人放心，今天要是吃坏了肚子我负责，这鸡非一般鸡。一般人都没有这口福，大人今天赶上了。"

张鹏翮拿起鸡腿咬了一口，果然满口留香，世间竟有这般美味。

能泰又拔了另一只鸡腿欲给张鹏翮。

张鹏翮说："我小时候因贪一时之快，一辈子都受惩罚。凡事皆如此，贪不得。"说完将鸡腿夹给了吴赫。

盼了已久的雨停了，仅打湿地皮。闪电时时划过天空，照亮大街小巷，雷声在远处隆隆着响，闷热的空气一下凉爽了许多。

门外，两顶大轿候着。

掌柜将一纸包塞在贾和安手中，说："张大人喜欢这一口。"

贾和安正在惦记张清，去了这半日，应该还饿着肚子，急忙接过纸包。

吴赫请张鹏翙上轿。

张鹏翙说，习惯走路。

一行人只得陪着张鹏翙走路。到了一家客栈门前，琵琶声声。

吴赫说："张大人，雨后神清气爽，不如上楼听会儿小曲。听说山东来了一戏班。班里有一当家花旦叫云珠，标致得很，还有一身功夫，嗓子像是被观音菩萨亲过，又清又甜。景舅爷花二百两包了整整一个月，天天听戏。"

云珠？好熟悉的名字。每个人的脚都很诚实，站着不动了，只听泉水叮咚、雨打芭蕉、绵绵细雨、金戈铁马。张鹏翙想着案子，还是早回布政使司，有事要做。

公案上，整整齐齐摆满了账本。随手翻翻，字迹工整，细看，账目一清二楚。傅腊塔怎么说是一本糊涂账？

"张清，张清。"连喊了两声。贾和安上前道："老爷，张清保护伍氏娘子去了，还没回来。"

"坏了。张清一向办事利落，今日已去几个时辰，未见人影，必是凶多吉少。"张鹏翙急忙安排吴赫找人。

34

蒲城县西十五里。

漫泉河见不到一滴水。蒲苇吸着河床的水分拼命上长，封住了三眼石桥洞。在蒲苇的遮掩下，几只青蛙过着闲适的日子，偶尔叫一声"呱"，相互问候。

桥上，蒲城知县关琇领县衙门一干人，在此等了一个时辰，身上的水分已被蒸干，衣服上留下白花花的图案。

府税课司大使关珍说："大哥，我觉得此人有诈，前日刚拿走三千两银去赈灾，今日又要来。这几个月拿走我们上万两银子，也不见有啥好处。"

"老弟，你知道什么？舍得，舍了不一定得，不舍一定不得。送了没有好处，但只要没有害处，就是得。谁不知道掏钱比割肉还疼。你以为当个知县是什么吗？皇上说知县是最重要的，可你晓得吗？知县不如一只蚂蚁，上面有百官盯着你，下面有百姓看着你，谁都可以把你踩扁。当官，没有人撑腰行吗？景舅爷是哪个？是谁都可以请得动的吗？没有巡抚大人的荐函，给他一座金山也请不到。"

"大哥教训得是。可是，都知道张鹏翮是圣上御封的'天下一等人'，前途无量，他怎会容忍他的舅舅到处捞银子？再说，捞银子也不应到蒲城县来。"

"我说关珍，当官的也是人。人生五大事，吃喝拉撒睡。一品大员一年百十两银子，七品县令一年几十两银，师爷、门客、家人都指望这点薪水。既要保住这个官位，还想要往上爬，哪一样不要银子？要大把的银子。不捞成吗？去京师捞得着吗？敢吗？只有在我们这些小地方，山高皇帝远才有搞头。找个不起眼的人出头替他捞好处，既得了油水，又保住了名声，既当了官，又过了好日子。所谓天道，就是大鱼吃小鱼，小鱼吃小虾，小虾啃泥巴。你就别东说西说了。"

说话间，见一顶八抬大轿姗姗而来。关琇整理了一下衣衫，轿前跪下："蒲城知县关琇携蒲城官吏给景老太爷请安。"

景舅爷撩开帘子："关知县免礼。"

同福酒楼设宴，琴声悠悠，舞者翩翩。

关琇介绍桌上美食："今日请景舅爷尝尝我们陕西的饺子宴，共一百零八道。这是宫廷宴，以燕丝、熊掌、甲鱼等为主料。这是八珍宴、这是龙凤宴、这是牡丹宴，皆以猴头、鱿鱼、海参等为主料。这为百花宴，素馅为主。按煎、炸、蒸、煮、咸、甜、麻、辣、海鲜、鸡肉、清素依次入席。每吃一道，用'银耳汤'漱口清喉，再吃下一道。"

桌子上盘碟层层叠叠，热气腾腾。

景舅爷扫了一眼，却不动筷子。关琇请过三次，景舅爷说："甚好，都撤了吧。"

撤了？没有听错吧。

"撤了吃啥？"关琇不解。

只见景舅爷的随从打开包裹，取出一套锅灶放在桌上。景舅爷说："大灾之年，节约点，别搞那些花里胡哨的，来点新鲜的羊肉即可。"

众人面面相觑。

关琇说:"还傻站着干什么?快去杀羊吧。"

转过头来给景舅爷赔礼道歉:"对不住了,手下人办事不力,还请景舅爷包涵。"

等跑堂的收拾完盘碟,景舅爷有话要说。关琇屏去左右,只有他与景舅爷两人。

景舅爷神秘兮兮说道:"都察院左都御史张鹏翮来华阴了。你晓得了吗?"

"已知晓。"

"御史大人夸你为官清廉。"

关琇从怀中掏出一张银票,带着湿漉漉的臭汗,说:"这一千两银票,一点小意思,请景舅爷笑纳。还请景舅爷在张大人面前替下官美言几句。"

景舅爷冷笑一声:"百姓都在传,左都御史是来查'籽粒银'贪腐案的。"

关琇听到"籽粒银"三字,浑身一抽,心里骂道,这个老不死的又想借机勒索。但他马上镇静下来,心里想着主意,怎样才能不被大宰:"请景舅爷放心,我再糊涂也知道,有些东西是动不得的,一是赈灾银,二是科举款。一旦查出来那是要掉脑袋的。"

"知道就好。"

张清跟着伍秀珍下山,行了五里,四处无人。伍秀珍见有跟踪,加快脚步奔跑。张清喊:"伍氏莫怕,我是张大人派我来保护你的。"

伍氏不听,拐过弯不见了人影。

张清四下查看无人。见高粱地被踩倒,高粱还在动。张清直抄近路在前方等候,四个黑衣人架着伍氏走出高粱地,被张清一顿拳脚打趴在地。张清踩着一黑衣人的头,剑指其颈,问:"为谁当差?"

黑衣人说:"好汉手下留情,小人为知县关琇卖命。"

张清将四黑衣人一一绑上,骂道:"就你们这点三脚猫功夫,还敢绑票?走,去衙门。"

押解绑匪,伍氏跟着来到布政使司。

伍秀珍看出来,眼前这个人是个大官,给了她救命的牛肉,当众接了状纸,还派人暗中保护,要不已经成了关知县的刀下鬼。

张鹏翮问:"伍氏,仅一张状纸,又无凭据,怎让本官为你申冤?"

"有，大人。民女天天在路上等官轿，今天终于见到青天大老爷了。我夫冒死藏了一本'籽粒银'账本。"

伍氏从怀里掏出一本皱皱巴巴的册子，递给张鹏翮。

问明原委得知，伍秀珍的丈夫名叫钟良，是秀才无功名，为了养家糊口，做了蒲城县户房，掌管全县田地分布"鱼鳞图册"，钱粮地清册，经办赈灾放粮和征粮纳税。去年秋天，蒲城知县关琇让钟良催促百姓归还几年前的"籽粒银"。

钟良说："百姓根本没有得到这笔钱，怎能让他们归还？"

关琇问："蒲城县谁是主堂？当然是本官。安排了，你做就行了。"

"蒲城连年干旱少雨，你叫我怎么下得去手哦，老爷。"

关琇耐心解释："正因为干旱，下不去种子，朝廷给的'籽粒银'都用在修漫泉河了。兴修水利是千秋大业，银子用在百姓身上，当然要百姓偿还。"

"可是，漫泉河的水在哪里？"

"天上不下雨，能怨我吗？"

两人僵持着。钟良横下心，就是置之不理。他清楚，自己的命运掌握在知县手里，可在县衙当户房既没有俸禄，也没有工食银，只能靠微薄的纸笔费、抄写费、饭食费等维生。对于这份差事，他早已厌烦，连他自己都骂，这在衙门打零差，估计是天下最不堪之事。知县有气骂他庸吏，出门百姓骂他贪官，回到家中婆娘骂他没本事。好在五年期快熬满了，以后屙尿都不朝县衙门。

反正不想干了，走之前，得把知县恶行记录在案，有机会呈给朝廷，收拾这个狗官。便将朝廷给蒲城县的一万二千两"籽粒银"支出一一记录，带回家中，交与妻子说："我如遇不测，便将这本册子交给朝廷的大官。"

关琇见跟钟良来硬的不行，便传话，请钟良吃茶喝酒，希望他再去向百姓讨还"籽粒银"："钟良啊，好兄弟，你五年的用期快满了，你办事利索、守规矩、又灵活，本县舍不得你啊，已经把补缺的位置给你留着了。"

可这点诱惑不能打动钟良。

几杯酒下肚，钟良越想越生气，指着关琇骂道："你这黑了良心的狗官。当初，你做穷秀才时，满嘴天下、苍生，可做了官怎么就变得如此黑心？百姓连水都喝不上，你却在这里吃肉喝酒。百姓命悬一线，你还要他们替你还银子。你信不信，老子进京告你御状。你不要以为你所做的事没人知晓。"

关琇已经预料到会是这样的场面。但他安抚道:"老弟,莫那么大的火,和气生财。你在本县为吏五年,过得很清苦,但同样没有落得好名声,你知道百姓是咋个说你的吗?任你官清似水,难免吏滑如油。你上了这条船了,就不要想清白。"

钟良长叹一口气:"哎!读书有何用?自寻烦恼。虽是文理通达,熟于律例,工于写算,却无功名,又自诩是读书人,不忍使手段残害百姓,落得个两头不是人。清者自清,浊者自浊,清浊同源,本秀才不屑与之同流。"

回到家中,腹疼如刀割。告诉妻子:"一定是被关琇怕事情败露,下了毒手。请娘子一定为夫报仇。"

钟良口喷鲜血,一命呜呼。伍氏便下决心拦路告状。

张鹏翮听完伍氏的哭诉,即发签捉拿关琇。

面对证据,关琇直喊冤枉,称自己干净,所得银两都给景舅爷了,没有一文装进自己的腰包。

"景舅爷?"

"是的。就是张大人的亲娘舅,景舅爷啊。"

张鹏翮心里咯噔一下,居然有这事?

世间娘亲舅大。母亲景氏离世,张鹏翮时常挂念娘舅,难怪今年回家时不曾见他。听说是去秦关了,没想到他会干这种事。如真有其事,如何是好?张鹏翮来回走了几步。说:"我是保不了他了。拿人!"

张鹏翮的亲娘舅,差官哪敢动?张鹏翮叫张清去。

"老爷,这个……"

张鹏翮这时才感到,左都御史离了京师,居然调不动一兵一卒。这也不能怪人家,自己的家事,当然得自己办。于是,亮出尚方宝剑,找吴赫借了二十名兵丁,直奔华州南候堡。

景舅爷正在会乡绅名流。

张鹏翮一看,笑了。上前打拱道:"老人家,你是张鹏翮的亲娘舅?"

"假了包换。"

"你的外甥张鹏翮来华州了,他派下官来请你老人家去华阴相见。"

景舅爷犹豫了一下,说:"笑话。有长辈去拜访晚辈的吗?叫他来见我。"

张鹏翮使了个眼色,几个兵丁一拥而上,将景舅爷推上马车,将小院抄没，搬走金银财宝。景氏大声叫喊："无礼，太无礼了，见了我外甥，看你们如何交代。"

张鹏翮骑马先回到布政使司，穿了官服，请川陕总督吴赫、陕西巡抚贝和诺、布政使能泰坐于堂上，同审嫌犯。

景舅爷被兵丁架着上了大堂。

吴赫拍下惊堂木："胆大刁民，可认得堂上张大人？"

"尔等算什么东西，叫我外甥张鹏翮来。"

"跪下！"

景舅爷不跪。两兵丁朝腿弯一脚踢过去，景舅爷扑通跪下，嘴上仍骂骂咧咧。

张鹏翮说："别演了，戏该收场了，本官就是张鹏翮。把你行骗三秦之事从实招来！"

差役敲着上黑下红的"水火棍"，口喊"威武——"

景舅爷看这阵势，再也演不下去了，只得招供。

景舅爷本叫景阳泰，读过几年私塾，在秦腔剧社演老生。常演帝王将相、富家老爷，言谈举止都很有派头。

他有今天，都怨布喀。

布喀原是陕西巡抚，可当了才几个月，就下台了，顶替他的是吴赫，布喀心中一直不快，认定是吴赫使了手段，行贿了朝廷官员。

正遇粮荒，但农民却不想种地。为鼓励民众开垦荒地，朝廷拨出籽粒银五十三万一千两，购买种子，免费向农民发放，秋收后以等价粮食偿还。这么大一笔银子，吴赫一定会贪。

如何拿到他的证据？布喀想到了会演戏、有派头的景阳泰。演谁呢？天下官员最怕的是都察院的官。就叫景阳泰演左都御史的舅舅，用这个身份到州县去明察暗访，寻找到证据。

一番交代，编排语言，准备了八抬大轿，在华州南候堡租了小院，请了用人。一转身，景阳泰就成了名流。

第一站便去了同州。知州斐文鑫得知景老太爷是当朝左都御史的舅舅，哪敢怠慢？天天大鱼大肉伺候着。陪着游山玩水，美酒歌赋，比在台子演戏实在多了。别了之后，斐文鑫再封了五百两银子。这份意外，把景阳泰高兴得找不到北。

拿了银子，景阳泰不敢私吞，如数上交。

这也让布喀找到一条发财之路，而且还没有风险。

布喀琢磨，陕西地界，肯出钱的官员不外乎两种人，一是自己屁股不干净的，二是一心想上爬的。这些官四处钻营，找靠山。现在来了个景舅爷，他们绝对不会放过。

于是，布喀列了一个清单：蒲城知县关琇，韩城知县王宗旦，朝邑知县姚士垫，华山州知州王建中，同州知州斐文鑫，原任布政使戴吞、禅布等。

几月下来，收获颇丰。

布喀拿人钱财，即孝敬朝廷、衙门官员。他总结，行贿不外乎也有两种，一是俗贿，直接送金银，这风险很大，人家不一定敢要。二是雅贿，送字画古董，或者买对方的字画。

陕西巡抚巴锡是个儒雅之人，视钱财如粪土，却对文人的墨宝情有独钟。布喀便投其所好，安排景舅爷收罗陕西地界的字画，或直接索要，或低价收买。张着耳朵打听，哪个文人得了重病快死了，便把他的字画当作礼物送出去。

巴锡收到这些宝贝，心里高兴，等着别人咽气，这些破纸烂字马上涨价。

布喀不当官了，但比当官时更有能耐，为送礼者办成了大大小小不少事情，有打赢官司的，有帮人家升了官的……

但他没有想到，自己胡诌了一个左都御史的景舅爷，跟张鹏翮的亲舅同姓，而且远在江南任学政的张鹏翮竟升为左都御史。歪打正着，这叫天意。

而景阳泰更直接，干脆就说自己是张鹏翮的亲娘舅。

公堂上，关琇得知真相，以泪洗面，恨不得找个地缝钻进去，扇了自己两个耳光："我真笨，居然被一个戏子骗得晕头转向。这以后怎么见人？死了算了。"于是绝食三日，奄奄一息。

张鹏翮叫牢房熬了粥，打开牢门，亲自盛了一碗粥递过去。关琇手撑着地板坐起来，痛哭流涕："罪人哪敢劳烦大人亲自盛粥？"

接过碗，和泪吞下，精神好了许多。忏悔道："哎，现在才知那句俗语，知足常乐。当初家贫，借钱读书，中了秀才、举人、进士，当上知县，本当知足。然而，总想着自己有做更大官的本事，做知府、巡抚、总督、尚书都不在话下，总想着走点捷径，最好连升三级，一步登天。结果一步没跨过去，一头栽至深渊，再也没有回头的路。更可悲之处，熟读诗书几十年，居然被一个戏子骗得神魂颠倒。一个子儿没有捞到，反落得个砍头下场。"

说完，又朝自己脸上猛扇了几个耳光。

张鹏翮说："你的教训并非无益，至少可以提醒读书人，本心是啥？是为当官，还是为做事。不过你放心，一人做事一人当。本官绝不难为你的家人，他们没有罪。你受到的惩罚就是砍头，一时之痛，而你的亲友将因你而一辈子抬不起头。"

关琇失声痛哭。

拿下关琇，陕西堡垒打开一个缺口。禅布得知景阳泰根本就不是啥左都御的娘舅，羞愧难当，上吊而亡。原布政使戴吞得知消息，忙叫人送回两万两银子，当晚气绝。朝邑知县姚士垫、华州知州王建中相继在三天内死去。

这怎么得了？

案子还没能审，就死了好几人，张鹏翮下令，立即将同州知州斐文鑫、蒲城县知县关琇、韩城知县王宗旦关进大牢，严加看管。

35

公堂。

同州知州斐文鑫、蒲城县知县关琇、韩城知县王宗旦跪于堂下，做最后的陈述。

斐文鑫哈哈大笑："这叫躲得过初一，躲不过十五。自从在运城碰到张鹏翮，我就一路霉运。姓张的，你是我这辈子的克星。经商你挡道，行善你使绊，当官你找碴。想我斐文鑫，确实没有得罪过你，你却为啥总跟我过不去？"

"我张鹏翮与你无冤无仇，是你自己与世道为敌，与大清律例为敌。当初，你在运城戴着善人面具作恶，本来那时就要杀你，可让你侥幸跑了。你有今天，是天理难容。"

关琇深深向张鹏翮叩首道："罪人有负皇恩，有负父母，有负妻子，下辈子变牛马来报答。"

王宗旦不说话，吴赫再三问："王宗旦你有何话说？"

"我要说，天下有不贪的官吗？包括你川陕总督吴赫。不要人模狗样地坐在公堂审我等，装正人君子，改日定有审你之人。"

差役敲着水火棍，喊着"威武"。

吴赫说："今天本官是审你等，改日我若犯法，自当领罪。但我估计，你是看不到了。尔等死到临头，还不知悔改，可见你罪孽深重。当初的圣贤书读哪里去了？本官告诉你，当官就别想发财，想发财就别来当官。"

张鹏翮历数三人罪状："斐文鑫，你为官整日大吃大喝，醉生梦死，把华州酒楼饭店都吃涨了，把'东府鸡'吃成摇钱树，五十两一个的鸡蛋你怎么吃得进去？关琇，你整天想上爬，巴结讨好权贵，将贪的银子全用在找门子上，你的亲娘却衣不蔽体，食不果腹。你于心何忍？再说你王宗旦，家里七房姨太太，整日还寻花问柳，穿梭于烟花巷。你三位还有何面目活在世上？"

关琇痛哭顿首："只求大人一事，老母四十岁才生罪人，今年八十有三，请大人饶恕罪人苟活几年，等老娘归西，任凭处决。"

王宗旦说："我有不服，那么多侵贪'籽粒银'，凭什么单单我三人受审？为什么只有我等三名县官？我要上诉喊冤。"

陕西巡抚贝和诺宣判。

同州原知州斐文鑫、蒲城县知县关琇、韩城知县王宗旦侵吞"籽粒银"证据清楚，依律处以斩刑。陕西原任布政使戴吞、禅布、朝邑县知县姚士垫、华山州知州王建中四人已亡故，不再追溯，其所侵吞银两悉数追还。

其余人等改日再审。退堂。

张鹏翮是钦差大臣，握尚方宝剑，无人敢说情。

次日行刑，逐个验完尸。

张鹏翮提着点心，敲开关琇老家柴门。一个蹒跚的老妇人，白发如雪，佝偻着背，拄着木棍，颤悠悠开门。

张鹏翮说："老人家，我是关琇的同僚，今日路过，特来看望。"

"哎呀，有贵客来，我儿也不带信回家告知。屋里没来得及清扫，实在不好意思。快快进屋，老妪这就去烧开水。"

"老人家，不用忙，我等坐一会儿就走。这位是陕西巡抚贝和诺，今后如有事，就找贝大人了。"

张鹏翮指着贝和诺："请将关母当吾母，多加关照。"

"张大人放心，贝和诺遵命。"

老妪似乎感觉到不妙，问："我儿他怎么了？为何不来看我？"

"关琇近日公务繁忙，难以抽身，望老人家保重。"

"我儿关琇从小娇生惯养，如有不妥，皆因老妪之过。请各位大人多提携担待。老妪这跟你叩头了。"

张鹏翮、贝和诺不忍，扶起老妪挥泪告别。

张鹏翮知道，古往今来，但凡侵蚀无度的硕鼠，无不胆识过人，诡计多端，不仅聪慧，且会来事。不仅以次充好、弄虚作假的花样百出，而且以假乱真的手段更是高明无比，稍不注意便会被其蒙混过关。

在张鹏翮看来，要想查出真相，只能采用最笨的办法——逐仓查验，逐笔核对。此案子并不复杂，看似一团乱麻，结果抓住线头一抖，就清楚了。

正当陕西官员个个提心吊胆，甚至弃官而逃的时候，张鹏翮向朝廷的奏报：朝廷共划出"籽粒银"五十三万一千两，百姓实际领到四十一万两，被官员侵蚀十二万一千两。状告川陕总督吴赫侵吞"籽粒银"四十万两一事与事实不符。长安、永寿二县，并无亏空。原任长安县知县谢嵩龄、永寿县知县万廷诏经收米麦，其见存者，与该抚所题之数相符。华阴县确实存在米麦亏空，但亏空的原因是民欠，而不是官吏侵蚀。若华阴知县董盛祚逾期不能收齐，则革职查办。

成都万里桥修葺费二十万两，被吴赫借给了噶礼，用于购买西征噶尔丹的粮草，并无贪污。

原川陕总督吴赫控告吴秉谦克扣军需银两、勒索税规仓规，也是道听途说。挪用库银造成亏空，一部分系急于军需，而非私自挪用。这部分造成的亏空，交由总督、陕甘二抚，令全省文武官员均赔。但另有一千零五十七两银自称用于修理文庙、仓库、渠坝等，查无实据，当属于挪用贪污。其收受下属馈送五千两属实。依律处斩，对其贪污受贿银两，仍照数追回，上交国库。

吴赫怀挟私仇、捏款诬参吴秉谦，应革职，并按诬告例处枷责。

陕西布政使能泰、按察使鄂海，在审理"籽粒银"案中，马虎行事，未查出实情，且各降一级调用。

陕西原任巡抚党爱不确查实情，贸然题参，均应按律问罪。

原任总督佛论，今于尚书任上，降四级调用。原任西安知府彭腾翩、卞永宁、陇州知州王鹤降三级，凤翔知府许嗣国降二级。原任西安知府升神木道李杰降一级留任、罚俸一年。原任陕西驿传道升福建布政使解任张霖，待补官之日降一级，罚俸一年。

"籽粒银"案的始作俑者布喀，未侵吞"籽粒银"以自肥，其挪用库银支付运米脚价，系公务，而非私用，免于问责。

轰动一时的陕西"籽粒银"案终于尘埃落定。

康熙三十八年六月。

九卿会议张鹏翮所奏。

康熙问张鹏翮："陕西仓米亏空，陈年旧账，恐怕其中还另有隐情。"

张鹏翮正想说此事："吾皇圣明，西北兵连祸结，战事频发，陕西虽是中原通往西北各省的咽喉，征战所需费用皆由陕西筹集。天下钱粮各省皆有亏空，陕西尤甚。其中，征讨噶尔丹时，噶礼从吴赫那里挪用百万银，筹集粮草，加剧陕西亏空。"

康熙点头又问："川陕总督席尔达居官何如？"

"居官颇优！"

"现任陕西巡抚贝和诺，与前任陕西巡抚巴锡相比，孰优孰劣？"

"巴锡为人郑重，而贝和诺做事精详！"

一席对话之后，康熙对众臣说："诸位爱卿，张鹏翮前往陕西，历时两年，细致入微，轻车简从，一介不取，给陕西带去一股清风。办案依事依律，不妄加推测，不讲情面，还原了错综复杂的系列案子本来面目，未冤枉一个好人，也未放过一个贪官。几十名官员受到制裁，有的被砍头，有的被收监，有的流放充军，有的降级免官，百姓称快。然而，朕心中疼痛，这些官员多是朕亲授的官职，朕对他们寄予厚望，他们却走上不归路。他等有责，朕亦有失察、失教、失管之过。"

众臣听康熙自责，齐刷刷跪下，高呼："臣罪该万死。"

"万死？人只能死一次，死不复生。那些被砍头的官员，他们会想到有这样的下场吗？没有。他们一步步走到上断头台，若是有人疾呼一声，或者扯一下他的袖子，怎会落到如此田地？贪腐之风，毁我长城，挖我大清基石，朕和天下苍生都深恶痛绝。惩贪倡廉乃朕治国之重，其他可网开一面，唯贪腐绝不姑息。朕整肃贪风，知廉、任廉、养廉、扶廉，屡召群臣荐举天下贤能官吏。劝谕百官'以操守为第一'，'持己清廉，爱护百姓'。今九卿俱在，亦有地方知府、知县。朕想听听诸位,何以做一个清正廉洁之官?"

朝中官员清楚,能直接让皇上了解自己的机会不多,能与皇上对话的机会更少。满朝文武低头沉思,等待别人先说,以便将言辞想得周全。俗话说,一言合则可兴,一言不合则可废。

见众人不说话,康熙问:"运青爱卿,朕留心察访你,不论官居何处,你都能洁身自好,可谓天下廉吏无出其右者。爱卿是如何做到的?"

"启禀圣上,臣本一介布衣,生于乱世,亲身感受百姓的不易。少年时,四处逃命,深知安居乐业难求。因而,臣少时发愤读书,心中有一个愿望,为天下做点事,让百姓不要那么苦。恰遇明君,臣有机会走出山沟。圣上乃天子,却将苍生置于首位。我大清才由乱而治,由分治而一统。

"百姓就是天下,民心就是大势。圣上委臣以重任,位高权重,这权不是臣自己的,这钱财也不是臣的。臣替圣上守护江山,占据了官位,拿了俸禄,怎敢再去损公肥私?那样就贪了。只有奸臣贼子才贪,而贪者必为奸贼。臣以为,忠臣必廉,而廉者必忠。贪口舌之福,贪色财名利,贪权恋物,其嗜欲深者,其天机浅。贪欲过度,深陷欲海之中,必将失去智慧,错失机遇。孔明淡泊明志,本色不改,智慧超群。苏轼身处逆境,仍然坚守'苟非吾之所有,虽一毫而莫取'。他作《六事廉为本赋》,告诫自己'功废于贪,行成于廉'。临终作诗'至今不贪宝,凛然照尘寰'。这样的廉吏,必是忠臣,当千古传颂。"

张鹏翮一席话,挑起了现场的官员的话头。

户部尚书赵申乔禀道:"做一个清官,必须兼'廉明'二义,首要是不能贪,其身正,不令而行。其身不正,虽令不从。文臣不爱钱,武将不惜死,天下太平矣。激浊而扬清,废贪而立廉。公生明,廉生威。其次要明,事必躬亲,明察秋毫,管好下属,不让下属官吏有贪赃枉法之机。"

于成龙说:"为官当洁己爱民,任事练达,除匪盗,安乡里,重民生,然励治。"

康熙听了几大廉吏论廉,非常满意,一眼看到了郭琇:"郭爱卿,当初你做吴江知县时,大肆搜刮民财,后洗手不干,改邪归正,成为清官廉吏,如今,万民拥戴,传为佳话。此乃大清之幸,亦是你郭家之幸。"

郭琇上前奏道:"如果不是张鹏翮提醒,汤斌诫勉,琇可能仍执迷不悟,也可能早就被砍头了,成为大清罪人,落得身败名裂。"

"改过自新,回头是岸。郭爱卿的故事编成了戏《郭琇洗堂》,朕看过,百官当看此戏。"

环视四周,康熙见到一个陌生面孔,叫不出名字:"你叫啥?"

"臣,太原知府赵凤诏叩见圣上,吾皇万岁,万万岁!"

"赵凤诏,汝父户部尚书赵申乔,官声清廉,汝当效法。"

"微臣所自信者,不受贿而已。饿死事极小,失节事极大。居官受贿,无异于女子失节。"

众人哈哈大笑。

康熙也笑道:"赵凤诏的话虽鄙陋,然而,为官者,于心底把廉洁当女子之贞洁来守护,岂不甚好?凡居官,当公忠体国,洁己爱民,不受贿赂,不听嘱托,尤以清廉为要。严禁妄行私派或额外苛索。人能做好官,不唯一身显荣,且能光宗耀祖,否则丧身辱亲,何益之有?尔等为官,务正己率属,吏自不为奸。尔可益励勤恪,安辑军民。尔等为官,以清廉为第一,为清官甚乐,不但一时百姓感仰,即离任之后,百姓追思,建祠感怀。盖百姓虽愚,而实难欺,官员是非贤不肖,人人有口,不能强之使加毁誉,尔等宜自勉。源洁则流清。"

众臣齐回答:"臣遵圣命!"

凡清必好,成为康熙时代最强音。那声音,在大清朝上空回荡了几百年。

张鹏翮由左都御史升刑部尚书,转任两江总督。

第十章　/　洪水滔天

36

康熙三十九年，早春二月。

黄河两岸大雪纷飞。

万里封冻的黄河发出一声裂响，平静的河面裂开一道缝，裂缝迅速向四周扩散。巨大的冰块开始游动，万千冰凌闪着刺目的银光，如飞马狂奔，似房屋倾颓，排山倒海，雷霆万钧，汹涌翻滚，横冲直撞。冰块被挤得乱窜，堆积如山，阻塞了水道，水位迅速攀升。

有诗云：

> 沉睡黄河醉眼开，冰凌霹雳倒山排。
> 巨龙身纵甲鳞跃，为报春风半夜来。

河道总督于成龙在两名河标的搀扶下巡视河坝，焚香向天祈求黄河安澜。

然而，怕什么就来什么。河标飞马来报，大事不好了！

扈家滩。

水势浩荡，积冰如山，多段堤坝河水漫过大堤，河堤两侧一片汪洋。百姓惊慌地奔跑，冰凌紧追其后，一片凄厉的尖叫、哀号。

于成龙下令，中、左、右三河营即刻前往支援，誓死守住高邮、宝应、江都等二道大堤。

萧营都司廖泓浩指挥军民加高扈家滩河堤。

冰凌狂躁，将大堤撞出一个大决口。瞬间巨浪滔天，千余抗洪军民消失在洪水中。房屋倒塌，百姓、牲畜在冰凌中挣扎。利津、沾化、历城泺口、赵家道口、刘家道口、齐河李家岸、赵奉决口、小沙滩、胡家岸民埝被冲决，长清县境黄河漫溢，历城、章丘段冰凌阻塞，水位不停暴涨。

于成龙口吐鲜血，倒地气绝。

乾清门。

御门听政，康熙表情凝重，来回踱步，他听不见群臣参报，心中所思大事：自听政以来，以三藩及河务、漕运为三大事，书宫中柱上。每日见之、思之，寻求良策。今四海太平，最重者治河一事。

靳辅治河时，河道甚好。自王新命后，仅守靳辅成绩，并无行效之处。于成龙初任河总，已将靳辅方略几乎推翻，则事尽废坏不堪矣。

黄河关系国计民生，只有把黄河治理好，才能保沿河诸省免除水患之灾，保漕运畅通，发展农商，天下才能大治。

如今凌汛，黄淮并涨，沿途堤坝崩溢三十余处。山东、淮扬三十州县一片汪洋。在此用人时刻，于成龙撒手西去，虽其治河能力尚缺，但其为官廉洁，一尘不染。河务钱粮向来无数，皆由河道总督申领。选任河道总督，首要是廉。既廉且能之官如靳辅，个性又太强，不听招呼。

在百姓看来，河道总督是个肥差。可在群臣看来，这是一个没有好下场的职位，以往河道总督的下场都很悲惨，要么被革职、杀头、充军，要么累死任上，无一例外。因而听说要选河道总督一职，闻者惊心，见者胆破，无不以畏途视之。

东阁大学士索额图上前参奏："河道事关三河安危，倘河务不得人，一时漕运有误，关系非轻。唯有廉能之人，方能担此重任。据臣所知，张鹏翮丁母忧三年，曾徒步万里，遍访黄河，考察水患成因，读古籍，访能人。在兖州做知府时再次考察黄河，草成《治河全书》。任山西盐运使之时，筑坝引流、开渠导洪，治水颇有心得，其为河道总督，是不二人选。"

明珠反对："仅写本书就能治河，岂不笑话。堂中何人未写过书？崔维雅还著过《河防刍议》《两河治略》两本书，颇为自得，出尽风头，却是纸上谈兵，贻害无穷。"

康熙不露声色，思考良久，等众人不再言语，他一锤定音："两江总督张鹏翮操守好，着调补任兵部尚书兼都察院右都御史，总督河道提督军务。"

两江督署内，幕宾刘杰、詹元相争吵。刘杰支持赴任，詹元相劝阻不要接这桩差事。

詹元相说:"在之前,靳辅、于成龙两位河道总督励精图治,却被罢官,还得戴罪治河,都死在治河任上。王新命、董安国两位河道总督被罢官、削爵,命运都很悲惨。"

张鹏翮没有被两个幕宾的话吓倒,只说:"两位,圣命难违。我已经定了主意,就是上刀山、下火海都得去。速备快马,立即启程进京受命。"

南书房。

张鹏翮匍匐领旨:"愿为圣上效犬马之力。"

对于治河,康熙早有研究:"古人治河之法,与今河势不同,其最紧要者,黄河何以使之深,清水何以直出,尔宜详加筹划。帑金耗费,钱粮有无着落,尔到任后,严察具奏。"

张鹏翮为官,总结出一套道理,就是做任何事,最重要的一是方略,二是用人。方向错误,用力越多,错得越远。用人不当,再好的方略都无法落实。于是,把准备好的《题带河官疏》呈上,请康熙裁决:"臣以为,总河之臣贵乎有守,而尤贵乎有才,有守则钱粮比归实用,可杜冒销之弊,有才方能赞襄河务,庶几可奏绩之效。荐举陕西道王谦,其守可以清理钱粮,其才可以赞理河务,请补授淮阳道。原陕西咸宁知县陈明经、四川潼川知府刘可聘、江苏按察使赵世显等九员,均称才守兼优,请派往河工效力,以收臂指之用。"

"准奏。"

临行前,康熙赠张鹏翮御扇,御书二字"清风"。扇坠为一块和田玉雕刻的仙童,洁白无瑕。再命户部从山东常平仓划拨三万石粮赈灾。

张鹏翮千恩万谢。

着布衣,驾小舟与幕宾一行五人,沿运河顺水而下,考察灾情。

沿途所见,哀鸿遍野,一片凄凉,让他震惊。望河兴叹,作诗《哀鸿》:

> 一望汪洋剧可怜,更从何处问桑田?
> 鸡鸣犬吠无消息,木落霜空绝野烟。
> 半线东堤强挽曳,孤篷渔火傍流泉。
> 嗷嗷待哺民情切,引领恩膏下九天。

船到东平湖，一女子在岸边呼天喊地："救命、救命啊。"

张清脱了棉衣，一个猛子扎入湖水。过了半天，手举一顶帽子钻出水面，很是沮丧。

翻身上船，划至岸边，系船上岸。

一伙强人冲出来，刀架张鹏翮等五人的脖子，说："我等要钱不要命，交钱就放人。"

几人上船翻箱倒柜，见到一木箱，打开见是一套官服。

"大哥，发财了，是个大官。"

一贼人穿着官服走出船舱。

趁贼人都看官服分神之机，张清与张鹏翮交换眼神，两人顺势夺刀，反将两贼人制服，踩倒在地。

张清一声怒吼，指着其余人道："河道总督张鹏翮大人在此，还不跪下？"

芦苇晃动，湖浪翻腾。

贼人听说是张鹏翮，丢掉手中器械，跪下求饶："大人饶命，我等灾民，因缴不起税，便逃进山林躲债。近日，兖州来了一戏班，说是宫中什么常在，派来义演募捐。官府四处替他们搜刮民财。听说，今日就要来东平，我等见有船过，以为是他，便打劫了，没想到劫到恩公张大人了。"

"你等所说可是真话？"张清问。

"有半句假的，愿天打雷劈。当年，张大人主政兖州，让我等过上好日子。今天，怎敢对恩人说假话？"

张鹏翮说："齐鲁乃圣人之乡，汝等如此行事，就不怕玷污圣人？富足懂礼义，灾难之时更要讲仁义。尔等若能反思痛改前非，本官不予追究。"

"谢谢张大人饶恕，小民定当遵守法度。如有再犯，自来领罪。"

张鹏翮一行人本应继续赶路赴任，可这是兖州，是他初次为父母官之地。脑海里拦道相留的场景，他怎能忘记？如今成了这般，他怎能不管？便领了一行人，直奔东平县城。

一行差役在各商铺赈灾征税。拒缴税者立即抓捕，戴上脚镣，装进囚车。

张鹏翮顾不得许多，径直前往东平县衙，去看看这个知县到底在干啥。

三声锣声响，百姓四处奔跑避让。一顶八抬大轿落地，百姓围了上去。喊："汪大人，救命啦，我们饿得不行了。"

差役撩开帘子,从轿子里伸出一只脚来,半天才着地。问:"何人在此喧哗?成何体统?"

众人让开一条道,大喊大叫:"汪大人,救救我们吧。"

汪大人头也未回,走进衙门。

张鹏翮见汪大人有点面熟,自言自语:"汪大人?"

张清、詹元相、刘杰几乎异口同声:"那不是汪日祺吗?在吴江当倩枪被捉现行,判罚充军。"

张鹏翮说:"真有路子。这才几年,就当知县了?我要问问他这个知县是怎么当的。"

说完,大步迈向县衙门。

詹元相一个箭步跑到前面去开路,高声喊道:"河道总督张鹏翮大人到。"

话音刚落,几个衙役提着水火棍过来,将詹元相按倒在地,骂道:"这年头,冒充啥不好?非要冒充总督大人。你不知道于总督死了,新总督还在路上吗?"

张清看了一眼张鹏翮,准备出手相救。见一黑衣女子,怀抱琵琶,飞身而至,几脚将差役踢翻,伸开双臂,将张鹏翮挡在身后。呵斥到:"谁敢动张青天?别怪我不客气。"

众人听说张鹏翮到来,纷纷跪下,直呼:"张大人救救我们吧,我们快饿死了。"

汪日祺回头,犹豫了片刻,见真是张鹏翮,冤家路窄。躲,肯定是躲不过的,只能装。急忙跨出衙门,跪下:"东平知县汪景祺叩见总督张大人。张大人驾到,未曾远迎,望恕罪。"

"汪日祺?你改名字了?"张鹏翮问。

对于这个问题,汪日祺已经反复预演了一百遍,对答如流:"大人,我有一堂兄叫汪日祺,下官叫汪景祺。"

"哦。你两兄弟长得真像,我还以为你就是汪日祺呢。作为知县,你没有听见百姓的呼声吗?"

"大人,灾荒之年,我一个小小知县,有何办法?还请大人为东平百姓做主。"

黑衣女说:"大灾之年,你仍黑着良心敛财,谋财害死多少人命?"

汪景祺手指差役："给我将她打出去，这里怎能任由疯子在此胡说八道。"

差役要动手。

张鹏翮说："让她把话说完。"

汪景祺抢先说："大人，东平县这种刁民多的去了。还是请大人先歇歇脚，下官自会打发他们。"

张鹏翮并不理会，对黑衣女讲："有本官在此，你说，谅他也不敢怎样。"

"恩人，小女子云珠。您在兖州做知府时，十字路口救过的那个十岁女子。"

定睛一看，天，十年不见，当年的黄毛丫头，竟然长成这般漂亮的仙女。"云珠？你怎么这身打扮？怎么在这里？你爷爷、父母都还好吧。"

"不好。娘和后爹都被他们逼死了，爷爷又被他们抓走了。我是来找他们要人的。"

"啊！"一声凄厉的尖叫。

众人回头，见一蓬头垢面、衣衫褴褛的女子一边奔跑，一边往嘴里塞东西，一跟头栽倒在张鹏翮面前。一兵丁追过来，挥鞭就抽。

云珠飞起一脚将兵丁踢翻。

兵丁叫喊："造反了。"

随后拥过来一群兵围攻云珠。

张清拔剑拦住，一声怒吼："河道总督张大人在此，谁敢放肆？"

张鹏翮扶起倒地女子，伸手向贾和安说："拿饼来。"

贾和安急忙取出一个饼，递与女子。在场的人见状，都伸手向张鹏翮要吃的。此情此景，张鹏翮再也忍不住了，泪眼婆娑，就差哭出声来。说道："乡亲们，我张鹏翮对不住大家了，我来晚了。但只要我张鹏翮有一口吃的，我保证每个人都有一份。"

张鹏翮从怀中取出御批的三万石粮："詹元相、刘杰，马上去各受灾州、县要紧处设粥棚救民。"

闻讯而来的山东巡抚王国昌禀报："大人，山东灾情甚重，三十一个州县受灾，几十万人无家可归。至少需要三十万石粮才不会饿死人。"

张鹏翮问："此时不动用库粮，留着下崽子吗？非要饿死人了，让圣上动怒吗？"

王国昌只得如实相告："山东地方粮库确实无粮可放。"

"哼！你们年年向朝廷报告夏秋丰收，粮食找不到地方存放，多次向朝廷申报新修粮库银。可怜百姓既要缴纳高额的税，又要忍受饥荒。你们就是这样当官的吗？良心被狗吃了吗？"

张鹏翮的话如惊雷，振聋发聩。

众官尴尬，不知如何收场。

差役来报，端敏公主已经到东平湖长亭，请张鹏翮速见。

端敏公主？就是当年在懋勤殿让他怦然心动的公主，在曲阜召见他，还送他罗帕。机会来了，翻出抄有黄峨诗的罗帕，火速来到长亭。

康熙征讨噶尔丹之前，端敏即回到京师。如今噶尔丹已灭，端敏这一生就只能在宫里度过了。凭着她跟康熙从小就要好的兄妹关系，软磨硬泡，得到奉旨巡察黄河治理事务差事。

一番寒暄，张鹏翮取出罗帕。端敏不禁一怔："没想运青你这么有心。"

但她清楚，一个是皇室贵族，一个是一品大员，两人身份特殊，只能到此为止，绝对不能发生司马相如和卓文君那样的故事，否则，大清的面子往何处放？一切都只能藏在心底。

端敏说："那是本宫闹着玩的，你还留着干吗？献丑了。"

本来，这块罗帕放在御书楼，张鹏翮回家探亲时，又将它带在身边，内心洋溢着幸福。

听了公主的话，觉得自作多情，也知道自己越制了，他立即转移话题，将借粮事如实禀告，以打住奔腾的内心。

"公主，山东凌汛洪灾，三十一个州县被淹，百姓无家可归，请求公主向皇上禀报，给予山东赈灾。"

"赈灾？那是地方督抚之事。本宫此次来乃奉旨巡察、督办黄河道治理事务。治河才是圣上当前的心腹之患。在危难之时，选你为河道总督，可见圣上对你寄予了厚望。本宫给你引荐一个能人，他跟随靳辅、于成龙治河多年。"

"好！"

"但，他是靳辅治河协理，因靳辅治河不力被罢了官。你敢用吗？"

"谁呀？"

"阿山。"

这让张鹏翮为难了，用阿山，显然是跟皇上对着干，皇上罢了他的官，我一个小小的河总又起用他,这是何居心?不用他,自己治河又没有经验,只是纸上谈兵,现黄河已成危及大清的大患,正是用人之际。不用他,还把公主得罪了。我怎么总是遇到这两难之事?

张鹏翮再次转移话题:"公主,燃眉之急是粮食,山东只需三十万石粮,就能救几十万性命。"

"运青,赈灾粮的事情,我真的帮不了你。至于阿山你用不用都没有关系,不用,我带走便是。"

张鹏翮想,事已至此,不用阿山,岂不人财两空。

"请阿山为治河参事。"

东平知县汪景琪听说张鹏翮启用了阿山,对张鹏翮说:"张大人慧眼识珠,启用能人治河,必能成就一番伟业。"

转头却是一阵冷笑。

37

云珠恳请带上她去治河地工地找爷爷。

张鹏翮带着云珠,驾小舟顺水而下。一路探水势、查灾情,丈量河道垣堤。到了云梯关,见一拦横坝,巍然如山,中间留有一缝,细流涓涓。难怪黄河决堤,不知道当年为啥建这坝。

阿山说:"大人,这道坝早该拆了,小人建议多次,几任河总都不敢动。"

"不拆,一定有不拆之理。"

正说着,忽见一队人马,押着一群人,披枷带锁路过云梯关。

张清上前探明缘故。得知这些人抗缴税银,送河道做工抵债。差役自称是于成龙之旧部,奉命行事。

张鹏翮上前斥责:"于大人乃一代廉吏,为官榜样,如今尸骨未寒,不许坏了他的名声,把人都放了吧。"

"本官是河道都司廖泓浩,没有徐大人的命令,就是天王老子来也不会放人。你等为何人?竟敢在此口吐狂言,再废话,将尔等一并拿下,治河正缺人手。"

"你们捉人就这么随便吗？谁给你的胆量？"张鹏翱问。

"他妈的，给你好说不听，居然敢妨碍公务，给我拿下。"

张清挡在前面，问："谁敢动？"

张鹏翱正想了解真实情况，喊了一声："张清，看他们能怎样？"

十几个差役，将张鹏翱等几人绑上，押解前往淮安。

"爷爷！"

"珠儿，你怎么也被抓了？"

"我来找你，便跟着恩人来了。"

"恩人？"

张鹏翱也认出了云田礼，问："云师傅，怎么回事？"

差役吼道："不准讲话！"

云田礼低声道："哎呀，一言难尽。大人在兖州做知府时，把我从牢里救出来，又成全了我女儿与牛三结为夫妇，铁铺生意渐好，日子过得红火。小孙女云珠跟师进了戏班，时常带些银两回家。一家人本已衣食无忧，可东平来了一位汪知县，日子就不好过了，隔三岔五来要钱，不给就拿人。

"今年，凌汛洪灾，京城又来了一个什么皇亲国戚，搞什么义演赈灾，官府说铁匠铺是大户，应捐五百两。我是小本生意，哪拿得出那么多钱？徒弟牛三不服，找官府理论，被暴打一顿，回家就死了。女儿悲伤过度，也跟着去了。好好一家人，就这么散了。我还有啥活头？跟他们拼了，这就被押解到这里。不想遇到张大人。"

"闭嘴！"差役再次吼道。

张鹏翱问："什么皇亲国戚？"

"听说是万岁爷的小舅子。"

"大灾之年，居然敢冒名行骗，岂有此理！"

淮安清晏园。

亭、台、楼、阁、假山错落有致，曲径、长廊，溪流潺潺，花繁木盛，秀丽典雅。

园内有关帝庙，关公一手捋髯，一手捧书，美髯垂腹，大义凛然。展书默读忠义千秋。

荷芳书院前，幽静荷塘，一只白鹭伫立在浅水中，另一只悠闲地梳理着羽毛。

河道协理徐廷玺把园内查看了一遍，走进荷芳书院，这里便是新总督的官邸。清点完新购的书籍和文房四宝，吩咐八抬大轿在总督府前候着。

到了淮安清江浦。忽闻开道锣鸣，抬头望去，百姓四处躲避。

张鹏翮感叹，大清朝的官多且大，不但耗糜国家财富，浚削民膏民脂，而且，官员领了俸禄，却遇事推诿，政事低下，甚至只说不做，干打雷不下雨，真乃祸国殃民。

清江浦总督府，徐廷玺来回走动，等待张鹏翮消息。

幕宾来报："今日去码头迎接张大人的轿子扑了空。这个张大人，不知上哪里去了，按行程早该到了。不会出啥事吧？"

廖泓浩跨进大堂，禀报："徐大人，人犯押到。"

"带上来。"

张鹏翮等一行被推进大堂。

差役喊："跪下。"

一行人准备跪下，看张鹏翮等未跪，弯下的膝盖又直起来。

廖泓浩指着张鹏翮："为何不跪？跪下。"

张清挣脱绳子，吼道："狗东西，忍你好久了，张大人在此，还不跪下！"

徐廷玺听了，睁眼一看，真是张鹏翮，吓得脸色煞白。忙走出公案，替张鹏翮解下绳索。再三叩头："请张大人治罪。"

张鹏翮活动了一下手腕，对众人讲："看到没有？当官就是一顶帽子，没有那顶帽子，谁认得你是个官？当官不可能一辈子都把帽子顶在头上。没有帽子，再大的官，一样是个普通百姓，非常无助和弱小。都司这样芝麻小官，都敢威风十面，都可以不把百姓当人，随意抓捕。这大清还有王法没有？谁给你的权力？简直是胆大妄为。本官要让你长点记性，为官不许欺负百姓！拉下去，重责都司三十大板。"

廖泓浩叫道："大人，小人知错了。"

张鹏翮正衣冠，上堂。先审一行拒缴税人犯。

众人说："大人，今年洪灾，本无银缴税，官府却加征了两次税。"

张鹏翮问："徐廷玺，百姓所说可属实？"

"这个，我们也没有办法。朝廷不给，又要我们干活，还要按期筑坝、堵缺口。完不成任务，将要免官、充军。于成龙大人都没有办法，我一个河道协理小官，有何办法？"

"既然是衙门的错，你知道该怎么处置。"

"放人、放人。"

"放人？这么容易？把人家请来了，盘缠钱总得给点吧。"

"给、给、给盘缠。"徐廷玺有点结巴。

众人含泪跪别张鹏翮。

恩公张鹏翮又回来了！消息像风一样传遍兖州以及整个山东，绝望的百姓又看到了希望。

张鹏翮传赵世显等九员上堂。宣读吏部任命状：任命陕西道王谦任河道布政使，速查清河道钱粮。江苏按察使赵世显任河道按察使，审理贪腐，彻查借赈灾敛财之事。四川潼川知府刘可聘为治河参议，陕西咸宁知县陈明经为佥事。其余人等任治河参政、巡道、守道。接着宣读圣谕，望各臣工尽心尽力，清理钱粮，治理河务，各司其职，以期早出成绩，永庆安澜。

各自领命而去。

徐廷玺等了半天，没见张鹏翮给自己安排职位，心中甚慌，便呈上治河方略和账本。

张鹏翮接过细细看了几笔账，问："可曾买卖苦力？"

徐廷玺被这突如其来一问，有点慌了神，是不是有什么把柄？怎么一上来就这样直杠杠地问？他只得禀报："山东、安徽、江苏等地刁民拒交税纳粮，便捉拿到工地充当河工，不得已而为之。"

张鹏翮追问："既然是以劳力抵税，为何又支付了一大笔河工费？治河所需银两都由工部直接划拨，怎么又要从百姓中征收？"

这个张鹏翮眼睛有毒？这么巧，一来就翻出了问题，一出手就打到了七寸。

徐廷玺很委屈："今年，工部迟迟不拨河工钱粮，没有钱粮就没河工，没有河工就无法治河。"

张鹏翮问："往年治河钱粮何时下拨？"

"往年正月就下拨治河钱粮，今年至今未到。"

"可有缘由？"

"都因今年百姓拒交火耗。没有火耗，哪来银子行陋规？总督于大人不向工部行陋规，工部怎会下拨银两治河？"

张鹏翮击案而起："天下竟有这种扯淡、荒唐的事，岂有此理！"

"小人如有半点谎话，听凭大人发落。"

张鹏翮来到治河工地，见河工戴着脚镣挖土打夯，四周站着监工，不时对河工施以拳脚。

张鹏翮怒问徐廷玺："这是怎么回事？"

徐廷玺说："怕河工逃走，只得锁住。"

不远处有一排工棚，吆喝声不断。一群河工脱了衣服赌钱正酣，另一群人划拳饮酒。

同样是河工为何两种待遇？张鹏翮让徐廷玺解释。

徐廷玺说："这些是靳辅、于成龙两任河道总督的旧部，治河有功之人。"

"有功之人？哼！"

回到荷芳书院，刚坐下，端起茶碗。听到有人敲后门，贾和安开门一看，五挑米粮。贾和安有过教训，哪敢收？

刘杰问："何人所送？"

"河协徐廷玺大人。"贾和安回道。

"徐大人一番好意，怎能辜负？收下吧，出了事我担着。"刘杰说。

收下米粮，贾和安急忙翻看。果然不出他所料，米粮担子里藏了三千两银。

贾和安立即去追。

刘杰叫住贾和安，不必去追。只需记上一笔，徐廷玺捐治河银两三千两。

贾和安不敢隐瞒，急报张鹏翮。

张鹏翮点头称赞："我正为银子发愁，交给赵世显吧。"

"哈哈，运青，我来了。"

探头一看，是巡抚宋荦。

"什么风把宋大人吹到清晏园来了？"

宋荦贴近张鹏翮的耳朵，很神秘的样子："张大人还不知道吧？国丈和国舅都来淮安了。"

张鹏翮一听也吓了一跳："这么大的事，怎么没有人跟本官报告？刘杰你们知道吗？"

刘杰等都摇头。

宋荦说:"人家做事低调,不想惊动张大人。"

"他们来干什么?"张鹏翮问。

"走吧。别问那么多了,到了就知道了。"

一行来到谯楼。楼高六丈,重檐九脊,四角龙头翘首,双目睁圆,大口吞云,门楣悬挂"南北枢机"和"天澈云衢"的金匾。到了淮安,不论文武官员、显宦世家、巨商富贾、文人墨客还是僧道名流,都要登楼祭酒。张鹏翮急忙登楼,见堂中端坐一中年男子,气度非凡。

分宾主坐下,男子坐主位,侍儿上茶。

中年男子并不起身,欠身道:"两位大人公务繁忙,实在打扰。在下李德才……"

"李德才是谁?"张鹏翮低声问宋荦。

"后宫春常在之兄。你是明知故问,还是装糊涂?我以为你们认识。"

急忙介绍:"抱歉,忘了介绍,这位是河道总督张鹏翮,这是李国舅。"

"久仰久仰。"

"幸会幸会。"

两人寒暄之后,李德才说:"得知山东凌汛,几十州县受灾,数十万百姓无家可归,春常在十分牵挂山东,派我等专程从京师到清江浦赈灾,解民之苦,为圣上分忧。"

赈灾?正是张鹏翮心中大事,但并没有表露出惊喜,而是继续听下文。

宋荦问:"张大人,这是好事,你咋那么平静?"

"我在想,这三十万石粮如何分配。"

李德才呷了一口茶,继续说:"三十万石粮不是小数,就是国库都难找到这么多粮。不过张大人放心,在下已将南府戏班带到清江浦,义演募捐。不足部分,以工相抵。只要张大人将治河工程交与本人,李某保证花最少的钱,请最好的工匠,用最好的石料。"

张鹏翮已经听出了李德才的来意,募捐?他要空手套白狼。重点是以工相抵,包揽治河工程。你胆子也太肥了,居然敢行骗到我头上来了!在陕西,刚搞了个"亲舅",现在又来个国舅。你说点什么不好,非要说老子知道的事。张鹏翮想要戏耍一下眼前这个骗子,装着对戏班很有兴趣。

"南府戏班?"

"就是。专门给万岁爷和娘娘演戏的。"

"哦,我想起来了,就是万岁爷第二次南巡时从江南带进京师的。进了京,却没法安置。交给礼部,礼部说当归内务府。内务府却说,民籍艺人不能与宫廷太监在一起,当归礼部。两部推磨,万岁爷说,干脆把戏班放到南花园去,那里草木繁茂,花开四季,有如唐明皇的梨园,这就是大清梨园了。由内务府设七品管事,此地便叫南府。艺人分三等,一等一个,二等一个,其余一律三等。万岁爷每月叫贴身太监前去南府行赏。国舅把南府戏班带到江南来了,万岁爷想看戏了咋办?"

李德才耐着性子听张鹏翮说了一堆不管用的话,心里却一直想着工程,说:"是啊,万岁又要治河,又要救灾,心里着急。春常在为万岁分忧,便出了这个主意,安排在下领戏班专程为这治河之事而来。工部那边,在下已经打点好了。"

"工部都同意了,我哪敢有异议?"

"这么说,张大人同意把治河工程交给在下了?"

"哪有不理会国舅之理?不过国舅有所不知,治河事大,下官每事必报圣上裁决。"

"哦,不妨。这赈灾呢不是靠哪个人就能做得到的,俗话说,众人拾柴火焰高。"

宋荦当即表态:"没问题,本官捐五千两银。"

说完,宋荦和李德才都看着张鹏翮,等他发话。

张鹏翮明白了,这两人是在演双簧,要掏他张鹏翮的口袋。

他站起身,打拱道:"多谢宋大人捐银救灾治河。本官这就去安排迎接李国舅的赈灾粮,向圣上奏报,表彰宋抚台和李国舅的义举。"

李德才坐着不动,满脸不高兴,说:"张大人,其实呢,捐银凭自愿,三千都行。"

张鹏翮回头:"三千吗?下官手上正好有三千,我这就回去取了送来。"说完径直下楼。

宋荦对李德才尴尬地笑了笑:"这张鹏翮就是个书呆子,一点都不会来事,官当得有点糊涂,送上门来的关系都不晓得攀。"

起身微笑着,望着张鹏翮的背影说:"运青兄,走好。"

事前，宋荦信誓旦旦给向李德才保证，让张鹏翮捐一两万银不在话下。河道总督那是个肥差，所有钱粮无数，要多少朝廷就给多少。吹嘘跟张鹏翮在江南曾共事三年，关系好得很。只要他去开口，这点面子必须得给。

话说过头了，多少有点难堪。

李德才没有要到想要的钱，心里不痛快。说："宋大人，找个地方消遣消遣，听说江南女子不错。"

宋荦正想表达一下歉意，便将李德才带到醉花楼，叫来十几个姑娘让他选。李德才抬起眼皮看了一眼，吸了一口气，说："都下去吧。"

老鸨忙上前，呵呵笑着："客官，看您天庭饱满，地阁方圆，鼻如悬胆，目若朗星，口似涂朱，牙排碎玉，真乃三山得配，五岳相均。我家头牌玉儿，客官一定喜欢。"

宋荦说："废什么话？叫出来吧。"

"客官，就是有点贵。"

"还能少了你银子不成？"

玉儿羞答答上来，恰似海棠国艳。

李德才问："几岁了？可曾接过客？"

"回客官，我家女儿刚十八，从未曾接客。"

李德才骂道："好一个刁蛮泼妇，刚才还说了是你家头牌，头牌不接客，养着给人看不成？"

老鸨毕竟见识多，又是两声呵呵，不慌不忙说："客官好有见识，老生刚才未曾说清楚，玉儿今年不曾接客，干净得很。"

"还有小的没有？"李德才问。

"有有有，二八碧玉年华，如何？"

"还有小的没有？"

"有有有，及笄之年，十五岁如何？"

"再小点。"

"金钗之年，十二岁。再没有更小的了，昨日才来。"

"叫来吧。"

老鸨带上一个小女子，肤色黝黑，双眼充满恐惧，浑身颤抖。

李德才说："我就喜欢这样的，就她了。"

老鸨搂住小女孩，很不情愿："客官，女儿才十二岁。老身给你养着，等长成年后，请你不迟。"

宋荦说："别费话了，说个价。"

"哎呀，这伤天理啊，这样吧。"说完，伸出食指。

"不就一两银子嘛，行行行。"宋荦掏出一锭银给老鸨。

老鸨仍将手指伸着。

"行行行，这锭银子都归你了。"

老鸨伸着的手指仍不放下。

"啥意思？你总不会要一百两吧。"

"客官说对了，就一百两，再加九百就成了。"

宋荦虽然心痛，可都到这时候了，还有什么办法？把人家带到这地方来，就是为了让其高兴。他高兴了，啥事都好办。一咬牙，行行行。就这么定了。侍候好了，还有赏。

小女子被带上楼，李德才关上房门。

只听见李德才叫骂道："小蹄子，信不信老子弄死你。"

接着听见女孩号叫。

老鸨听不下去了，暗笑连个小女孩都没有办法，上楼敲门。

"谁呀？"李德才没有好气地问。

"客官，是我，女儿的嬷嬷，让老身进来，教教她。"

门开了。

"咣当"，窗户被重重推开。窗台上女孩失魂落魄，衣衫不整。

老鸨喊道："女儿——快回去！千万……"

女孩纵身一跳，摔在地上，身下一摊血。老鸨急忙下楼，呼喊道："作孽啊，没有福气的小蹄子。"

李德才伸出脑袋喊："嬷嬷，还有没有？叫上来。"

醉花楼外，一阵整齐的脚步声渐近。

两个差役一脚踢开醉花楼大门，一行差役手持刀剑，列成两排。按察使赵世显踱着方步进门。

宋荦见是赵世显，曾与自己共事过几年，心里有了底。忙上前去耳语："仁甫，动不得哦，李德才是春常在之兄，当今皇上的舅子哦。"

"抚台大人，本官受河道总督张大人之命前来，正是捉拿此人。"

赵世显将手一挥。差役冲上楼，撞开门，见李德才光着身子在床上躺着抽烟。差役不由分说，将李德才穿上衣服，绑上押解下楼。

李德才挣扎着，喊道："尔等大逆不道，必灭九族。"

赵世显眯起眼道："国舅，张大人派本官来请你去总督府取银子。请吧。"

差役将李德才推进囚车，赵世显一路小跑紧跟其后。

河道总督府。

宋荦气喘吁吁跑到督府公堂，见空无一人。高声喊道："有人吗？运青，快出来，出大事了。"

见无动静，宋荦又走出大堂，取下喊冤鼓槌就敲。

张鹏翮整冠登堂，见是巡抚宋荦："有请。"

宋荦走到公案后，对张鹏翮耳语。

张鹏翮推开宋荦，说："公堂之上，有何见不得人之事？大声讲出来吧。"

宋荦仍附耳低语："大人，你那个赵世显惹祸了，李德才是什么人？你不知道吗？动皇亲国戚这叫谋反，要杀头的呀。"

张鹏翮只笑不答。公堂之上，李德才仰着脖子，目空一切。说："你想咋的？老子几十天就募到百万两银，你有这本事吗？人家自愿掏腰包，你有这人品吗？我告诉你，咋个把我请来的，就咋个把我送回去。"

张鹏翮笑了："放心，国舅，下官公干在身，按察使赵大人还有几句话问你。失陪。"

说完，拉着宋荦："宋大人，到了寒舍，怎么也得去坐坐，走，去我荷芳书院赏荷去。"

到了后院，张鹏翮问："你认识国舅？"

"不认识。"

"大灾之年，骗子最多，打着各种旗号到处敛财，败坏圣上声誉。在陕西，我就见过冒充我亲舅的戏子。原以为只有蒲城知县关琇才有那么傻，没想到你堂堂巡抚大人也会上当。"

两人聊着天，品着茶。等待赵世显的审理结果。

赵世显叫李德才把冒充皇亲国戚四处行骗的事招来，李德才破口大骂，等骂完祖宗十八代，赵世显才让动刑，先是鞭打，再夹手指，当烙铁烧得通红，刚从炉灶里取出来，李德才就招了。他确实是春常在的大哥，因做生意赔了银子，便搜罗几个被南府赶出门的戏子，四处唱戏。到了山东，得知灾情，便动起了募捐敛财的主意。

签字画押，投进死牢。

送走宋荦，张鹏翮把上任以来所见之事，写进《首陈三事疏》，请求圣上裁决三事：撤去协理河务一职，以专总河之任；撤靳辅、于成龙等随带河工，以免干扰治河；请治河钱粮直达河道督府，以免治河钱粮从中受阻。

第二天，河道总督府来了位老者，求见张鹏翮，自称是春常在之父李颢轩，请张鹏翮看在常在分上饶过儿子。

张鹏翮说："本官正要拿你，你却送上门来。"

下令将李颢轩绑了。

李颢轩高呼："老夫是当今圣上的岳父。"

"大胆狂徒，竟敢冒充皇亲国戚，仅此一条，就可定你死罪。"

南书房。

康熙正在看张鹏翮的奏折，问索额图和明珠怎么看。

索额图禀道："张鹏翮所言极是，当准。"

明珠却极力反对："张鹏翮刚刚到任，不是思考如何治河，而是想到如何排除异己，安插自己的人，不利于人心安稳。再者，靳辅虽然曾经被罢过官，但其忠心可鉴，于成龙更是天下廉吏，两人都死在治河任上。人刚走，就拿他的手下开刀，这样做，未免太绝情。"

康熙说："河工之所以总难奏效，一切弊端根源就在于人事，旧河工居功自傲，掌管河工钱粮的，自以为有权，借机勒索，贪图肥己。朕早有此心，裁掉多余人事，将河工经费直接拨经总河，无须经过工部，使其无法掣肘。准奏。"

康熙还昭告天下，凡借治河勒索、营私舞弊者，斩！

河坝上，跪着李颢轩、李德才父子，刀斧手撩起人犯辫子，刀斧高举。

听到"斩"，李颢轩瘫倒在地。

刀斧手将他扶正，正要下刀，圣旨到，李颢轩免死。

公公命其谢恩，李颢轩早已经气绝。

徐廷玺站在囚车里。耳边响起赵世显的判决，行贿受贿，贪赃枉法。囚车后跟着靳辅、于成龙的旧部,人人低着头。围观的河工,有的朝他扔石头,有的喊好。

囚车消失在滚滚红尘之中。

38

治河本是张鹏翮的头号大事,他领着阿山等丈量黄河,却想着兖州,去哪里搞三十万石粮?

兖州知府金一凤快马求见:"大人,灾民正在往兖州常平仓聚集,抢粮不可避免。请总督大人派河标前往弹压。"

"有多少人?"

"上万人。"

"快,带我去。"

张鹏翮飞身上马,与金一凤直奔兖州。

灾民将兖州常平仓围得水泄不通,高呼放粮。常平仓周围拉上了拒马,守兵层层设防。守备唐成伍如坐针毡,自言自语说:"打了一辈子仗,从来没有怕过。可这些都是老百姓,叫我如何下得了手哦?"

守兵忽然来报,灾民已经冲过第一道防线。唐成伍下令:"加强戒备,绝对不能突破第二道防线。如有不听者,开枪示警。如再不从,直接取几个人头挂仓库墙头。"

灾民将拒马推倒,如潮水向第二道防线涌来。三声枪响之后,躁动的灾民停止了脚步。

云田礼走上前,振臂高呼:"老朽七十有三了,饿死是死,抢粮也是死,愿以己性命为大伙换粮食。"

说完,径直闯过第二道防线,被脚下石头绊倒,鲜血直淌。云珠见爷爷云田礼受伤,拔剑向前,众人随即冲过防线。

唐成伍如同一头狮子,跪地仰天长啸:"苍天啦,这是在逼我啊。我也是父母所生,我的心也是肉长的啊。可守护粮仓,是下官职责。我要开枪了,圣上,请饶恕罪臣。"

他站起身，两眼通红，下令："预备——"

兵丁端起了枪。

一行快马飞至，张鹏翮从马背上跳下，挡在灾民前。高声喊话："唐守备，放下枪，我是张鹏翮。"

听说是张鹏翮，众兵丁自动放下火枪，灾民自动让开一条道，跪成两排。

唐成伍急忙跑出来迎接。下令加强警戒，保护张大人。

张鹏翮哽咽着扶起乡亲："对不起，乡亲们。"

灾民见了张鹏翮，如受了冤屈的孩子，泣不成声，自动往后，退出第一道防线。

常平仓内，唐成武参见张鹏翮："大人，请想个办法嘛，这上万人围着粮仓，迟早要发生大事。"

张鹏翮让领头的灾民到库内说话。

云珠领着几名领头的灾民面见张鹏翮，称："灾民有两天没进一粒米了，有成千上万的人已经奄奄一息，以水延命。如果再无粮施救，必将饿死无数。"

张鹏翮也没有主张，他只能夸下海口："云珠，你等去告诉灾民，我一定让大家明天就有饭吃，请乡亲们不要在常平仓逗留。"

此话要是从别人嘴里说出来，灾民一定不信，可这话是从张鹏翮口中说出来的，绝对不会有假。

灾民从四面散去，苦苦等待第二天的来临。

张鹏翮召见山东官员火速到兖州议事。

吵了半天，众官认为，救灾民是绝对必要的，关系到人心向背。人人引经据典，洋洋洒洒，慷慨激昂。甚至有人找到了这次饥荒的原因，即是天灾，又是人祸。

张鹏翮已经忍无可忍，再听不下去了，说："做官就只会背圣人和皇上的话吗？你们说一句自己的话可否？说一句管用话成不？说那么多废话对救灾有何用？当官，不是让你来耍嘴皮子的。我要的是办法，解决救灾粮的办法，明天让百姓有饭吃的办法。"

有人小声嘀咕："你总督大人都没有办法，我等小虾小蟹哪能找到办法？"

张鹏翮忍了又忍，本来是请众官来集思广益的，可这个会开得跟没开一样，还不如不开，浪费我几个时辰。说："先散了吧。"

回到驿站，张鹏翮如坐针毡，只能打常平仓的主意，本想让官吏出头说出从常平仓借粮，可这些老滑头，就是不开口。

刘杰劝张鹏翮："大人，小人觉得，端敏公主的话有道理，你河道总督专职治河，赈灾借粮是地方之事。"

张鹏翮说："治河为谁？人都饿死完了，谁来治河，治河干啥？山东受灾百姓那么信任我，怎能于百姓死活不顾？阿山，你有啥好办法？"

阿山并不搭腔，从张鹏翮随身带的行囊中取出康熙爷赠的宝扇道："大人，这宝扇好啊。"

"你想用，借你便是。"

"大人的宝扇是借不得的。"

"圣上赠我宝扇是让我清白为官，谁都可以借得。"

"我想起一首儿歌：六月天气热，扇子借不得。有钱买一把，无钱该受热。"

"阿山啊，你这人啥都好，就是说话不爽快。你到底想说啥嘛，你看我急得要上吊了，哪有闲工夫听你扯淡？"张鹏翮有点不耐烦了。

"大人，不急嘛。遇事越急，越要慢慢找办法。不如跳出来另辟蹊径，我想和上一首。"阿山不紧不慢说道。

"快点嘛。"

"灾年肚皮瘪，粮食借不得。有米饿不死，无米命该绝。"

"都这时候了，你还在说风凉话。我晓得，你让我借粮，可我上哪里去借？"

"常平仓啦。"

"憋了半天，你就出这么个主意。你以为我没有想过吗？那常平仓没有皇上的御批，擅自动用，那是要杀头的。要是可以借，上任时，圣上为啥给我批了三万石常平仓粮？"

阿山仍然坚持："粮食放在那里是死的，借来救人错不到哪里去，秋收还上便是。"

张鹏翮夺过扇子，说："你真是胆大包天。去，传山东巡抚王国昌再做商议。"

阿山刚转身，云珠求见，满脸悲伤，说："大人，我爷爷走了。请求大人速速放粮，再不放粮，会死更多人。"

说话间，王国昌带着一群官员来到驿站，禀报全省各州县今日已经饿死灾民三千余人。得此消息，张鹏翮如五雷轰顶。

众官员却低头不语。

张鹏翮当即做出决定，以山东官员一年的俸禄抵押，去常平仓借粮，借出粮食，以工代赈，拆除拦河大坝，避免二次洪灾。

百官对此极不情愿，又不敢当面直说。

散会后，山东官员找到王国昌诉苦。

"大人，这是议的啥子事哟？只听张鹏翮大人一个人在说，我们都没有机会开腔。"

"巡抚大人，以我们官员一年的俸禄抵押？我等就那一点点薪水，全家都盯着，做了抵押，让我全家喝西北风吗？"

"大人，这个张鹏翮就是爱管闲事，他治河，管我们救灾干吗？"

"大伙放心，那个常平仓守备唐成伍是个武棒棒，一根肠子通屁眼。找他借粮，还不如直接要他的命。他是借不到粮的。"

"既然明知借不到粮，还搞那么大的动静，又是要抵押俸禄，又是要拆大坝。"

"你们就不晓得，张鹏翮当官一路顺风顺水，靠啥？靠的是手段，不管能不能做得到，只要先夸下海口，画个饼，百姓就会买他的账，百姓是最好糊弄的。把人哄走了，他就没事了。如果百姓得不到粮，他就会说，都是手下人办事不力，拿一两个替死鬼开刀，平息了民愤，他得了清官之名，又升官了。受苦的，还是我们这些走不脱的小官。他是在拉我们垫背，这个张鹏翮太阴险了！"

众官你一言我一语，七嘴八舌，乱哄哄，听得王国昌心烦意乱。呵斥道："你等住口，平时口口声声做官为民，百姓真有难了，你等的爱民之心哪里去了？让你们放粮，你的粮库空空。让你等拿出一年俸禄做抵押，你们一个个又哭穷。百姓养你等做甚？哼！"

见王国昌生气了，汪景祺借机煽风："你看看，你看看，你们这些人，见了总督大人个个点头哈腰，没有人敢放半个屁，可一转背就满堂蛤蟆叫。你们是看到巡抚大人脾气好，一个个都放肆。巡抚大人一直教诲我等坦荡做官，老实做人，踏实做事。你看看，你们都做了些啥子事？虚报、瞒报、亏空。明明减产，你们都上报丰产，一个比一个报得高。"

"汪知县，这不是你说的嘛，当官若做不来真的，也做不来假的，还当啥子官。你不是每次都最后一个上报收成吗？你总比全山东州、府最高的要多出十万石。把你的粮食拿出来救灾嘛。"

王国昌不想听了："好了，大灾当前，好自为之。"

汪景祺见此计不灵，又生一计："抚台大人，张鹏翮要拆坝，搞束水冲沙，就这样定了？"

"他是河道总督，他想咋个搞就咋个搞，与我何干？"

见王国昌不想掺和拆坝之事，汪景祺有点着急了。对众官道："各位大人，当着总督大人的面不便说，当着我们自己的老大还有啥子不能说的？你们都愿意拆坝？"

"拆坝？肯定冲毁下河万亩良田。"

"拆坝？肯定淹没我的家园。"

"拆坝？我家的祖坟风水宝地不保。"

"他还要搞啥子束水攻沙，遇弯取直，这得让多少人遭殃？这下安逸了，放粮那河水还没消，黄河灾祸又起，天灾人祸不断哦，我山东完了。"

众官附和，山东完了。

王国昌来回踱步。

汪景祺见王国昌没有反应，但也没有反对，他感到刚才的话起了一定作用，便继续煽风。"还有，那几个拦河坝是当年靳辅、于成龙、董国安三位大人所建。三位大人都是皇上御封的廉吏，为官的榜样，拆毁拦河坝就是往皇上脸上抹黑。对呀，拦河坝多在山东地界，那河工多是本地百姓。让他拆了，谁来养那么多的河工？再说，拆坝，万一出事，我们都脱不了干系。与其坐以待毙，不如参他一本！"

王国昌终于等到这句话，但他要用别人之口说出来："这可是你们说的啊！"

王国昌突然转变了态度，拍桌子道："我必须阻止他，参他一本，以免他一错再错。"

众官道："抚台大人，我们联名参他一本。"

众官达成一致意见，各自散去，只有汪景祺和他的师爷、随从在一起。

师爷说："圣上多次褒奖张鹏翮，被康熙爷称为天下廉吏，是康熙爷最信得过的人，他在朝廷满汉通吃，又有索额图、端敏公主做他的后台，怎么能搞倒他？"

汪景祺一声冷笑："朝堂之上，你别看他一脸正经，其实心底特别肮脏，你们看看这个。"从袖子中取出《遂宁人品》一文。

师爷接过文章一看，念出声来："胡粉饰貌，搔头弄姿，为椒房倾溺器。受贿卖官司，馈谢十万计，富可敌国。早朝归，朝衣未脱，裸而淫仆妇。"

家丁曹七嘻嘻一笑："只有汪大人才写得出这等好文章！"

汪景祺从另一只袖子里取出一封信，说："《遂宁人品》只是一盆污水，这才是钢鞭！这有密奏一封，你即刻赶赴京城交与明珠相爷。张鹏翮替索额图在山东收买人心，兴风作浪，与太子图谋不轨。"

师爷伸出大拇指说："这招高！明珠与索额图是死对头，听说，索额图是太子党主谋，在康熙爷那里已经失宠。这下，明相定会下死手整治张鹏翮。"

汪景祺安排曹七把《遂宁人品》刻印出来，发至大街小巷。说："我就不相信把他搞不臭、整不垮、扳不倒！"

汪景祺怎能不恨张鹏翮？是他逼得自己改名。当年，张鹏翮任江南学政主持吴江县童生考试，发现汪日祺为人替考，判了他充军西域。是其父汪霖打通关节，才将汪日祺救出，改名汪景祺。又在西域参加乡试，中得举人。再找吏部通融，回到内地东平县做知县。

张鹏翮正在想眼前几十万人等米下锅的事，来到常平仓找唐成伍。说是找，其实是求，满脸笑容："唐守备，今日难为你了。"

"下官还得谢谢张大人，今天要是没有您出面，恐怕出大事了。"

"你咋个谢我喃？"

"明日，下官'万香楼'摆酒设宴，感谢大人。"

"一顿酒就打发了嗦？"

唐成伍行伍出身，没有多少心眼，嘴里说的和心里想的完全一样。

"嘿嘿，下官知道张大人是清官，你是在跟我开玩笑。我唐成伍虽然是个武棒棒，但也懂得滴水之恩当涌泉相报之理。张大人为下官解了难，除了老命和老婆，啥都可答应你。"

张鹏翮就等他这句话："哈哈哈！君子一言，驷马难追。不反悔？"

唐成伍哪里知道这是圈套，非常坚定地回答："绝不反悔！"

张鹏翮很痛苦的样子，其实他并没有表演，完全发自内心的，叹了一口气："哎！刚才，我倒把灾民劝走了，但本督答应他们明天有饭吃，我堂堂河道总督总不能失信于民吧？还得请你老弟帮忙哟。"

唐成伍很为难："张大人，那么多灾民，我想帮也没有办法呀。"

张鹏翮还是没有直接说出想要的东西，只说："我想向你借点东西。"

"大人，你们读书人不爽快，要借啥？只管说。"

张鹏翮不知道唐成伍是真傻，还是在跟他玩心眼儿。但如果再不说出来，就没有机会了。清楚而又坚定地说："借你常平仓三十万石皇粮！"

唐成伍听了大惊失色："大人，动用常平仓？那是要杀头的哟，下官恕难从命！"

张鹏翮生气道："唐成伍，你咋个说话不算数呢？你到底是君子还是小人？"

"大人，不是我唐成伍失信，你不是不晓得，没有圣上的诏书，你就是杀了我，也不敢借粮给你啦。"

事情办不成，张鹏翮急得想骂娘。但对这种直肠子，不能用硬办法，得开导。"老弟呀，开粮仓赈救灾民，你就是效忠朝廷。况且，放粮的事是我下的令，若皇上降下罪来，要杀要剐肯定是我一人做事一人当嘛。"

此时的唐成伍属四季豆，油盐不进。他已经明白了张鹏翮的意图："不论你挖多少坑，我都会往里跳。但是，你即使说破天，我也不会借粮。"

见软的不行，张鹏翮想吓唬一下他："大胆唐成伍！如此言而无信，又百般顶撞本督，你以为老子不敢杀你？先砍了你的狗头，再开仓放粮。"

"我唐成伍久经沙场，啥阵势没有见过？没得皇上御批，大人就是砍了我的脑壳，我也不可能开仓！"说完一屁股坐在地上。

事情谈僵了。

但张鹏翮并没有放弃借粮的想法，因为只有这条路了，别无他法。他扶起唐成伍："哎呀，老弟起来，有话好商量。"

"下官奉命守护常平仓，职责所在，没得商量！"

"本督是借粮，又不是不还。"

"哼，三十万石，只怕还不起哦。"

"只要让灾民渡过这一关，等秋收立即奉还。你粮食放那儿没用，不如先借出来救灾，救人一命，胜造七级浮屠，几十万人的性命啊，你唐守备岂不是做了一件功德无量的大好事？"

唐成伍听张鹏翮这么一说，觉得有道理，犹豫了片刻："这，万一还不上呢？"

张鹏翮这才摸出一张银票递给唐成伍，他本想，如果唐成伍痛快答应借粮，这山东官员一年的俸禄就不用抵押了，看来，舍不得孩子真套不到狼。

"本督知道你放心不下，来来来，这是本督及山东各级官员一年的俸禄做抵押，拿着，这下你总该放心了吧？"

唐成伍已经意识到，张鹏翮是铁了心要借粮，借不到粮绝对不会罢休。但，他还想抵挡一会儿。说："万一上头查下来，咋个办？能不能给朝廷写个奏折？"

"你跟本官想到一起了，我已快马飞奏朝廷。但是，你想想，兖州到京师路途千里，奏折送到到了朝廷，再层层报送，层层议事会商，再等皇上定夺，再行文、盖印，层层下达，没有一两个月，批文是到不了山东的，到那时，人都饿死完了。到那时，还要批文有啥用？"

唐成伍觉得是这个道理。

张鹏翮夸唐成伍明事理。话刚出口，唐成伍猛醒悟，觉得上了张鹏翮的当。"张大人，我是行伍之人，我知道斗不过你。但借粮，你就是说破天，我也绝对不上你的当！"

事情到了这一步，张鹏翮也没有法子了，他只能使出最后一招，说："唐成伍，你不要不识好歹哈，那些灾民眼睛是饿绿了的，饿死也是死，抢粮也是死。今天本督给你把灾民劝走了，明天那些饥民没得饭吃，冲进常平仓把粮给你抢了，几十万灾民，你区区百十个守兵能干啥？就算你能，你开枪弹压，血流成河，你就是天下罪人！到时，皇上恼怒，我看你有几个脑壳？这事，本督不管了，走了。"

唐成伍明白，救灾粮的事情如果不解决，明天灾民一定会来要粮，到时发现受骗，一定会铤而走险。他见张鹏翮要走，急忙拉住道："总督大人，商量嘛。"

这下该张鹏翮牛一把了，扒开唐成伍的手："没得商量头，借，我就管，不借，我立马走人！"

唐成伍无奈，只得答应："好，我借，借嘛。"

哈哈哈哈……张鹏翮开怀大笑。但他笑得太早了，他的灾难正向他一步步逼近。

第二天，詹元相捡了一捆《遂宁人品》。

39

河堤上，张鹏翮任凭河风将他的衣襟吹起，像一名将军，对千军万马发号施令。先堵马家港河堤，月内合龙，使水势不致旁泄，尽由正河而行。等典河涨水时，将新挑之河始行开放，资其畅流之势，冲刷淤泥，则黄水入海自能畅达。人字河自金弯闸至孔家渡，芒稻河两岸也狭窄，宜开广阔。河身开浚深通，使水势畅流，冲刷泥沙，滔滔入海。

阿山按张鹏翮的治河方略施行，从河堤决口处向两端加固堤坝，建千里金堤。每隔十里沿河岸正方挖开浚仪渠，引黄河入圃田泽。待仪渠开通，再在决口处修一个水门。

山东巡抚王国昌得知消息，觉得十分荒谬。黄河决堤，你任其洪水漫延，却去加固未决堤的堤坝，这是什么治法？是拿朝廷的银子不当数。看来这个张鹏翮也是个草包，干脆再参他一本，胡乱治河。

张鹏翮却还蒙在鼓里，他把治河方案配上插图，一起报送康熙。给水以出路，河水才会安澜，就如给百姓出路，世间才会太平一样。如果只是堵，不论如何堵，河堤加多高，河水终有漫出来的时候，必须疏。故必须拆除六道拦河大坝，再因地势、水势不同逢山开道，遇弯取直。同时加固薄弱河堤，避免被再次冲毁。在河堤上每隔十里开口，用石料做水门，即分水分沙……

治河现场，十万河工挑灯夜战，摆开百里战场。河工们打夯，唱着歌。

> 太阳出来喜洋洋，
> 抛起石墩吔来打夯哦嗬。
> 夯紧泥土吔硬如铁哟嗬，
> 缚住苍龙吔逞豪强啰呵呵。
> 小小石夯，四四方方，

高高举起，千钧力量。

重重落下，地动山响，

齐心协力，势不可当。

夯唷，夯唷，使劲地夯唷嘿咗，嘿咗嘿咗。

张鹏翮看着那黄河翻滚着巨浪，听号子声声震天响，心潮激荡，他看到了来日河水通畅无阻挡，闻到了两岸鲜花稻米香。那时节，盛世祥和，国泰民安，一派太平景象。

张清、阿山、詹元相、刘杰跑到工地与河工一起打夯，快乐得像是过年。

张鹏翮转过身来，见身后妇孺走向退水后的田间地头，春耕、春播，一片忙碌。他想起初到任时，四处找粮、找人、找银子，整顿河工，一个比一个难。而今一切停当，总算松了一口气。

张鹏翮突然觉得有点累了，头重脚轻，高一脚矮一脚往清宴园走，还没走到就一头倒在地上。

张清、阿山、詹元相、刘杰打夯累了，歇息擦汗，抬头不见张鹏翮身影，吓得四处寻找。

清宴园，鼾声如雷。

张鹏翮躺在地上睡得正香，贾和安找了条被子给他盖上。

张鹏翮吓了一跳，坐起来。见几个幕宾都站在自己身边。问："出啥事了？"

贾和安说："老爷你没事吧？把我们都吓死了。"

"哎呀，睡了一觉，太安逸了，要是能再睡一个时辰就好了。"

詹元相扶起张鹏翮上床继续睡。

张鹏翮一觉醒来，天已黑尽，清江浦亮起了灯火，急忙点灯绘治河图。

阿山见荷芳书院亮了灯，取了事先准备的包裹前往。

"大人，睡好了吗？"

"哎呀，人是铁，饭是钢，一顿不吃饿得慌。我看呢，睡觉比吃饭更要紧，几天不吃饿不死，几天不睡，就要见阎王。贾和安，上茶，上好茶。"

阿山递上包裹："说，大人，阿山进府数日，未见寸功，得大人抬爱，特备礼物一份，请笑纳。"

张鹏翮一听是礼物，当即就翻脸了："阿山，我原以为你是忠君爱民之士，却不想也是趋炎附势之徒。"

张清听到张鹏翮发火，急忙出来看究竟。见阿山双手捧着包裹，心中顿时不悦，指着阿山说："阿山，你犯我家老爷大忌了，你来看！"

跟着张清所指，见是关公的大刀。

张清问："这是什么？"

"关老爷的大刀呀。"

"我家老爷供奉关公，忠义持身，你是想坏他名声，难道就不怕关老爷的大刀吗？"

阿山听了半天，哈哈哈哈一笑："人家一定是把我当成送礼行贿的了。"指着包裹说，"我阿山一不要官帽，二不要钱财。我送礼干什么？但要说这包东西呢，论贵重它真的非同一般，这是我多年的心血。"

打开包裹一看，原来是一包黄沙和石头！

张鹏翮、张清自觉脸红。自己心底不干净，才总想到别人是坏人。

张鹏翮说："知我者，阿山也。"

说完，捧起黄沙和石头。"三十年前，我中进士为官，就知道圣上有三件心头大事，被刻在太和殿的柱子上，河务、漕运、三藩。如今三藩早已平息，河务仍是圣上的头等大事。从那时起，我就开始博览群书，研习古籍，学古人治河之法。后做了兖州知府，便亲自沿河考察、丈量，探析水患成因皆由黄沙、石头而起。要治河，必须治沙、移石。"

阿山走到黄河图前指图说："横卧河上有六座拦河大坝，乃最大顽石。大坝高耸入天，使得水流不能通畅宣泄，阻挡流沙，长年累积，河床逐年抬升，虽筑高河堤，但无异于悬在黄河两岸百姓头上的天河。一旦决堤，泽国千里，百姓遭殃，要治黄河，必须拆除拦河坝。"

张鹏翮明白了，难怪端敏公主推荐阿山，真是治河能人。几千年来，黄河数易其道，皆因河床泥沙堆积，河水不能通畅所致。要根治黄河，必须治沙、移石，当前，最紧要是拆除上河六道减水坝。

阿山说："治沙、移石、拆坝都想得到。可问题是，这六道坝建了多少年才建成。花了多少银子不必说，关键是六道大坝养活了多少人，每道坝有几百人守着，这些人就靠这六道坝吃香的喝辣的，领俸禄。而且，这六道坝得到了康熙皇帝认可的，靳辅、董国安、王新命、于成龙等河总因建这六道坝还受到过表彰。如要拆坝，就是对过去几十年治河成绩的彻底否定，否定了治河官员，也否定了康熙爷。这可是大不敬，搞得不好，降级、丢官，甚至杀头都有可能。"

张鹏翮清楚，要根治黄河，必须首先纠正错误，这是绕不过的一道坎。从顺治帝开始，黄河连年决堤，已经达几十次，都是因治河方法错误。

人一辈子就那几十年，能干河道总督的只有那么几人，不如放手一搏，搬走横卧在黄河上的顽石和挡路的山。他希望寻求康熙的支持，将治沙、拆坝的想法飞马报京，请康熙裁决。

阿山继续进言："如果大人决心拆坝，现在是最好时机。黄河现决堤三十余处，河水正浅，施工方便。拆除减水坝，对下游造成的损失也最小。如果等河堤缺口修复，夏季洪水到来，那时再拆就困难了。"

听阿山这么一说，詹元相觉得这是在害张鹏翮，怒目以对。刘杰毕竟年岁长些，考虑事情更周全些，不能当着张鹏翮的面得罪阿山。他想了一个法子，第二天，约阿山去工地勘测。

阿山不知是计，跟着刘杰、詹元相到了一僻静处。詹元相转身就给阿山一拳，阿山毫无防备，躲闪不及，眼冒金花，刘杰跟上几脚。

阿山瘫倒在地。他被这突如其来的痛击打得晕头转向，问："兄弟，为何下此重手？要我阿山死，你也得说个缘由吧。"

刘杰说："好，我让你死个明白。别人不知道你有何想法，但你却瞒不住我等，你想害死张大人，也不必用如此恶毒手段。"

阿山辩解："两位兄弟，我帮张大人出主意治河，怎么害他了？"

"你明知道拆除这六道坝的凶险，却为何急不可耐地鼓动张大人拆坝？张大人已快马报圣上裁决，为何不等圣旨？"

"兄弟呀，我说得够清楚了，现在拆坝风险最小，代价最少。你等作为张大人的幕宾，却不为张大人想事。你等是怕事情不成，自己受牵连吧？"

刘杰取出绳子，将阿山五花大绑，口塞破布。

刘杰说："我告诉你，你这样做才是把张大人往绝路上引，他必死无疑。他死了，我等都逃脱不了干系。我们不想死，只得让你死。"

阿山苦苦哀求。

两人将阿山装进麻袋，连抬带拖，走了十来步，詹元相对刘杰说："杰兄，我看这事不能这么做，杀人偿命。我俩都是读书人，岂能做这种事？再说，即使杀了他，也不能改变张大人的主意。不如放他回去，让他劝说张大人改弦更张，如何？"

刘杰想也是，决定权在张大人手里。如果他铁了心要拆坝，我等只能另找出路。于是，把阿山从麻袋里拖出来。

阿山说："你俩就这样报答张大人的知遇之恩？做人要厚道。"

正说着，张鹏翮与张清骑马来到，见阿山这般狼狈，问怎么搞的。

阿山说："不慎掉沟里了。"

张鹏翮责备刘杰、詹元相没有照顾好阿山先生。刘杰、詹元相不停检讨，替阿山擦去血迹和污渍，再扶他上马。几人来到工地，河工挑土、抬石头、打夯，甚是热闹。

见一人面熟，那人朝张鹏翮鞠了一躬，跪下，叩头："谢谢青天大老爷。"

此人不是别人，正是云珠。

"云珠，快起来，谢我何事？"

"大人救了山东几十万百姓性命，当然要谢。"

"分内小事，何足挂齿？"张鹏翮说得很轻松，但还未察觉，厄运正在向他逼近。

京师。

西山脚下太舟坞村，索府。

索额图与妻妾们用金盆涮羊肉，饮酒正酣。

脚步声由远而近，地动山摇，卷起滚滚红尘，惊鸦乱飞。宗人府的兵马拥入索府。

宗正将挥手，一声"拿下"。

兵丁一拥而入。

索额图岂能束手就擒，一脚踢飞了翻滚的金盆。

兵丁蜂拥而上，一番打斗，索府顿时一片混乱，尖叫声四起。

索额图被兵丁按住，五花大绑，他不停地挣扎、叫喊："我要面见圣上。"

太监杨九功走下轿子。

尖着嗓子喊："圣旨到，索额图接旨。"众兵将索额图按倒跪下。

"奉天承运，皇帝诏曰。索额图身为大臣，广结党羽，卖官鬻爵，纵容皇太子胡作非为。助胤礽暗谋大事,久怀篡位之心。骄纵之渐,实由于此。索额图诚本朝第一罪人也!将索额图幽禁于宗人府,抄没家产充公。钦此!"

南书房。

明珠跪拜道:"圣上,山东兖州密报,张鹏翮私放皇粮,收买人心,沽名钓誉,与索额图内外勾结,重用罪人阿山为河道协办,图谋不轨。"

康熙知道,明珠与索额图是死对头,但他不容忍墙倒众人推,搞落井下石。说:"张鹏翮私放皇粮,收买人心,沽名钓誉,朕相信,汝参他勾结索额图,图谋不轨,可有证据?"

明珠从袖子里取出一折扇,双手呈上:"这就是物证,乃抄没索额图家时发现的。"

康熙打开扇子一看,上有张鹏翮亲笔手书:"门下小子张某奉恩主老夫子命百拜敬书。"

康熙当即气得朝折扇连声"呸、呸、呸"。骂道:"恶心至极,一副奴才相。传朕谕,张某永远停其升转。所奏之事,交刑部查处。明珠,这把扇子,由你处置。"

"嗻!"

明珠退下。

南书房外,端敏听到康熙与明珠一席对话,心中顿生忧虑。她假装什么都没有听见,呈上张鹏翮关于治理黄河的奏折。

听到张鹏翮三个字,康熙将手中的茶壶砸在地上,紫砂碎片在南书房四处飞溅。康熙轻声说出两个字:"出去。"

面对兄长突如其来的冷落,端敏顿生悲凉,从心底缓慢扩散到全身,冷得她不能动弹。

康熙加重语气:"出去!"

端敏跪下,哭着对康熙说:"皇兄心里有气,尽管朝臣妹出便是,皇兄是臣妹最亲最亲的人,只求皇兄保重龙体。臣妹告退。"

说完起身准备离开。

康熙感到刚才对端敏有点过分,便让端敏留步,想缓和一下气氛,说:"刚才,朕生张鹏翮的气,并非对你。"

端敏说:"张鹏翮乃我朝最忠于皇上之人,乃公推的天下廉吏能臣,也是圣上最信任之人,治世、治河之能臣。"

"朕那么栽培他、重用他,他居然胆大妄为,目无君父,私放皇粮,跟索额图暗相勾结,图谋不轨。还向索额图献媚,舔人家屁股。让朕失望至极。"

"皇兄,就是一把折扇,哪有皇兄说的那么严重?张鹏翮曾随索额图出使罗刹。同朝为官,礼尚往来,人之常情,折扇上所书并无实质内容。至于启用阿山,是臣妹所为。阿山只是一名河工,从不关心官场事。罢官后潜心探讨如何治河,是难得的治河工匠。治河是皇兄的头等大事,望皇兄莫为小事误了大事。此乃张鹏翮呈来的治河方略。"

康熙平息了心气,接过奏折,对端敏说:"朕知道你心中惦记张鹏翮。"

臣妹承认:"年少时,是看重过张鹏翮,他是唯一让我动过心的男人。可谁让臣妹生在皇家呢?皇家的女儿是不能有私情的。臣妹十六岁就许配蒙古,远嫁他乡。如今,臣妹只有皇兄,皇兄所想就是臣妹所愿。"

康熙说:"知道了。"

端敏告辞,心里忐忑不安。

云梯关大坝,河工在坝体上打完最后一个孔,正往孔里装填炸药。

张鹏翮有一种不祥的预感,出门前,让刘杰把空梁帽、元青褂一并带上。他就是要把官帽子提在手上,大不了回黑柏沟种地。

来到云梯关,阿山禀报:"拆坝的炸药装填完毕,清理河道的河工全部到位,何时开始炸坝?听候大人下令。"

张鹏翮下令,河标加强戒备,人畜远离五里,待亭午吉时起爆!

说话间,山东巡抚王国昌带着一路人马闯入禁区,将河工赶出大坝。

都司廖泓浩请示张鹏翮如何处置。

张鹏翮领着一班人马,来到云梯关。

汪景祺下令:"将反贼阿山拿下。"衙役一哄而上朝阿山冲过去,还未触及,就被河标如铁墙挡住,双方对峙,剑拔弩张。

张鹏翮立于马上呵斥住手!双方兵丁如受定身法咒语,一动不动。

王国昌哀求道:"总督大人,千万不能拆坝呀!"

"建坝、拆坝乃本督之职责,与抚台有何干系?"

"总督大人,还记得兖州议事否?以各级官员的俸禄做抵押放皇粮,已经激起百官不满。当时,只是迫于大人的权威,众官敢怒不敢言。而今,大人又决意要拆六坝，冲毁其良田，淹没其祖坟，破坏其风水，是万万不能的。这六道大坝乃靳、于、董三位大人用了二十年心血和汗水所建，是当今圣上的丰功伟绩。靳辅、于成龙两位总督为建大坝命丧黄泉。拆坝，是亵渎先贤，是跟圣上唱对台戏，是死罪。我与张大人同朝为官，不想眼睁睁看着大人去冒险，去掉脑袋，置自己于众叛亲离的境地。卑职全力阻止你拆坝，既是为你好，也是为大家好呀！"

张鹏翮见王国昌说得真切，确为肺腑之言，即下马，将王国昌拉到一边说："抚台大人，有话好说。"将拆坝的利弊与王国昌说了一番，王国昌却心意已决，不许拆坝。

事情紧急，再不拆坝就来不及了。说不通，只能按职权行事了。说："圣上已经明示，沿河数省河务俱由本督做主。都司廖泓浩，听我号令，再贴告示，三令五申。将无关人、畜驱离。亭午吉时炸坝，不听劝阻，擅入禁区者，后果自担。"

左、中、右三营河标四处张贴告示，持械守护。

王国昌并不示弱："受圣命，本院掌本省军民、吏治、漕政之职。此乃山东地界，不容他人在此胡作非为，谁敢炸坝，即可开枪弹压。护大坝，我不惜以命相拼！"

众兵丁齐声应"是"。

张鹏翮呵呵一笑，对王国昌说："王大人果然统兵有方，将来，本督一定保举你做大将军，去收复失地，建功立业。然而，今天，你我督抚就别刀枪相向了，说出去，还以为我俩不和。不如这样，我们去面君，请圣上裁决如何？"

"好，我估计，圣旨马上要到了。"

"圣旨？"

"大人，兖州议事后，群情激奋，你却一意孤行，不听劝阻，我等山东官员已奏请皇上裁决！"

张鹏翮已经感到，拆坝将被王国昌搅黄。他对阿山说："自古将在外，君令有所不受。为防夜长梦多，传令下去，即刻炸坝！"

"是！"

阿山刚转身，一勇健武卒快骑如风而至，武卒传话："旨圣到，张鹏翮、王国昌及南来北往之官员到万柳园恭请圣安。"

钦差是徐廷玺。汪景琪将他迎进万柳园。

徐廷玺问汪景琪："各项物件都备好了吧？"

汪景琪回答："枷锁、脚镣、囚笼全已备停当，一样不少。"

万柳园，旗盖车马如云，数万官民将街衢堵塞不通。

张鹏翮坐胡床等候钦差召见。

两位使臣迈进万柳园邮亭行馆，众官员分别入馆，恭请圣安，然后退出。

张鹏翮、王国昌等了半天也没见动静，心中难免忐忑。

忽听高呼张鹏翮、王国昌、唐成伍、阿山听宣谕旨。四人立即前往行馆阶下跪下。

四位司官上前站稳，空出中间位，徐廷玺迈着方步居于首位，立于香案之前，手捧谕旨，见一切停当，他看了一眼张鹏翮，即朗声宣读：

"奉天承运，皇帝诏曰，张鹏翮身为河道总督，朝廷重臣，藐视法度，目无君父，私放皇粮，沽名钓誉。刚愎自用，不听人言，误国殃民，厥咎尤重。"

徐廷玺停顿下来，不再往下宣读，抬头问："张鹏翮辜恩溺职，罪无可逭。皇上问，张鹏翮，尔可知罪？"

张鹏翮连连叩头道："张鹏翮昏愦糊涂，辜负天恩，唯求从重治罪。"

回答完，又连磕响头。

徐廷玺继续宣读谕旨：

"着张鹏翮革职，押回京师交刑部依大清律例处置。所放常平仓三十万石粮，由张鹏翮两年之内偿还，所抵押山东官员俸禄即刻发放。常平仓守备唐成伍玩忽职守，罚俸三年。罪人阿山蛊惑朝廷命官，押赴京城秋后问斩。钦此！"

降旨定罪，庄严肃穆，寂然无声，观者心生悚惧。

云珠挤在中间，突然站起来喊"冤枉"，此声一出，逐渐传开放大，以致排山倒海，数万人齐喊"张大人冤枉"。

武卒连放数枪，场面一片死寂。

徐廷玺传大小官员，齐跪万柳园邮亭中庭之中，传明珠口谕："自古以来'刑不上大夫'，张鹏翮官至河道总督，一品大员。然，其不识礼数，忘记读书人之体面，讨好本朝第一罪人索额图，圣上唾之。今枷号惩处，让其立于河堤，侍卫代圣上唾之后，推入河中，洗涮污垢。"

王国昌没想到，事情搞得这么严重。他很内疚，对张鹏翮说："张大人，我们也是不得已而为之，我……"

张鹏翮一脸苦笑，可能他早已料到了有这种下场。回道："罢了。"

阿山被押上囚车。

张鹏翮深情地道了句："先生，张鹏翮让你受累了。"

阿山面无惧色，如同去赴宴，对张鹏翮笑着道："大人，我阿山用一颗人头，换来几十万人的命，值！值了。哈哈哈……"笑声在河谷中回荡。

汪景琪已将刑具提来，对张鹏翮说："张鹏翮，还不把顶戴花翎摘喽！"

王国昌见汪景琪如此得意，咬牙切齿骂道："狗奴才，什么东西！"

几名侍卫将张鹏翮披枷上锁，推向河堤，立于高处，侍卫口中念道："'沐恩门下小子张某'，我呸。"把一口痰吐向张鹏翮的左脸。

另一侍卫，念完"奉恩主老夫子命"，呸，把口水吐向张鹏翮右脸。

汪景祺挤过人群，站在张鹏翮面前，指着张鹏翮问道："小子张某，你也有今天！"说完，朝张鹏翮连吐三口，唾沫的腥臊在空气中吹散、传播。

侍卫欲动手将推张鹏翮至河中。

远处传来开道锣响，马蹄声脆，众人回望，两武卒朝河堤奔来。

"圣旨到！"

"端敏公主驾到！"

收拾张鹏翮的侍卫呆若木鸡，等待厄运的降临。

端敏公主的轿子似巨轮，将官民汇成的大海划开一道鸿沟。轿子停稳，太监杨九功扶端敏下轿。一切都是那么慢，慢得喘不上气来。

端敏公主问："谁的主意？"

徐廷玺匍匐着到端敏轿前，连声求饶。"公主饶命，小人奉命行事，此乃明珠大人的安排。"

公主再问："我大清岂有这等王法？杨九功，如何处置？"

杨九功说："让张大人以牙还牙。"

公主冷笑两声："被狗咬了，你还反咬狗两口吗？是非自有曲直，公道自在人心。交史官如实记录，让后世知晓狗官之丑陋。宣旨！"

杨九功指着河堤上的侍卫问："尔等想抗旨吗？还不请张大人领旨？"侍卫手忙脚乱给张鹏翮除了刑具，一侍卫背着张鹏翮来到公主跟前。杨九功展开圣旨：

"奉天承运，皇帝诏曰，黄河险情未除，着张鹏翮总领黄河事务，戴罪治河！其余人等不得干涉。钦此！"

张鹏翮再三叩拜领旨！

端敏请张鹏翮起身。对众官说："本宫奉旨巡察，若有官员不良之行，官民皆可参奏，本宫定当替圣上严办。张大人，你可有话说？"

张鹏翮朝北方长跪遥拜："谢圣恩！"

然后站起身："阿山，传我号令。"

没有人应答，他看到远去的囚车。改叫："张清，传令下去，即刻炸坝。"

王国昌急忙向前，抱住张鹏翮的臂膀："张大人，你我同朝为官，真的不想看到你再捅出什么乱子来。别再节外生枝，再生事，那是要杀头的呀！"

张鹏翮甩开王国昌："本官的治河方略万无一失。只要能根治黄河，保百姓平安，我也愿以命相搏。即使杀头又何惧？炸坝！"

"轰隆、轰隆……"

一声声巨响，带着硝烟升腾，如欢庆的礼炮，似春雷惊天动地。河工欢呼，奔腾的大河卷起泥沙汹涌澎湃，一路朝东。

40

三月的黑柏沟，漫山油菜花随风起舞，如金色的海洋涌动，扑鼻芬芳。一阵风雨，残花满地。

张烺领着一家老小及下人百余人，跨进张氏祠堂，设案焚香，三拜九叩，跪在列祖列宗灵位前忏悔。

"列祖列宗，张烺不孝。张氏一门自洪武入川，世居遂宁黑柏沟，累田产千余亩，房屋百余间。今第八代孙张鹏翮，任河道总督，见黄河决堤，百姓命悬一线，私放皇粮赈灾，几十万百姓得救，却触犯国法，罢官为民，勒令两年内赔偿所放三十万石皇粮。我张氏耕读传家，当为民请命，甘愿受罚。现将祖传家业变卖，家仆遣散。只留桑树百株，良田五亩，瓦房五间。成都、遂宁房屋、店铺全卖。遂宁城中只留御书楼和樟树湾祖茔。张家人从头再来，男耕女织，自食其力。"

管家周正良，是前朝配给张家的官夫。到张家三十年，年已七十。平时，张家大小事都得问他，可今日卖家产、遣散家仆之事却一无所知。树倒猢狲散，不免失落，独自跑到祠堂后放声大哭。

张鹏翮被削官为民，和罚赔皇粮三十万石的消息，在遂宁不胫而走，有人不平，这是什么世道？做善事还要遭罚，好人不得好报。

而有一人却很高兴，他看到机会。这人便是被张鹏翮从刀下救得的海均，回到遂宁，靠占人家田边地角起家，现已有了几十亩田地。得知张鹏翮家道败落，便先下手为强，把张家准备卖的田地打上海家的标记，共五十亩地。

过去家里大小事都由周正良作主，如今他走了，张烺无可奈何。

筱芊找到张烺："爹，这事你得管。"

张烺说："不就是地嘛，人家想要，就给他吧。"

海均占了五十亩，其他外来村民也跟着效仿，纷纷抢占。

张家老幼哭成一团。

御书楼。

张烺擦拭着康熙赐给张鹏翮的一块块金匾。站在"天下廉吏无出其右者"金匾前久久凝视。

涪江犀牛堤码头，筱芊回望祖屋"张宅"门额被换下，潸然泪下。

周正良实在看不下去了，跑回黑柏沟找海均理论。

海均冷笑一声："哪个说了那是张家的地，你把它叫答应。"

周正良气得咬牙切齿，嘴唇哆嗦。撂下一句话："你等着，会有人收拾你。"

清宴园荷芳书院，四壁皆空。张鹏翮取出康熙赐给他的清风宝扇，递给张清："卖了吧。"

张清跟了张鹏翮几十年，两人情同手足，百依百顺，今日却埋怨道："别人当官，家财越来越多，你当官把家产都卖完了。连皇上御赐之物都卖了，到时皇上问起咋办？这可是御赐的宝扇哦！有康熙爷的御书哦！"

张鹏翮一时想不出好词，把话扯到一边，像是唱戏，又像是疯话："上下五千年，人人不离扇。团扇、葵扇、障扇、随扇、麦草扇、玉版扇、聚头扇、桃花扇、沉香扇、芭蕉扇、篾巴扇，一扇在手清风拂面。百姓纳凉手摇扇，官家挂扇做装点。慈母摇扇唱催眠，帝王随扇摆威严，孔明羽扇定江山，济公破扇惩凶顽。小姐持扇遮颜面，雅士摇扇作诗篇。圣上送我一把清风扇，教我心存善良要清廉，教我冷静是非辨，教我传承家风识忠奸。展开清风扇，谦逊纳百川，为官德为先，浩气满人间。千古一曲清风颂，驱散浓雾见青天。御扇可以卖个好价钱。买粮还债还差得远啰，只卖扇坠不卖扇。"

唱完，取下玉坠，神情恍惚。

张清以为张鹏翮疯了，疑惑地喊了声"老爷"。

张鹏翮说："我告诉你，大哥，这扇坠不吉，成天担心怕丢了。把它卖了，就再也用不着担心贼人惦记，就可安心做事了。"

张清第一次听张鹏翮叫他大哥，先是吓了一跳。他本为潼川府人氏，五岁时，混天星袭潼川府，他被家人放在门板上，顺流而下被张烺从河中救起，交给管家周正良抚养，后过继给大伯家改姓张。从小到大，张鹏翮从来没有叫他一声大哥，心中顿感酸楚。

张清垂下眼皮，不敢正眼看张鹏翮，递上家信。

老家祖传田地和黑柏沟祖茔被移民侵占近了一百亩。

读罢，张鹏翮泪流满面。不禁发了一番感叹："人怎能这样？你为官时，别人尊重你，讨好你，给你送礼、行贿，你所想的，即使没有说出来，有人就会替你去打理。一旦丢官，你所害怕失去的，他想方设法要从你手里抢走。你怕来的，他一定想方设法让它来。像我张鹏翮这样，为官三十多年，不曾做过坏事，失势时都如此，如果曾经鱼肉百姓，今天不知有多惨。"

说完，吟诗一首：

> 故园西望恨长吞，月近顽云势易昏。
> 旋马久悲无夏屋，圭田何处问荒原？
> 幸归百世岗峦地，得妥当年泉壤魂。
> 日暮秋风生万壑，几回衫袖掩啼痕！

吟罢，放声大笑，他不是笑自己，是笑这世道人心。

刘杰、詹元相见张鹏翮大势已去，觉得再待下去，没有任何意义了，便以家中有事为由离他而去。

屋漏偏逢连夜雨，船迟又遇打头风。二人刚走，布政使王谦来报，从江宁采购归还常平仓的三万石粮有一半为霉变之米。

张鹏翮下令，按察使赵世显、布政使王谦立即查明，捉拿奸商。

赵世显、王谦离去，张鹏翮忽然觉得身子有些发软，手把柱子，支撑不住，眼前一黑，一口鲜血喷出，倒在地上。张清连忙掐人中，灌些热水。

清江浦。

一群百姓正在听云珠唱曲。云珠将张鹏翮被罢官、罚赔、受辱、变卖家产之事编成曲，为张鹏翮叫屈喊冤：

九曲黄河千道弯，
爱恨情仇唱不完。
为民放粮治河除水患，
苍生得救河安澜。
生灵得救免涂炭，
功高的你却就被罢了官。
你为百姓遭蒙难，
百姓为你叫屈冤。

听者泪眼汪汪，跟着同喊，张大人冤枉啊。

忽见街上有人一路小跑，云珠一眼认出他是张鹏翮的侍卫张清。云珠放下琴站起来，叫道："张清大哥，这是上哪去？"

"张大人不行了，去请郎中。"

"啊？什么时候的事。"云珠跟着张清奔跑。听曲的百姓知张鹏翮不行了，也紧随张清后面跑。

请来郎中，张鹏翮已经是手脚冰凉，紧闭牙关，不省人事。

百姓抽泣，双手合十，念"阿弥陀佛，菩萨保佑"为张鹏翮祈祷。

郎中取出银针，于主穴水沟、印堂、百会、十二井、涌泉、神阙、内关。扎了半个时辰，张鹏翮没有任何反应。

郎中说："准备后事吧。"

云珠早已成泪人，听说准备后事，擦干眼泪道：郎中，何不增加配穴？大椎、承浆、四神聪、风池、关元。"

郎中抬头，疑惑地看了一眼云珠，意思你懂刺灸吗？

"我父亲也是郎中。小时候,我父亲治病,我都在旁边看着,他边给人治病边讲,因而,我记得些。在水沟穴向鼻中隔斜刺半寸,雀啄泻法,以眼球湿润为度。印堂穴向鼻尖方向平刺半寸,捻转泻法。内关提插捻转泻法。十二井以三棱针刺血,百会、神阙分别用艾卷灸和隔盐灸,关元针后加灸,留针隔盐灸的壮数以苏醒为度。"

郎中见此女子说得如此内行,便依言而行。果然,水沟穴一针,张鹏翮动了一下。印堂穴一针,他又动了一下。

如此反复,张鹏翮苏醒过来。众人皆称谢天谢地,直念阿弥陀佛。

张鹏翮命取笔墨,张清、贾和安都有一种不祥之感,难道老爷要交代后事了?

张鹏翮写下十二个字:"仕宦不得以贿败官,贻辱祖宗。"写完自叹:"我之所以有今日,皆忘秀才本色。"

云珠端来一碗鸡汤,泪眼汪汪。张鹏翮怎能拒绝?接过碗一口干了,抹了一下嘴,说:"估计又要闹肚子了。"

云珠问明缘由,说:"有一土方定管用。"

"没有用的,什么都试过了。我就是粗茶淡饭,每餐泡菜一碟子,米饭一碗,补破遮寒,三平二满的命。"

张清以为张鹏翮想节约银子,拿出当大哥的威风教训道:"靠节衣省食还三十万石粮?要还到猴年马月哦?身子都成这样了,还在粗茶淡饭,还要不要命了?"

张鹏翮还想解释。

云珠已将大蒜烧煳煎水端来:"这汤专治闹肚子,保你每天鸡鸭鱼肉都能消化。"

张鹏翮一口喝下。

过了二十来天,张鹏翮仍打不起精神,站着想坐着,坐着想躺着,躺着就睡过去。哎,还是当穷秀才好,那时多幸福,住在赤涯山关公庙里,泡菜一碟子、米饭一碗,读诗书,谈天地。站在赤涯山顶,看日出,赏晚霞,任山风吹拂,遐想万里,无丝竹之乱,无案牍之劳,似如神仙。

张鹏翮一阵胡思乱想,昏昏欲睡,七魂出窍,他穿上戏服装扮花脸唱戏:

在人间，做官难，难在跟人绕圈圈。
心悦诚服在表面，胸中另外打算盘。
公道正直结仇怨，秉公办事处处难。
一心为民反遭贬，只落得罢了官卖家产。
官场水深遍风险，场面浑浊藏机关。
到而今我一人受难咬牙承担，株连全家我愧对祖先。
遥望四川我叫了一声，父亲——儿子不孝贤。

张焿老生扮相与他对唱：

儿啊——清正仁厚乃祖训，进德立功诚心为民。
既为官当守志廉洁公正，怀天下济苍生勿忘本心。
儿受过是为拯救百姓，儿不愧修身齐家忠君爱民，张家传人青史留儿名。
儿戴罪身毁家业于心不忍，更愧对家人们替受清贫。
为救儿我情愿将祖业卖尽，无怨无悔但求换得我儿一个清白身。

唱完，张焿说："儿啊！遂宁老家田产、房产都卖完了……这是卖祖产的银票，你拿去还债。"然后飘然而去。

张清站在戏台下大喊："老爷，老太爷他、他、他——"
"他怎么样了？"
"他、他、他驾鹤西去了！"
"你说啥？"
"老太爷归西了！"
"爹，爹！"
"哎。运青，你醒了？"
张鹏翮睁眼一看，见父亲张焿和妻子唐氏都在跟前。
这是在梦里还是真的？他又喊了一声"筱芊"。
"哎。运青，你好些了吗？"
张鹏翮这才醒来，一下坐起来，见四周站了一圈人。忙问："你们都没事吧？"

众人眼圈都红了。

张鹏翮此时才意识到，人在最难的时候，只有至亲才会来到身边。而顺风顺水时，父母、妻子却在最远处，暗中替你高兴和祝福，围在身边的全是朋友、同僚、同乡，以及八竿子都打不着的亲戚。只有在落难时，才悟出一个道理，当多大的官，做多大的事都不重要，最重要的是亲人。

张鹏翮见了父亲、妻子，深深自责。

张烺说："被海均等人强占的田地要回来了。这得感谢四川总督年羹尧大人。"原来张家卖地，刚找了买家，写了地契，还没有交地，海均等乘人之危强占去近一百亩。周正良得知，当即写了状纸，直接跑去成都，到四川总督府喊冤。

朗朗乾坤，竟敢强占田产，岂有此理！年羹尧怎容得下这种事在他的治下发生？下令遂宁县捉拿强人。

海均到案，一顿棍棒之下，一命呜呼。无情无义，贪得无厌之徒罪有应得。海均膝下有一子尚未成年，张烺可怜其无辜，给了银子，送他去峨眉山学功夫。

张鹏翮听罢，难免心酸，连自己的田产和家人都保护不了，这个官当得有点窝囊。

咣、咣、咣，三声锣响，圣旨到。

"奉天承运，皇帝诏曰。封张鹏翮祖父张应礼、父亲张烺为资政大夫、都察院左都御史。赠张鹏翮祖母周氏、母亲景氏、妻子唐氏为夫人。"

"吾皇万岁万岁万万岁！"张鹏翮等伏首领旨。

41

清宴园。

张鹏翮感谢这场大病，能跟亲人在一起，也能有云珠照料。

唐氏见云珠长得如花似玉，又多才多艺，想丈夫必定动心。自古妻贤夫祸少，她灵光一动，想出一办法。将云珠搂进怀里，说："多标致的美人儿呢，我要是个男人，一定娶你。可惜我是个妇人，而今老了，儿女远离，不如做我的女儿如何？"

云珠跪拜："云珠命不好，生来克父母，我怕给大人、夫人带来灾难。就让云珠做你的丫鬟吧。"

筱芊想，自古丫鬟多为夫君的小妾，那不正合老爷的意，于是笑了笑："我命硬，不怕克。还不快行大礼？"

云珠即跪下行大礼："女儿云珠给母亲大人请安。"

唐氏在云珠头上系上红头绳，口中念道："太上老君赐红绳，我今拿来拴贵人。自从今日拴过后，无灾无难管一生。好，起来，我的儿。娘以后就疼你了。老爷做事，从不计后果，得罪人不少。你是见过世面的孩子，又天天在外面跑，老爷的安危就交给你了。"

"母亲放心，孩儿从小学些拳脚、棍棒，将以命保护父亲大人。"

"傻孩子，你没命了，拿什么去保护老爷？你父亲最爱吃泡菜，娘教你。"

"我会，是贾大哥教的。孩儿说给娘听。四川泡菜可讲究，需得新鲜蔬菜，最好刚从地里采下的，加四川嫩姜、辣椒、花椒、卓筒井盐、遂宁糖霜和高粱白酒，用井水泡制，方为正宗。"

筱芊频频点头："泡菜是川菜之骨，也是百姓一日三餐必不可少的佳肴。等你出嫁，娘陪嫁你一个老泡菜坛。"

云珠做了筱芊的义女，就是张家的小姐了，自觉很不自在，想着出门。对筱芊说："母亲，孩儿一向野惯了，不会做小姐，请母亲给儿派点事做。"

"好，张清将去江宁购买谷物，运至兖州交仓还项，人手正紧。我儿可随你大伯去江宁购粮如何？"

大伯？云珠明白了，如今做了张家的女儿，自然辈分降了，不能再叫张清为"大哥"了。没关系，只要能出门，叫他爷爷都行。愉快答应了筱芊的安排。

临行前，张鹏翀再三吩咐，买最好的粮米，绝不能以次充好。

江宁，粮市。

各色谷物应有尽有。商家吆喝：盘锦大米，柳林贡米，胭脂米，万年贡米……

张清在粮市挨个抓起米先闻后咬。转了一圈，觉得还是原阳大米最好。问店小二："能不能便宜点？"

"你要多少？"

"几万石吧。"

"几万石？好、好，请先坐，喝茶。我去叫掌柜的。"

掌柜叫陆在道，笑呵呵赶到米铺，与张清在袖子里讨价还价。

陆在道苦笑道："大哥，你这个价我进都进不来。好吧，我图你将来，成交。"

先要五万石，一手交钱，一手交货，皆大欢喜。

装满几十船启航，行了五里，云珠闻到一股怪怪的气味，对张清说："大伯，好像有股霉味。"

张清深吸一口，还真是。开包一查验，见有一半的粮米都发霉。这是怎么回事？一定是商家做了手脚。"走，掉头，回去找他们。"

几经周折，找到陆在道。

陆在道哈哈大笑："款券两讫，货银对付，你的粮运出了码头，谁知是你被别人调包，还是你想来讹诈我。如果再胡搅蛮缠，定拿你去见官。"

"你这是猪八戒爬墙头——倒打一耙。你知道这是什么货物？竟敢动手脚。这是送常平仓的皇粮。你不是要见官吗？走。"

说完，张清上前拉陆在道去见官，两人抓扯起来。

一番打斗，不分输赢。云珠助战，飞起一脚将陆在道踢了几个趔趄，正要上前将他按住。一人手持棍棒冲来，朝张清脑后就是一棍，一伙人将张清、云珠按倒在地，捆绑起来，押往江宁府衙。

走了两里地，张清见两个熟悉的身影，身后跟着十个兵丁。那不是赵世显和王谦吗？喊道："赵大人，快救我。"

原来，按察使赵世显、布政使王谦二人来江宁几日，查出贩卖霉粮的线索，是陆在道所为。此人是两江总督邵穆布三姨太的兄弟，不敢轻易下手，一直等待机会。这一日，得知邵穆布去京师，两人立即带兵前往捉拿陆在道。

赵世显见是张清和云珠，喊了一声"救人"。所带兵丁一拥而上，救出张清云珠，前往米铺将陆在道等按住。

王谦亮明身份。

陆在道呵呵一笑，说："大水冲了龙王庙，一定是手下人办事不精心，出了差错，这就马上换最好的大米。"

陆在道即刻叫人换了上好粮米，连同上次三万石，共八万石，一起更换。

等粮米装好船，点验无差，王谦下令将陆在道押回清江浦。

早有人去报两江总督邵穆布，可邵穆布正在去京师办事的路上，不便调头。当即手书一信，快马送张鹏翮。他与张鹏翮关系一向甚好，以为这点小事，定会给面子的。

陆在道被押至清江浦，王谦、赵世显连夜突审，得知他专干这种以次充好、调包坑人买卖，赚得百万黑银子。判斩立决。

陆在道不服，要见总督张大人。

王谦骂道："你算什么东西，张大人是你见的？"

张鹏翮收到邵穆布的信，知道陆在道与邵穆布的关系。决定要亲自过问此案。

公堂上，陆在道痛哭流涕："都怨我对手下管教不严，才有今日之大祸。只要张大人能放我一马，一定痛改前非。"

"你已经是惯犯了，本官查明，你一直以次充好，在好米中掺加白石头，百姓恨得想吃你的肉，仅我一家，你就连骗了两次。入口之物，非同小可，你如此黑心商人，就当让你知道霉米的滋味。"

陆在道忏悔："大人，小人知错了。只要你能放我一马，我保证用最好的米替你还清常平仓。"

张鹏翮笑道："你们觉得如何？"

赵世显说："大人，国法如山，此等刁钻奸商，祸国殃民。江山易改，本性难移，如不斩除，天下何安？依律当斩首示众。"

张鹏翮无话可说。

几后日，陆在道问斩。

张鹏翮从此与邵穆布结下了私怨。但他的心思都在治河，上游分泄，下游疏浚，束水攻沙，遇弯取直，河工日夜奋战，吃住都在工地。

河道，水正浅，一群鲤鱼正在游来，一河工扔下锄头往河心奔跑，却掉进潮泥，越陷越深。潮泥至胸口，大呼救命。

众人束手无策。

跟在张鹏翮身后的云珠，听到呼叫声，飞身过去，将十余个撮箕扔进河床，踩着撮箕将河工救起，顺手抓得两条鲤鱼。

河工扔下工具看热闹，叫好声不断。

午饭时，云珠端上泡菜鲤鱼。

张清把云珠救人、抓鱼之事说给夫人。

筱芊抚摸着云珠的头："我儿这般身手真是了得，你要是男儿，必成国家栋梁。"

正说着，廖泓浩来报："布政使王谦处罚河工，一千多人罚站河堤，不准吃饭。"

张鹏翮放下筷子，问："为啥？"

这些河工观看云珠小姐救人、捉鱼，耽误了工期。

"胡闹！"张鹏翮扔下饭碗，来到河堤。见河工站在烈日下，挥汗如雨。河标手持鞭子，抽打站姿不端的河工。

王谦坐在树下，喝着茶。见张鹏翮，忙起身让座："大人，请坐，喝茶。这是黄宗羲先生手工采制的瀑布茶，市面上没有卖的。"

张鹏翮哪有心情喝茶？说："王大人，正是吃饭时间，茶就免了。让河工吃饭吧，都是重体力活，下午还要干活呢。"

"大人，下官职责是监察河工，这几十万人，如果没有一点规矩，怎能管得了？一有风吹草动就去看热闹，这河要治到何时？"

"王大人，言重了，河工偶尔娱乐一下，不但不会耽误工夫，还会提高治河工效。"

王谦铁了心："大人，下官恕难从命。"

张鹏翮只能摇头，这事都怨自己，把权都下放给了手下人。他只好安排厨房晚餐，加个菜，天黑请河工听曲。

夕阳西下，河滩燃起篝火。

上万河工踮着脚尖，伸长脖子听着花鼓戏和香火戏。

如有人咳嗽，众人都回头带着愤怒的眼神看着他。

每曲终了，叫好声盖过了黄河奔涌之声。云珠怀抱琵琶，弹唱鲜花调《好一朵茉莉花》。拨动琴弦，朱唇轻启，天籁之音，万人欢腾。

张鹏翮走上戏台，拉开嗓子喊："河工们，等黄河决堤口水门建成，石闸封口，河道全部清淤，我再请大家听曲。"

河工齐声回答"好！"

张鹏翮夜观天象，掐指一算，大雨将于十天左右而至。这工期就只有几天时间。

第九天中午，果然乌云密布，狂风大作，电闪雷鸣，暴雨如注，平地起水三尺。

张鹏翮眉头紧锁，站在雨中，任凭大雨冲刷，目不转睛看着黄河水势。

三个时辰，雨停了，天边一道彩虹。洪水顺利通过高邮段。

张鹏翮即书奏折：

> 自施工以来，海潮不兴，风涛不作，得以施工。堤坝已经拆除，河道深挖，水流畅通入海，工程甫竣，即使涨水二尺，也能畅达入海。此皆吾皇心系苍生，轸念民生至诚，上孚天心，海神效灵之所致。请求圣上赐名，将拦河坝赐名为"大通口"，伏乞皇上钦定，以垂永久，再建海神庙，以报答神灵保佑。

南书房，群臣议事。

康熙说："张鹏翮到任河总近两年，遇事精勤。大刀阔斧整治河工，筹集银粮，赈济灾民，疏通河道，颇有成效。可黄河万里，要大治，需得数载。河道总督一职宜专任，此次遣往督修高家堰，范承勋等九臣，俱着撤回。其督修工程，全交与张鹏翮。"

新修的海神庙前，立上一石碑，镌刻着康熙的御书：大通口。

黄河百姓编曲传唱：昔之帑肥于人，今之帑肥于地，美公洁也。云珠弹奏民谣：塘埂筑水兮水不通，白驹开兮下河通，海不扬兮水不涌，民乐其中兮，人安而岁丰。

张鹏翮治河牛刀小试，初试见成效，也增强了他治河的信心，正着手规划整个黄河的治理，可还没坐下来，河标来报，河南仪封段黄河决口。

仪封县属开封府，位于九曲黄河最后一道弯。当年孔子周游列国途经此处，当地乡绅、学士邀请孔子逗留讲学，竖"请见夫子处"碑。仪封是光武帝刘秀出生之地，过了一千六百多年，此地又出一名人，姓张名伯行，字孝先，十三岁时能通读四书五经。

康熙二十四年，三十四岁的张伯行中了进士，但他没有张鹏翮那么幸运，等了七年，才得一个补授内阁中书。更不幸的是，刚上任，其父就去世了，只得回家丁忧。好在家底殷实，在家无所事事的张伯行，办起了"请见书院"，讲解儒学，这一讲又是七年。张伯行满四十八岁时，还是个白丁，而张鹏翮已官至一品了。

按常理，张伯行这辈子是做不成官了。

可上天有意要帮他一把，降了一场百年不遇的暴雨，将仪封城北河堤冲垮，洪水围困县城。

仪封知县只能跪地向上天检讨自己的过失，可任凭磨破嘴皮，跪破膝盖，洪水就是不退。开封知府也束手无策，只得六百里加急，速报远在清江浦的河道总督张鹏翮想办法。

闲居在仪封乡什伍村的张伯行，离城四十里，得知消息，没有多想，当即招募乡里精强壮劳力三千，购置麻袋十万只，浩浩荡荡开进城北。

见洪水滔天，哪去找鲧禹治水的息壤来堵塞洪水？只能就地取土，装入麻袋，扔至决口处。可麻袋立即被洪水冲走。张伯行命以将十袋捆在一起，再推入河中。决口慢慢缩短。

张鹏翮策马飞奔至仪封。见县城一片汪洋，只剩屋顶。人们站屋顶上，怀里抱着东西，焦急等待救援。

而在城北河堤上，一群精壮劳力正往决口推进土包，后边一群人正喊着号子，打着大夯，急而不慌，忙而不乱。

这是何人在张罗？"走，去看看。"

见一中年人，身长七尺，灰布衫，国字脸，上唇胡子粗黑，下巴蓄一撮四寸长须，如铁刷。目光坚定，语气豪迈。怎么看都像一介武夫。

见有人骑马而至，那人一眼看出来者不是来看热闹的，急忙上前施礼。"在下张伯行，请问先生有何见教？"

"你就是张伯行，'请见书院'堂主。我乃遂宁张鹏翮。"

张伯行急忙下跪："山野小民张伯行给张大人请安。张大人乃皇上御封的天下廉吏，久仰久仰。今日得见，实乃三生有幸，仪封生辉！"

"敬庵先生请起。"

张伯行很惊讶："张大人怎知小人自号？"

"你这号呀，张某略知一二。敬庵先生博览群书，常说，圣人之学问概括为一个'敬'字。君子懂得义，小人只知利。老子贪生，信佛之人怕死，烈士追求名声。故只有'敬'字更重要的,故而自号为敬庵。"

"知我者张大人也。"

两人相谈甚欢。

河工见朝廷来人,越干越有劲,再战三昼夜,堵住决口。

张鹏翮很感动,专程拜访这个本家,打听这次救灾,张家花费了多少银两。

张伯行说:"小家小户,没有多少家产,一共不到二千两银,也是我的全部家当。"

张鹏翮算了一个账,三千壮劳力,几天的吃喝,还有工钱。一共才花二千两银,怎么算都划不来。

张伯行说:"花自家的银子,所以精打细算。"

"你说得对,花自家的银子,一定心疼。可一些官员花朝廷银子,从来不算计,想怎么花就怎么花。他们以为,这银子是天上掉下来的,花起来一点都不心疼。他们以为,只要不落在自己的腰包里就心安理得,做错了大不了推倒重来。这还算好的,更有甚者,错了都不改,比如在黄河建拦河大坝,明知错了,还坚决不改,还不停往里面砸银子。哎,敬庵可愿意出山?效忠朝廷。"

"小人等待几十年了,可没有机会。"

张鹏翮说:"大清就缺你这样的官员。"当即向康熙奏报,推荐张伯行为治河参事。

南书房。

康熙笑道:"张鹏翮乃伯乐,比其他官员更会识才。当年不避风险启用阿山治河,才有黄河之治。着阿山免罪,擢左副都御史。今张鹏翮荐张伯行,当准。"

李光地说:"张伯行已是知天命之年,却无一官半职,恐有名无实,或有投机钻营之嫌。"

"危难之时,能主动站出来担当作为之人,不可多得。此人不用,岂不可惜?命张伯行以内阁中书官衔到河工任职,督修黄河南岸堤二百里,及马家港、东坝、高家堰各工程。"

42

三月，京师，桃花初放。

黄河传来捷报，凌汛平安过境，山东无恙。

康熙不放心，张鹏翮戴罪治河，两年就见成效了？这也太神奇了吧。从顺治爷开始，黄河年年决堤，怎么一下就消停了？谎报还是真治？朕要南巡，眼见为实。

公主端敏、皇太子胤礽、皇四子胤禛、皇十三子胤祥陪同，随从三百人。

李光地进言："圣上，区区三百人怎显我大清威风？今虽天下太平，盛世空前。然而，万一有不良之徒，心怀不轨，何以保圣上安危。"

"朕登基四十年，天下由乱而治。若连朕自身安危都不保，谈何大治？朕前三次南巡，耗费了不少银两，导致地方亏空。此次南巡主要视察河道，并非游玩。朕需躬行节俭，不讲排场，不扰百姓，不要当地官员迎送，一切用品、饮食，在京师准备停当。"

沿永定河经顺天府一路南下。至山东，见处处张灯结彩，沿途载歌载舞，百姓跪迎圣驾。康熙说："怎么样？朕言李光地多虑了吧。"

到了东平，巡抚王国昌禀报："圣上英明，河治有方，去年以来，黄河安澜，粮食丰收，百姓安居乐业，自发建彩船以颂尧舜在世。"请康熙到东平湖观赏。

湖上，排列几十只彩船，绘制康熙圣绩图。百官觐见，送上古籍、珍珠、玛瑙若干。

见此排场，康熙大为不满，斥责王国昌："政绩是颂出来的吗？盛世是唱出来的吗？浮华之风不可长。拆了吧。"

王国昌本想拍下马屁，结果拍到马蹄子上了，碰了一鼻子灰。真是圣意难测，君心难料。即叫人拆了彩船。

康熙突然问起常平仓，张鹏翮所赔的三十万石粮是否到位？

王国昌禀报，已还了三分之一。

康熙一听火冒三丈，传张鹏翮兖州见驾。

张鹏翮大病初愈，正在清口工地安排河工装填炸药，准备炸开淮水堤坝，以淮水冲洗黄河河床的泥沙。忽听康熙传唤，来不及更衣，跃马飞奔，日夜兼程。

张鹏翮一路盘算，圣上巡视黄河，为何要他去兖州，莫不是说还粮之事？

正想着，忽觉眼睛发花，腿脚无力，虚汗直冒，只得下马席地而坐。对张清说："我命休矣。"

"老爷何出此言？"

"我私放了常平仓三十万石粮，皇上命两年还清。可我倾其所有，卖完家产，才还了十万石粮，如今两年期到。君无戏言，必将获罪。"

一行人无话。

天色渐晚，找驿站投宿，啃干粮就泡菜当晚餐。

张清埋怨："陆在道本可放他一条生路，你却把人家杀了。你要了他的命，他在阴间使坏，让万岁爷南巡，逼你还粮，这可如何是好？"

张鹏翮说："世上哪有后悔药？我难免一死。死后，挖一个小坑把我埋在黄河边即可。"

几人暗自落泪。天明起程，赶往兖州。

康熙问张鹏翮："你私放的三十万石粮，朕令你两年内还清，如今两年期到，还了多少？"

张鹏翮只得实话实说："臣已卖尽家产，余下的皇粮，臣还有儿子、孙子、子子孙孙，一定还清常平仓所借皇粮。"

康熙正色道："汝做官几十年，皆传你一年所得陋规上万两，三十万石粮，两年还清，朕为难你吗？"

张鹏翮暗想，早知如此，当初何必拒收陋规。

端敏急忙解围："圣上，张鹏翮确已卖完家产，四川老家八世祖产皆不剩。其老家只有五亩田，一百棵桑树，五间瓦房，再无值钱东西可卖。近两年粮价陡涨，运青所卖家产之银两只买到十万石粮。"

十三阿哥胤祥呈上一块玉坠："此乃父皇当年赐张鹏翮之扇坠，居然被他卖了。张鹏翮，尔可知罪？"

张鹏翮说："此坠名曰玉孩儿，乃宋高宗赵构之物。当年，赵构从宁波逃往温州，在海上玉孩儿掉入大海，不久渔夫从黄鱼腹中得此玉。值钱的往往皆无用处，比如这玉石、字画、古玩，而有用的却不值钱，比如这粮米、菜蔬和水。将无用的值钱之物，换有用的粮米，臣觉得划算。"

康熙心中不禁一震，这玉孩儿乃明珠所送，称为古玩市场所淘。他也听说过这玉孩儿的故事，赵构复得此玉，以为赵家江山将失而复得，重赏渔夫。然而，赵家江山仍被元军所灭。他不想知道张鹏翮如何得知这玉的来历，只知道，天下初安，官员、富豪奢靡开始盛行，此风绝对不可长。说："此乃不祥之物，砸了吧。"

胤祥犹豫再三，将玉孩儿重重砸在地上，碎玉飞溅。

众人皆将身上所配金玉暗暗藏好，从此不敢显露。

康熙问："张鹏翮，汝身居高位，却不尊朝廷法度，胆大妄为，私放皇粮，汝可知其危害？"

"臣，知罪。若人人效仿，法度必将荒废。为官之人当守法度。臣甘愿受罚。"

康熙教训道："法为立国之本，德乃强国之基。"

端敏听出了话外之音，以为康熙动了杀机，急忙为张鹏翮求情："圣上，臣妹奉旨巡察黄河治理，发现山东个别官员为官避事，为己做官，弄虚作假，粉饰太平，当予查办。东平汪景祺，贪赃枉法，为掩盖罪行，上下勾结，诬陷忠良，已经畏罪潜逃。而张鹏翮拎着乌纱帽，为民干事，为君分忧，臣妹愿保张鹏翮无罪。"

说完，又指着王国昌说："王大人，当年放粮救百姓，你等都有功劳，为何现在都算在张鹏翮一人头上？"

见公主把话说到这分上，王国昌上前奏道："皇上，张大人当年私放皇粮，臣也赞同。当时，常平仓周围聚集数十万灾民，欲铤而走险抢粮，守库官兵准备大开杀戒，多亏张大人放常平仓粮三十万石，称当今皇上乃一代圣君，不忍百姓受苦，特拨皇粮救灾。民众山呼万岁，称颂皇上仁德之君。山东能有今天，与当年放粮救民分不开。百姓得救，治理黄河有效，河水通畅，山东复耕，人安岁丰。张大人一心为民，堪称我等表率。臣等愿保张大人无罪！"

康熙见王国昌居然也为张鹏翮求情，问道："你等当年，联名参张鹏翮标新立异、收买人心，可还记得？"

"当初，我等为了阻止他放粮、拆坝，确实有所私心，现在想来，皆我等目光短浅，惭愧难当。"

端敏即帮上一句："这么看来，张鹏翮是在为皇上争取人心啊。"

杨九功也说："忠臣！"

此时，康熙的表情仍很严肃，众人都猜不出他的心思。

康熙问："张鹏翮，你还有何话可说？"

张鹏翮已经预测到了结果，在来的路上，他已经想好了最后的陈词："臣启禀圣上！臣自知还粮两年期满，未能还清常平粮仓三十万石皇粮，获罪当斩。鸟之将死，其音也哀。人之将死，其言也善。黄河水患，百姓受灾，虽是天灾，但更是人祸！一些官员他们心里想的是自己的小九九，打的是自己的小算盘，念的是个人得失升迁发财经，唱的是让圣上开心的赞歌，遍地饥民、饿殍遍野，却视而不见。为粉饰政绩，造假谎报，明明粮库空空如也，却荒称余粮丰盈。更有甚者，倒卖救命粮，从中赚取昧心钱！贪腐不除，风气不正，百姓何有宁日？

"黄河大坝阻挡了黄沙去路，河床逐年升高，致使黄河年年决堤，明知问题所在，却视而不见。上不能匡主，下亡以益民，尸位素餐，这样的官员，拿来何用？不占不贪的官就配叫清官？对上阿谀奉承，对百姓死活不管不问就配叫好官？假公之名肥己之私，达不到目的就诬告忠良者就能叫贤臣？

"足寒伤心，民寒伤国。臣死不足惜，然皇上乃一代圣君，爱民如子，当以天下苍生为念。君轻民重，皇上，苍生在上啊！"

张鹏翮一向少语，临死前把憋在心中的话一口气说出来，一下爽快了许多，他等待着最后的时刻。

一人急匆匆赶来，又站住不动了。康熙问："有何事？"

那人跪下，说："臣常平仓守备唐成伍叩见圣上，吾皇万岁万万岁。兖州百姓推着小车、挑着担子替张大人还粮，把大街小巷堵得水泄不通，臣不敢收，又不敢拒绝，请求圣上裁决。"

康熙城府很深，但此刻他再也忍不住，叫了一声"好"。

当即下旨，免除张鹏翮所放常平仓未还的二十万石粮，免除山东受灾歉收二十五州县上年未完钱粮。

百姓高呼万岁，焚香为康熙祈祷。

张伯行督修黄河南岸堤，马家港、东坝和高家堰，提前完工。

张鹏翮很满意，再向康熙举荐张伯行为济宁道。

从古至今，官员要得到重用，无外乎几种途径，要么当"三爷"——少爷、姑父、师爷，要么做送跑匠，不跑不送，原地不动。要么等天降大灾大难，到那时，主动出来，振臂一呼为朝廷分忧，如张伯行的仕途便是如此。

上天似乎特别眷顾张伯行，刚到山东济宁上任，他又遇一大灾。小麦扬花时，济宁突遇冰雹，小春绝收。

张伯行没有像张鹏翮那样费尽心思借粮，而是直接开仓放了三万石粮。

山东布政使立即上疏弹劾张伯行，独断专行，竟敢擅动库粮，此乃有意抗旨，请圣上制裁。

朝廷派人查处，张伯行瞪大眼睛问："有这事吗？我都不曾听说过，你们去看看，粮库可曾少了一粒米？再说了，老子是按圣上旨意救灾，怎么算独断专行呢？圣上乃一代明君，爱民如子，他能让他的子民饿肚子？是仓谷重要，还是人命重要？怎么着？我就放了，但老子还上了。你能咋地？"

在放粮之前，张伯行即修书一封，叫家人在仪封募捐三万石粮，送来山东赈灾。仪封对张伯行倾其所有修河堤一事记忆犹新，听说张伯行筹粮，二话不说，一天就募得三万石粮，运往济宁。

康熙问群臣："怎么看张伯行？"

众人都不作声。

康熙说："朕此次南巡，考察黄河，也是考核官员。如今官员，越来越虚，只讲漂亮话，专在案头上下功夫，文章写得越来越工整，引经据典，夸夸其谈，每一句都是那么高尚，家国之情跃然纸上，找不出半点毛病。可全是假话、套话，没有一句管用的话，此种文章有何用？此种官员拿来何用？"

众人听得云里雾里，不知康熙要干啥，都怕说错话。跟随康熙从兖州出发，经五花桥，小心侍候至宿迁，渡黄河驻桃源，令张鹏翮加固桃源烟墩至龙窝一带河堤。

船入清口，见黄河淤泥甚厚，将与淮河持平。康熙责令张鹏翮停下其他工程，先挑浚此段河道，若黄水倒灌淮河，必将影响漕运。

张鹏翮呈上奏折，挑浚陶家庄至杨家庄引河及河道，需河工五万名，白银千万两，至少需要五年才能完成。

康熙说："只要能根治黄河，朕将不惜一切代价。"

张鹏翮当即立下军令状，三年内只要五百万两银子，完成下河的挑浚任务。

康熙一听，火了："你老昏了吗？一会儿五年，一会儿三年。一会儿一千万,一会儿五百万两,到底多少?"

张鹏翮跪奏:"如按常规治法,人挑马驮,便要五年,花银一千万。如果筑堤束水,借水攻沙,人力费用将大省。"

"为何不直接奏明?"

"圣上,此乃臣的设想,未曾试过。不知圣上是否恩准此法?"

张鹏翮呈上束水攻沙之法,图文并茂。说:"微臣才疏学浅,不知此法可行否?请圣上裁决。"

其实,张鹏翮心里早有底,只想把功劳记在康熙头上。

康熙看了奏报,说:"这有何风险?即使有风险,也值得一试。准。"

"请圣上移驾高家堰,臣正在那里试行此法。"

"好你个张鹏翮,你已经在干了,还奏请朕裁决。"康熙兴致满满到了高家堰,他要看看如何束水攻沙。

河工正在待命。

康熙下令,炸坝。

"轰隆隆"一声声巨响,惊天动地。高家堰坝炸出个几十丈宽的决口,清澈的淮河水以排山倒海之势冲向黄河道,巨浪滔天,卷走黄沙。

待淮河水位下降,水势减慢。张鹏翮命将草袋装满泥土,从决口两端同时堵上,决口慢慢缩小。

康熙问:"这就完了?"

张鹏翮说:"将在决口下方用石头建闸门,建成后,定期对河道进行冲刷。其他地段以同样方法冲沙,既节省人力,又省银两。"

康熙连说了三个"好"。

43

一晃过去九年,张鹏翮一病不起。卧床作诗一首:

九载劳心为治河,栉风沐雨靖洪波。

平成奏绩民安乐,感戴尧天祝寿歌。

康熙见此诗，想到邵穆布溜淮套开河的奏折，立即启程第五次南巡，直奔清口、曹家庙。

张鹏翮一听，身子有点发软，眼睛发黑，最怕啥来啥。那地方还没有来得及整修，怎能看得？

康熙已到溜淮套。

张鹏翮奏道："圣上，清口、曹家庙问题甚多，等治好后再请圣上查看如何？"

"张爱卿多虑，朕此次来，并非只看光面，也要看看问题，以便通盘打算。"

张鹏翮脑子嗡嗡嗡着响，叫苦不迭。几个月前，他得了一场重病，在清宴园躺了整整三个月没有出门，工地必然问题不少。圣上见了，必要责罚。唉，这就是命，躲不过去的。

其实，张鹏翮是被人算计了，还都蒙在鼓里。他杀了两江总督邵穆布的小舅子，邵穆布一直耿耿于怀，设下眼线，寻找张鹏翮贪赃枉法的把柄无果。正在苦闷之时，河道按察使赵世显到江宁办事。邵穆布觉得机会来了，宴请赵世显。山珍海味一应俱全，绝色女子，千娇百媚，活色生香。

赵世显跟着张鹏翮这些年，从没有正经吃过饭，更无近过女色。天天吃住在工地，夏天一身汗，冬天一身灰。今日如临瑶池，何曾见过？赵世显有点飘飘欲仙之感。

酒过三巡，邵穆布说："赵兄官至正三品，理应知足了，可兄台在江苏时就是按察使，去了河道仍是个按察使，跟着张大人得了不少赞誉，可官还是那个官，俸禄还是那点俸禄。你这是图啥？"

赵世显说："为官一任，只图清史留名。"

邵穆布笑他迂腐："人生在世几十年，不要跟自己过不去。我有法子可以让你高升。"

突然来的希望，让赵世显不免一惊，但他故作镇静道："下官知足了。"

"邵某久居官场，阅人无数。你在说假话，做梦都想着升官，却不好意思讲出来。这世上只有嫌纱帽小的，哪有嫌官越做越大的？升官好比春药，男人都愿意尝一尝，且越尝越有瘾。"

说完，取出黄河图说："张鹏翮治河卓有成效，即将大功告成，之后便是保持维护。可问题来了，几十万河工干啥去？管河工的官员上哪儿去？供河工石料、菜蔬、肉蛋的商家哪里去发财？你以为，黄河真的那么难治吗？你以为只有张鹏翮才懂束水攻沙吗？此法子早几百年前就有了。为啥这么多任河道总督不用？"

这一问，赵世显好像发现点什么。

邵穆布说："自古百姓无事生非，有事做就能安居乐业。黄河上这几十万河工、上千官员要是突然一下无事干，岂不成了皇上的心腹大患？其隐患比黄河决堤更甚。当官，得登高望远，替圣上考虑。我有一法，可以让黄河一直治理下去。"

赵世显问："一直治？就没治好的时候？"

"老弟多虑了，人生不满百，常怀千年忧。到时，你我都不在了，后来者比我俩聪明。你看，在溜淮套开河，让淮河从曹家庙直达清口。"

赵世显说："这不是折腾吗？"

邵穆布呵呵一笑说："不折腾，朝廷凭啥给河道拨银子？不折腾，你我这些官员在皇上眼中皆是无用之人。你看张鹏翮已经精疲力竭，近日逐渐消瘦，一病三月不起。本官断定他将随方成龙而去，此乃河道总督之宿命。"

赵世显听出点味道，回到清宴园即找通判徐光启、主簿方德弘商议："这是我们升迁的机会，如果做成了，皇上一高兴，就赏我等一个什么做。"

三人画了在溜淮套开河的图纸，送给张鹏翮审，以为可以蒙混过关。

谁知躺在病床上的张鹏翮并不糊涂，一看这图纸，气得一口鲜血吐地："你们这是把朝廷的银子不当数，如此折腾怎对得起朝廷？你等应学张伯行，一丝一粒，我之名节。一厘一毫，民之脂膏。宽一分，民受赐不止一分。取一文，我为人不值一文。"

在张鹏翮那里碰了钉子，赵世显与徐光启、方德弘又找到邵穆布。邵穆布早料到如此，已替他等写好奏折让其送往京城。

原来，康熙南巡竟是为此事而来。

康熙从清口到曹家庙，沿途叫人丈量，满脸不高兴，说："这不对呀，清口高，曹家庙低，即使开凿成河，淮水也不能直达清口，如何以水冲沙？反而黄河倒灌。朕见淮扬一带单薄，未甚坚固，倘不加保护，以致冲决，则淮扬地方百姓何以能堪？"

张鹏翮知道事情不妙，但自己总领黄河，总不能把责任推给赵世显等吧，他只得跟在康熙身后，不停在检讨，未尽为官之责，有负圣恩。

再往前走，见民田、民房和坟地已经插上开河标杆，康熙顿时火冒三丈。责备张鹏翮："你还是读书人，怎能做出如此残忍之事？汝读那么多书何为？假如你张家祖坟被人发掘，你做何感想？几年来，治河已经见成效，两河平静，民生安乐，为何要多此一事？今尔等欲开溜淮套，凿山穿岭，劳民伤财，即或成功，将来黄河汛水泛溢，不漫入洪泽湖，也必致冲决运河。溜淮开河，无非是想从中获利，或妄想捞功。这么明显的错误，我不相信无一人发现，可见，尔等河工无一方正者，让朕十分心寒。"

张鹏翮不停自责，未尽总督之责，让圣上操心了。此时，他唯一能做的，接受皇上的呵斥，承担一切责任，不停检讨："臣之过也，臣老眼昏花，与下属无关。"

"砰"，一声枪响。

张鹏翮下意识挡在康熙身前。河标立即警戒，将康熙四面围成铁桶。

康熙不信邪，大踏步往前走。河标扎成的铁桶只得跟着滚动。

见一群百姓手持砍刀、锄头、扁担与河工正在斗殴。

河标再次鸣枪示警。

张鹏翮见此，跑过去大吼一声："住手。"

双方已经头破血流。

张鹏翮责问："这是谁的主意？为何不报？给我将肇事者拿下。"

康熙让张鹏翮解释。

张鹏翮不知如何应答，却答非所问："吾皇上爱民如子，不惜代价，拯救苍生，黎民皆颂圣恩。"

这一句话惹恼康熙，指着张鹏翮说："如今，尔等官越做越大，所言废话越来越多，听上去没有一个字能挑出毛病，可没有半个字管用。朕所问，乃河工事务，与做文章不同。若做文章，牵引典故，便可敷衍成篇。若论政事，必须实在可行，然后可言，非虚文所能掩饰得了的。为官之人，当至公无私。今满汉文武内外诸臣齐集，尔等当直言其事，何必牵引闲文？

"尔自谓居官清廉洁，一介不取，一介不与。言必言'道'，然，道学以无私为本。为官者当敢于担当，为担当者担当。推功揽过，乃为官者之雅量，容人之胸怀，厚德载物之境界，但绝不可以包庇过错。这么明显的错误，还为下属开脱,此亦为私心。凡人既读书,先要辩明公私二字。凡事从公起见,方可服人。王谦为人刻薄,人人怨恨,尔却偏信,恣意妄行,以致人心不服。况大臣受朝廷委任,必须为国为民,事事皆有实济。若徒饮食菲薄,自表廉洁,于国事何益?"

张鹏翮只得承认,因病卧床三月,未能详查,误用小人,一切都是自己的错。

康熙问刘光美:"你等为什么也奏应开此河?"

刘光美叩首:"盱眙系臣所属地方,故共同查看,至于应开河与否,总督久在河工尚不能知,臣等愚昧,何能深悉?但开河乃我等共同具奏,冒昧之罪,望圣上处罚。"

康熙又问张鹏翮:"水平为何人勘验?"

"现任清河县主簿方德弘、郭维藩、通判张调鼐、徐光启勘验。"

康熙听到这几个人的名字,不禁"哼"了一声:"徐光启等皆不堪小人,唯知亡命是利,不齿与人列,此等重大事情,你竟委任他们,是存何心?"

康熙回行宫,召见张鹏翮及河工官员,直截了当,不留情面,直呼其名:"同知南梦班、通判徐光启、主簿方德弘,皆属不堪小人,着拆革逐去。张鹏翮、桑额俱以为不可开,却未加阻拦,未履职尽责,着张鹏翮赔银四万两,桑额降五级。命将沿途所立开河标杆,尽行撤去。"

康熙乃驭人高手,给了张鹏翮一个嘴巴,又马上给他一颗甜枣安慰:"运青,朕也无奈呀,你功劳大,影响也大。但有了过错,如不接受处罚,众人一定不服。望爱卿吸取教训。"传旨,赠张鹏翮曾祖张惠为光禄大夫、太子太保、兵部尚书兼都察院右都御史、总督河道提督军务加三级,赠封曾祖母孟氏为一品夫人。赐赠张鹏翮之父张烺御书"养志松龄"。

张鹏翮感激涕零。

回到京城,康熙对群臣说:"张鹏翮自任总河以来,克遵朕指示,修筑工程,殚心尽力,动用钱粮绝无靡费。两河安宴,堤岸无虞,深为可嘉。着升为刑部尚书,转户部尚书。并颁诏全国,黄淮河工告成,四海奠安,民生富庶。赐张鹏翮'澹泊宁静'匾额。"

历经近十年,张鹏翮终于要离开他几死几活的地方。

康熙让他推荐一位接班人。

张鹏翮又向他举荐张伯行。

朕听说张伯行居官清廉，是难得之国家栋梁之材，然而，只有张鹏翮一人举荐。便问："众爱卿，你们为何都不举荐张伯行？"

众人不敢言语。

"没关系，张伯行，他们不举荐你，朕举荐你。将来，你要居官而善，做出些政绩来，天下人就会知道朕是明君，善识英才。如果你贪赃枉法，天下人便会笑朕不识善恶。朕赐你'廉惠宣猷'匾，明日去福建巡抚上任。"

张伯行千恩万谢，叩血泣拜："臣定当肝脑涂地，不负皇恩。"

张鹏翮只得推荐按察使赵世显做河道总督："此人平时节俭，做事认真，为人谦虚。"

让他认定赵世显是可靠接班人的是一副楹联，赵世显在自家大门亲书一联："只如此已为过分，待怎么才是称心。"用白话说，只是这样已经过分了，还要怎么才能满足？言为心声，谦退知足，无穷受享，此人可担重用。

但张鹏翮忘了古训，知人知面不知心，推荐赵世显做河道总督成为他一生最后悔的事。他做梦也没有想到，他选的接班人会突然蜕变成另一番模样。

离任前，同知张灏想尽地主之谊，送旧迎新。提前半月去请张鹏翮，连去了五次荷芳书院，都没有见到张鹏翮。让他欣慰的是，新总督赵世显很给面子，当即答应准时赴宴。

张鹏翮在哪里？在河堤上校对他的巨著《治河全书》。把自己最不放心的地段一一指给赵世显，如何处置，如何消除隐患。

张鹏翮说："治河需尊水性，顺势而为。水有情、有志、有德行。水如君子，君子亦如水。真金百炼愈不变，流水万折归必东。"

午饭时，张鹏翮与赵世显于河堤席地而坐，一碟泡菜，一人一碗米饭。赵世显说："四川人就是聪明，把泡菜做得如此美味。"

张鹏翮借题发挥，把治河比做泡菜。泡菜的味道取决于泡菜的汤水。汤水好，浸泡出来的菜就好。要汤水好，各种入汤之物须得新鲜、干净，取菜时须将手洗干净。汤一旦被污染，整个一坛菜都会坏掉。这河道就如一坛泡菜，如有不洁之物浸入，整个河道都将毁掉。

离开清江浦的日子，万民聚集清宴园门前，老者手捧一碗清水为张鹏翮送行。

张鹏翮接过水碗向父老跪下，一口饮下，说："张鹏翮不论去哪里，将永远如水一样清净。"

赵世显为张鹏翮准备了八抬大轿。张鹏翮却骑快马，带着张清、贾和安、云珠及家人和几箱书上路。万民紧跟其相送，张鹏翮下马，再次跪拜，请求父老不要远送。

望着张鹏翮远去的背影，百姓散尽，赵世显迈着方步，钻进了轿子。

第十一章 / 醉酒玩自刎

44

霍州。

领赵城、灵石二县。

四面环山,中间低洼,山高塬阔,丘陵起伏,山谷梁峁,台塬阶地,沟堰河滩俱全。

汾河穿过,给霍州带来灵气。陈村有众多窑口,盛产白瓷,纯白清透,釉光如披水,胎薄体轻,形如蝉翼,轻若海绵,印花海水纹,花草纤细,有南青北白之美誉。上品多为官家拥有,中下品经济实惠,百姓居家不可或缺。

灵石县有一秀才,姓郭名明奇,家有两窑,雇工五十余人,月产白瓷五千件。

知州吴胤军履新,灵石知县斐文鑫派员到陈村加收火耗银十分之二。

郭家拒缴,斐文鑫将其两窑抄没。

吴胤军?斐文鑫?一个不是跑了,一个不是被砍了头吗?怎么又钻出两个同名同姓的人来?没错,就是运城那两位,如今当官了。

郭明奇乃有见识之人,一纸状子将知州吴胤军、知县斐文鑫告到巡抚衙门。

噶礼升堂断案,大骂郭明奇:"大胆刁民,自古子民纳税天经地义。尔身为读书人岂有不知?来人,给我重责三十大板,披枷示众三日,以正国法,以儆效尤。"

吴胤军得知郭明奇告状不成反而挨了板子,更加放肆,催促各县必须七天缴齐火耗银。

吴胤军清楚,不给好处,谁会卖命?他许下诺言,所征火耗银百分之五十归知县。这一招很灵,仅七天,吴胤军收齐所征银两,将库银一共四十万两,押运至巡抚衙署。

噶礼高兴，举荐吴胤军为"廉能"，亲自去霍州表彰、庆功。

吴胤军摆了一桌宴席，请斐文鑫作陪，以见证自己与巡抚大人噶礼的铁关系。

可是，噶礼不这么想，你小子一上任就送我这么大一笔银子，要是被查出来，都有牢狱之灾，甚至人头落地。要使人不知，只有让你闭嘴。

噶礼带了两坛子酒，与霍州同饮，一醉方休。

酒过三巡，菜过五味。噶礼放下巡抚大人架子，与民同乐。脱了官服，全身肥肉颤抖，笨拙地挥舞雁翎刀，气喘吁吁，满头大汗。

众人哈哈大笑。

坐回座位，端起一碗酒，噶礼说："各位，咱们是拴在一条船上的，望同舟共济，荣辱与共。来，干了此碗酒。"

众人一仰脖子全干了。

噶礼指着斐文鑫说："斐知县，本官听说你有一个雅号，叫什么斐三斤？"

"禀大人，下官只有这点能耐，能吃能喝，一顿饭，吃一斤肉，一斤酒，一斤饭，故得此雅号。"说完，斐文鑫端站起身，叫师爷拿碗来。

师爷把早备好的酒碗摆上，一大一小。大碗如盆，小碗似拳。小碗装满老白汾，放入大碗中，再向大碗注满绍兴女儿红。

众人都不知这酒如何喝。

斐文鑫看了一下酒碗，满得快流出来。指着师爷道："只有自己人才整自己人，你这叫我咋个端嘛？师爷，你倒的，你来喝。"

噶礼笑道："别装了，快喝吧。"

斐文鑫装得愁眉苦脸，伸长脖子，将嘴贴着酒面喝了一口，酒下去一寸，然后嘴贴碗边，咕咚、咕咚开喝。

众人都张着嘴、看斐文鑫喝酒，噶礼的幕宾胡敬挨着吴胤军，胡敬起身，不小心将吴胤军的碗碰到地上摔得粉碎，连忙说声对不起，亲自取了一只碗，斟满酒双手递给吴胤军。说："吴知州，小人实在对不住。"

吴胤军赶忙起身，双手接过洒碗："这让吴某哪里担得起？折杀我了，碎碎平安！"

众人看着斐文鑫的大碗见底，正在想，他如何喝到小碗里的酒。

斐文鑫口衔大碗沿,轻轻一压,小碗即滑下来,直接滑到嘴边,双唇叼住小碗沿,将脖子一仰,只听咕咚一声,小碗底朝天。

众人惊呼,大开眼界。

斐文鑫取下酒碗,对吴胤军说:"兄弟,在座无外人,就不要客气了,我俩是过命兄弟。想当年在运城,差点被张鹏翻要了我俩的命,不是噶大人出手相救,早就变鬼了。今天,只要噶大人快活,别说喝酒,就是喝鸩咱也心甘。"

吴胤军对斐文鑫耳语:"大哥,隔墙有耳。"

他俩的话被噶礼听见,噶礼板起脸说:"斐大人一向低调老成,就一点不好,喝点酒啥都说。"

斐文鑫急忙站起身,倒满一碗酒自罚。

噶礼哈哈一笑,指着各位说:"看到没有?这才是真男人。说了又咋的?谁不知道噶某?再说,噶某与张鹏翻是啥关系?不看僧面也得看佛面。来来来,索性把你脖子上的刀疤来历说来听听。"

斐文鑫站起身说:"有噶大人罩着,咱怕啥?当初,在运城,张鹏翻与我作对,我派人杀他不成,反被判了斩立决。可阎王爷看我人品好,不收我。我有一个兄弟是死牢的吏目,他神不知鬼不觉调了包,连夜把我放了。第二天刑场上,张鹏翻发签行刑,揭开头套一看,居然是别人,傻眼了。他哪敢下手?还落下个胡乱判案的把柄。运城回不去了,我就到了陕西。不想做买卖了,咱就弄个官来当。花了点银子,居然很快就当了知州。

"没想到,又碰到那个张鹏翻,他是皇上派的钦差,握有尚方宝剑,查籽粒案,又判了我斩立决。但他做梦也没有想到,钱能使磨推鬼。咱给牢房的兄弟一千两银子,让他给咱来个痛快的。可阎王爷翻开生死簿一看,斐文鑫还不能死,对不对?他要死了,找谁来陪噶大人喝酒?"

噶礼不耐烦了,骂道:"少屁话,快说后来。"

"第二天,我和蒲城县知县关琇、韩城知县王宗跪成一排。刽子手揭开大刀上的红布,朝刀面上喷了一口酒,双手抖得刀都握不住。小声说了句,斐大人对不住了。只听'咔嚓'一声,天呢,真他娘的痛,我忍不住大叫一声,倒在地上不省人事。等我醒来,睁眼一看,他妈的,我是人是鬼?一个小娘子正喂我喝鸡汤。原来刽子手是个新手,从来没有杀过人。用力过猛,加上老子的脖子上的骨头硬,刀起头没落,刀却飞出去了。"

噶礼端起酒,摇了摇头:"哎,可见世间贪官污吏是杀不死的,更是杀不完的。"

斐文鑫趁着酒劲,拍了拍噶礼的肩膀:"大哥兄弟,叫你一声大哥,是你官比我大,叫你一声兄弟是因为你岁数比我小。咱今天酒逢知己千杯少,有话我就把它说明了。世间要是没有我们的贪,哪有张鹏翮等的廉?世间要是没有污泥的臭,哪有荷花的洁和香?清水里能长出荷花吗?我最讨厌你们这些文人,为了抬高自己,非得压低别人。世间,谁都离得开谁,谁也不比别人高尚多少,只是你待的位置比别人好点而已。当官的,一旦沦为阶下囚,比百姓惨多了。要是有一天,我能站上高位,我比任何当官的都有本事。一切都听由我一人说了算,那算啥本事?有本事,像斐某那样,把别人的银子轻松放进自己的口袋,轻松撞过鬼门关,这才叫真英雄。"

噶礼拍了拍斐文鑫的肩膀:"斐公言之极是,喝酒!喝酒才是世间最快乐的事。"

胡敬很有兴致问:"后来呢?"

"后来?咱又找噶大人,这不又当灵石知县了。虽然,比咱二弟吴大人的官小了那么一点,但咱知足。"

噶礼说:"算你命大,以后就别往张鹏翮的刀尖上闯了。来,各自斟满酒,再干一碗。"

斐文鑫兴致很高:"各位,俺还有一本事,可以倒地就睡。"

胡敬不信。

斐文鑫"扑通"倒地,接着鼾声如雷。

几人大笑。

噶礼站起身踢了斐文鑫一脚:"起来,成何体统?斟酒、斟酒。该你了,吴知州。"

吴胤军站起身,打拱道:"各位饶了我,我只会吃,不会喝。"说着,抓起一整只烧鸡就开啃。

噶礼夺下烧鸡,责骂道:"你是饿死鬼投胎吗?喝酒。"

吴胤军只得端起酒碗,喝一口酒,哈一口气,好不容易喝完,说:"世人皆羡慕吃香喝辣的,可谁知这辣的真不好喝。"

噶礼说:"别装了,哪有官员不会吃喝的?不会吃喝哪能当官?该你表

309

演了。"

吴胤军一碗酒下肚，觉得有点飘，见谁都有几个脑袋，摇摇晃晃站起来说："不会。"

噶礼伸手从胡敬手里取过雁翎刀，递给吴胤军。

吴胤军为难了。说："我只有乱舞了，别见笑。"

胡敬说："乱舞不算，实在不行，可以表演抹脖子。"

吴胤军迷迷糊糊："好，这个主意好，我就来个抹脖子。"

说完，举起雁翎刀放在自己脖子上一抹，一股鲜血喷射出来。吴胤军哈哈笑了两声，两腿一软坐在地上，慢慢躺下，嘴里喃喃："舒坦。"

众人的酒劲被吓得醒了一大半，顿时慌了手脚，喊的喊，扶的扶，摇的摇。越摇鲜血喷得越远，吴胤军一命呜呼。

斐文鑫抱着吴胤军痛哭："二弟呀，大风大浪都过来了，怎么自己还把自己玩死了呢？"

噶礼站起身说："今晚之事，不许外传。只说吴知州察访民情，不小心以身殉职了。"

噶礼送去了抚恤银一千两。

斐文鑫和吴家人都感动得痛哭流涕。

回到太原，噶礼夸胡敬会办事，神不知鬼不觉除去心腹之患。原来，胡敬是故意打碎吴胤军的碗，取来新碗放上了迷魂药，让吴胤军喝下的。

45

世上哪有不透风的墙？秀才挨了打，就下决心要告御状，得知吴知州玩抹脖子一事之后，打点行装就进京。

到了京师才发现，京城那么大，上哪去找皇帝？在客栈住了几日。跟客栈掌柜熟了。

掌柜说："这皇上啥时候出宫，出宫走哪个门，没人知道。你不如找巡城御史，他代天子出巡，'大事奏裁，小事立断'，俗称'八府巡按'，专责巡查京城内东、西、南、北、中五城的治安、诉讼、缉捕盗贼等事。此地离巡视西城察院最近，御史袁桥嫉恶若仇，他见状纸准向皇上参奏。"

但朝中谁人不知道噶礼与康熙爷同吃一个奶长大，其母是康熙的奶妈，与康熙不是兄弟胜似兄弟。仅凭这关系，谁能把他咋地？

因此，噶礼到山西，有人连番告他贪污受贿，都如泥牛沉海。

秀才郭明奇运气好，居然将状纸直接交到了袁桥手上。

这"八府巡按"见了贪腐之人，就如同鲨鱼嗅到了血腥，即刻着手暗查，列出噶礼数条罪状：放纵官吏虐待百姓，加收火耗十分之二，除补偿大同、临汾等县的亏款，余下全部侵吞。借修解州祠宇、寺庙，用巡抚印簿勒索百姓纳捐。令家仆至平阳、汾州、潞安三府强迫富民馈赠。以审案获得临汾、介休富民亢时鼎、梁湄的贿赂银两。纵容贪官汾州同知马遴、包庇洪洞知县杜连登、灵石知县斐文鑫。霍州知州吴胤军抹脖子身亡。

康熙得奏，将信将疑，什么乱七八糟？即召太原知府赵凤诏进宫。

赵凤诏因论居官守廉如女子失节，而得康熙信任，成为康熙设在太原的眼线。但康熙不知道的是，赵凤诏早已被噶礼收买了，成为噶礼的得力干将。

进京前，赵凤诏与噶礼商量对策。

噶礼想，康熙召见赵凤诏，肯定是查访自己在山西之事。于是说："本官曾向万岁爷举荐你才能、操守皆好，不畏权贵，尽力效力，爱民如子，人甚称扬。你怎么跟皇上讲我呢？"

赵凤诏说："大人，下官已经想好说词，巡抚噶大人牢记圣上嘱托，爱护百姓，廉洁自持，令山西焕然一新。堪称官民之表率，山西第一清廉官。下官还安排了山西学政邹士聪，代拟太原士绅、百姓上疏，请留大人。"

康熙听了赵凤诏的禀报，坚定地站在了噶礼一边。与群臣道："为官者当与担当者担当，作为地方大员，要做事必得罪人。朕相信噶礼之能力，故保他。"遂在参噶礼的奏折上御批八字：有则改之，无则加勉。

噶礼得御批，以六百里加急送回复，否认所有罪名，全为无中生有，皆因巡城御史袁桥和秀才郭明奇臆断诬告。

康熙怎能让敢作敢为的官员受委屈？即将状告噶礼的袁桥和郭明奇交九卿查处。

结果，悲催了，袁桥罢官，秀才郭明奇流放福建充军。

有了此教训，谁还再告敢噶礼？

其实，康熙也听说过噶礼之贪，但因当朝的能干人确实不多，尤其是满人，像噶礼这样会办事的更少，因而未加深究。

无风不起浪，若再让其在山西继续主政下去，必出大事。近朱者赤，近墨者黑，给他换个风清气正之地，着噶礼调任两江总督。

可噶礼并未领会康熙一片苦心，一到江南，他就召见各府、州、县正堂。

江南官员岂能懂不起？私下达成一致，每人出四千两银为见面礼。可转背后，官员们都想显示自己对新总督的敬重之意，都不按商定的数额，少则五千，多则上万，转眼间，总督府成了金山银山。

谁送了多少银，噶礼不清楚，但谁没有送，他非常有数。让他生气的是江南那帮官员，居然搞团拜，集体空手来见。

巡抚于准是于成龙的长孙，家传廉吏，他不送礼情有可原，可你布政使宜思恭、按察使焦映汉怎么也跟着空手来？这分明是跟本督过不去。如果摆不平你几爷子，我噶礼咋个在江南混下去？给我查，我就不相信他们几个屁股就那么干净。

师爷胡敬藩库钱粮账本拿来一查，笑了，宜思恭任内共亏空四十六万一千两有零。

"仅宜思恭一人之责？"噶礼问，"巡抚于准同城共事，按察使焦映汉专司监察，两人未能克尽厥职，怎能脱得了干系？"

于是，噶礼将三人上疏弹劾。

三司会审认定，布政使宜思恭于兑收钱粮之时，勒索加耗，又受各属馈送，应拟绞监候。巡抚于准、按察使焦映汉失察，二人拟革职。

康熙提笔御批，准。

放下朱笔，康熙说："朕倡廉，让官员清白为官，并非只清不为。为官不为，无异于贪腐，甚而比贪腐更甚。亏空四十万余两，多大一个数额，得堆多大一座银山？而于准、焦映汉尸位素餐，此风不可长。着福建巡抚张伯行任江苏巡抚。武英殿修书处纂修陈鹏年任苏州知府、代理江苏布政使。"

陈鹏年到江苏任职属二进宫，两年前就任江宁知府。在任上，官声极好，常数失政之责，痛诉民间之苦，减税、去火耗，新修水利，其新政，深得百姓拥戴，却招来同僚怨恨，在暗中找他的毛病，凑罪状。

干得风生水起的陈鹏年，心血来潮，做了一件自以为是的善举，却把自己投进了死牢。江宁有一个妓院也叫"醉花楼"，跟清江浦那个妓院同名，门庭若市。这让陈鹏年很不舒服，这太伤风败俗，得让多少良家女子失足，让多少人走上歧途？陈鹏年一声令下，抄没充公。

偌大一座"醉花楼"，古色古香拆了可惜，空置更浪费。怎么办？想来想去，他想起康熙的圣谕，为官务在教化子民。陈鹏年有了主意，将"醉花楼"改为讲堂，亲书四个大字："天语丁宁"。

每月初一、十五，安排江宁饱学之士在此宣讲圣谕和经史子集。

这一下，被抓个正着。在如此龌龊之地宣讲圣谕，是对皇上的亵渎，属大不敬。阿山等江宁官吏联名将一封告状信送到京师，康熙十分震怒，立即下令将陈鹏年打入死牢，斩监候。

好在江宁百姓非常爱戴陈鹏年，消息传来，整个江宁震动，商人罢市、学生罢课，万人到总督府门前静坐示威请愿。有的到监狱给陈鹏年送吃、送喝，有的陪陈鹏年一起蹲监狱。

江宁织造曹寅立即将这一情况密报康熙。

康熙问大学士李光地："阿山这个官怎样？"

李光地道："臣曾与同僚，此人廉干，果于任事。其失民心，独劾陈鹏年一事耳。"

于是，康熙收回成命，免陈鹏年一死。但罢了他江宁知府职，调任武英殿修书。

陈鹏年此次任苏州知府、代理江苏布政使，他知道拜访上司是下属应尽之礼数。但他对噶礼贪腐十分不屑，就是故意空手而去，立而不跪，作揖了事。

噶礼想，一个小小苏州知府、代理布政使，见了本总督竟然如此牛气，还讲不讲官场规矩了？噶礼不像阿山玩阴的，却直接把话挑明："你的生死前程皆在我手里，为何见了本官不跪？"

陈鹏年板起脸道："要是下官有罪，就算是总督开恩，我也过不去。要是下官无罪，又怎能说我的生死前程掌握在你手里？"

噶礼哼哼两声："那就等着瞧。"

张伯行从福建出发到苏州，行程两千里，在路上走了近一个月，整个路费仅花一两银子。饿了就啃自己烙的饼，渴了就去百姓家水井要水喝，困了就住在人家屋檐下。

噶礼听了呵呵一笑,矫廉!本可以坐轿、乘车却步行而至。为了显示廉洁,居然敢耽误公干。朝廷养官员不是让他表演清廉的。在他心里,已经留下了张伯行矫情的印象。为日后共事不和、督抚互参埋下了伏笔。

张伯行早听说噶礼甚贪,发自内心鄙视,耻于跟他打交道。却与陈鹏年志趣相投,关系亲密,大小事都与其商议裁决。一天,陈鹏年邀张伯行同游虎丘,赏着秋景,诗兴大发:

雪艇松龛阅岁时,廿年踪迹鸟鱼知。
春风再扫生公石,落照仍衔短簿祠。
雨后万松全合沓,云中双阙半迷离。
夕佳亭上凭栏处,红叶空山绕梦思。

尘鞅删馀半晌闲,青鞋布袜也看山。
离宫路出云霄上,法驾春留紫翠间。
代谢已怜金气尽,再来偏笑石头顽。
楝花风后游人歇,一任鸥盟数往还。

陈鹏年做梦也没有想到,噶礼得此二诗,高兴得一难眠。

噶礼说:"没想到,收拾陈鹏年的机会居然来得如此之快。"于是逐句批注,"代谢已怜金气尽"之"金气尽"乃暗指大清气数将尽。大清源自女真族金朝,此乃反诗。"一任鸥盟数往还"乃暗指在台湾反清的郑氏残余。

当即上奏朝廷,将陈鹏年和张伯行一起弹劾。为防万一,又加上一条罪状,陈鹏年上任负责查办前任布政使宜思恭亏空案,为替宜思恭开脱罪责,多有篡改卷宗,掩盖其罪责,请求朝廷一并将其治罪。

三司会审,判陈鹏年绞刑。

康熙不准,说:"诗人讽咏,各有寄托,岂可有意罗织以入人罪?"改判陈鹏年罢官,发配黑龙江。

圣旨下达后,康熙觉得不对劲,这个应该是噶礼排除异己的把戏,摇头说:"做个清官难啦。"当即收回成命,调陈鹏年回京再任武英殿修书。

噶礼没有杀成陈鹏年,但终于把他赶走了,张伯行没有了狗腿子,看你咋个玩？

过了几个月，康熙越想越有问题，噶礼一上任就搞倒江苏四个大员，而且包括事事勤勉的于准。这个噶礼要干啥？即命户部尚书张鹏翮前往江苏查明真相。

临行前，张鹏翮被叫到畅春园，康熙与他单独交代："审理案件并无技巧，只需一切从公心而已。倘若一开始就主观臆断，认定谁有罪，谁无罪，肯定要出冤案，千万不可。朕听说江宁盗案尚有八百件，你到江南，传朕旨意，谕张伯行速速审结。总之，判有争议的罪应从轻，评有争议的功应往上靠。与其错杀无辜，宁可不杀。凡为督抚者，俱当体此语以行事。"

张鹏翮领命而去。可他没有想到，审了一辈子案子，大大小小不计其数，唯此案将载入史册。

噶礼一向骄横，看不起清官，在他眼里的清官都是无能之辈，但他对张鹏翮这个清官却充满敬意。叫来幕宾胡敬商量，如何迎接张鹏翮。

胡敬不解。

噶礼说："糊涂，户部尚书乃掌管全国土地、赋税、户籍、军需、俸禄、粮饷、财政收支的大臣。康熙爷的总管家来了，怎能怠慢？再说，张鹏翮有才而不傲，有权而有德，为官公正，为人和善，满汉无不服者。满朝文武能让我噶礼佩服之人不多，张鹏翮必须算一个。给我伺候好了。"

胡敬想了想："无非好吃好喝，封点银子，再给他找一两个小娘子伺候着就是了。"

噶礼听了很不高兴，说："师爷平日里鬼点子那么多，今天让你款待一下户部尚书竟无主意。张鹏翮是何等人？以廉著称，给他封银子、找小娘子，岂不自找没趣？清廉之人以清苦为乐。他每日三碗米饭、一碟泡菜，照此办理便是。张鹏翮这人做事精细、勤勉、铁面无私，但他亦为凡人，也有儿女私情。去，把安徽怀宁知县张懋诚传来江宁。"

胡敬恍然大悟，佩服得五体投地。总督大人就是高，张懋诚乃张鹏翮之长子，任怀宁知县，抑豪强，处衙蠹，救穷民，爱寒士，开运河，作养斯文，文教大兴。治怀实政，民深感戴。张鹏翮三子之中最引为豪者为此人。其父子多年不得相见。听说，张鹏翮每每想起张懋诚，皆泪流满面。还作有一诗《思子》：

忆尔登程泪满衣，秋风摇落雁南飞。

简书郑重勤王事，指日功成奏凯归。

此时，怀宁洪灾，张懋诚正在抢护城池，赈济灾民。忽报总督大人召见，不知何事。护城、赈灾皆为大事，不能贻误，咋办？遂将县臣许又亮叫来——吩咐，再三叮咛。

日夜兼程，张懋诚来到江宁，参见总督噶大人。

噶礼扶起张懋诚，笑呵呵道："大侄子，本督不请，你还不知道来看看老夫。知道叫你何事？"

张懋诚原以为是赈灾之事，心里还打着鼓。见噶礼如此亲切相迎，便知是好事。

"跟我来。"

张懋诚想，什么好事？这般神秘。

到了后花园，见石舫、湖泊、假山，楼台亭阁。

噶礼说："此乃'复园'。当年，王师攻破天京时被毁，现已修复。"

推门走进一屋，见一熟悉身影正在翻阅公文。

"运青，看谁来了？"

张鹏翮抬头，如梦一般。

张懋诚即上前叩头："儿懋诚给父亲大人请安。"

张鹏翮扔下手中文书，扶起张懋诚端详半天，说："瘦了、黑了。"

"你们父子聊吧，本督不打扰了。"噶礼说完转身离去。

父子见面，如同隔世。一会儿笑，一会儿哭。

"岁月易老，我儿转眼进不惑之年。"

"儿惭愧，父亲像儿这年纪，已巡抚浙江了。儿不才，如今还个小小知县，一待就是十年。"

"知县不小了，担负刑名、钱谷、治安、教化之责。皇权不下县，再往下便是宗族和乡绅，知县为啥叫父母官？知县才是真正为百姓办事的官员。为父没有做过知县，正缺这一课。儿可将做知县的心得告知为父。"

张懋诚一不小心说出自己心中的怨气，哪知被父亲不露声色教训了一顿，只能转移话题，将《张氏家规辑要》呈上。

张鹏翮翻阅,点头称赞:"我儿领会了为父之心意。"

逐字批阅。

  仕宦不得以贿败官,贻辱祖宗。

  居官要守得穷秀才本色,庶无贪念,不然人方荣华,而我寂寞。人方肥马轻裘,而我敝衣羸马。人方享妾之奉,而我伤北之叹。道心不定,未有不丧其所守也。

  忠臣必廉而廉者必忠,奸臣必贪而贪者必奸。孔明忠于蜀汉,而于成都只有桑八百株。元载为奸于唐,而胡椒至八百石,由是观之,可以识忠臣奸臣之分矣。

  守官只要律己公廉、执事勤恪,昼夜孜孜,如临渊谷,便自无他患害。

  存孝悌之心,行仁义之事,出为忠臣,处为端人,为士者诗书,为农者勤俭,使称为清白吏,子孙不亦美乎?

  为人父母者,须重视身教,不得妄言妄行。宗子主祭,为族人仪表,须仁恕宅心,礼让接物,使上悦下服。

  凡我子孙,务须屏除恶习,力于勤俭,然后家道可兴。

  忠义之心不可以不热,富贵之念不可以不淡。

父子两相谈甚欢,是夜同席而卧。

张鹏翮对于懋诚,却从未履行为父之责,其能成才,皆因家风教化,夫人之功,不禁老泪纵横。

在江宁住了三日,张懋诚总觉心悸,放心不下灾情,辞别父亲回怀宁。

第十二章 / 江南迷案

46

九月初九，秋闱桂榜吉日。

一大早，夫子庙前，人声鼎沸，人潮涌动。全江南人都挤到江宁来看热闹，等消息。

达官贵人，三教九流，坐贾行商，人人都像打了鸡血，兴奋异常。小商叫卖吆喝，艺人唱曲卖笑，说书卖关子，踩高跷的，耍猴戏的，练把式的，把整个江南都踩翘起来了，摇晃不已。

为了这一天，人人都等了三年。

今年江南的新举人定额为一百二十二名。上万名考生，平均一百多个秀才只有一人可中举，考个举人比走路捡到银子还难。

大街之上，举子们三五成群，焦躁不安。

"得月台"上，两人却谈笑风生。苏州考生吴泌、程光奎正在大声讨论着今后的路。

吴泌说："我中了举人只求做个知县便知足了。"

程光奎笑道："我家要像你家有那么多银子，一定得弄个巡抚当当。"

"咱两家彼此彼此，皆为盐商。你爹是乌龟有肉在肚皮里，我爹是闹闹麻雀没有肉。哎，你想去哪里做知县？"

"我呀，走远点，去盛京、西域，找个最穷的县，越远越好。把我家的银子分给穷人，只求我死后，当地百姓给我立一块碑，上书'天下廉吏程光奎'，或者给我修一个生祠……"

"呸！"

程光奎还没有说完，听旁边有人将一口茶喷地上。茶倌立即过来，问：

"先生，怎么了？"

"嗑瓜子嗑出一只臭虫，喝茶喝到一股尿骚味儿。收钱。"

"先生，本店一向声誉很好，今日让先生不快，实在对不住，茶钱免了。"

那人扔下纹银，扭头下楼。吴泌、程光奎见此人不是别人，正是江南才子唐义璋。

程光奎摇头，说："可惜错投胎到了穷人家。"

吴泌纠正道："老天是公平的，有才的就让他投胎到穷人家。念不进书的，如你我，就让投胎到富人家。"

唐义璋下楼，见夫子庙前被围得人山人海。有人一把撕下红榜，扯得粉碎，抛向空中，哈哈哈大笑，挤出人群。两个差役上去将他按住，一顿暴打。然后绑在树上，披枷示众。

另两名差役重新贴上一张红榜，增设了四个差役，手持棍棒，不准人靠近。

只听有人骂："他妈的这世上还有公道吗？吴泌、程光奎都能中举。"一只鞋呼啸而至，砸在红榜上，差役跺脚伸脖子厉声问："谁砸的？谁砸的？"

接着第二只、第三只……鞋子如雨砸向红榜。

差役赶着人群往后退，人群拼命往前挤。

有人尖叫，有人哭泣，现场顿时混乱一片。

唐义璋如一片树叶，在大海浪尖上被推来推去，好不容易挤到前面，在不停摇摆中，寻找自己的名字，顺着看，倒着看，查"唐"姓，找"义"字，查了几遍，红榜居然没有一人姓唐，吴泌、程光奎却赫然榜上。

"他妈的这世道太黑暗了。鬻卖举人，不通文字者榜上有名，有才无钱者名落孙山。"

挤出人群，唐义璋见到自己的先生奉鹤晟身边围了一圈人，都是自己的同窗、好友，唐义璋无话可说。

奉鹤晟说："吴泌、程光奎中举，老朽并不以为荣，唐义璋落选老夫不以为耻。老夫教人读书、做人，却改变不了贿官买举人之风。你等皆寒门子弟，即使有贿官之心，也无贿官之能。马有千里之程，无骑不能自往。人有冲天之志，非运不能自通。回去吧，下次再来，世道不可能永远黑下去。"

唐义璋听了这么一说，跪拜先生，独自一人走了。

玄妙观山门前。

聚集数千人,议论纷纷。有人说:"左必蕃胆子太大了。"

"什么胆子大,好孬不分,必是瞎眼了。此乃,左丘明两目无珠。"

有人当即对出了上联:"赵子龙一身是胆。"

原来江南主考官是副都御史左必蕃,副主考为编修赵晋。以这二人姓氏作对联,影射主副考官科考舞弊,受贿赂卖举人。

众人叫好。有人提议:"孔夫子不能显圣治恶,这世道还叫世道吗?干脆把财神爷抬到夫子庙去供起。"

"好!"

在一片叫好声中,几千学子抬着对联和财神爷来到秦淮河边的夫子庙。

唐义璋搭上梯子将"贡院"改为"卖完"。

在一片叫好声中。举子们将明德堂的孔夫子泥像抬出,唐义璋取下财神爷的帽子,戴在孔夫子头上。

众人一片笑声,敲锣打鼓游街。

噶礼与张伯行、张鹏翮三人正在谈天道地,听到外面吵吵嚷嚷,正欲安排人出去打探。

差役推门而入,说:"大人不好了,外面已经闹翻天了。"

"何事?"噶礼问。

"夫子被打扮成财神爷,贡院牌匾都被改成了'卖完'。"

噶礼当即下令绿营派兵丁维持秩序,捉拿生事者。

张伯行说:"大人,事情明摆着考生对此次科考不满。应拿主考问话才对。"

噶礼并不理会,说:"孝先,你刚来江苏,对此地不熟悉,此事我来办。"

张伯行告别总督府,直接去了闹事现场。

唐义璋等抬着孔夫子泥像,走在队伍最前面领呼:"赵子龙一身是胆,左丘明两目无珠。"众人跟着一起高喊。

绿营兵丁组成人墙踏着整齐的步伐,"咔咔咔"朝游行队伍压过来。短兵相接,唐义璋等毫不退缩,眼里把兵丁当空气,直接撞过去。后面的人向绿营兵丁扔鞋子和石头。

兵丁操起棍棒就打。

孔夫子泥像掉地摔得稀烂。

举子们捡起地上的土块与兵丁互殴。仅一个回合,走在前面的一百多人就被兵丁按在地上,捆绑连在一起,押往江宁大牢。

消息如风,顿时刮遍大江南北,传噶礼受贿五十万两。

江南乡试主考官左必蕃见势不妙,即写一封奏折报朝廷:"江南乡试张榜后,舆论哗然,言句容吴泌、山阳程光奎,皆为不通文理之人,臣不胜惊愕。"

康熙安插在江南的有两个暗探,一个是江宁曹寅,另一个是苏州李煦,二人都向康熙写了密报,说江南秀才对今年文场考试结果非常不满,扰攘成群,竟拆去了左必蕃家的祠堂,很明显有作弊行为,请圣上派人查处。

噶礼只管重赏举报者,逐户排查考生,十户连保,凡是伙同闹事的生员,全部抓进大牢。

一时间,江南大牢人满为患,哭声喊天。

张伯行参见噶礼:"噶大人,生员游行事出有因,当查明原因再抓人不迟。"

"考试是考试,闹事是闹事,各归各。整这么大动静,就这么轻描淡写,不抓人行吗?我大清脸面何在?"噶礼轻蔑地说道。

见噶礼如此坚定,张伯行认定噶礼一定受贿,否则,他不可能这么快就平息游行,抓捕闹事生员。我张伯行是个小小的巡抚,拿你两江总督没有办法,可康熙爷和朝廷能放任不管吗?对,告他一状。

洋洋洒洒数千言,陈述科考于国家之重要,贪腐于天下之危害,但最终落脚是此次江南科考案皆因噶礼受贿所致,请求朝廷给予严办。

张伯行做事一向认真,写奏折要先打草稿,修改、再抄,再改、再抄,直到满意为止。他一心想到如何告倒噶礼,却没有想这些草稿如何处理。他的草稿果然很快就送到了噶礼手上。

谁干的?噶礼的幕宾胡敬收买了张伯行的家丁,十两银子买张伯行家一年的垃圾,每天上门收。

胡敬从他家的垃圾中知道张伯行吃什么、用什么。这一天,得到张伯行告他噶礼的草稿。

噶礼哼哼一笑,你这个书呆子,敢告我?当即列了张伯行七条罪状,招招打在七寸之上:张伯行来江苏三月不理正事,天天只写些无用的狗屁文章,案件堆积如山,家门口盗贼横行,煽动生员闹事,砸坏孔庙,挑动满汉冲突等等。

条条干货,只要有一条是真的,张伯行就得掉脑壳。待张伯行还在字斟句酌修改奏折时,噶礼已经六百里加急将弹劾他的奏折提前五天送达京师。

张鹏翮从总督府出来，头脑很清醒，此次来江南的任务是查处宜思恭亏空案。对于他来说，此案并不复杂，将藩库钱粮进出账本一番核算，再将库存查验，对藩库钱粮去向细细追查，这笔账一目了然。

宜思恭任江苏布政使时，因江苏连年干旱，后又遇洪灾和蝗灾，百姓度日艰难。宜思恭找巡抚于准商议，以司库银垫支，购赈济粮，将库粮平粜，让百姓免于饥饿，再扣各属每年停工等银还库。

经查，所垫支库银已补还了二十九万七千余两，仍欠一十六万四千余两，宜思恭并无贪污之事。想起自己在河道总督任上，为救民私放皇粮所受到的打击，他对宜思恭心生同情。当即奏请朝廷在各省、县专设赈灾银、粮，由地方支配，杜绝此类事发生。

写好了调查宜思恭案结论的奏折，张鹏翮并没有回京复命，而是借查亏空案之名，继续留在江宁。他有一种预感，康熙爷必定追查科考案。

朝廷收到张鹏翮奏折，三司会审，改判巡抚于准、布政使宜思恭、按察使焦映汉三人革职。所欠银两由于准、宜思恭两人赔偿。

张鹏翮得此消息，心里难受，好官谁能面对百姓的死活而无动于衷？好官主政一方，如为救民总是遭受责罚，以后谁还敢为民担当？

噶礼送走奏折，心底并不踏实。虽然之前一封检举信就轻松扳倒了江苏几大员。但此次两个姓张的，都是皇上最信任的清官。清官多酷吏，他们要是发起牛疯来，是很可怕的。必须冷静应对。

十月初九。

圣旨到，命张鹏翮追查江南科考案，同时查处督抚互参案。

督抚互参案？这是啥案？张鹏翮被搞了一头雾水。他还不知道噶礼和张伯行已经分别向朝廷弹劾对方。一件件来吧，先查科考案，这涉及的人太多。

得旨升堂。张鹏翮邀噶礼、张伯行同堂断案。先审闹事主犯唐义璋。

噶礼问："堂下何人？报上姓名，所犯何事？一一报上。"

"在下唐义璋，苏州生员，因今年乡试不公，考官公然卖举人，众考生不服，便一起抬了孔夫子泥像游街。"

"朝堂之上，岂能胡言乱语？考官公然卖举人可有证据？"张伯行问。

"有。吴泌、程光奎与某为同窗，两人不学无术，文理不通，连《百家姓》都记不住，《三字经》皆背不全。他们两人的秀才都是捐的，怎能考中举人？而且，此二人在未发榜时就知道自己中举，讨论当什么官。"

噶礼呵斥："一派胡言。皆因尔对朝廷不满，煽动暴乱，侮辱先圣，系主犯，依律判尔斩刑。其余一百零九人各打二十大板，罚银一百两，加锁示众三日。"

唐义璋叫喊道："大人，冤枉。"

张鹏翮说："莫慌。将吴泌、程光奎带上来，当场测试，便知真相。"

噶礼想拒绝，可张鹏翮是钦差，他只得派人将吴泌、程光奎捉来。

张鹏翮命二人写《百家姓》和《三字经》。

《百家姓》共五百零四字，吴泌只写出三百零三字，错二十字。程光奎写一百七十一姓，错五十六字。《三字经》共五百七十四句，吴泌只写了三百二十二句，程光奎只写了十八句。

张伯行说："可见唐义璋所言为真，其应无罪释放。"

张鹏翮并不着急，他要把案子做成铁案。说："不忙。命吴泌、程光奎复做一遍考题。"

程光奎茫然无助，写了几句，只好咬笔头。吴泌拿起笔写出了原文，居然把他留在考卷上的记号也写下来了。

张鹏翮再将两人笔迹与考卷核对，见程光奎的笔迹与考卷并非一人所写。

张伯行已忍无可忍，拍桌子道："吴泌、程光奎速将乡试作弊详情讲来！免受皮肉之苦。"

此时，噶礼也无话可说，瞪大眼睛，拍着桌子吼道："快讲！"

两人将作弊经过讲了一遍。

原来，吴泌系扬州盐商吴卓轩的独子，家财百万，当铺、钱庄遍布江淮。然而，吴泌却不愿当商人，一心只想做官。可惜他肠肥脑满，却无半滴墨水，便花钱捐了个秀才。听到别人叫他秀才心里美得很。他竟然忘了自己几斤几两，居然想要买个举人当当，再弄个功名。

可上哪去买举人？主考官、副主考官都是京师派来的，一个都不认识。

正在苦闷之时，程光奎来了。

两人互为舅子，程光奎的妹妹嫁给了吴泌，吴泌的妹妹嫁给了程光奎。两人志趣又一致，自然无话不说。

程光奎问："妹夫，是否为考举人一事所愁？"

吴泌说："正是。妹夫可有办法？"

"这事不难，我打听到今年的副主考官是编修赵晋。"

程光奎读书不在行，但他遗传了盐商的奸猾，并没有把赵晋与他家的关系讲给吴泌听。

吴泌不是读书的料，但他搞关系同样是相当有一套。他打听到赵晋是康熙四十二年的榜眼，是程光奎的表叔。程家资助赵晋读书，考上进士，做了编修，程家便发现在他身上的投资价值，每年资助赵晋上千两银子。

按理，亲戚的亲戚就是自己的亲戚。但是吴泌有自己的盘算，如果都以程家亲戚的身份去找赵晋，人家肯定只能帮一个，要帮也只能帮程光奎。

吴泌请父亲吴卓轩想办法。

钱多了，就想做官，这可能是天下财主的愿望。吴卓轩早有此意，做商人，虽富却不贵，在芝麻大的官员面前都得点头哈腰，隔三岔五还得送银子，请吃请喝，逢年过节还得包个红包。

在吴卓轩的朋友名单中，泾县知县陈天立最稳当，为官清廉，曾在做大名县令时，缓征税银，慎用刑罚，灾荒之年捐廉煮粥，以赈贫乏，百姓为其立生祠以感恩。别人求他办事，从不要报酬。

吴卓轩封了一百两银请他帮忙，陈天立把吴卓轩狠狠骂了一顿："不要以为有两个臭钱就啥都敢想，你这是害人害己，搞不好还得人头落地。"

吴卓轩不停称是："陈大人骂得对。马上要过中秋节，没有买月饼，包了个小红包，请大人笑纳。考举人那事咱们不办了。"说完扔下银票起身离去。

陈天立为难了，第一次收了银子，心里极不安。没给人办事，怎能收人家之礼？第二天，陈天立安排人给吴卓轩将银子送了回去。但他还是想帮这个忙，虽然，吴卓轩与自己一不沾亲，二不带故，八竿子打不着，但此人为商不奸，常做慈善，为泾县捐资办学、修桥，从来没有求我这个知县办过事。本官要让其他商人行善，必须让他们知道，好人是有好报的。

就办这次，下不为例。

陈天立找到赵晋，谎称："我有一个亲戚做了点小生意，贩点盐，乐施好善。家里有一娃叫吴泌，自幼聪明，非常上进，乃难得的国家栋梁，请兄台高抬贵手。"

一听是盐商之子，赵晋动了心，嗯，有搞头。但他不知道如何帮这个忙，说:"哎呀,我有心帮忙,可无能为力。上万名考生,姓名全部遮挡,再以标准字体抄录一遍。我怎能知道哪张卷子是吴泌的?考卷上又不允许做记号、涂墨迹,凡有这类东西的考卷一律作废,考试为零分。"

陈天立早想好了主意:"大人,见考卷首页第一行有'其实有'三字,便是考生吴泌。"

"真有你的。"赵晋微笑着,心里美滋滋做着发财梦。他知道,在录取这一关,他有举足轻重的作用。康熙十一年,张鹏翮作为顺天府乡试同考官,从淘汰的丁等考卷中找出韩菼,后来此人中了状元。作为江南副主考官的赵晋,吴泌即使是末等,他也有办法推荐其进入中举的名单。

乡试要作弊有两条路子,买关节或买考题。吴泌通过陈天立顺利打通了副主考的关节。

程光奎比吴泌更厉害,直接搞到了考题。未进考场,就雇请倩枪将试卷做好,请考官将试卷带入闱内,隐藏起来,判卷时取出,轻松中举。

此考官乃山阳知县方名。

张伯行、张鹏翮听了,惊得差点惊掉了下巴,江南科考居然如此肆无忌惮,简直胆大妄为,荒唐至极。

"监考为何人?"张鹏翮问。

噶礼说:"安徽巡抚叶九思。他自知道罪孽深重,十天前就暴病而亡了。"

张鹏翮即下令将主考官左必蕃、副主考赵晋、知县陈天立、方名捉拿审讯。

噶礼当场宣判:"判程光奎、吴泌等人绞刑,判副主考赵晋秋后问斩,主考官左必蕃、泾县知县陈天立、山阳知县方名判流放。"

张伯行按捺不住站起身,说:"大人,下官以为此案未查出背后主使,怎能轻易结案?请钦差大人和噶大人详查。"

47

经过审理,张鹏翮已经知道了此次科考案的来龙去脉。冒着杀头风险作弊,官员与考生作弊,这是怎样的利益链?必须查清楚行贿人、受贿人,查清利益关联者,查清数额,才能定案。

再次升堂，吴泌、程光奎二人矢口否认行贿。

张伯行扔下黑色令签，两人各打三十大板。两个公子哥哪里受得了这般苦，当场招供，两人分别给副主考官送了二十个金锭，每锭十五两，共六百两。

赵晋上堂对质，一口咬定只得了三百两。

另外三百两黄金去哪里了？难道飞了不成。

程光奎交代，是自己亲自送到赵大人手上的。

吴泌却说自己通过陈天立转呈的。

传陈天立上堂。

两差役去了半时，回到堂上，神色惶恐，语不成句："大、大、大人，陈天立上、上吊死了。看牢门的两个差役也自杀了。"

杀人灭口？谁干的？好好的三个大活人死在总督衙门大牢，噶礼脱不了干系，但如直接找噶礼说事，只会把事情搞复杂。他看了一眼噶礼和张伯行，示意退堂。

张伯行却不干了，取过惊堂木，"啪啪啪"连敲三下："给我用刑，再打吴泌三十大板。"

未开打，吴泌即叩头求饶："大人，送金子之事，乃我父亲吴卓轩亲手所办，小人确实不知。"

吴卓轩得知事情败露，专程到江宁打探消息，营救儿子。在总督府门前晃来晃去。差役问找谁，吴卓轩说找总督噶大人。

噶礼见了名帖，让差役将其撵走，莫到此添乱。噶礼的话被张伯行听得清清楚楚，即叫人将吴卓轩带到大堂。吴卓轩见儿子满身是伤，心疼无比。当即承认："此事与吴泌无关，皆小老儿一人所为，望几位大人开恩。"

事情越扯越宽，牵扯的人越来越多，张鹏翮果断中止审案。"将吴卓轩押至江宁府大牢，退堂。"

张伯行正审出点眉目，却见张鹏翮草草收兵，心中极为不满。找到张鹏翮说理："大人，应将噶礼拿下。一定是他收了那三百两金子，怕事情败露，才杀人灭口。"

"孝先，办案不是凭推测，需要铁据。你参噶礼收受五十万两银，有没有证据？你说噶礼收了三百两金子，杀人灭口，同样需要证据。"

"哼，运青，我张伯行一直拿你当楷模，一直以为你是清官廉吏，没想到你却与噶礼官官相护，臭味相投。你有负皇恩，太让下官失望了。我以与你同姓张而羞愧。"

张伯行一气之下，回到苏州。到了巡抚衙署，见人正在收他家的垃圾。这引起了张伯行的警觉，问怎么回事。家丁将垃圾卖了十两银之事告诉了张伯行。

"你是见钱眼开。"随即将收垃圾之人拿下审问，得知此人乃噶礼师爷胡敬派来的。原来噶礼在收集本人的证据。

四下打听，胡敬有一弟叫胡明，是渔民，经常出海捕鱼。

"去，把胡明和跟他有来往的渔民都给我抓来。"

按察使带兵共抓三十一人，全部抓进苏州大牢，定为通海盗罪。

胡敬得报，请求噶礼派旗营前往营救。

噶礼一听，这张家两爷子耍什么花招？想联手搞倒我吗？他们还嫩了点。噶礼早布下了局，只等消息。

胡敬如热锅上的蚂蚁，急得团团转。

忽得安徽巡抚报，怀宁县丞许又亮自杀，其家人抬棺找知县张懋诚讨说法。

噶礼呵呵一笑，解药来了。

胡敬却心生悲凉，他又背一命。这又是噶礼令他以杀霍州知州吴胤军之法，故技重演，以迷魂药让许又亮上吊身亡，将责任归于张懋诚，然后鼓动许家人闹事，以此干扰张鹏翮办案。

噶礼心里发着恨，张鹏翮你要查我，我就查你儿子。噶礼找到张鹏翮，把怀宁县臣上吊和张伯行缉拿三十几位渔民两事轻描淡写地说了一遍。漫不经心地对张鹏翮说："其实呢，此二事可大可小。"

张鹏翮听出了其潜台词是，你看着办吧。大小都取决于我噶礼的态度，也取决于你张鹏翮的表现。

张鹏翮苦笑了一下，事情越搅越乱，看来，这案子再这样三堂会审，是审不出结果了。他明显感到许又亮之死与噶礼有关，至于为何上吊他却一无所知，但噶礼之用心却非常清楚，矛头是直指向张懋诚。否则，两江总督怎么会为一个县丞之死如此用心？

张鹏翮为张懋诚捏了一把汗，对噶礼说："制台放心，我知道了。"

噶礼听了这话，也不敢轻举妄动。他知道什么？是知道到此为止，还是知道如何再审？还是知道如何对付我？

张伯行抓了噶礼的人，推断噶礼一定会派人找他算账，顿时感到了威胁。下令苏州戒严，令商户关门，学堂停课，街上不得有人行走。在巡抚衙门周围布置了九道警戒线，兵丁白盔白甲，手持利刃，随时准备大开杀戒。

苏州织造李煦感到事态严重，立即快马密报康熙。

康熙拍着桌子："科考案和督抚互参久拖不决，又出新的乱子。看来，这个张鹏翮也是凡人，一边是自己推荐的本家张伯行，一边是好友噶礼。这么简单的事情，居然搞得这般复杂，到了这一步，该如何收场？"

正在康熙急得冒烟时，张鹏翮的奏折到了：判程光奎、吴泌等人绞刑，副主考赵晋秋后问斩，主考官左必蕃、山阳知县方名判流放。督抚互参，有失体统。两江总督噶礼排除异己，着官降一级，江苏巡抚张伯行无事生非，负有督抚互参主要责任，着张伯行革职。

这是怎么断的案？明显偏袒噶礼。此种结果，怎能让朕满意，怎能让百姓信服？赵晋私受贿赂，暗通关节，行止不端，举国无不知者，死有余辜。左必蕃昏愚已甚，被赵晋欺弄，此等人仅以革职军流，草草完结可乎？

"传旨，着张伯行、噶礼罢官，就地接受审讯。令苏州城即刻解禁。张鹏翮不能胜任审理此案，着户部尚书穆和伦和工部尚书张廷枢查案，张鹏翮协助。"

怎么又钻出来一个户部尚书？张鹏翮被罢官了？不是，清朝尚书都是两人，一满一汉。

张鹏翮不但没有沮丧，反而如释重负，这正是他要的结果，解除噶礼、张伯行二人之职。这样，查案才不会受到干扰，儿子张懋诚才能免受伤害。

穆和伦、张廷枢两位尚书到了江宁，即在大牢中提审吴卓轩。

吴卓轩交代，为了把事情做牢靠，他派了自己的家丁董兴趁天黑将金子送到副主考赵晋的官署。

赵晋说："陈天立跟我是兄弟，他的事就是我的事，我怎能要他的好处？你把这金子直接送给噶大人，就说是我安排的。"

其实，他这么安排，并非心甘情愿。来到江宁当天，噶礼的幕宾胡敬就暗示赵晋，总督噶大人对本次乡试非常重视，已经安排了各个关卡，绝对不可能发生弊案。

赵晋是个明白人，也知道噶礼的为人，不孝敬噶礼，怎能做成事？

张鹏翮立即传唤董兴。

董兴一言不发，用刑也一声不吭。

张鹏翮劝道："董兴，你只是个下人，跑腿的，人家得了好处，你为何要代人受过？你对主人忠诚，可你的主子吴卓轩都已经交代，派你给噶大人送去三百两金子，你却不承认。这三百两金子上哪去了？是你独吞了？按大清律例，这可是巨盗，死罪。你想想，你死了没啥，你的老母谁养？你的妻儿谁管？"

张鹏翮一席话，直戳到董兴的要害，只得如实招了。"九月初一，我母亲上庙烧香，我起了大早，告诉她，今日去江宁办事，不能送她，让她小心点，我明天即回来。"

吴卓轩将一箱金子放在董兴的马车上，再用南瓜盖住。"我赶了车，直奔江宁。到了总督衙署，天已黑。递上我家主人吴卓轩和赵晋大人的名帖，说来送菜。我帮着把南瓜和箱子搬到后院，噶大人赏了我一串钱。办完事，我心里惦记着母亲，便往回赶，策马飞奔，出城向东二三里，下坎时车翻撞到树上，车把撞断了。我的头撞了一条口子，便朝着灯火，找到了黄龙岘客栈。掌柜给我用白酒洗了伤口，留我住下，天明上路回苏州。到家见母亲气如游丝。邻居说，母亲是烧香回来掉沟里摔的。我喊了一声娘，她睁眼看了我一下，眼角滚出一串泪来，便闭了眼睛。"

"你敢在大堂上照此说吗？"张鹏翮问。

"大人，我母亲都没有了，还有啥可怕的？"

张鹏翮带了张清，在东城二三里处找到了被撞的树，找到了黄龙岘客栈，掌柜与董兴说的一致，现在最重要的证据就是那一箱三百两黄金。

这怎么取证？总不能去搜查噶府吧？再说，都过了几个月，东西早就转移了。回到总督衙门，把勘验结果禀报两位钦差。

穆和伦和张廷枢升堂，此次审理的重点不是考生和考官，而是曾经坐在堂上审案的总督、巡抚，如今，这二人成为被告。

传证人董兴。

张鹏翮问："董兴，你可认得堂下之人？"

"认得，他就是噶大人，那一箱金子就是他亲自开箱验收的，还给了我一串钱。"

噶礼被这突如其来的指认气得暴跳如雷，当即否认："老子根本不认得此人，一定是哪个王八蛋栽赃陷害。"

张鹏翮拿出一串钱，问："噶礼可认得这钱？"

"怎么不认得？是噶府的钱。可噶府花钱多了，这能说明什么？"

张鹏翮说："两位大人，我问完了。"

穆和伦和张廷枢去后堂商量了一袋烟工夫，端坐堂上宣判，噶礼受贿证据不足，但督抚互参，影响极坏，着官降一级。江苏巡抚张伯行无事生非，着革职。待圣上御批生效。

这个判决结果，与张鹏翮所判完全一致。

宣判完，穆和伦取出康熙爷送的扇子，分别送给噶礼和张伯行。康熙的用意很明白，噶、张二人看在朕的面子上，和解吧。

张伯行匍匐领扇。

噶礼却当场拒绝："大冬天的，心都凉透了，还要扇子做甚？"

噶礼和张伯行出了大堂。

张伯行骂道："贪官，绝没有好报。"

噶礼指着张伯行鼻子骂道："庸才，不得好死。"

"你骂谁？"

"老子骂你个龟孙。"

噶礼火冒三丈，抡起拳头就给张伯行一拳。

张伯行身材魁梧，又比较灵活，躲过噶礼一拳，抬起腿给噶礼就是一脚。噶礼虽为行伍之人，但天天吃喝，胖得浑身肉抖，躲闪不及，被张伯行踢倒在地。

张伯行扭头就走，噶礼爬起来，从后面搂住张伯行的腰就摔打，两人从大门口滚下石梯。

堂上差役都转头看热闹。

穆和伦、张廷枢、张鹏翮同时高喊"住手"。

穆和伦呵斥道："一个总督、一个巡抚，光天化日之下，争殴摔打，斯文扫地，成何体统？"

48

畅春园。

康熙将穆和伦、张廷枢的奏折扔在桌上,愤然道:"是非不分,黑白颠倒。传旨,命户部尚书张鹏翮为钦差大臣,继续审理江南科考弊案及督抚互参案。

"口谕,这一年,朕最操心之事,莫过于太子废立。废再立太子二阿哥胤礽,朕身心疲惫。噶礼与张伯行乃朕的股肱之臣,却不思为朕分忧,给朕添堵。张伯行一钱不要,乃清官。噶礼事体明白勤谨,乃是能臣。清官脑子不好使,总督能干却贪。此乃清廉之斗,庸能之争!督抚互参案宜于小范围内审理。科场行贿案乃士子反对考官受贿,当以稳定民心为要,给士子一个交代。"

张鹏翮听明白了,康熙的意思是不要深究督抚互参案,既要保全廉吏,也要保全能臣。至于如何做,肯定要符合大清律例,又要照顾各方关切。康熙的要求让张鹏翮非常为难,更难的是,噶礼与张伯行将矛头同时指向了他张鹏翮。

张伯行指责张鹏翮被噶礼掣肘,因其儿子张懋诚在噶礼手下当官,张鹏翮不敢秉公办案。

噶礼也上书,弹劾张鹏翮与伯行私交甚笃,一笔难写两个"张"字。

双方都有自己的人马。

张伯行在京师有陈鹏年做内应,在江南有一大批百姓、士子在其背后支持。

而噶礼的内应则是苏州织造李煦,他的话可以直接通天,在江南,旗营、绿营是他的后盾。

做了一辈子官,断过无数案,张鹏翮从来没有遇到这般棘手的案子。

张清禀报:"大人,不好。"

"何事?"

"百姓扶老携幼,为张伯行喊冤。另一边,旗营、绿营兵丁持刀枪为噶礼喊冤叫屈。"

张鹏翮走出一看,一边是如潮水的百姓,叫喊还我张大人。而另一边是整齐威武的兵丁,高呼,还我噶大人。

看来,事情并不像康熙想的那么简单。此案必须谨慎,处理不好,必生乱子。于是,将二人押至牢房。晓谕各方,三日后再审。

是夜，待众人散尽，夜深人静。

张鹏翮将噶礼、张伯行二人押上囚车，派赵世显调河标左营护送至江宁码头，再乘船，神不知鬼不觉将二位大神秘密转移至镇江。

船上，张鹏翮辗转反侧，他在想从哪里下手。张伯行由他举荐入仕，其为官清廉，皇上曾多次褒扬其"居官清正，天下所知"。而噶礼是他的好友，以勤敏能治事著称，深得皇上器重，将士爱戴。

到了镇江他有了主意。升堂，先提审张伯行。

"张伯行，当地到底有无海盗？"

哪知张伯行竟答："确实没有。"

"此前，你以私通海盗之名抓捕胡明，与其有关联之人三十余人全部入狱。你还信誓旦旦给圣上奏折称，苏州有海盗，此乃欺君之罪。"

张伯行振振有词："对海盗之徒，宁可错杀，决不错放。"

苏州大牢里，胡明因拒绝承认通海盗，受大刑死了。另有十人拒绝承认通海盗，也被打死。其余全部致残，整天呼冤叫屈，哭天喊地。

张鹏翮向康熙奏明，胡明等人均为良民，系张伯行为报复噶礼所捏造罪行，致十一人死亡，二十人伤残。按律判张伯行斩监候。发往京师，九卿复议。

押解京师前，张鹏翮去大牢里看望张伯行。

见了张鹏翮，张伯行用棉被盖住头。

"孝先，你可认罪？"

张伯行像根本没有听见张鹏翮问话，捂着头装睡。

"你可以不理我，但我必须告诉你，你作为巡抚，主政一方，当上报朝廷，下抚百姓。你却为了个人恩怨，滥用酷刑，草菅人命。"

张伯行一下坐起来，问张鹏翮："当年您极力举荐我，今日又何苦置我于死地呢？"

"当日你为好官，理应举荐。如今你成了昏官，就该查办。"

"我为官有污贪受贿吗？有辜负朝廷吗？有对不起您的荐举吗？"

"你虽为官清廉，不取一钱，却要了百姓的命。十一条人命啊，他们的家庭因你这一混蛋之举而家破人亡，妻离子散。还有二十人残废，他们往后的日子咋个办？你光清廉有何用？百姓要你这样的清官做甚？你虽为官清廉，但你不理正事，连你家门口的盗劫案都不审理，无事生非，专写些没有用的狗屁文章。圣上要你这样的清官何用?

"你以为只要不贪污、不受贿就是好官吗?庙堂的泥菩萨贪污、受贿吗?他们不但不贪污、不受贿,还不领俸禄。清廉乃做官最起码的要求,不能当成功绩来炫耀。好官应当为朝廷、为百姓办好事!不作为、乱作为比贪污、受贿更可恶,造成的损失更大。不要以为,手中有点小权,你就可以胡作非为,恣意妄为。要知道,那权力是皇上给的,给你的权,不是让你去为自己捞名声、要威风、打击报复的。你当愧对我的推荐,愧对圣上对你的信任。"

"是,我承认。可我仅办错了这一件事,顶多是革职,为何要置我死地?是为了证明你的铁面无私吗?"

"本官知道,圣上倡廉,他可能会保全你的性命。但本官依律判案,你所犯罪当死。判你死罪,你以为我好受吗?杀你如同剜我的心。可我有什么办法?这个权是皇上给的,本官怎敢徇私枉法?"

张伯行无话可说,低头认罪。

送走张伯行,即审噶礼。

张鹏翮早就知道噶礼贪,但他也知道噶礼与康熙的关系特殊。噶礼的亲娘是康熙的奶娘,康熙吃她的奶长大。这关系,皇亲国戚。张鹏翮长了几个脑袋?判他什么罪?贪污、受贿罪?没有证据。张伯行告他在江南乡试受贿五十万两,却只有三百两黄金有点眉目,但还不能坐实。没有康熙的授意,又不能抄他家。

督抚互参,诬告同僚,兴文字狱,制造满汉对立罪,也很牵强,并无铁证。

如何判噶礼,成了张鹏翮最棘手的难题。正在无计可施时,噶礼的母亲状告噶礼受贿,家中金银多达千万两。

这是真的吗?是噶母大义灭亲,还是另有隐情?

张鹏翮只得旁敲侧击,找噶礼探口风:"噶大人,你母亲还好吧?她很想你。"

"想我?她想我早点死吧。"

"她想让你浪子回头。"

"什么意思?"

张鹏翮把状纸给他看。噶礼扫了一眼,看是母亲状告自己。气得双手发抖,骂道:"这个老巫婆,果然是想让我死。"骂完,将信几把撕得粉碎,抛在空中。

张鹏翮又递过一状纸。

噶礼接过一看，跟刚才一模一样，又将信几把撕得粉碎。

连撕了几封。

张鹏翮说："噶大人，本官早料到你会如此，早临摹了，你撕掉的，皆为赝品，真迹在这里。"

噶礼咆哮："你这狗官，老子对你恩重如山，你却忘恩负义。老子把你捧红了，你转身来就六亲不认，对我下死手。等老子东山再起，一定将你碎尸万段。"

张鹏翮说："你当年对我好，我记得。可你犯法了，我能有什么办法？难道我可以放你一马？尽管有你母亲的状纸，但本官仍然不能定你的死罪，因为需要物证。本官判你罢官，你服还是不服？"

噶礼原以为张鹏翮要对他下死手整，没想到只判了他一个罢官，对刚才自己的失礼心生内疚。

张鹏翮判噶礼罢官，是没有办法的办法，只有把皮球踢给了康熙。等康熙下令准许对噶礼抄家，找到真凭实据才能定罪。

张鹏翮将审理江南几案写成奏折一并呈上，判江南科考案闹事生员和通海盗案百姓无罪释放，给致残者以医治。

九卿复议，拟准张鹏翮的奏折。最终交由康熙裁决。

一个死罪，一个罢官，这是康熙最不愿意看到的结果。

康熙他动用了自己的否决权。着张伯行免死，调仓场侍郎。噶礼才能有余，办事干练，而天性喜好无事生非，着噶礼革职，罚修热河城工，以赎其罪。

九卿不语。

康熙道出了自己的心声："诸位爱卿，朕为天下之主，自幼学问，研究性理等书，朕若不保全清官能臣，则何以倡廉？而凡为清官者，亦何所倚恃以自安乎？萧永藻、富宁安、张鹏翮、赵申乔、施世纶、殷泰、张伯行，此数人皆清官，朕皆爱惜保全。"

张伯行无罪释放，调任仓场侍郎的消息传到江南，士子齐颂天子圣明。而噶礼虽然革职，却派往热河给皇上修行宫，也是不错的差事，绿营、旗营都呼万岁。

几大案子结案，张鹏翮本该回京复命，但他放心不下接班人赵世显。他听到很多关于赵世显贪腐的传言，决定去看看。

馨香园，人潮涌动，彩旗飘扬。

忽听开道锣鸣。回避、肃静、官衔牌、水火棍、乌鞘鞭，一对又一对。金瓜开其先，尾枪拥其后，一柄题衔大乌扇，一张三檐大红伞，罩着八抬大轿，轿中坐的就是赵世显。其胸前挂着一副眼镜，手把古书。

轿子停稳，张灏撩起帘子，扶赵世显下轿。鞭炮齐鸣，百乐齐奏，舞女载歌载舞。鲜花丛中，赵世显指着张灏道："过分了哦。"

张灏答说："总督大人放心，全是家奴。今日家宴，只是比平日里多几道菜而已，都是自家种的、养的，来路干净得很。"

张灏喊了一声"上"。鼓乐齐鸣，两对金香引领茶水和手碟，紧接着四样鲜果、四样干果、四样看果和四样蜜饯陆续上桌。

又叫一声"请"。

宾主坐定。

冷盘、热炒、甜点依次而上。全套粉彩碟盘，配以金银玉器，雅致庄重，古朴遗风，又不失富丽堂皇。

酒过三巡，夜幕降临。

叫一声"燃"。

三百兵丁手持火把一拥而出，将四周树上灯烛点亮。

赵世显问有多少盏灯。

张灏答，六千六百六十六。愿总督大人六六大顺。

赵世显不禁赞好。"大后天，我做东，请张同知一定前往。"

"一定一定。"

过了三天，赵世显回请张灏。

张灏想，这总督大人请客会是什么样子？自己请他那一顿花了三千多两白银。

到了洪泽湖边，只见一艘小船在岸边停靠。艄公探头问道："可是张同知？"

张灏答："正是。"

上得船来，四周树林掩映，水波不兴，好一幅人间仙境。见到一竹楼，便请下船。

张灏暗笑:"赵总督雅是雅,就是缺点气派。"

进了柴门,屋内飘出暗香。走进一看,是四合小院,有池畔假山、洞穴、亭台,一棵石榴树,一棵海棠树,一排观音竹。水池里开着睡火莲,摆设檀木根雕,似人非人。比起自己的金碧辉煌上了一个档次,张灏不觉有点自惭形秽。

婢女将张灏引入正堂,见赵世显与另一个老者已经坐定,便下跪参见。

赵世显说:"我可比不得张同知,只能借朋友一草堂相待,千万不要见笑。"

说完,轻轻叩了一下桌子。

两人抬了一只烤乳猪上桌。其后跟着六位貌美如仙婢女,一人身后站两人,左边倒酒,右边夹菜。

三人举杯。

赵世显说了声请,张灏一口咬下,顿时觉得汁液香甜,唇齿留香,浑身舒畅。

张灏说:"天底下竟有如此佳肴。能否教下官做法,以便下次宴请总督大人。"

赵世显指着旁边的老者道:"今日餐叙乃嬴老板所张罗。"

嬴老板微微一笑:"简单,只需要一头藏香猪,以人奶喂之六六三百六十天,香猪每餐进食,只需七七四十九名乐师演奏,二八少女按摩消食。"

张灏听后不禁腿软,想上茅房。

婢女领着,地上全铺七彩绸缎。到了一屋,绛色蚊帐、垫子、褥子,陈设讲究。

婢女说了声请,张灏哪里敢进?以为进了小姐闺房。

婢女笑道,此乃茅房。

张灏犹豫半天才敢进去。方便完,婢女捧着香袋在一旁侍候。

酒足饭饱,天色暗淡,屋里并不掌灯。

三人聊起了张鹏翮。

张灏说:"赵大人,听说你的恩师张鹏翮来江宁了,你怎不去拜见他?"

"别说了,他这人就是这样,过惯穷秀才的日子,喜欢清静,本官多次求见,他都拒绝。"

"估计是不好意思来见你吧,他任河道总督九年,当得窝囊,一分钱没挣到,连祖上传下的家产都被卖光,离任时,又被罚了四万两银。黄河治好了,他自己背了一屁股债。不过，如了他愿，得到一个'廉能'的好口碑。"

张灏还想说张鹏翮办理的科考案，嬴老板说："天已漆黑。请两位大人移步院外。"

三人站定，顿时仙乐飘飘。

一群女子轻歌曼舞，怀抱琵琶等各色乐器弹奏。一群男子手持火把与乐女共舞，有如仙境。

乐毕，九名男子将火把聚在一起，火焰高百尺，火苗点燃上方的风筝，风筝喷着火焰，朝树上飞去。只听"哧哧"着响，一道火光，一路燃开去。顿时，树上燃起灯火。一排排、一树树，依次点燃，将漫山照得如同白昼。

火线回转，到了门前一条绸缎扎的七彩巨龙，顿时喷出十丈火舌，上下撩动，火舌渐收，烟花喷射，将天空装扮得五彩斑斓，光彩夺目。

目睹此般场景，张灏觉得自己那点小东西，真是让人见笑了。

其实，赵世显没有花费一分钱，他只派了嬴老板总揽河工之事而已。

黄河数省的人们都知道，如何从赵总督手里得到工程，想方设法让他高兴、送钱、送物、送美女、送房产、送矿山，无所不用其极。

盐商安麓村想巴结赵世显，请他家宴，十里之外，灯彩如云。

打开自家的宝库，珍奇古玩眼花缭乱，请赵世显随便取，赵世显对此见多了，压根看不上眼，郁郁寡欢。

安麓村急了，怎样才能让赵大人高兴呢？

管家一番耳语，安麓村说："那就试试吧。"

请赵世显入内室小坐。

两位美若天仙的少女，手捧一对锦盒呈上，说："一个小玩意儿，请赵大人笑纳。"

赵世显想，啥东西本督没有见过？啥东西我家没有？面无表情，悻悻打开锦盒。

见两只洁白貂鼠钻出来，齐齐拱手揖拜。赵世显哑然一笑，说："真是让你费心了。"

几人看烟火正在兴头上，再摆酒行欢，忽然得报，钦差张鹏翮到清江浦了。

赵世显吓得面如土灰，急忙脱下锦缎，穿上安麓村家马夫布衣，策马奔回清宴园。

见张鹏翮正在大堂等候，跪倒即拜："恩师驾到，学生未曾远迎，请大人恕罪。"

张鹏翮扶起赵世显，见赵世显衣服破旧，满身是土，又闻到一股酸臭味，甚是心疼，只说出"世显"两字，张鹏翮便哽咽了，说："这么晚了还在工地上干活，太难为你了。现今在治哪一段河？"

"今年治下河，挖土一百万方，筑两百里金堤，种树五十万棵，种草十万亩，现今……"

赵世显很久未上河堤，但其幕宾给他写好河工文稿记在心头，不论是朝廷官员，还是皇上问起，他都能娓娓道来，如数家珍。

张鹏翮拍了拍赵世显的肩膀，说："你没有辜负我。"

第十三章 / 复活的僵尸

49

热河。

群山环抱,古树参天。脚下草原,绿草茵茵。南山似罗汉祖坐,东山如槌直冲云天。山脚下泉水喷涌,雾气蒸腾,溪水淙淙,清澈晶莹,宛如玉带,横缠在翡翠上。

钟灵毓秀特聚于此。

未见到热河前,康熙爷以为塞外的神山仙苑莫过于喀喇河屯、小金山、滦阳,每年出塞,都在此地别墅避暑、秋狝。

见到热河风水宝地,康熙爷走不动路,决意在此再建一避暑山庄。

来自各地的工匠,开辟水域陆地,疏浚湖泊,人造岛屿。在万壑松风之上建淡泊敬诚殿、烟波致爽殿、云山胜地楼,造松鹤清越、风泉清听等三十六景。

噶礼被罚修热河别墅,本是康熙给他的一条生路,让他将贪来的银子自己吐出来,以将功折罪。毕竟,两人是吃一个奶长大的。

但噶礼又臭又硬,就是不低头,康熙的好意没有打动他。反而在热河怠工抱怨,整天吃肉喝酒,更没有掏一个子儿。

过了半年,康熙派人督办,见工程推进仍然很缓慢。康熙并没有动怒,毕竟工程不能只抢时间。

但噶礼家发生一事,却让康熙雷霆震怒。

在京师锣鼓巷黑芝麻胡同,噶礼有一大院,七级台阶,五进院落。东为花园,西为住宅,人称噶府大宅门。

其母、其妻、其弟等同住园中。

噶礼得的财宝都搬进大宅门,用专门的库房码放。

噶母曾好言相劝噶礼："儿啊，咱家是正红旗，祖上是大清开国功臣。咱可不能干辱没祖宗的事。你当上了封疆大吏，咱要啥有啥，不能太贪了，贪多必遭祸。"

噶礼根本听不进去，一边码放成箱的财宝，一边哼唱着："这边走，那边走，只是寻花柳。那边走，这边走，且饮金樽酒。"

噶母还想多说两句，噶礼便不高兴了，要噶母另寻地方居住。噶母心灰意冷，整日唉声叹气。养儿还不如养条狗，养条狗都知道摇尾巴。噶母真的就去养了一条哈巴狗和一只波斯猫，狗叫得福，猫叫得寿。平时，两个小东西与噶母形影相随，夜晚与她同睡一被窝。

噶礼被罢了官，怨母亲告了黑状，对她恨得咬牙切齿。而噶母怨儿子不听老人言，终酿出大错。母子俩成了对头冤家。

儿媳赫氏夹在中间，小心侍候。噶母每日睁眼就开骂："你这个狗东西，老娘养你何用？你这不忠不孝，天打雷劈遭报应的东西。"接着对得福一顿暴打，哈巴狗嗷嗷乱叫，夹着尾巴躲到床下。

一日起床，老太太不见得福，四下找回，眼前一幕让她惊呆了，她的波斯猫得寿口吐鲜血，倒在她的饭碗边。

老太太搂着猫哭了一场，觉得不对，得寿起床还好好的，怎么会突然死了？一定是有人下毒。她把碗里的饺子扔给得福，得福刚吃了几口，便倒地而亡。

老太太抱了得福和得寿，出门直奔官府，将赫氏下毒告上公堂。

顺天府尹王懿哪敢怠慢？皇上的奶妈被人下毒，这还了得，即发签将赫氏缉拿归案。

未等用刑，赫氏便招了："是我下的毒，老巫婆早该死。她连牲口都不如，阿猫阿狗都晓得护犊子。她告了黑状，还天天指桑骂槐。"

"何人指使？同伙是谁？药从何来？"

赫氏道："自己干的，一人所为。"

王懿下令："若无人指使，又无同伙，一个妇道人家怎能干出这等事来？用拶刑。"

木棍夹住赫氏的十手指，两个壮汉刚用劲，赫氏便鬼哭狼嚎："是我丈夫噶礼指使，小叔子色勒奇找的毒药。"

事情搞大了，案又涉及噶礼，王懿不敢擅自作主，当即面君。

南府戏班。

康熙与大臣听曲，正在兴头，太监带着顺天府尹觐见。听到噶礼下毒弑母，康熙气得不顾君王之仪，将茶碗砸在地上："他是个什么东西？简直猪狗不如。贪污勒索，下毒弑母，欺君罔上。若不办他，必将人神共怒，天地不容。张鹏翮，你不是找不到噶礼的罪证吗？朕给你尚方宝剑，此案仍交由你办。"

张鹏翮领命而去，分兵捉拿噶礼、色勒奇，将噶府大宅门抄没。搜出金银千万两，堆积如山。这些财宝多数没有开封，行贿人无一例外都留下了自己的名帖，涉及千余人。

张鹏翮从金银山中找到了吴卓轩送的那三百两黄金，坐实了噶礼确实与科考案有染。让他不可思议的是，以清名著称赵申乔的儿子赵凤诏，居然送给噶礼的银子有一万两，更让他不敢相信的是还有徐乾学。

公堂之上，噶礼不再辩解，承认了贪污、受贿、克扣、勒索、弑母等。

张鹏翮如实相禀。

康熙说："噶礼太让朕失望，其罪当诛！念他随朕征战噶尔丹，运送粮草有功，给他留个全尸，处绞刑，赫氏同死，色勒奇充军。"

定于次日午时三刻在大牢中行刑。

晚上，张鹏翮提了食盒，带一套粗布衣服，来为噶礼送行。

噶礼换上新衣问："运青，此乃何种布料，这般舒坦？"

"贱内手工织的粗布，给我准备的寿衣。"

"这怎么好？我是获罪之身，怎能玷污张大人？"

张鹏翮从食盒里取出一壶酒，一只碗，斟了一碗酒，再取出一碟泡菜。

噶礼一口把酒干了，用手抓起一把泡菜就往嘴里塞，嚼得咔咔响，酸气让牢房的差役直流口水。

噶礼说："四川泡菜竟有这般滋味，好吃，可惜以后没有这个机会了。"

"泡菜最简单，用新鲜、干净蔬菜为原料，加盐和清水浸泡几日就可以了。"张鹏翮介绍道。

噶礼不解："运青，听说你几十年如一日，食无兼味，一茧衾，亦无田庐？"

张鹏翮很平静："世间很多人都很简单，他们超越名利，著书立说，天工开物，此等人比一般人寿命都长。而你餐餐山珍海味，却得到了什么？仅饱口舌之福。"

噶礼想为自己辩解："我也想清净过日子，可我做不到。我跟你不一样，你生在西陲边塞，粗茶淡饭习惯了。而我生在京师，玉食锦衣。但我心中不平，与玄烨同吃一个母乳，可他拥有全天下，而我仅是他的奴才。你看看他，仅行宫有多少？京师有清漪园、畅春园，五台山有台麓寺，热河有避暑山庄，正定有隆兴寺，盛京、广宁、兴京都有行宫。他出巡，二十里一休息，四十里一住。光从京师到古北口就修建蔺沟、石槽、怀柔、密云、罗家桥、瑶亭、王家店行宫七处。你看他的饮食，吃遍人间珍馐。"

噶礼竟然将自己与圣上相比，张鹏翮对此简直无法忍受，但他还是强压怒火，平静地背诵了康熙的《膳酒自述》：

盈余休说帝王家，俭朴身先务戒奢。
盛馔醇酿应有损，野蔬风味亦堪佳。
樽中旨酒无能饮，案上珍肴勿过加。
淡泊宁心和五味，养生得正胜丹砂。

噶礼不屑，哼了声："说一套做一套。"

张鹏翮绕开这个话题，问："你为何所到之处都要树敌，打压众多你的属下人？"

"运青，这一点你得跟我学，这叫为官之道。你不收拾人，人会听你的吗？那些官员自视清廉，却拿着朝廷的俸禄，占着茅坑不拉屎。像张伯行这样的，光有一个清廉的好名声，不做事就算了，他还胡作非为，他不要人家的钱财，却要人家的命，这才是巨大的贪腐。他们都是天下的蛀虫。"

张鹏翮与噶礼对庸官都有相同的态度，但，张鹏翮却对另一事很感兴趣，问："你做山西巡抚时，多次让赵凤诏和山西名流举荐你为'廉能'。我就纳闷了，你既然那么贪，却为何又要此虚名？"

"运青，你是进士出生，可你一直自称为秀才，现在我才知道，你确实如秀才般迂腐。做官不贪，靠什么往上爬？靠干吗？有几人能像你这么幸运，天下能干之人多了去了。不跑不送，谁记得你？不让手下人去贪，他拿什么送给你？你又怎能抓住他们的小辫子？至于名声嘛，谁不想留个好名声？有谁会承认自己是坏人，是贪官？天下之官何人不是既要当婊子，又要立牌坊？你看那些被砍了头的，哪一个不是夸夸其谈，如何做官，如何做人？你去查查，哪个当官不贪？他们或许不公开要，不直接拿，却变着法子捞。那些衙门的工程哪一个与官吏无关？都是他们的五亲六戚，不沾亲带故的能拿到活儿做吗？做了活儿不给当官的好处，能收到酬劳吗？像你这样当官，当了几十年居然一无所有，连祖上传下来的老底子都被你耗光了，还欠了一屁股债，你这个官当得有什么劲？连自己都不能保，还整天想着做大事？一屋不扫，何以扫天下？"

张鹏翮被眼前这个武夫问得哑口无言。

噶礼继续说："你不愿意回答，我替你说，你一定会说，我出来做官，就是想实现做秀才时的愿望，让百姓都过上安稳日子，不再有饥荒，不再有战乱，不再因天灾而无家可归。人一辈子，就几十年，要钱财干什么？要功名利禄干什么？死了能带走吗？用尽心思所得到的一切，死了能带走吗？是不是？我告诉你，人就是个运气，爹娘将你生出来就是你的运气。能当官也是靠运气，当贪官被抓是运气不好，走霉运，该倒霉。没有被抓到的就是好运气。"

噶礼一气说了这么多，觉得非常痛快，以为直击了张鹏翮的痛点，他得意地看着张鹏翮笑了。

张鹏翮再次转移话题，问："怎么看你的母亲？"

"我没有母亲，我是从石头缝里蹦出来的。"

"你对她怎么样？"

"我还要怎么样？我贪为了谁？还不是为她，得了银子都放家里了，由她随便花随便用。我媳妇天天像丫鬟一样伺候她。离开我，她能活下去？我媳妇说得对，阿猫阿狗都知道护自己的孩子，可她将自己的亲儿子告官，这是何等的深仇大恨啊？这是何等的大义灭亲？"

张鹏翮本想把噶母要求"将噶礼凌迟处死，焚尸扬灰"的话告诉噶礼，但他还是把话咽了回去，继而问："你想见她吗？"

"见她干吗？"

"可是，她想见你。"

"她是想来看我如何死的？这个铁石心肠的老巫婆。"

张鹏翮让张清递上另一食盒。

噶礼揭开盖一看，是五串冰糖葫芦。他看了张鹏翮一眼，问："为什么给我这个？"

"老太太托我给你的。"

噶礼想起了五十四年前，那年他三岁，可能也是他仅有的童年记忆。噶母祖胸露乳，搂着三岁的玄烨喂奶。玄烨吸吮着她的奶水，一只手抓着噶母的另一个乳头。而噶礼早已经断奶，独自一人在地上玩耍，看到桌上的冰糖葫芦，踮起脚抓不着，便搭起板凳抓到一串糖葫芦就咬。

玄烨看见了，松开奶头就来抢，噶礼不给。

噶母一巴掌扇过去，夺过冰糖葫芦给玄烨，噶礼哇哇大哭。噶母抱起噶礼就往水池里扔，教训道："你要知道你是奴才。"

从那以后，噶礼常做噩梦，他坚信噶母不是他的生母。

而噶母时常教导噶礼做奴才就要对主子尽忠，不能有二心，更不能有与主子平齐平坐的想法。

噶礼低声嘀咕："凭什么？"

"凭什么？这一切都是主子给的。要想出人头地，你就应去拼，做出样子来，让主子觉得养你值。"

得知噶礼童年所受的委屈，张鹏翮无言以对。问："你还想吃点什么？"

噶礼很平静："我想吃老太太的奶。"

看着张鹏翮惊愕的样子，噶礼哭了："我才是我妈的孩子。但我是吃牛奶、喝糊糊长大的。我都要死了，她还不能满足一次我最后的愿望吗？"

张鹏翮站起身，扔下两个字："荒唐！"

看着张鹏翮远去的背影，噶礼啃了一口冰糖葫芦，哈哈大笑，笑声在死牢里回荡。

司狱以为他疯了，问道："噶大人，您没事吧？"

噶礼停住了笑声，从怀里摸出一张一千两银票给狱差："要死的人了，要钱没用了。拿去喝酒，明天给我个痛快。你们忙去吧，我想单独跟司狱你交代后事。"

司狱使了眼色，狱差拿了银票知趣地走开。

噶礼"扑通"一声跪倒在地，说："请司狱大人救我。"

司狱见状，吓得不知所措。

噶礼从怀里摸出两张五千两银票交给司狱:"兄弟,如能相救,必有重谢。"

司狱不敢收银票,问:"大人,怎能救您?越狱吗?此乃死牢,怎能跑得出去?你是钦定的死囚,即使跑出去,也活不成。"

噶礼呵呵一笑,说:"明天绞我时,你只需交代刽子手,见我面色发黑,即把我取下,放进棺材。"

"然后呢?"

"等人走了,再安排人打开棺材盖。其他你就不用管了。"

司狱收了银子,下去做了安排。

次日午时三刻,监斩官带着圣旨到。刽子手在房梁上系好绳索,做好活扣,搭起凳子,让噶礼上去。

噶礼笑眯眯地看了周围人一眼,踩着凳子上去,将脖子伸进索套。

刽子手一脚踢倒凳子。噶礼挣扎着,两腿乱蹬一阵,便不动了,裤裆湿了一片。

刽子手向监斩官请示道:"死了,取下吧?"

监斩官看了一眼噶礼的裤子,轻轻地点了下头。

刽子手割断绳索,噶礼掉地,一动不动。监斩官将手伸向噶礼的鼻子,没有气息,又摸了他双手的脉搏,也没有跳动,确认噶礼死了。

刽子手又问:"装起来?"

监斩官点头。

两个刽子手将噶礼抬进棺材,盖上盖子。监斩官手持宝剑,只等待天黑,再叫人将棺材抬出去埋掉这算完事。

畅春园。

张鹏翮陪着康熙,等待着噶礼的死讯。两人都沉默不语,各自翻书。

康熙突然问:"昨晚,你给噶礼吃的断头饭是四川泡菜,送他的老衣,是你妻织的粗布衣服,此意何为?"

"禀圣上,噶礼一生锦衣玉食,他以为这才是幸福,臣以为幸福与衣食无关,与财富也无关,与官大官小无关。"

"那与何事有关?"

"臣的先生彭王垣教诲,幸福是口渴时的一碗凉白开,是瞌睡时的枕头,是寒冬那一轮红彤彤的太阳。活着,做点当秀才时想的家国天下之事是最大的幸福。"

"可惜，噶礼和那些被杀头之官吏没有听到爱卿这番忠言。"

正说着，太监杨九功来报："监斩官在堂外跪着请罪。"

"传他进来。"

监斩官匍匐在地："圣上，小人抗旨，罪该万死。"

"何事？"

"小人奉旨监督噶礼绞刑，给他全尸，噶礼却被小人乱刀砍死了。"

"你胆大包天，为何抗旨？"

监斩官道："今日午时三刻，给噶礼行绞刑。小人确认他已断气，脉象全无，才装进棺材，等至天黑，正准备拉出去埋葬。忽然听到一个声音：'快把盖子揭开，憋死老子了。'接着，又听见棺材敲击声，小人令刽子手开棺盖，噶礼一下坐起来。小人见诈尸了，慌乱之中，乱刀将他砍碎。"

康熙转怒而笑，说："看来，贪官命长，要杀死他，不容易啊。"

50

噶礼死了。

给噶礼送礼的官吏都没能逃脱制裁。

六百六十三个官吏，三百七十八个商人，大至一品，小至不入流的工房、皂班。多则上万两，少则三五百。

康熙下令，把涉案官吏交给相关的部司和省严查严办。绝对不能搞法不责众，有多少人涉案罚多少人，绝不姑息。

着张鹏翮由户部尚书转任吏部尚书，督办官吏、商贾向噶礼行贿一案。

康熙问张鹏翮："徐乾学行贿噶礼案查得如何？我就纳闷了，徐乾学身为刑部尚书，本为招摇纳贿之官，为何给比他官小的噶礼行贿，贪官为什么还要给贪官行贿？"

张鹏翮呈上一个册子，是噶礼亲自所记，凡是收了人家银子，他都标明所求事项，一五一十记得清清楚楚，装订成册，取名《消灾录》。康熙二十八年，徐乾学以疾乞休。返乡之后，仗势妄为，鱼肉乡里。包庇亲友夺人妻女，占人良田，杀人放火，巧取豪夺，百姓苦不堪言，两年内，乡民连告他二十三状。两江总督傅腊塔弹劾徐乾学招摇纳贿，共十五款。徐乾学知道噶礼与康熙的关系，便找到在吏部任郎中的噶礼，请他在皇帝面前美言几句。堂堂刑部尚书，在位没有仰仗权势贪腐，乞休后反而胆大包天，尽干下三烂的勾当，这明显是有人栽赃陷害。

康熙想起此事。当时，噶礼参奏傅腊塔乃明珠的外甥，免不了借诉讼打压徐氏三兄弟，排除异己之嫌。康熙爱惜徐乾学之才，当下诏恢复其官职时，徐乾学已经死了。

康熙笑了，笑得有点悲凉："可见，行贿、纳贿与官职大小无关，只与事关联。大官可大贪，小官亦有大贪。"

张鹏翮呈上各部司和省的查处行贿官员名册和处理结果，各领罢官、降级。

当康熙看到赵凤诏一栏，停住了。问："赵凤诏只贪污九两一，受贿十两，山西给他降一级处罚。你信吗？他给噶礼行贿一次就过万，一个知府年俸为八十两，一万两需要一百二十五年。而其父赵申乔为官清廉，一介不取，还将自己的俸禄捐出赈灾。其余的银钱从哪里来？朕命汝速去太原查明实情。"

张鹏翮着了官服，坐八抬大轿，出了京城，却即换布衣，打扮成客商，带张清、云珠、贾和安，骑快马，一日三百里朝太原而去。

云珠问："爹，你平时外出都是骑马，为何此次去太原要先坐轿出城，再骑马？"

张鹏翮不答。张清说："赵凤诏非等闲之辈，在京师定有耳目为他通风报信。"

云珠点头。

第四日，到太原界已是傍晚。见路边有一院，张灯结彩，门额上书"龙城驿站"。

张鹏翮说："今晚住下，明天一早进城。"

正要进驿站，见一行布衣已到门口。有人高叫："太原知府赵大人到。"

驿站院内，所有人跪成两排。

张鹏翮说："那赵大人便是赵凤诏。咱今晚就住这里，看看热闹。"

张清说："人家当官才叫官，一个小小知府都比咱们钦差气派。"

只听赵凤诏吼道："搞什么鬼？赶快给我撤了。"

驿丞向赵凤诏禀报:"小人专门找了名厨,采购了百种菜肴。"

赵凤诏骂道:"愚笨东西,你知道个屁。张大人乃家父好友,清廉节俭,不讲排场。我叫你搞的四川泡菜、榆钱儿、麦麸,都搞到了吗?"

"搞到了,搞到了。小人另将仔鸡、驴肉剁成肉酱,加入麦麸、榆钱儿,以山珍、海味百种食材煨成浓汤调和,搓成团子,蒸了三个时辰,绝对看不到肉,请大人品尝。"

"把你那些花里胡哨的东西赶快统统撤了。据宫中眼线所报,张大人着官衣,八抬大轿来太原。我估计他们三五日即到,本官已派人沿途打探。"

众人动手,撤除灯笼、彩旗。

赵凤诏说:"如今太原民风淳朴,百姓安居乐业,可谓盛世,要让钦差大人看得见摸得着,可适当加些美味,但切不可奢华。上菜吧,为钦差安康,我等岂能顾惜性命?"

张鹏翮等绕至后门,进了驿站。

被驿役拦住:"搞啥呢?"

"住店。"

"本站只接官,不纳民。"

张清掏出官文,驿役吓得扭头就跑,准备去报信。张清一把抓住驿役,说:"不准吱声,带我等上楼,安排住下。"

刚上楼,听见有人问:"谁叫放人进来的?"

"他们从后面进来的。"

"快去看,什么人这样不懂规矩。"

差役上楼,见是几个布衣,云珠又背着琵琶,转身下楼。过了一袋烟工夫,差役上楼问:"客官,是唱曲的吧?我家老爷请几位助兴。"

张清说:"不唱曲,路过此地。"

差役骂道:"什么东西?别说要她弹曲,就是老爷要睡她,又能怎样?什么金枝玉叶?"

张清上前一把抓住那人的衣领:"你说什么?"抬起一脚将他踢倒在地。

那人喊道:"反了,反了。"

听到楼上动静,几个差役跑上楼。一个上前抓住云珠的胳膊,云珠顺势给他两个耳光。

挨了打的差役，捂着脸看领头的。

领头的骂道："废物，闪开。"

抬手便朝云珠脸上扇过去，手未到，被云珠飞起一脚踢翻在地。众差役见领头的挨打，一拥而上。云珠一跳，双腿在空中一扫，双脚轮番踢打在差役的脸上，"啪啪"着响。

几个差役连滚带爬跑回楼下。

驿丞带了兵丁上楼，指着张清等下令："给我统统拿下。"

张鹏翮呵呵一笑："不烦动手，老夫去便是。"

驿丞从鼻子里挤出几个字："哼！给脸不要脸，想自己去，办不到，给我绑了。"

张清朝云珠使了个眼色，张清飞身将驿丞按倒在地，剑指其喉，云珠拔剑指众兵丁，令其退下。

张鹏翮抖了下衣衫，下楼去。张清、云珠断后紧随。

来到一楼宴园，见金碧辉煌。桌上摆满了各式菜肴，张清都是第一次见到。

师爷叫道："跪下。"

张鹏翮等不理。

再叫跪下。

张鹏翮说："本官上跪当今圣上、父母，下跪百姓苍生。"

赵凤诏哈哈大笑："告诉他，老子是谁？居然敢在本官面前称官。"

师爷说："本师爷今日让尔等见识见识。此乃太原知府赵凤诏，赵大人。其父乃天下第一清官，户部尚书赵申乔。"

张鹏翮怒斥："住口，赵申乔怎有你这样不孝之子？刚几年就认不得本官了？几年前于京师，是谁当着圣上和百官的面大谈廉洁，说什么居官受贿，无异于女子失节。"

赵凤诏听这话，再看来人仪态，觉得这几人不简单，忙问："尔等到底何人？"

张清吼道："此乃钦差张大人，还不跪下谢罪？"

赵凤诏正要下跪，被驿丞一把拉起，问道："何以为证？"张清取出官文。

赵凤诏立即跪下，叩头如捣蒜。"大人，下官愚钝，居然没有认出张大人来。侄儿正在此恭迎大人的到来，不想大人来得如此之快。请看在父亲面上，饶过侄儿这一回。"

张鹏翮连连摇头:"可怜你父亲一世清名。"

连夜升堂,与巡抚苏克济同审赵凤诏。

"赵凤诏,可知为何拿你?"

"侄儿知罪,侄儿愧对圣上信任,愧对父亲教诲。在任上,贪污公款九两一,受贿十两。侄儿愿再受罚。"

张鹏翮问:"你是谁的侄儿?"

"是是是,罪人赵凤诏,请求钦差大人重处。"

"押下去,改日再审。"

是夜,张鹏翮抄了赵凤诏的家和府衙,居然家徒四壁,一无所有。

太原商人到巡抚衙为赵凤诏喊冤。凭着张鹏翮多年的办案直觉,这又遇到了对手。他并不着急,坐上苏克济的八抬大轿,吹吹打打,招摇过市。

一时间,太原城都知道朝廷派钦差来查处赵凤诏了。众人前呼后拥,一群小儿在后面唱着儿歌:"杏花岭,万柏林,比不上常州一家人。钦差大人到太原,不杀贪官誓不还。"

这哪里是什么儿歌?分明又是有人背后指使。按照过去,张鹏翮一定是朝相反的方向办案,见今日之阵势,他觉得,对手已经很熟悉他的套路。

不论你使啥子伎俩,老夫只管事实。

正在街市行走,一老者拦轿告状,大意是:朝廷明令去火耗,可赵凤诏却增设食物税、用物税、牲畜税、营业税、肉厘、茶捐、花捐等五十种。噶礼离任前,赵凤诏让差役"放炮",声称为减轻百姓负担,噶大人恩准粮税、肉税减半。百姓贪图小利,纷纷交税。

噶礼走,新巡抚苏克济来了,赵凤诏又借机"放炮",物税、畜税等减半。朝廷本没有的税,他却巧立名目,不断"放炮",轻松把百姓的银子收入囊中。几年来,赵凤诏"放炮"十九次,敛财无数。

老者说完,从怀里掏出一个小册子,递给张鹏翮,此乃老朽缴税记下的凭证。

忽听一阵急促马蹄声,见一黑衣人,黑布面蒙,骑一黑马如飞而至,众人急向两边躲闪。那人直奔张鹏翮,挥剑便刺。云珠飞身挡剑,正着胸口。那人扔剑便策马逃去。

云珠倒地，血流如注。

喊了一声"爹"，便再无声息。

张鹏翮一边摇晃，呼喊着云珠，一边下令："张清，给我捉拿凶犯。"

张清此时虽已年过七旬，但身手依旧矫捷，飞身上马，握着青锋剑，朝黑衣人追去。

追到拐弯处，黑衣人不见了，张清四处探望。只听"嗖"一声，张清应声落马。

山西巡抚苏克济闻讯而来，带了绿营，将街道封锁。

回到巡抚衙门，张鹏翮搂着张清和云珠两人的尸体坐了一夜。回想张清，跟随自己走过的一生，没有过上一天好日子，凭他的本事，本可轻松谋个一官半职，可这辈子就这么过去了。而云珠，曾经让他怜惜的小云珠，让他心动的漂亮云珠，而今日为他挡刀的侠女云珠，丢了性命。

张鹏翮突然感到孤单、无助。一夜之间，头发全白。

天明，张鹏翮将头伸进水桶浸泡一番，然后穿上官服，戴上官帽，大步走上公堂。将太原府宣课司、府税课司、府仓、茶引批验所、府驿等卷宗与府堂、经历司、照磨所的卷宗一一查对，居然无一差错。心灰意冷时，他仔细查看，发现卷宗字迹一致，装订一致，整整齐齐，他断定卷宗是一人所为。

公堂上，照磨池璋哆嗦着。

张鹏翮从牙缝里挤出几个字："你可知罪？"

然而这几个字的穿透力，如金箭穿云裂石，直刺池璋之心。未动刑具，池璋一一招了。

原来，赵凤诏得知张鹏翮将来太原查案，便安排照磨池璋将宣课司、府税课司、府仓、盐引批验所、府驿等账本核对，发现有近十八万两不知去处。

赵凤诏下令，做平账目，重抄账本。不留一点破绽，只将知府挪用府税课司九两一，盐引批验所送府银十两记录在案。

十八万两，这么大个窟窿，要做平，只得造假。池璋畏惧赵凤诏的权威，只得硬着头皮按赵凤诏要求做完新账本，便将旧账本藏起来。赵凤诏哪里料到，这个平时老实巴交的照磨，会留此一手。

张鹏翮取回旧账本。一查对，"发炮"十九次，共勒索银两十七万四千六百两。

铁证面前，赵凤诏不敢抵赖，说："确有此事，但银子都送噶礼了。"

"可噶礼只收过你赵凤诏一万两银子，还有十六万多在何处？"

"花了。"

张鹏翮断案多年，有一个发现，但凡贪官，要么在外养女人，花光所有，要么如貔貅只进不出，封存藏匿，独自把玩欣赏。赵凤诏属于哪一种？他想起了史书记载，崇祯皇帝抄魏忠贤家时，派出多路官员，皆一无所获，让崇祯皇帝到上吊时都没想明白，魏忠贤明明是个大贪官，为何找不到赃物？后世记载，皆因派去抄家的官员个个不干净，都得过魏忠贤的好处，怕拔出萝卜带出泥，故而都不敢认真查案。

可抄赵凤诏家是自己带人去的，难道还有什么遗漏？

再到赵凤诏家抄查。从观音菩萨座下找到一包裹，打开一看，是一方玉印，由上等和田美玉而制。狮子印柄，印身双龙戏珠，印面刻阳文：敕赐广利禅寺观音珠宝印。

张鹏翮不禁一惊，这不是老家遂宁广德寺镇山之宝吗？天下仅此一枚，号称天下第一印。怎到了赵凤诏手里？

三十年前，张鹏翮回老家丁母忧时，广德寺一枚被盗的玉印。

张鹏翮问："赵凤诏，三十三年前你才十岁，你是如何得到这枚印的？"

"买的。你不是追查那些银子上哪去了吗？此印耗光了下官所有银子。世间皆传，见此印者必升官，摸此印者升大官。"

张鹏翮把玩玉印，翻来倒去细究半天，冷笑道："真有这么神奇？如今你得了此印，你得到什么？"

见赵凤诏低头不语。张鹏翮说："世人该得不该得都有定数，只能取自己应得之物，若有非分之想，必遭大祸。"

张鹏翮突然发现了破绽，广利禅寺观音珠宝印是宋真宗所赐，距今有七百多年，而此玉成色很新，虫眼外大里小，应该是人工用酸腐蚀出来的虫眼。而皇家所赐，文字图纹当精雕细琢，而此印做工线条生硬。据此推断，此印当为赝品。

赵凤诏不敢相信自己的耳朵，瞪大眼睛问："赝品？"

赵凤诏扇了自己一个嘴巴："我真蠢。"

畅春园。

康熙见了此印，说："比起噶礼来，赵凤诏只是小巫见大巫。然此货贪恋的是权势，一心想的皆为如何当更大的官。此乃天下第一贪，杀无赦！自古真假、清浊不能两立。假作真时真亦假日，有真怎能容假？有清怎能容浊？只是可惜一块好玉了。让它陪赵凤诏去吧！"

赵凤诏被判斩立决。

赵申乔无颜见康熙，请辞回老家养老。

康熙不准："朕深知你是清正刚直的，你儿凤诏犯罪，你并不知情，朕不责怪你。但你如因此怨恨朝廷，不再为朝廷效力，岂不辜负了朕爱惜廉吏之苦心？"

赵申乔郁郁寡欢，不到三个月便忧愤而死。长子赵熊诏扶柩奔丧回乡，未满月因哀伤过度病逝。好端端一家人就此烟消云散，人亡楼空。康熙追念赵申乔，谥申乔为"忠毅"，入"贤良祠"，发还抄没赵凤诏的田产。

常州赵家乃三世进士之家。祖父赵继鼎，父亲赵申乔，儿子赵熊诏、赵凤诏、赵鲤诏，加上叔父赵申季，三代六人都中进士，而赵熊诏为殿试一甲一名状元，侍读学士，入南书房，赵申季为翰林院编修，督学山东。一门高官厚禄，显赫乡里。因赵凤诏一人贪腐，家道从此败落。

张鹏翮与赵申乔为同年进士好友，当年三百人，目前尚在三人，现遗老新逝，至哀至痛，化为绝句：

广渠门外听悲歌，归傍青山绕孟河，
世事百年终有尽，独留遗爱楚江多。

第十四章 / 孤舟向何处

51

三月二十。

畅春园,清丽典雅。

碧蓝的天空,白云高挂。春天清清浅浅,翩跹而至。袅袅的马头琴声随长河流向远方。西边的弯月仍在天上,笑靥如花,向东边的太阳挥手。人们已经忘却去年花的模样,只把目光停留于今日盛开的花瓣上,园中人将鼻子伸进花丛,深吸花香。

九百九十九位天下老者,讲着南腔北调,心情比畅春园的春景靓丽。此生能跟康熙做寿,真乃三生有幸。寿幛、寿烛、寿桃、寿面,礼品列陈,红烛高烧。

一百二十桌寿宴,如长龙蜿蜒。坐在龙首的康熙端起酒碗说:"人生短暂,转眼暮年。往事如烟,竟如昨天,敌友仿佛皆在眼前。朕这一生与天斗,不论洪灾、旱灾,还是地震、蝗灾、瘟疫,都没有把朕打垮,朕治下的大清反而更加强大。

"朕这一生与敌斗,不论是朱由榔、张献忠、鳌拜,还是吴三桂、郑经、噶尔丹,他们个个都想要朕的命,可是,他们都败在了朕的手下,成就了朕一统江山。

"朕这一生与友斗,不论是索额图、明珠、噶礼、余国柱、高士奇,还是徐乾学、赵凤诏等等,他们都曾经是朕的左膀右臂,都是大清由乱而治的功臣,可他们贪权、贪财、贪色,因为一个'贪'字毁了自己一生。在功名利禄面前纷纷败下阵来,他们中,许多人皆是经朕殿试的进士,都曾有一腔报国热血。朕对他们寄予厚望,可他们忘了做秀才时的本心。朕亲手培育的得力干将,又被朕亲手杀掉,朕心痛啊。

"朕已花甲,今日来的都是天下八十岁以上的神仙。你们经历了两个朝代,见证了前明朝的灭亡,见证了大清由乱而治,由弱而强之历程。朕感谢你们的长寿,你们的所见所闻是最有说服力的。朕这第一杯酒,敬天地祖宗,是上天、是祖宗给了朕的一切。

"朕这第二杯酒,敬天下人,包括为大清而呕心沥血的王公大臣、官吏和百姓,还有朕的敌人、被朕杀掉的友人,有你们才有朕的天下。

"第三杯酒,朕敬在座的以及未参加朕寿宴的天下所有老神仙们,朕要向各位讨教长寿秘诀。"

千叟同起,举杯同呼,吾皇千古一帝,吾皇万岁万万岁!等众人饮完酒,康熙走出龙首,逐个讨教。

"小老儿来自唐努乌梁海,从小放牧,渴了喝牛奶、饿了吃羊肉,一辈子都这样。我觉得,吃肉、喝奶才能长寿。"

"我来自西域,那里盛产枸杞、大枣、苁蓉、虫草、鹿茸,全是大补。可老朽家穷,都将这些大补之材卖了换柴米油盐,从未补过。身子如火炉,你捅它一下,它就变得旺起来。大补就是使劲捅火炉。补得越多,燃得越快。寿元有定数,吃得好,死得早。要长寿,就得省着点,别去大补。"

"深有同感,老朽来自广西,我的长寿的秘诀就是莫吃饱了。我生于战乱,长于饥荒,四处逃生,四海为家,食不果腹。等现今日子好了,不愁吃穿了,又吃不得了,多吃一点,就睡不着觉。我一辈子都没吃饱过。"

"老夫来自湖南,少年时生于沧州海边,盐碱地是长不出庄稼的,只能顿顿吃鱼虾,有钱人才能吃得起蔬菜。老夫从小发愤读书,梦想有一天可以餐餐都吃蔬菜。后来,中了举人,到湖南桃源做了知县。那里好啊,把砍断的树放在地上,都会长出新枝来,随便扔一颗种子都会发芽。我就在屋前屋后全种上各式蔬菜。那个美哦,吃了几十年自己种的蔬菜。老夫觉得,多吃蔬菜能够长寿。"

一个老和尚站起身道:"你们说的都有理。可老衲自幼在庙里,一日三餐素食,食不兼味,一碟泡菜,三日一碟豆腐。老衲的长寿秘诀就是摇头。不信你等试试。"

众人都开始摇头。

康熙轻声问左右:"这是练的什么功法?是摇头功吗?"

老和尚说:"所谓摇头,就是拒绝诱惑。见了荤腥要摇头,见了女色要摇头,见了功名利禄要摇头。心无杂念,拒绝诱惑。然而,世间若都如老衲,不思进取,不食、不谋、不要,整天打坐诵经,谁来种粮?都如老衲不近女色,谁去传宗接代?没有人了,谁来养我和尚?老衲又为谁去祈福?"

话音刚落,众人哈哈大笑。

康熙走到张烺身边:"老寿星,今年该八十有四了吧?众人皆教朕的长寿秘诀,为何你不言语?"

张烺起身:"启禀圣上,小老儿以为,长寿与饮食无关,唯与心情有关。快乐乃长寿秘诀。不论何事都是该来的,再多的苦都会过去,再多的甜都会用完。唯有内心的快乐是取之不尽,用之不竭的。要快乐,就给予,给予比得到更快乐。给予别人急需,要雪中送炭,不要锦上添花。一声问候、一张笑脸、一根稻草,尽力而为。"

一鹤发童颜的老人扶着椅背站起来:"你们说的都不对,小老儿今年一百零一岁了,五世同堂,耳聪目明,我还可以对着月亮穿针,能听得见重孙吃奶的声音。"

众人听了唏嘘不已。

老人说:"你们说的长寿的秘诀都不对。要我说呀,长寿学会念两个字'啊'和'哦'。只要是难听的话,我都听不见,我老伴、儿媳妇、孙媳妇爱唠叨,我总是问,啊?多问几次,她们知道我是个聋子,再不对我唠叨了。不论什么人对我做了什么坏事,我都假装看不见,邻居占了我家的田边地角,孙儿告诉我,我说'哦'。要长寿跟我念'啊''哦'。"

众人点头称是,念起了"啊"——"哦"。

康熙也跟着念,众人哈哈大笑。

康熙说:"长寿本没有什么秘诀,因地而食,简单生活,心中常乐最为重要。可惜那些被朕杀了之人,没有得到老神仙们的教诲。"

康熙又说:"张尚书,此番盛景,何不作诗以和?"

张鹏翮领命,作七绝一首:

盈廷百职矢忠清,宴镐欢娱起颂声。
圣主知人兼善任,千秋万岁乐升平。

千叟散去，康熙将张烺留下："老神仙，自汉唐以来。巴蜀人丁兴盛，烟火相望。及明末匪患，丁口稀若晨星，十户九空。时献贼入川，汝当有十八九岁。献贼所作所为，应有所耳闻。当实录，供后世评说。"

张烺心中一震，俯首于地，战战兢兢领命。回家即与儿子张鹏翮商量："这是一个火背篼，扔不得，也背不得。巴蜀人丁锐减当属兵匪人祸、瘟疫猛兽所致。而兵匪尤以张献忠、摇黄、吴三桂和清军为甚。张献忠性情暴虐，杀人无数。而清军在四川，也曾大开杀戒。直到张献忠死后十三年，清军才平定四川。如实录，当朝必究。如罔顾事实，于后世何益？"

张鹏翮说："爹，文章千古事，得失寸心知。有些事不必说出来，世人自会领会。蜀民殆尽，十分而计之：其死于献贼之屠占三成，死于摇黄之掳掠者占二；因乱而自相残杀者又占二；饥而死者占二；一成则死于病。然而，并不是蜀人自绝于天，而是蜀人被天所弃。"

张烺写成《烬余录》。书从天启七年至清康熙五十二年，将明清八十余年所见所闻一一录入。

经张鹏翮修撰三月，呈与康熙。

张烺说："小民才疏学浅，亦无史料佐证，或为谬传，或为记忆偏差，望圣上恕罪。"

康熙赠张烺金匾"鲐背神清""养志松龄"御书，升张鹏翮为文华殿大学士。张烺一颗悬着的心就此放下，他也可以放心回老家了。临行前，张烺小心取出一件棉衣。张鹏翮认得，父亲为了找到它，差点丢了性命。

张烺说："这是广德寺了改法师的棉衣，生前他四季不离身。摇黄攻遂宁时被我弄丢，几经辗转才找到。上面有很多密语，广德寺和尚琢磨了几十年，也不明何意，当年，儿认定是广德寺宝藏密语。若能辨识出来，必是功德一件。"

张鹏翮领命。送走父亲，从此父子便是阴阳两隔。

52

康熙六十一年，康熙崩于畅春园，终年六十九岁，庙号圣主。胤禛继位，改年号雍正。

吏部尚书隆科多拥戴有功，抚远大将军年羹尧平叛西陲，为雍正登基献上大礼，两人被同时加封为太保，赏赐双眼花翎、四团龙补服、黄带、紫辔。

雍正谕旨，若有调遣军兵、动用粮饷之处，着边防办饷大臣及川陕、云南督抚提镇等，俱照年羹尧办理。

年羹尧自幼读书，颇有才识，二十一岁中进士，善书法，通诗词，出使朝鲜，识者骇叹。年家乃汉八旗中之镶白旗，属下五旗。康熙四十八年，胤禛晋封为雍亲王，兼镶黄旗旗主，娶了年羹尧之妹，于是，年家升为镶黄旗，成为上三旗。

年羹尧任四川巡抚，成为最年轻的封疆大使，时年三十岁。年羹尧感激涕零，再三叩拜："己以一介庸愚，三世受恩，当竭力图报。"主政四川，拒绝陋规，整饬吏治。挑选廉洁奉公者任道府，举荐州县德才兼备之人任要职，四川面貌焕然一新。

康熙五十五年，准噶尔汗策妄阿拉布攻占拉萨，杀死和硕特部拉藏汗。这场突如其来的变局，使已经安定的大清再次摇晃，允禵得旨领兵西宁，准备平叛。机会来了，年羹尧向康熙上了一道折子，索要总督之职，理由是为平叛整军备战。康熙欣然同意，将四川专设一个总督职位。年羹尧补充驿站，修缮军营，稳定土司，严肃军纪，拿出自己全部积蓄募集粮草，平定西藏，升任川陕总督。康熙对他寄予厚望，特赏赐弓箭，让他始终固守廉能，做一好官。

雍正继位后，青海发生了罗卜藏丹津叛乱，年羹尧为抚远大将军，坐镇西宁指挥平叛。年大将军之威名震慑西陲，享誉朝野。

雍正下诏书："年大将军不但是朕心倚眷的臂膀，朕的世世子孙及天下臣民都当倾心感谢。若稍有负心，便非朕之子孙。稍有异心，便非我朝臣民。"

年羹尧红得发紫，一人之下，万人之上。除西北军事，朝中重要官员的任免，雍正都要与他商议，把吏部尚书张鹏翮晾在一边。

有一位举人叫汪景祺。对，就是他，在东平因诬告张鹏翮，事情被揭穿后，怕担罪责，潜逃至陕西，在父兄的帮助下，投奔其父汪霖的老部下陕西布政使胡期恒。他得知年大将军西征得胜归来后，感到机会来了，即作《上抚远大将军太保一等公川陕总督年公书》：

郭子仪、裴度、元昊等人与年公相比，不过是被史册夸大其词地赞颂了。自有天地以来，制敌之奇，奏功之速，无有胜于今日之年大将军者。年大将军乃开天辟地，古往今来，宇宙之第一伟人。如青天明朗，似太阳照耀。

年羹尧见此文，非常受用，有飘起来的感觉。当即将汪景祺收为幕宾，令他收集陕西驿道金南瑛罪状。

原来，陕西驿道之职一直空着，年羹尧向雍正推荐了一个人选。哪知十三阿哥胤祥也向雍正推荐了参将金南瑛。

雍正和胤祥是亲兄弟，你年羹尧功劳再大，与雍正关系再铁，也铁不过人家的亲兄弟。雍正任金南瑛为陕西驿道使。

对此，年羹尧心里很不爽，一直想拿金南瑛撒气。

金南瑛虽是皇上钦定的，但他是年羹尧的部下，官阶只有四品。按说，年羹尧要收拾他，比踩死一只蚂蚁还要简单，可年羹尧顾及他是王爷胤祥的人。如果直接下手，必得罪王爷。

今见汪景祺写得一手好文章，即令其操刀弹劾金南瑛。

可雍正不糊涂，派张鹏翮调查，得出的结论是，年羹尧任用私人、乱结朋党，而金南瑛廉洁奉公。

弹劾金南瑛的奏折被雍正直接驳回，这是一个危险的信息，但年羹尧此时已经昏了头，对此毫无警觉，反而记恨张鹏翮。

在边陲，年羹尧的霸道是出了名的，就连蒙古王公、额驸见到他都得跪拜。他回京师时，除了王公，在京所有官员都得夹道跪迎。可张鹏翮见了他不但不跪，还以公务繁忙拒不相迎。

年羹尧恨得牙根痛，张鹏翮你这个奸佞小人，当年，你家田土被人占了，不是本将军出面，你要得回来吗？你家的御书楼，不是本官给你要字画，就凭你那人品，谁给你面子？汪景祺，何不作文，罗列遂宁的丑行，传于后世？

汪景祺把早写好的《遂宁人品》加以修改奉上。年羹尧见了，直呼天下奇文，必将流传万世。命将汪景祺其余文章结集成书，取书名《读书堂西征随笔》。

年羹尧做梦都没有想到，本来想借此书搞臭张鹏翮，结果成了要他命的罪证。

年羹尧居功自傲，除了皇上，谁都不放在眼里。雍正先是旁敲侧击提醒，再是警告，年羹尧都依然故我。雍正忍无可忍，给他列了九十二条罪状，令其自裁，了此人生。

在抄家时发现《读书堂西征随笔》。雍正气得骂娘，在首页上怒批：悖谬狂乱，至于此极！可惜见此之晚，留以待他日，弗使此杂种得漏网也。

汪景祺被押往菜市口砍头示众，头颅悬于通衢大道上，一挂就是十年。其妻发黑龙江给披甲人为奴，其五服以内之族亲现任、候选及候补者俱革职，发宁古塔。

53

雍正三年。

热河，避暑山庄。

六百里加急，报黄河十处决堤，二十万人受灾。

雍正下旨，河道总督赵世显罢官，命太子太傅、文华殿大学士、吏部尚书张鹏翮兼任河道总督，并审理赵世显渎职一案。

张鹏翮不敢怠慢，带了贾和安上路。七十七岁了，力不从心，几次差点从马上摔下来。

贾和安找了一顶轿子，张鹏翮坐上去觉得头晕，只得徒步走一段，再骑一段马。他想着黄河，自己治理九年多，又经赵世显治理十三年，怎么安静了二十来年的黄河又决堤了？是黄河变了，还是治理不当？赵世显是自己亲手栽培的，年年四格六法考核，清、慎、勤虽非一等，却并无不谨、不勤、不清记录，算勤职。他百思不得其解。

到了黄河，眼前又见一遍哀鸿，饿殍遍野。

他已经忘记了自己的年龄，昼夜兼程，策马飞奔至清宴园，见众人乱成一团。

贾和安喊道："文华殿大学士张鹏翮大人到。"

众人立即分开两边跪着让道。

张鹏翮见地上躺有一人，一郎中正以双手按压那人的胸口。走近一看，那人正是赵世显。

郎中抬起头对张鹏翮说:"已经按压一炷香了,仍无气息。"

"务必救活,本官要找他问话。"

张鹏翮环视四周,几乎是生面孔,只有廖泓浩一人面熟。

连叫几声,那人毫无反应。

众人说,他是个哑巴,又聋又哑。

当年,三十出头的廖泓浩,身材高大,声如洪钟,如今已是头发花白,满面皱纹。

"是什么让他变成了这样?"张鹏翮问。

一人说:"赵总督上任后的第二年就病了。"

张鹏翮拍了拍廖泓浩的肩膀,他好像吓了一跳。张鹏翮做着手势,让他跟着去一趟河堤。

眼前一幕让张鹏翮不敢相信自己的眼睛,他修的千里金堤全垮了。河标正在打捞淹死百姓的尸体。

"垮是必然的,不垮才是怪事?"廖泓浩开口说话了。

"你不又聋又哑吗?"

廖泓浩跪下,说:"望大人恕罪。为了活命,小人装了十三年聋哑。你走后,赵世显像变了一个人,天天醉生梦死,寻花问柳,从不上河堤,遍纳贿赂,克扣粮饷。大人,你当年修的千里金堤为何全垮了?金堤上所用石料都被拆去放在中河堤坝了。他就是这样,拆东墙补西墙。年年都在申领修建金堤银两,金堤却逐年变短,最后全部消失。"

"这么多河工竟然没有一个正人?"

"大人,赵世显可不是一般人,他长有千里眼和顺风耳。"

张鹏翮这时才想起赵世显确实与众不同,眼睛大而突出,还长有一对招风耳。人有怪相,必有异能。

廖泓浩却说:"他到处都设有眼线,谁要不小心,说错一句话,就有可能被砍头、坐牢。同知、通判、主簿三人联名参奏他,结果奏折还没有出清江浦就被拿下。三人被以贪污、谋反罪砍头,妻儿、亲友皆发配宁古塔为奴。在下是个武夫,禀性耿直,眼里容不得沙子。可又想活命,只得装聋作哑。"

回到总督府,见赵世显自带枷锁跪于公堂。

张鹏翮问:"这是唱的那一出?负荆请罪?赵世显,你真的很会演戏,你欺骗了本官二十多年,当着一面,背后一面。你骗了我,也骗了你自己。"

"廖泓浩,本官命你,带河标抄赵世显家。"

廖泓浩问:"大人,抄哪一处?"

赵世显听廖泓浩说话,很是惊讶:"原来你不聋也不哑,你真他妈会装。"

张鹏翮热血上涌:"赵世显,你都那么会装。强将手下当无弱兵,有什么大惊小怪的?你一共有多少家?"

"这,这,这……"

"说嘛,都这个时候了,躲不住,藏不了。"

"小人有罪。小人在清江浦有十处,江宁十二处,奉天八处,每处一妾,加上奉天原配,共三十一处。"

"'只如此已为过分,待怎么才是称心。'这是你的座右铭。我看该改了:'只如此并不过分,色财永难以称心。'全部抄没!"

廖泓浩带河标而去。

赵世显摇头说:"没意思,真没意思。"

张鹏翮问:"告诉本官,从何时开始?"

"禀大人,小人在您手下,常听教诲,守着白花花的银子,而与您天天吃着泡菜。虽曾动过心思,但有您严加看管,没有动手的机会。您走后,小人接河道总督,才知道什么叫当官,什么叫有权。过去,常听说有钱能使鬼推磨,当上总督才知道,花钱可以使唤朝廷的尚书和大学士,可以使唤天下绝色女子,可以尝遍天下珍馐,可以得到天下珍奇物件。"

"得到又怎么样呢?"

"是。得到又怎么样呢?几年前,大人在江宁办完科考案,路过清江浦时,小人正在赴宴,听说您来了,小人即找了仆人衣服换上来见大人。可惜那时没被大人识破,要不,小人也不至于有今天。"

"岂有此理!本官带你去个地方。"

赵世显披枷带锁走过大街,百姓朝他扔臭鸡蛋、泼脏水。口中喊着,杀了他,杀了他。

赵世显很是失落,几日前,他同样所经过这些地方,随处可见跪迎场面。

到了河堤上,见摆放着一排排的尸体,空气中弥漫着恶臭,不时有尸爆,

"砰砰"作响。

张鹏翮令赵世显挖坑,将尸体摆放整齐。每放好一具尸体叩三个响头。说声"我错了,我罪该万死!"

赵世显先是痛哭,泪水如注,后是笑。倒在尸坑里,请求将他活埋。

张鹏翮说:"赵世显,都这时候了,你还在演戏。即使真心想殉葬,你也不配,百姓嫌你脏。"

掩埋好百姓,赵世显跪在刑场上。

张鹏翮已是心力交瘁,眼前浮现出一个鼓眼睛的年轻人,为人谦逊,见人点头哈腰。开口圣人,闭口圣上。一边干活,一边吃饭,将食物塞进嘴巴,腮帮鼓起,拼命往下咽。八抬大轿,前呼后拥。躺在金山银山上睡觉,少女搂着脖子灌酒、喂肉。

欢笑声、黄河怒吼声、百姓哭泣声,让张鹏翮晕头目眩。他的手颤抖着抽出令签,扔在地上,从肺里发出一个混沌不清的字——斩!

一道白光闪过,空中飘起一股黑雾,一股恶臭,让他窒息,眼前一黑,倒在地上。他的灵魂飘起来,到了天堂,看到了父亲、母亲孤独落泪。不知谁又推了他一把,掉下去,一直掉进一个无底的深渊,噶礼、赵凤诏、赵珂、李鸣、斐文鑫、关琇、王宗旦等被他砍头的官员,在被油炸、斧砍、刀锯。

雪地里,他跟着张清、云珠的背影追过去,却怎么也追不上,叫不答应。他看到刘学瀚、徐乾学、赵申乔、李光地、郭琇的灵位落满了灰尘。

他独自一人走进永远的黑夜。

张懋诚四顾茫然,翻遍所有,只找到一套官服,一本《张氏家训》,一封张鹏翮给广德寺方丈密件,和一坛已经长满白毛的泡菜。

雍正谕旨,速拨一千两库银发丧。赠张鹏翮金匾:"卓然一代完人"。

一叶扁舟逆江而上。江岸,一骑黑衣,一路相伴。

卧龙山。

朗月如昼。

广德寺方丈玄慈身藏密图,找到一棵黄葛树,华冠半里,干粗五人合抱。距树五百步,有千佛崖石窟。卧佛双眸微睁,嘴唇轻闭,安详端庄,四周弟子顶礼膜拜。

焚香礼拜。卧佛起身，露出一洞口。玄慈燃香探路，转过八十一弯，又见一石门，玄慈念罢咒语，石门转动机关，眼前顿时光芒万丈。几十盏千年不灭香油灯，照在众石罗汉身上，如披金色袈裟。

　　见石罗汉前有一蒲团，即跪下叩头。六十四罗汉分成两列，让出一条路来。见一尊绿色玉佛，吉祥打坐。

　　玄慈施礼，玉佛转身，又见一洞。香灯照耀，灯火辉煌，四壁博物架上全是木箱，一一开箱，全是金银珠宝，最后一箱，红布包裹，层层展开，原来是两枚玉印。

　　玄慈取出玉印，一枚为"敕赐广德禅寺印"，四国文字，盖此印通行天下。另一枚为"敕赐广利禅寺观音珠宝印"，为广德寺的镇山之宝。

　　沧海月明珠有泪，蓝田日暖玉生烟。

　　广德寺和尚为张鹏翩诵经超度七七四十九天。